12 LENGHU STORIES

十二个冷湖

首届冷湖奖获奖作品集

A Collection of the 1st Lenghu Award Winner Stories

王诺诺　宝树　段子期　等著

四川科学技术出版社

图书在版编目（CIP）数据

十二个冷湖：首届冷湖奖获奖作品集 / 王诺诺等著.
— 成都：四川科学技术出版社, 2018.12（2022.2重印）

ISBN 978-7-5364-9272-1

Ⅰ. ①十… Ⅱ. ①王… Ⅲ. ①中国文学－当代文学－作品综合集 Ⅳ. ①I217.1

中国版本图书馆CIP数据核字（2018）第243905号

十二个冷湖——首届冷湖奖获奖作品集
SHIER GE LENGHU——SHOUJIE LENGHUJIANG HUOJIANG ZUOPINJI

王诺诺　宝树　段子期 等著

出 品 人　程佳月
责任编辑　宋　齐
特约编辑　田兴海　李晨旭
封面插画　庸　人
封面设计　付　莉
内文设计　付　莉
责任出版　欧晓春
出版发行　四川科学技术出版社
（四川省成都市槐树街2号　邮政编码：610031）
成品尺寸　155mm × 235mm
印　　张　28.25　　字数 380千
印　　刷　四川省南方印务有限公司
版　　次　2019年1月第1版
印　　次　2022年2月第2次印刷
书　　号　ISBN 978-7-5364-9272-1
定　　价　56.00元

未来因爱而生

——冷湖奖获奖作品集序言

冷湖奖评委会主席　姚海军

最近几年，科幻已经成为一个文学热点。这一点，仅从各种科幻奖项的不断涌现中便可窥见一般。类型文学中，似乎没有哪一种拥有如此之多的大大小小的奖项。

冷湖奖是一个新生命。世界科幻大奖雨果奖已经颁发76届，我国的银河奖也已经颁发了28届，而冷湖奖2018年9月中旬才刚刚举办首届颁奖典礼。新生命既意味着新的可能，也意味着活力与雄心，这一点从颁奖地的选择上可以感受到。它没有选择大都市，而是选择了遍布雅丹的大漠，它要在极限环境中发掘无限可能。在冷湖那片广袤的土地上，供颁奖典礼使用的“火星一号”基地以不可思议的冷湖速度建成，而仅仅在五个月前冷湖奖启动之时，那里还空无一物，只有戈壁流沙。这便是冷湖人将梦想转化为现实的速度。

冷湖奖也是目前我国唯一一个与一方水土建立起紧密关联的奖项。

在筹备之初，受主办方邀请我曾两次去冷湖。第一次冷湖行，我惊叹于那片土地的辽远、废弃的石油小镇逝去的荣光以及俄博梁雅丹的鬼斧神工；第二次去的时候，对我最大的触动却是冷湖人对那片土地深深的眷恋与热爱。冷湖因石油而兴，那片土地曾融入了十余万石油儿女的热血青春。今天，面对枯竭的石油资源，冷湖人不愿放弃那片精神的故土，正在努力赋予那片土地新的荣光。他们选择了一种颇具想象力与创造性的方法，将科幻引入那片土地，用文化的方式将冷湖短暂而辉煌的历史与无限的未来联结。当第一批科幻作家进入冷湖地区，当大家在海西州州府得令哈海子纪念馆旁举行创作笔会时，从大家的热切话语中，每个参会者都认识到这种融合产生了奇妙的效果，科幻作家们爱上了那片神奇的土地，无数的未来正在被同时酝酿。这本小说集所收录的，便是首届冷湖奖的全部获奖作品。

此次冷湖奖征文，历时四个月，共收到来稿160余篇。其中很多作者不仅受到国内读者的欢迎，还赢得了国外读者的喜爱；有些作者未能参加冷湖创作采风，还自行深入冷湖地区，以掌握第一手创作资料。整体而言，首届冷湖奖来稿数量与质量均超出活动组委会的预期。

在题材类型上，本届获奖作品既有时间旅行、宇宙探险，亦有平行世界、虚拟现实，较为充分地展现了科幻文学的缤纷色彩和艺术特色。特别值得一提的是，细细品读下来，你会发现有一根线贯穿了所有作品，那就是情感——科幻文学原本有所欠缺的要素。这份情感既包含了对过往的如水眷恋，亦包含了对未来的万丈豪情。这是冷湖为科幻带来的变化，也因此，除了奇想天外的震撼，获奖作品也有了感动人心的力量。

感谢主办方火星小镇对科幻文学的关注，感谢成都八光分文化编辑团队专业而细致的初评工作，更要感谢所有作者的大力支持。我相信，这仅仅只是个开始。

祝贺所有的获奖作者！

从这里展望人类的未来

刘慈欣在冷湖奖颁奖典礼上的致辞

各位来宾：大家好！

作为冷湖奖的评委我很荣幸。

我看了进入终评的12篇科幻作品。冷湖奖是命题作文式的征文，它对作者有各种各样写作上的限制，这样的作品一般比较难写，从以往的经验来看，也比较难诞生让人惊艳的作品。但看完12篇终审作品以后，我对它们的质量感到很意外、很惊喜。之前与征文相关的人员（部分科幻作家）已经来过冷湖两次，我因为走不开没能来，这是我第一次到冷湖地区。当我第一次接触这块土地、第一次看到这块土地的时候，我的意外完全消失了，我觉得这块土地就应该产生这样的作品，这一片土地确实太神奇了。

第一个感觉就是，我毫不怀疑我真的置身火星的环境中，因为我多次看到过火星探测器拍到的比较清晰的火星照片，像“惊奇号”“好奇号”拍摄的。当时感觉（照片）和我们现在周围的自然环境没有什么区别，进一步了解这片土地，我发现这片土地的内涵远远不止是在外形上像火星，它在方方面面都有着更深的内涵。首先它连接了遥远的过去，它每一块土地、每一个雅丹地貌都让我们联想到上亿年的历史；其次，这些已经消失的城市（石油基地遗址）让我感触特别深，也让我想起了我们这一代人经历过的历史。我曾经在一本书里说，这一段历史比几千万年的古迹给我们的感触更深，那是我们的公元前，是我们的上古时代，所以看到那些消失的城市我的感触也很深。同时，它还让我们看到现在，我们看到现在依然存在的冷湖地区的一切，我们还看到了姚海军说的冷湖人为了复活这块土地、为了这块土地延续它的生命力所做的令人可敬的努力，给我印象最深的就是在镇上看到的温室——现代化的无土栽培。更重要的是，我们在这块土地上看到了未来。昨天我第一次看到这个基地的时候，确实和我脑海中的火星基地是十分相像的，而且这个建设速度确实让人钦佩，好像基地根本就不是建设出来的，它就是一艘宇宙飞船突然落到这儿来了，而且在这个基地一晚上的经历对于一个科幻作家来说也是难得的体验。

再回到冷湖奖的作品上来。这些作品风格各异，把冷湖地区和更遥远的宇宙、更广大的空间以及各种各样的外星文明联系起来了；同时它也把冷湖地区遥远的过去、厚重的历史，还有虽然不太遥远但引起人们回忆，尤其我们这代人很感慨的石油工业的历史联系起来，从各个角度，展开了丰富、让人震惊的想象。作为冷湖科幻奖的成员，我们就用这些科幻作品展望冷湖的未来，也展望人类在地球的未来，更展望人类在火星、宇宙中的未来。这就是我们“火星基地”光明的起点。

目录
Contents

★ LENGHU STORIES

冷湖，我们未了的约会

宝　树

/ 作者简介

宝树，重度科幻综合征患者，民间哲学家，死理性派的非理性主义者，悲观主义的梦想家，最沉迷于与时间有关的故事。相信每个故事在无限时空中都是真实存在的，写作者只是通过心灵去探险，用笔或键盘去守护。出版有《三体 X：观想之宙》《时间之墟》《古老的地球之歌》《时间外史》等。

/ 颁奖词

惊心动魄的开局，一气呵成的悬念，盘根错节的线索，抽丝剥茧的解谜，最后的真相既让人震惊，却又不失恍然大悟的快感。这篇作品中展现了一位成熟作家娴熟精湛的情节架构和悬念编织能力，是一篇具有高度技巧性的科幻悬疑佳作。

我记得那美妙的瞬间：
你就在我的眼前降临。
如同昙花一现的梦幻，
如同纯真之美的精灵。

——普希金《致凯恩》

1

他又见到了她。

茫茫戈壁，奇绝陡峭的土堡林立。碧天黄沙间，洁白衣裙的少女默默伫立，长发飘飞，抬眼望向他时，眼中盛满了忧伤。她身后，咆哮的黄沙排山倒海而来。

在席卷天地的沙暴面前，她是那么渺小，像千军万马前一株纤细的水仙。他奋力向她跑去，心中充满焦灼。但在沙海之中，深一脚浅一脚，步履蹒跚，总是踩不到实处，少女的身影却一步步被风沙所吞噬。

“坚持住，等我！”他大叫，但脚已不由自主陷入流沙，无法挣脱地下沉，没入沙海深处……

蓦地，一只温暖柔软的手拉住了他的手掌，将他从沙漩中扯出来。他迷茫地抬头，看到星海浩瀚，天河璀璨，竟似飞翔在星空之间。

面前，是一双明亮温柔的眼睛。

……

恍惚迷离的梦境散去，江子华睁开眼睛，发现面前一片漆黑，仿佛是在幽深的洞穴里。

江子华并无讶异。他近年有些神经衰弱，卧室里采用了遮光性极佳的布料做窗帘，虽然外面是夜里灯火辉煌的旧金山湾区，但在三面墙都是落地式长窗的主卧室里，仍然可以伸手不见五指，也基本听不到外面的噪音。梦境中的忧伤尚未完全散去，江子华感到一阵久违的惆怅，微微舒展身子，想要再睡上一会儿。

但稍稍一动，背上就传来一股不适，轻微的刺痛感提醒他，身下是某种坚硬而粗糙的表面，那显然不是他专门定制的顶级瑞典DUX床垫，当然也不是铺满卧室、温润光洁的上等橡木地板。

他猛地一哆嗦，才发现自己身上穿着一件大衣，却没有暖被。上上下下的寒冷钻进衣物的缝隙，像冰冷的手抚摸着他的皮肤。现在已经是七月了，怎会冷得犹如初春？

江子华一颗心狂跳起来，他已完全清醒。这里绝不是他的家或某间豪华酒店，也不会是海边的度假别墅，更不会是飞机或邮轮上。总之，他在一个完全陌生而诡异的地方。

绑架！

恐怖的字眼在他脑海中炸响，江子华额头上渗出了冷汗，试着回想自己怎么会来到这个不知位于何处的场所，但一时什么也想不起。同时他又发现了另一件可怕的事：周围的黑暗角落里，轻微的呼吸声不断响起，这意味着这里并不只有他一个，还有其他人，不，或许是野兽也未可知……

江子华竭力让自己不要崩溃，哆嗦着伸手到大衣口袋里摸手机，但并没有摸到。手机肯定早就被人拿走了。好在他还没有被人绑住，他用手探触着地面，那似乎是覆盖着一层沙土的坚硬水泥，还有些细碎石子，以及——

他的手触摸到了某种绵软的东西，还没等他反应过来，那东西缩了回去，似乎是一只手。

“谁?!”一个女子的声音，听起来同样惊恐，“你、你是谁?!”

虽然惊险万分，江子华却感到些许安慰，至少不会是绑匪。他正要开口，黑暗的另一边，有一个男声大叫起来：

“啊！！！这是哪儿啊？妈呀！我在哪儿？！”

紧接着另一些嘈杂的人声纷至沓来，有些人似乎刚刚醒来，有些人似乎想冷静地询问，但很快会聚成了此起彼伏的惊恐哭叫：

“这是哪里？！救命，救命啊！”

“天哪，这是怎么回事？！你们是谁？！”

“呜呜……老公，你在哪儿……老公……呜呜……”

听声音至少有七八人之多。江子华注意到，声音听起来都很近，也没有明显的回音，可以判断这个空间并不很大，也许只是一个几十平方米的房间。

“让我出去！”

黑暗中，不知谁撞了过来，江子华被一股大力推到了一边，碰在之前那女子身上，二人一起撞到了一堵粗糙的墙面，女子发出一声低沉的痛叫。

“对不起，你没事吧？”江子华忙问。他扶住墙，离开女子远了一点，感觉灰土扑扑而下。

“还好，”女子答道，“不过……啊……”似乎又被旁人撞到了。

随即，江子华也被人从身后撞了一下，也跌倒在地，正狼狈间，却摸到了地上的一根短棍，上面似乎有细密的花纹，还有一个按钮……

江子华心中一动，伸手在那东西上捣鼓了几下，一道明亮的光锥从他手中出现，照亮了眼前许多张晃动的面孔。

众人被光照亮，停止了慌乱冲撞，纷纷望向他手中的手电筒，目光中充满了恐惧惊怒。

“你就是绑匪？！”最前面一个西装革履的胖子声音发颤地问，“你要干什么！”

“我……”江子华见众人一副要扑上来活剐了自己的样子，急忙澄清，“不，我和你们一样，完全不知道是怎么回事，只是刚刚在地上捡到一个手电。”

虽然是实情，但是并不足以打消众人的怀疑，江子华知道不能让他们将目标指向自己，便反客为主问道：“我问大家，你们是不是和我一样，一觉醒来，就发现自己到了这个奇怪的地方？”

“对对。”

“没错。”

众人七嘴八舌地回答。

“看来，我们应该都是被人抓来的。”江子华的疑惑越来越多，却想不出半点端倪，只得继续道，“目前看来，我们的生命暂时还是安全的，如果匪徒要害我们，不用等我们醒来就可以下手。现在大家务必冷静，不能慌张，团结起来，才能逃出生天。你们谁身上有手机之类的东西？”

他一边说，一边借着手电光观察周围的情况。他们似乎在一个空荡荡的房间里，目测不到三十平方米，共有五名男性、四名女性，有些面相年轻点儿，有些老成些，但似乎都在三十到四十岁，衣着各异，不过似乎都还可以，只是有些人已经弄得蓬头垢面。他们一边在身上摸索着，一边也在相互打量，目光惊疑不定。他特意看了一眼刚才撞到的女子，那是个穿着米色风衣和牛仔裤的短发女郎，她似乎额头受伤了，脸上有一些血迹，正在低头擦拭，看不清楚容貌，但不知怎么，他隐隐有一种熟悉感。不过想不起来在哪里见过。

结果是所有人的手机都不见了，甚至手表也都被拿走了。如此说来，这个手电似乎是有人有意留给他们方便照明的。江子华低头看了一眼，手电是最普通廉价的款式，似乎并没有什么奥妙。

“老兄，快看看从哪里能出去！”有人催促道。

江子华打着手电四下寻找可以出去的门窗，但是很快发现，到处都是灰扑扑的夯土墙，这里根本没有门。

“这是全封闭的？”

“见鬼，怎么会有这种地方？”

又是一阵惊恐的议论，当然议论不出什么结果，但从言语中，江子华忽然想到一件早该注意到的怪事。

他最后的记忆，是在公司加班，按理来说，自己如果被绑架，应该还是在美国国土上。但这里所有人看起来都是中国人，讲流利的汉语普通话，口音也不明显，听不出多少方言的痕迹。

“我们在哪里?”江子华大声问，“我是说在什么地域？谁有头绪吗?”

“这还是北京郊区吧?”穿西装的胖子说，“我住在北京东城……”

“北京？可我明明在上海……”一个身穿皮裘，浑身珠光宝气的少妇惊道。

“啊，我住在杭州……”

“我是成都的……”

一圈说下来，这里的人除了中国境内的，在国外的还有三个，两个在美国，一个在法国。最后，江子华刚才撞到的女子轻轻地说：“我在青海。”那种熟悉感又出现了，但江子华此时无暇多想。

“你们在说谎吧，这怎么可能!”发福的男子愤怒地说，“谁能到全世界去绑架这么多人?”

“我看是你在骗人……”一个更胖的男子反击。

“大家先不要相互猜疑，”江子华设法将争吵扼杀在萌芽状态，“冷静一下，一定能搞明白是怎么回事……大家是做什么的？这里面有没有关于绑架的什么线索?”

一时却没人说话。江子华明白众人的顾忌，此时敌我不明，谁也不想先暴露自己。要建立相互的信任只能从自己开始。他苦笑道：“那我先来吧？我叫江子华，英文名是 Joshua，我是一名 IT 技术人员，定居在旧金山……那天在公司里工作得比较晚，可能是睡着了，醒来就到了这里……”

“我叫……张伟，”过了一会儿，那个发福的男子说，“我是在北京国企工作的，昨天晚上我明明在家睡觉，结果醒来就……就和你们在一起了，根本不知道发生了什么。”

“我叫李强，”更胖的男子说，“在银行上班，我……我记得好像是在一间会所里和客户多喝了几杯，然后不知怎么就到这儿了。我也一点儿头绪都没有。”

“那个……”一个打扮时髦的女子道，“我叫欧阳美，我是——”

她的话被好几个人不约而同发出的惊呼声打断了：“你说什么？你叫欧阳美？”

“哪个欧阳美？”

“欧阳臭美？”

欧阳美似乎也察觉到了什么，“等等，你们是……该不会是……不可能吧……”她激动之下，说话也结结巴巴、语无伦次起来。

江子华也觉得头脑一阵晕眩。就在刚才，因为张伟、李强等名字太过常见，他压根儿没往某个方向去想，但欧阳美这个名字却勾起了遥远得像是前世的记忆。他觉得自己仿佛坠入一个最最荒诞的怪梦里。

他望向自称欧阳美的女郎，吃力地认出了一张旧日的面容。

“张伟，”他随即转向西装胖子，“你……不会就是冷湖中学零二级的张伟吧？”

“我……我是。”

2

江子华仍然难以置信，狠狠地咬了一口自己的下唇，只感到一阵痛楚。

他又问那个更胖的发福男子：“难道，你也是‘耗子’李强？”

“啊，你知道我上学时的绰号？”李强惊讶地回答，“难道你……对，你是眼镜儿！”

“我才是严俊，”一个戴着金边眼镜的儒雅男士说，“你真的是李强？这也太荒诞了……”

“等等，你是严俊？”满头珠翠的少妇激动地插进来，“我是你的同桌啊！”

“蒋雯？”

“对呀对呀！”

另一个美艳女子带着惊喜哭了出来：“雯雯！你是雯雯？呜呜……我是孔丽呀……呜呜……”

“小恐龙！这……这他妈也太不可思议了！”又冒出来一个瘦小精干的男子，“你们在耍我吧？”

“你又是哪位？”好几个人异口同声地问道。

“靠，我你们都认不出，还敢说是冷中零二级的？”

“你是马小武，”刚才撞到的那个女郎在江子华身后说，“最喜欢打架和整蛊同学，对吧？我可没少挨你的整。”

“我去！”马小武瞪着眼说，“你不会是……小……小……”

“沈素。”女郎吐出两个清冷的字。

江子华适才已经有所预感，但听到这个名字后，心跳还是停了一拍。一刹那间，他不能思考，不能呼吸，整个人被忽然掀起的情感狂潮淹没了。

夏末，高原的灼目阳光下，一辆乌黑锃亮的奥迪小汽车驶过镇上坑坑洼洼、尘土飞扬的破旧马路，格外引人注目。

他正走在冷中门口，和几个一同入学的男生聊天，车轮扬起的沙土迎面扑来，伴着刺鼻的汽车尾气。大家掩着鼻子，投去厌恶的目光。

“谁那么拽啊？”身边的李强气愤地说。

“看上去像是领导的车……”张伟啧啧道。

奥迪并没有开走，而是在校门口附近停下。车门打开，一个高大的中年男子从后座下车，身上西服笔挺，手中牵着一个十来岁的女孩儿。女孩儿的眼睛亮晶晶的，梳着可爱的双马尾，穿着一条嫩绿色的连衣裙，背着崭新的卡通书包，已经略显出少女的身姿。她似乎第一次来这里，有些好奇地四下张望着，阳光洒在她端庄秀美的面容上，让他忽然觉得耀眼得不可直视。

他忘却了周围的一切，呆呆地看着那个和自己年纪相仿的女孩儿。她注意到男孩儿失态的目光，有点脸红，随即高傲地转过头，跟着父亲走进了校门。

“老大，那女孩儿是谁？也是新生吗？”李强问道。这里大部分人都是镇上一个小学升上来的，很少见到陌生的同龄人。

他摇了摇头，表示不清楚。消息灵通的张伟凑上来说：“这小丫头应该是刚调来的沈副总的女儿，名字叫沈……对了，沈素，白素贞的素……以前在西宁那边读小学，不过我表姐说，她今年会转过来跟我们一起上中学。”

众男孩发出艳羡的赞叹，他们基本都是本镇土生土长的，对他们来说，西宁即便不是世界上最繁荣的都市，但也相去无几，西宁来的女生是什么样子的，真难以想象。

可是，他却感到一股更深沉的欢喜在胸中悸动，他知道冷湖中学如今人数很少，他们这届只有一个班级。

从现在开始的三年里，他每天都能见到她。

江子华思绪翻涌，却紧张得不敢回头看，仿佛回到了十二三岁的青涩少年。

“……我们真是初中一个班的老同学啊！怎么会有这种事?!”众男女纷纷惊叹。

“都整整二十年了！”张伟感叹道，“怎么会突然……”

“是啊，二十年了……”众人不约而同地叹息，“想不到我们居然在这里重逢……”

二十年来，从未有过同学会。

因为他们的学校和故乡已不复存在。

冷湖位于柴达木盆地的边缘，青海、新疆与甘肃交界处，本来是茫茫戈壁间一片无人居住的小湖，在五千年的中国历史中没有留下半点身影，可二十世纪五十年代，冷湖油田的发现让这里热闹起来，来自五湖四海的建设者聚在这里，围绕着新中国最需要的石油工业，繁荣兴盛的冷湖镇诞生了，最多时有十余万人。

经过半个世纪的开采，到了世纪之交，随着油田的枯竭和国家战略的调整，冷湖也日益走向衰落。一旦没有了石油，这个荒漠中的城市很难再维持下去。最后，石油总公司统一安排，几乎将所有的员工及其家属都迁走，分流到全国各地，冷湖镇从此基本废弃。

这些三十五六岁的大龄青年——基本上可说是准中年人了——是冷湖人的第二代或第三代子弟，也是冷湖中学初中部的最后一批学生。当年，他们刚刚初中毕业，就赶上了冷湖的大分流，跟着父母迁往全国各地。一群十五六岁的孩子，在不同的环境中踏上各自的人生道路，对于故乡的记忆已经淡漠，也早已断了联系。谁知今天，竟在如此怪异的情形下重聚。

“这……是谁在搞恶作剧吗?”孔丽疑惑地问，“马小武，不会是你吧?”

话音未落，人群中居然响起了零星的笑声。这事儿马小武还真干得出来，初一时的愚人节，他编了一个调课的通知，把一个班的人都骗到了操场上。

“我说小恐……孔丽，你也太看得起我了，”马小武连声叫屈，“我有这能耐还绑你们干什么，不如直接去绑架我本家马云马化腾!”

众人不禁又笑了起来，气氛更加缓和。不管怎么说，在这里的都是少年同学，虽然已经二十年不见，但却分享着人生最珍贵美好的回忆。

江子华终于鼓起勇气，回头望向身后的女郎，她离手电的光圈最远，大部分身形隐没在黑暗中，看不太清楚。只依稀看见她的面容苍白，鼻梁高挺，双眸炯炯有神，虽然和他梦中牵萦的少女模样已经有了一些不同，但如果刚才就看到，他肯定自己能认出来。

沈素也注意到了江子华的目光，对他微微点头。江子华心神激动，刚想说话，却不料欧阳美警惕地指着他：

“这个什么江子华不是我们班的！我们班根本没姓江的人!”

“难道你果然是绑匪！”好几个人惊叫起来。

江子华终于从恍惚中回过神来，“想哪儿去了？我是贺华！”

“啊，班长?!”几个人异口同声地惊呼。

“是我。”江子华耐心解释，“离开冷湖以后，我爸妈离婚了，我跟我妈过，后来随了她的姓，名字也就改了……”

“是啊，”欧阳美盯着他看了一会儿，不好意思地说，“可不是班长吗？我也太脸盲了……”

张伟忽然一声惊呼：“江子华？贺华，你就是江子华？”

众人又紧张起来，“怎么？难道不是？”

“不是，我想起来了，江子华可是币圈大佬啊，上过《时代周刊》的！”

“《时代周刊》？”

张伟解释说：“江子华在美国研发新一代区块链技术，在业内很有名，公司已经在纳斯达克上市了，我当时看了照片就觉得眼熟，想不到竟然是班长！”

“哇，区块链！”

“ICO 啊，太牛了。”

众人纷纷表示惊讶和羡慕，江子华逊谢了几句，正不知说什么好，却出现了一个更轰动的目标。

“你说什么?!”

本来一直在和孔丽咬耳朵的蒋雯忽然大叫起来，众人惊诧地望去。

“太不可思议了……”她喃喃道，又注意到众人的目光，大声说，“你们知道吗？原来孔丽就是……就是艾米丽！”

“哪个艾米丽啊？”

“还有哪个艾米丽？大明星艾米丽！你们认不出吗？”

“不会吧？”众人发出难以置信的惊呼。艾米丽是当今红得发紫的女星，怎么会是……孔丽？但看眼前的美貌女郎，的确像是电影海报上常见的那个人。

“什么？孔丽是……艾米丽……是孔丽？”李强激动得有点语无伦次，“那个红遍全国的《爱上小姨子》是你演的？这也太牛了！”

“哪里，十八线小演员而已……”孔丽谦虚道。

“都成国民小姨子了还十八线？”欧阳美笑着说，“丽丽，你真了不起！可你的容貌还真是认不出来了……”

“那还用说，一定是去韩国整过了！”马小武道，众人也有同样的疑惑。

“我可没整容啊，”孔丽澄清，“就是后来长大了，女大十八变嘛……”

“这倒是，还能看出小时候的影子……”欧阳美说，“不过年纪也不对啊，我记得娱乐杂志上说你是00后？”

“哎，”孔丽有点不好意思，“演艺圈嘛，谁会说自己的真实年龄……”

江子华在国外多年，对国内影视圈了解有限，但这几年也听过艾米丽的名字，当然绝不会把她和相貌平凡的“小恐龙”联系在一起。昔日女同学丑小鸭变白天鹅，成了知名艺人，这是个了不得的八卦，但这和目前的处境有什么关系？江子华感到这应该不仅是巧合，但怎么也想不出关联何在。

众人围着孔丽聊了起来，几乎忘了自己的处境。沈素碰了碰江子华，“现在怎么办？你得主持大局。”

“我？”

“谁让你是我们班长呢？”沈素似笑非笑地说。

3

江子华暗暗苦笑，他万万没想到毕业二十年后，还要重新担起班长的重任。不过，现在的确不是叙旧的时候，他清了清嗓子，打断众人那投入忘情的叙谈：“大家以后慢慢再聊吧，当务之急还是搞清楚眼下的状况。这里有张伟、李强、欧阳美、严俊、蒋雯、孔丽、马小武……沈素，加上我，一共九个人，对吧?”

“其他同学呢?”张伟问，“我们班直到毕业还有三十多个人呢。”

江子华摇摇头，“应该不在这里，至少不在这个房间里。这里应该只有我们九个，可为什么是我们九个人……为什么是我们……

“对了!”他想到一点，“这会不会和我们今天的职业与身份有关？大家再自我介绍一下？严俊，你刚才说你在洛杉矶，是吗?”

严俊点头，“对，UCLA，加州大学洛杉矶分校。”

“哦，是在读书还是……”

“博士毕业工作多年了，去年刚拿到化学系的终身教授。”严俊平静的语气中带着几分隐隐的骄傲。

众人都微感吃惊。他们记得严俊当年学习很用功，可惜成绩平平，能不能考上大学都不一定，想不到如今年纪轻轻，居然已经成了美国名校的教授。

江子华也感到有些惭愧，自己竟然不知道老同学也在加州，而且相距不远。但他不动声色，继续询问了其他人的职业发展：

张伟风华正茂，已经做到中石油的高管，前途无量。

欧阳美定居巴黎，是服装设计师，设计的新款女装风靡一时。

马小武当了拳手，得过不少奖牌，包括终极格斗冠军赛的轻量级冠军。

蒋雯是全职太太，老公是一个高富帅，公公更是福布斯富豪榜的常客。

至于李强，表面上只是职位不高的省城银行职员，不过经再三询问，他吞吞吐吐地暗示，自己掌管着一些大额贷款的审批，灰色收入相当可观……

江子华一个个听下来，暗中思量，包括自己在内，这些人的身份和职业圈子千差万别，几乎找不到什么共同点。但有一点是相同的：他们都跻身社会上流阶层，至少经济状况非常理想，算是一般意义上的成功人士。但这又意味着什么呢……

他最后转向沈素，刚要询问，张伟忽然一拍大腿，“我明白了！大家都发展得很好，多半是妒忌我们的同学干的，没准儿就是柳睿！”

江子华好奇道：“柳睿？”柳睿也是班上的尖子生，成绩好，眉清目秀，比当年的自己还受欢迎。

“他后来和我一起进了中石油，在一个部门，可一直混不上去，高分低能！”张伟不屑地说。

“要么是程伟豪？”李强接口，“听说这家伙在南方搞传销，骗了好几个同学……”

“不可能的。”江子华听着越说越不像话，反诘道，“还是那句话，要把我们都绑来这里，这些人谁有这个能耐？要是有这能耐，还能在乎我们这点儿家当？”

“那……”张伟和李强立刻哑口无言。欧阳美心细，转身问沈素道：“对了，你还没说呢，你是在……”

“我比你们差远了，大学毕业以后去了西藏，在山里支教了几年，现在回到德令哈，在一个民间基金会里工作。”沈素简单地说。

“哪个基金会？”张伟饶有兴趣地问。

“是啊，”蒋雯说，“我投了好几个基金，回报率很高……”

沈素解释说：“不是那种基金啦……”

“那可不好讲，”李强说，“我接触过一些慈善基金的管理层，个个都富得流油……”

马小武笑嘻嘻地接话：“是啊，我们沈素家学渊源……”话说了一半，觉得不妥当，闭上了嘴。但沈素的脸色一下子变了。

江子华的心仿佛也被尖针狠狠扎了一下：二十年过去了，有些事还是没有过去。

“本次期末考试第一名是，”初三上学期结束时，班主任吕老师站在讲台上宣布，“贺华！总分390！”

热烈的掌声响起，羡慕和祝贺的目光从四面八方射来。贺华向众人报以礼貌的微笑，但也并没什么惊喜，自从上中学以来，他从没拿过第二。作为班长，这也是应该的。

“并列第一，”吕老师又说，口吻有些古怪，“沈素，总分也是390。”

贺华惊愕地转过头，望向坐在自己左前方的少女的侧影。沈素却像犯了错误一样低着头，长发挠住了面庞，所有人都呆住了，没有人鼓掌。

吕老师看着不像话，带头鼓了几下掌，教室里才传来几声稀稀拉拉的掌声，以及更多的窃窃私语。

“沈素期中的时候才考十几名吧，怎么可能一下考第一？”下课后，贺华听到严俊在跟几个人嘀咕。他这次拼了吃奶的力气才考到第十，结果本来在自己后头的沈素竟一下子蹿到了并列第一。

“抄的吧？”蒋雯冷笑。

“就是！”孔丽等女生也跟着附和。

贺华看不过眼说：“她这个分数，能抄谁的？”

“抄我的，没准儿是抄我的！”坐在沈素后面的马小武挤眉弄眼地说，众人笑了起来。“去你的，小武，你可是全班倒数第一……”

“那又怎么样？”马小武大声说，刻意朝着沈素的方向，“我至少家底清白，我爸又不是贪污犯！”

“小武！”贺华急忙阻止道。

“我说错了吗？龙生龙，凤生凤，老鼠……”

一声椅子响，沈素霍然站起身，攥紧了拳头。马小武也吓了一跳，怕她发飙。但她却并没看他们，而是低头冲出了教室，隐约听得见呜咽声。

贺华的目光跟着她的背影，他想要追出去，又缺乏勇气。

“怎么，班长大人对小贪污动了恻隐之心？”马小武凑上来道。

贺华收回脚步，朝他狠狠瞪了一眼，“少胡说八道！”

放学时，贺华看着沈素孤零零的背影，心绪越发纷乱。

沈素的父亲是大领导，家境比普通工人家庭优裕得多。沈素入学以后，成绩也很不错，吕老师给了她副班长加宣传委员的职务，还给她评了两个学期的“三好生”，令一帮本地子弟极其不爽。据说吕老师正在求她父亲帮忙，把自己调到东部的大城市去。

谁知好景不长，到了初二上半学期，忽然传来惊天新闻：沈素的父亲因贪污受贿被捕，判了五年。检察院公布了二十万赃款，这数字在当时已然不小，但在传言中不知怎么就变成了一百万、两百万甚至更多，大量赃款下落不明，自然都是被家人藏起来了。同学们的正义感一个比一个强，加上沈素平时又有些孤傲，更被落井下石。她很快有了一个外号“小贪污”，班干部自然被“调整”掉了，也几乎被所有人孤立，更多的恶作剧也接踵而来，书包里被人放沙子，座位上被人撒图钉，有一次甚至被人从楼梯上推下去，险些骨折……

这种情况下，沈素的成绩自然一落千丈，从前几名转瞬掉到了二十名外。但是到了初三，她不知怎么竟又爬了上来，还跟贺华齐头并进。可是一个贪污犯的女儿，凭什么考全班第一？有传言说她要拿赃款去英国贵族学校留学，就更令人义愤填膺了……

贺华看不过去，好几次喝止了马小武等人的恶作剧。但他又不敢太着行迹，生怕站到大家的对立面，更怕被人发现他内心的情感波动，因此同样对她十分疏远。

但他其实很关注沈素，上学放学时总设法跟在她后面，希望能暗中保护她，有几次也的确赶走了几个捣蛋鬼，但他却更刻意地不和沈素走在一起。

这几天，贺华家的调令已经下来，父亲调到西安的石油研究院，自己也要转到一所省重点高中，非常理想。但他心中却有着一分隐秘的惆怅。

望着前面不远处沈素纤细的背影，贺华想，很快他就再也见不到她了，也许是永远。

也许他应该打破无谓的疏远，主动问她将会去哪里……

但沈素的身影已经走进了自家楼房的门洞，消失了。

江子华从回忆中挣扎出来，设法打破了尴尬的沉默："别说那些没用的了，现在重要的是搞清楚我们在哪儿。"

"这么个古怪的房间，谁搞得清楚在哪儿？"马小武嚷嚷。

"不，"江子华俯身，"你们看，地上的石板摸起来非常干燥，一点水汽也没有，有很多细小的砂砾，但没有一点霉菌或者小昆虫的迹象，还有七月份的气温这么低……这种感觉难道你们不熟悉吗？"

"你是说……"众人想到了什么。

"冷湖！"江子华确定地说，"我们很可能是回到冷湖了。"

4

"我们怎么会万里迢迢地跑回这鬼地方？！"马小武又嚷了起来。

虽然对家乡的称谓颇不恭敬，但众人能够理解他的震惊。冷湖镇僻处青海省西陲，距离所在的海西州州府德令哈都有四五百公里，以西部的标准都算是偏僻地区，更何况那里已经荒废了很多年，基本上是一座死镇。

一群冷湖子弟，在离开家乡甚至家乡也不复存在十多年后，莫名其妙地越过半个地球，回到几无人烟的故乡小镇，在黑暗中醒来，这真是诡异得匪夷所思。

大家脸上相对轻松的表情渐渐消失了，代之以更深层次的恐惧。

江子华继续说："当务之急，是想办法出去。这里不可能没有出口，我们仔细找找。"

手电的光圈沿着墙壁滚动着，这次看得更细致了一点。墙皮部分都已脱落，后面并没有砖头，而是层叠的沙土层，看不到任何门的痕迹，但这地方江子华隐隐又觉得有几分眼熟，难道曾经来过吗？

"这里好像有字！"李强叫了一声，指着下方的一个角落。

江子华顺着他手指看去，发现了刻下的一行数字：

20250710

“这啥意思?”马小武说,“电话号码?”

江子华却倒抽一口冷气,感到毛发直竖,“应该是2025年……7月……10日?”

“今天是……是几号?”他问张伟,他记得的最后一个日子是美国西海岸时间7月7日,2025年。

“我不知道。”张伟说,脸色也十分难看,“我记得好像是7月9号,我在西安开一个会……你们呢?”

“我最后记得的事儿是8号晚上,我在一个朋友家里……嗯……”蒋雯支支吾吾,没有说下去,大概涉及个人隐私。

“8号,”沈素说,“我在玉树下面一个村做调研。”其他人说的日期,也差不多都是这几天。

“我明白了!”欧阳美发出了一声恐惧的惊叫,“加上把我们从世界各地弄来需要的时间,今天就是7月10号,就是刻在墙上的日子!”

这个结论让江子华禁不住打了个激灵,“所以,这就是二十年前我们刻下的……那个约会,它应验了?”

一连串尘封的记忆在众人的脑海中苏醒。

“朋友一生一起走,
那些日子不再有。
一句话,一辈子,
一生情,一杯酒……
朋友不曾孤单过,
一声朋友你会懂。
还有伤,还有痛,
还要走,还有我……”

他们坐在地上,齐声高歌,歌声中混着欢欣和伤感,几个女孩儿都流下了眼泪。后来,马小武耍宝似的打了一套咏春拳,又赢得了一片笑声。孔丽也来助兴,给大家跳了个街舞,又是一片热烈的掌声。

“班长也来一个!”张伟叫道。众人跟着起哄。

贺华不知道该表演什么，歌舞他都不擅长，忽然灵机一动，他起身背诵了一首普希金的《十月十九日》:

“……无论命运会把我们抛向何方，
无论幸福把我们向何处指引，
我们，还是我们，
整个世界都是异乡，对我们来说，
母国，只有皇村!”

他吟诵得很动情，可大部分同学都没被感染，只是看在班长的面子上寥寥喝了两句彩，贺华讪讪坐下。蒋雯还问他，刚才念了半天的“黄村”是哪儿的村子。

“皇村是普希金上的中学，”贺华哭笑不得地解释，“也是普希金毕生难忘的地方，他和皇村的很多同学终身保持友谊。我想，我们以后也会这样。永远不忘中学时代，永远是好朋友。”

这话却触动了蒋雯，“大家真能一直做朋友吗?以后我要搬到四川去了，相隔千山万水，再也见不到大家了……呜呜……”

“雯雯别哭，”孔丽安慰她说，“我们将来一定会再见面嘛!”

“我有个主意啊，”张伟说，“再过二十年，我们要重新聚在一起，就在这里办同学会!”

“二十年?干吗那么久，十年吧!”李强嚷嚷，“老大，你怎么说?”

“这个嘛，”贺华老成地分析，“我觉得，十年以后大家二十五六岁，刚大学毕业走上工作岗位，事业才起步，说不定有些人还在念书……不一定都能回来。二十年后，大家都事业有成，时机应该更成熟。”

“可二十年也太久了点儿……”欧阳美抗议。

“先定下二十年这个死约会，不是说一定要等二十年以后再聚。这中间有机会随时可以办同学会，说不定就在明年……反正我们无论在哪里，都要保持联系，好不好？”他有意无意地看了一眼坐在角落里的沈素，却发现她也正看向自己，心头一慌，欲盖弥彰地移开了目光。

好在没人发现他的异样。马小武起哄道：“好！在座的各位英雄，二十年后的生死之约一定要来！谁不来谁生儿子没……”

“小武你也太毒了吧……”众人笑道。

“行，那就绑也要绑来！”

大伙儿哄笑起来，借着火光，他们在墙上刻下了三行字：

20250710

我们在这里重聚。

谁不来就给绑来！

他们看到，这几行字迹仍留在墙上，清晰得如同刚刚刻下。

“怪不得，怪不得是我们九个人。”江子华恍然大悟，“我完全记起来了，当年最后那次——探险，来到这里的就是我们九个。”

张伟质疑说：“不是吧？我明明记得柳睿也来了……还有程伟豪……还有……”

“没错的，”严俊佐证道，“柳睿他们的确是跟我们一起出发的，不过走了一半就回去了，最后坚持到这里的，真就是我们九个。这么说来，难道……难道是我们中间的某个人干的？”

众人紧张地相互对视，又开始猜疑。江子华忙打住：“这些以后再说吧，各位，现在的重点是——我们知道怎么出去了！”

他走到房间的中央位置，举着手电向上看，果然看到天花板上有一个洞口，上面有黑黝黝的生锈铁板。

“真就是当年我们躲风沙的那个地窖！”他惊喜地说，“我知道怎么出去了！哪个男生托我一下？”

张伟自告奋勇托住他，江子华踩在他肩膀上，正好可以摸到那块铁板，他用力把铁板掀开。一道微弱的光线从上面照下来，好像是夜里的星光，但在众人看来，不啻灿烂的阳光。

江子华抓着上方的边沿，奋力爬了出去，看到外面是一座房屋废墟，屋顶已经坍塌，只剩下几堵断裂的墙壁。江子华抬起头，不禁一呆。

皎洁的银河悬在他的头顶，仿佛一座横跨星空的拱桥。他想起来，这是他小时候常见的景象，冷湖地区极少光污染，离镇上稍远一点儿就能看到宛若流动的星河。只是搬到大城市后，他再也没有见过银河，连星星都见不到几颗。

他从一处只剩下孔洞的窗口向外望去，不远处，千奇百怪的土丘一群群立在沙海中，夜里只能看到黑沉沉的轮廓，但还能认出有的挺拔如雄狮，有的雄浑如群象，有的像是张牙舞爪的恐龙，有的像是艨艟巨舰，正朝他们驶来……各种造型都有，就像是巨人雕刻家的工作室，无数座半成品雕塑杂乱地摆放在这里。

江子华还记得，这是雅丹林，百万年的风沙在较为松软的沉积泥岩上反复切削，形成了奇异的土丘林立的地貌。这是他小时候最熟悉的家乡的地貌奇观。时隔多年后猝不及防地扑入眼帘，震撼中混合着亲切，让他一时忘记了呼吸。

他呆立了片刻，才在旁边找到一架竹梯，应该是当年用过的那架，在干燥的气候下保存得很好，还可以用。他把竹梯从屋顶放下去，帮助里面的男女同学一个个爬到地面上来。众人上到地面，望向天穹和远方，也同样战栗着发出惊叹。

“真的是冷湖雅丹……我们果然回到这里了……”

“还是和当年一样‘千山鸟飞绝，万径人踪灭’啊……”

“简直就像在火星……”

江子华最后把沈素拉了上来。银河的辉光下，二人四目相对，不过沈素很快移开目光，也望向夜色下的雅丹群丘。

“好像我们从未离开过这里，”她幽幽地说，声音含糊而悠远，“好像这二十年只是一场梦。”

“可我们都已经老了。”江子华苦涩地说，忽然想到这说法不太妥当，“不，我是说我老了，你还是那么……那么……”

沈素凝视着他，莞尔一笑，“还好，我们都只是半老，还有青春的尾巴，比白发苍苍再见面要强。”

江子华也笑了，“这么说，我们还得感谢这次被绑来的约会了，只是不知道应该感谢谁……”

沈素的面色凝重起来，“也许我们知道呢。”她向上指了指，“也许就是二十年前，我们来这里要找的……”

“外星人……”

江子华喃喃道，头顶的星光似乎一下子变得分外诡异。

5

初三下半学期，冷湖中学解散前的最后那个春天，火星人降临冷湖的传闻在镇上闹得沸沸扬扬。

首先是很多人说自己看到了外星飞碟，它在黄昏的霞光中一闪而过，或者在深夜的星空中停留很久。但具体的样子又是言人人殊，有人说是很小的圆盘，有人说至少有汽车那么大，还有人说是乌云般遮天蔽日的星舰……有人说是黑色，有人说是金色，还有人说是可以不断变换色彩的发光体。有人说只有一个，也有人说看到了好几个。

不过有一点许多人都同意：飞碟是从冷湖雅丹林的方向飞来的。据说在雅丹林的中心地带还出现了异常的光波辐射，夜里隔着几十公里，都能隐隐看到光芒闪动。学校里很快就有人传言，说火星人在冷湖雅丹的无人区建了一个秘密基地。

为什么是火星？大概因为前些年学校办了一个科普展览，里面有美国的登陆车拍的几张火星表面的照片，不是碎石满地的戈壁，就是黄沙中矗立着许多奇形怪状的山丘，和冷湖一带的地貌，相似至极，光看照片，甚至分不出哪儿是冷湖，哪儿是火星。不少学生看了，都自嘲冷湖镇是“火星小镇”，理所应当，火星人也会造访这里了。

最初还只是口耳相传，贺华他们也没有亲眼看见，只是将信将疑。但有一天，在学校里，他们看到校外有一长串车队从沙漠深处开来，大部分是迷彩色军用卡车，上面站着很多全副武装的士兵，还有一些不明用途的庞大设备。外来人在镇上驻扎了一晚，找了一些目击者去问话，然后大队人马就开进了雅丹林中。里面不仅有军人，还有一些看上去像是科学家的白大褂。谣传说什么钱学森、杨振宁都来了……

不过没人知道究竟是怎么回事儿。很快，镇中心的布告栏里贴出告示，宣布冷湖附近有重要军事任务，要求各部门遵守纪律，不得乱闯乱问。那几天，一切人员车辆都不允许进入雅丹地带。学校里的老师也接到了上头的特别通知，严禁好奇的学生去和外来人接触。

那些军人和科学家在雅丹地带进出了一个多月，人却越来越少，最后所有的外来人和车辆都离开了。显而易见，这次任务无果而终。

但是，冷湖有火星人的传说却从此变成了少年们心中确凿的事实。只是那些大人太没用，所以什么也没找到。但那些奇怪的飞碟和小绿人，一定躲在苍凉浩瀚的雅丹无人区深处，等待着勇敢的探险者……

不久，学校里又有更离奇的流言传出。

据说只要见到火星人，就能实现心中的愿望。这本来是言情剧里流星的任务，但流星显然不如火星人更神通广大。这个说法一出来，寻找火星人就不只有几个科幻迷感兴趣，而是对所有人都有了强烈的吸引力，好多人嚷嚷着要找火星人。问题是，冷湖雅丹离镇上足足有几十公里，没有学校的组织不容易去，大部分人也只有说说而已。

但初三结束后的那个七月，最后一次返校时，贺华提出了一个筹谋已久的计划：

“我们自己去找火星人吧！找不找得到，这都是最好的毕业留念！”

怎么找呢？贺华仔细讲解了他的计划：找一个夏日的周末，各自跟家里说，学校组织在冷湖边野营作毕业纪念。大家带好食品和水出发，其实目标是冷湖雅丹。在那里，他们可以花上一天时间寻找外星人，第二天早上再回来。就算找不到火星人，贺华说，他知道在雅丹林深处有一栋废弃的房屋，可以栖身一晚上，一定很精彩刺激。

当时全班还没离校的三十多人都热烈响应，说一定要来。不过毕竟要瞒着家里，事到临头许多人又打了退堂鼓，最后能来的人只有一半。

所以，在那个宿命般的日子，十来个男女生，背着食物、水和睡袋，还有自己充满美好憧憬的青春，蹬着单车出发了。

雅丹林比预想中更远，他们骑了两个多小时还没看到影子，只好先坐在路边休息，喝水吃东西。

“眼镜儿，如果真找到外星人，他们又能满足你一个愿望，你要什么？”张伟一边啃面包一边问道。

“我要当爱因斯坦一样的大科学家！”严俊认真地说。

听到的人发出一阵嗤笑。严俊学习是很努力，小学就戴上了眼镜儿，可成绩只是中下水平，考不考得上大学都两说。

“你呢，李强？”张伟又问。

“我要赚好多好多钱，给我爸我妈买别墅住，买大彩电看，再……再请十几个佣人！”李强有些害羞地说。贺华听着略感好笑，却又有些唏嘘。李强的父亲前几年下岗，母亲是清洁工，在班上属于最贫困的学生之一。

“张伟，那你要干什么？”李强反问。

“我要当雍正爷！”张伟拍着胸脯。

“啊？”

“你们没看过《雍正王朝》吗？”张伟眉飞色舞地说，“我想当大官，整顿吏治，为民造福！”

“切，你一个小组长要能当雍正，班长不就是玉皇大帝了！”欧阳美听到后笑他，又问贺华，“对了，班长，你要当什么？”

贺华笑了笑，“别瞎想了，外星人又不是神仙，哪能让我们心想事成？我们这次是科学探险，要讲科学！不能迷信！”

“聊天嘛，”欧阳美不依不饶，“班长你说说看，长大以后想干什么呢？”

贺华被她缠不过，想了想说：“我对当官没什么兴趣，从社会发展趋势来看，互联网才是人类的未来，我以后要搞IT，发明很多有意思的软件来改变世界，就像比尔·盖茨那样！”

“班长不愧是班长，”张伟恭维道，“志向太远大了！那欧阳臭美，你想干什么？”

“你才臭美！我要当服装设计师，”欧阳美毫不犹豫地说，“引领时尚潮流，没准儿将来你们都会穿着我设计的时装……”

“不就是做衣服嘛，没意思。”马小武一旁不屑地说，“老夫要当武林高手，打遍天下无敌手！”

“幼稚！”欧阳美更不屑地回击，“对了，蒋雯、孔丽，你们呢？”

蒋雯似乎有些腼腆，“这个……这个不能说……”

“我知道，我知道，”马小武笑嘻嘻地接口道，“你就是想嫁给那个什么道明寺……”

蒋雯纠正：“什么道明寺？人家叫言承旭！”

“蒋雯啊，你不会真以为火星人能让言承旭娶你吧？哈哈哈……”

“关你屁事！”蒋雯恼羞成怒。

众人哄笑起来。马小武又逗了她几句，然后转向孔丽，“那你呢？”

“我想……演电影……”孔丽也怯生生地说。这话果然招来更大声的哄笑。

“我说小恐龙，你要笑死我吗？就你还进演艺圈？”马小武道。

“也不能这么说，”李强强忍住笑，“有些丑八怪还是需要人演的……”

贺华看不下去，帮孔丽说道：“星爷说过：‘人没有梦想与咸鱼有什么区别？’当演员未必一定要选美冠军吧？现在最火的超女李宇春，也不是大美女……”

“可是，”孔丽委屈地说，“我就是想变成大美女啊……要不我才不跟来……”

贺华一时语塞，接不下去，好在严俊救了他：

“哎你们看，柳睿和程伟豪他们呢？”

众人回头望去，只见远处的几辆自行车影背对着他们离去，而且已经离开很远了，就算叫也听不到。

“那帮人怕吃苦，”贺华嗤之以鼻，“偷偷回去都不敢跟我们说一声。不理他们，我们走我们的，就我们八个人！上车！”

“等等，后面好像还有人来！”张伟又叫，贺华回头看去，一个墨绿色的人影骑着车在远处出现，仿佛是沙海中长出的一片嫩芽。

“那是谁？”李强自言自语，“好像是个女生……金羽红？杨小琴？”

但贺华一眼认出了那个绿色的身影，心脏仿佛停跳了一拍。

张伟也认出来了，“好像是沈素……”

“小贪污怎么也来了……”马小武嘀咕。虽然之前贺华是在班上公开提出的倡议，但人人都觉得沈素肯定不会来，也没有人特意去问她。刚才当然也没人等她，不想沈素却自己赶来了。

某种隐秘的喜悦在贺华心中慢慢扩大，就像那个逐渐接近的丽影，一点点儿充满他整个心灵。

“都最后一次聚会了，不许再叫人小贪污，知道吗？”贺华声色俱厉地对马小武说，马小武吐了吐舌头。

“她一定有个非常想要实现的愿望。”欧阳美评论道。

6

“我还是不懂，”张伟说，“这和外星人有什么关系？那次我们连外星人的影子都没看到。”

江子华想了想，“我们得复盘一下，二十年前今天的夜里，究竟发生了什么？”

“我们九个人骑了大半天车，快傍晚才到，结果刚进雅丹林，就遇到了大风沙。”张伟回忆道。

“没错，”李强接着说，“当时昏天黑地，什么都看不清，大家都慌了，也没地方躲，好不容易找到班长说的那个石油勘探队留下的小屋，却发现是片废墟，屋顶都没有，好在找到了地下室。”

江子华点头，“爷爷跟我说过当年勘探的事，说有时候地面建筑不牢靠，会挖一个地窖储存补给物资和休息，所以我找了一下，果然发现了这个地下室。不过里面早就没什么东西了，空空如也，只够我们在里面躲风沙。”

欧阳美补充道：“风沙吹了好久，我们的计划都泡汤了，天色又晚了，就在那里拿出各自带的食品，什么好丽友啊、奥利奥啊、牛肉干啊，吃了个饱。”

马小武说：“张伟还偷了瓶他爸的青稞酒，大家也没杯子，就对着瓶子你一口我一口喝光了。”

孔丽说：“然后大家一起唱歌跳舞，倒是很开心。后来班长好像还念了首汪国真的诗……”

江子华忙纠正：“是普希金的。”

“差不多吧。”孔丽不以为意，“后来大家说要二十年后再聚什么的……然后就在墙上用小刀刻下了誓言。再然后……然后……蒋雯你记得吗？”

蒋雯摇摇头，“后面我应该睡着了吧，不记得了。不过我记得马小武挺活跃的，他应该记得。”

马小武挠挠头说："那个，我喝了不少酒，应该也睡着了吧，不记得了。"

"再醒来就是第二天早上了，"张伟苦笑道，"然后我们就倒大霉了。"

众人一片唏嘘，这次探险以悲剧收场。第二天一早，他们就听到附近很多人高声呼喊自己的名字。出去一看，发现父母、老师、警察，还有很多邻居街坊都出现在雅丹林中，足有好几十个人，看到他们都激动地迎了上来。

后来他们才知道，溜回去的几个同学被父母盘问为什么提早回来，有的支吾不过，便说出了真相。家长们听说有很多学生半夜三更在荒郊野外的冷湖雅丹转悠，又见起了沙暴，生怕出事，赶紧通知吕老师。吕老师惊出一身冷汗，连夜赶紧一家家打电话去问，确定有九个学生到了雅丹林，因为在无人区打手机也打不通，急得报了警。警察便联合了老师、家长和治安巡逻队，好几辆车一路赶过来，但也搞不清楚具体在雅丹林的哪里，虽然发现了他们停在公路边的自行车，但傍晚的风沙掩埋了他们大部分的足迹，找了一晚上，才找到这里……

不用说，众人回去之后被家长好一顿修理，许多人还遭到了禁足的惩罚。没过多久，这群孩子便跟随父母离开了冷湖，初中时代草草收场。他们甚至没有机会再聚一次，聊一聊那天的事，就已经被命运抛到千万里之外，开始了大相径庭、再无交集的人生。但今天却又被一根看不见的绳子拉回到这里，这是为什么？难道真是因为二十年前的一个率性约定？还是因为某种更神秘的存在？

众人面对异星般的荒漠景象，一时陷入无法言说的恐惧。

"那天晚上……"江子华追问，"真的就只有这些，没别的了吗？"众人面面相觑，没有答案。

其实江子华还记得一些事，不过那只是一些私人对话，应该和外星人没有关系吧……

"好了好了，"张伟有些不耐烦地说，"既然已经出来了，还说这些干什么？赶紧离开这鬼地方，其他以后再说了！”

这番话得到了好几个人的附和：“对呀，先脱身为好！”

“可事情不会这么简单吧？”欧阳美道，“真能这么顺利就回去吗？”

“那你留下好了，我们先走了啊！”张伟说着，便要抬腿。

“大家还是等一下，”江子华劝他，“先商量清楚，就算走也要搞清楚哪个方向吧？”

“这个……”张伟还真有点迷糊，“冷湖镇在哪个方向？谁还记得？”

众人望着夜色下黑沉沉的一堆堆土丘，一时都有些不知所措。时隔多年，他们已经忘了来时的路，现在要走回镇上可不容易。如果找对方向，不到一小时就能走回省道，顶多再走上几小时，就能回到镇上。但如果找错了方向，走进方圆几万平方公里的雅丹无人区深处，又没有食物和水，便会有生命危险……

“不用慌，看星星就知道了。”江子华一边说，一边转头环视夜空，“这是夏季大三角，这个是仙王座，那个是……”

他的话突然中断，指着侧面的某一处，“那……那是什么？”

众人顺着他手臂的延长线望去，也不禁呆住了。

一排排奇形怪状的丘体背后，有微弱但明显的光芒射出，显示着那里有某种发光的物体存在。

“那……那不会是冷湖镇吧？”张伟问。

“感觉不像。”严俊道，“光源没那么远，顶多两三公里，应该还在雅丹林里。”

“你们看！”欧阳美眼尖，“那光很奇怪……”

果然，那里的光芒呈浅绿色，又夹杂着一些蓝色甚至紫色，有点像极光，并且还在流动，仿佛是活的生命体，绝不像是人类生活或施工所用的光源。

江子华屏息凝神，注视着那里，忽然，一种似曾相识的感觉涌上心头。

“我们好像到过那里?”他脱口而出。

“你说什么?”

江子华皱眉思索，但一无所获，“不知道，我……只是感觉好像到过那里……感觉很熟悉。”

“我们本来就来过这里吧?”张伟道。

“不，不是的，我是说，我们好像去过那个发光的地方。算了，可能是既视感的错觉。”

“先别管那怪光了，到底怎么回镇上啊?”张伟焦急地回到最初的话题。

江子华凝望了一会儿天上的星辰，指着与光源呈九十度角的方向道:“回镇上的路应该是在那边。”

众人精神一振，问他如何知道，江子华指着天上醒目的七颗明星，“这是北斗七星，里面有两颗星的连线，是指向北极星的。通过北极星就可以找到正北方，确定其他方向也就很容易了。冷湖镇应该是在我们的西北方向。”

“太好了!”张伟说，“我们赶紧回镇上，那儿还有一些人留守，运气好的话，明天这时候已经在家里了!”说着拔腿便要走。

“等等!”很少说话的沈素指着那异光的方向，“那里有什么，你们真的不想知道吗?也许一切问题的答案就在那里。”

“那不是什么好东西!”张伟摇头，“我们还是离得越远越好!”

“是呀,”李强说，“当初要不是鬼迷心窍来找什么外星人，我们今天哪儿会在这儿?”大部分人都无声地表示赞同。

沈素望向江子华，像是要争取他的支持。江子华思索了片刻，“现在情况还不清楚，为了安全起见，我们先回到镇上，找到支援再说吧。”

沈素似乎有些失望，但还是点了点头。

张伟等人已经走了起来。江子华最后望了异光一眼，回过头来跟在他们后面，心中感到一阵惆怅的惭愧。如果还是二十年前的少年，他们一定会去土丘后那神秘的谷地寻找外星人吧?但是这么多年过去了，每个人都有了自己的人生、事业、家庭、子女……少年的梦想已不再重要，重要的是眼下好不容易建立起来的生活。

别再想诗和远方了，先回到生活的正轨吧。

7

几分钟后，他们已经走在广袤而怪异的雅丹林中，周围奇形怪状的土堡一个接一个森然伫立，仿佛是被封禁已久的古老魔怪，默默俯视着这群时隔二十年后重回故土的俗世男女。虽然相隔了二十年，但对这些存在了几百万年的土石巨人来说，这跟二十分钟也没太大区别。

虽然打着手电能够照明，但地上并没有现成的道路，又是不断地上坡下坡，张伟、李强等人早已中年发福，没走几步就有些气喘吁吁。江子华长期在电脑前伏案，体力也不怎么样。沈素的步伐却很轻快，很快就走到了最前头，江子华好不容易才赶上她，帮她照亮前方的地面。沈素朝江子华感谢地一笑。

“那个，你走得还挺快的。”他笨拙地想打开话题，“晚上不冷吗?”

“没事，”沈素拍了拍自己的风衣，“这几年在青海，走惯了山路，懂得保暖。倒是你们，去了旧金山、巴黎，可能回来就不习惯了……你行吗？怎么看你好像在哆嗦?”

江子华的大衣很名贵，但并不保暖。他早就冻得够呛，不过强撑道：“我没事，活动开就好了……对了，你一直在青海吗?”

“也不全是，”沈素的语气很平淡，“我大学时在上海，后来出过国。之后又去西藏和云南待了两年，然后才回来的。不过最近四五年都在这边，青海下面四十多个县，基本都跑遍了。”

江子华望着她，借着银河的淡淡辉光，隐隐看到她的眼角已经有了不少鱼尾纹，心中涌起一阵酸楚，以及更多的钦佩。那个昔日柔弱的少女已经脱胎换骨。

“你真了不起！”他赞叹道。

“哪里啊，”沈素轻轻说，“跟你没法比，你搞的那些什么区块链技术，可真是改变了全世界。”

江子华有些羞愧，“哪有……就是跟风搞了几个代币，无非是些空对空的投机把戏……有什么意义，我也不知道。”

“是你想做的事就好了啊。”沈素答道，好像这是世界上最简单的问题。

江子华有些迷惘，这些年钱是赚了不少，但真的是自己想做的事吗？他自己好像还真没细想过。

“说起来，你当年的愿望才是真正实现了。”江子华由衷地说，这似乎是重逢以来他对她说的最自然的一句话。

上一个雅丹之夜的回忆又涌上他的心头。

地窖里，好些人喝多了酒都东倒西歪，沉沉睡去。贺华也喝了不少，爬到地面上找了个角落撒了泡尿，又吹了会儿冷风，让自己清醒过来。

刚要回去，只见断墙上坐着一个墨绿的人影，微微一惊，但很快发现那是沈素。沈素回头，对他说：“星空真美啊。”

风沙已经停了很久，贺华抬头，恰看到银河浩瀚，横过天顶，像是宇宙之神睁开了一只巨眼，凝望着他们，不禁感到心旷神怡。

他走上前去，挨着沈素一起坐了很久，看着夜空，谁都没有说话。戈壁苍茫，沙堡雄奇，星空灿烂而凄美。贺华觉得他俩好像是坐在宇宙彼端的另一颗星球上，他暗暗希冀，这一刻能够地久天长。

不知过了多久，贺华终于借着残留的酒劲儿问：“你离开冷湖以后，会去哪里？一直没听你说过。”

沈素看了他一眼，似笑非笑，“怎么，你也以为我要去英国读书吗？”

“没有没有，”贺华忙声明，“就是问一下，大家不是说要保持联络吗？”

沈素沉默了一会儿，垂下眼睛说："我去德令哈，我妈把工作调到了德令哈，我爸在那里……服刑。"

贺华顿时后悔提到这个话题，尴尬地设法转圜，"德令哈……也挺不错的。对了，那个，今天真没想到你会来。"

"是啊，其实我自己也没想到。"沈素微微一叹，"不过最后一刻，我还是想来……赶到聚集点的时候你们已经走了，好在追上了。"

"你也想找到外星人实现你的愿望吗?"贺华有些好奇地问道。

"我的愿望恐怕外星人也实现不了。"沈素歪着头，望向银河尽头，不知在想什么。

"不会的。"贺华忘了自己坚持的科学，"外星人神通广大，说不定什么都能实现，说来听听嘛。"

"我的愿望……"沈素闭上眼睛，轻轻地说，"是我爸没有干过违法的事，也不会被抓，我们一家人还过得开开心心的。你说，这愿望外星人能实现吗?"

"这个……"贺华又感到一阵窘迫，"也许……我其实是想问你的人生愿望，就是想干什么，做什么样的人。"

沈素想了想说："我说了，你大概也不会信。"

"你说嘛，我怎么会不信?"

"好吧，"沈素认真地看着他，"那你不要笑我。我想做一个……帮助别人的人。"

贺华一怔，"你是说……雷锋那种?"

"算是吧，但也不……我不知道怎么说……"沈素停了好一阵才说，"我爸出事以后，我有很长时间都不开心。我恨他干坏事，也恨我妈，不去劝阻，看着他往火坑里跳。我也恨身边的人，恨你们……"

贺华觉得脸上火辣辣的，"沈素，这是我们的不对。我代表班上同学向你——"

"但是我后来不恨了，"沈素打断了他的道歉，"真的。可能你不信，但是我想啊想，想明白了很多事。其实班上的人没有错，你们完全有理由讨厌我，瞧不起我。”

“我不是……”

“我知道你不是。”沈素的声音温柔了几分，“但很多人是，他们也有道理。这些年油田是什么样子大家都知道，就那么一点儿死工资，很多人吃饭都勉强。像李强、马小武他们几个，家里父母都下岗了，连新书包都买不起……这回说是要分流到别的地方去，其实不少人的家里也没给安排工作，或者岗位很差，年纪一大把还要去外地从头开始，大家都活得很难。”

贺华大为触动。他对其他人的情况略知一二，但并没有多想，不料沈素却看得这么深。

“当年我爸调来，本来应该替大家分忧解难的，结果却干出那样的事……大家把火发在我身上，也算不了什么，这些都是我应得的，也算是为我爸赎罪了，是不是？”她渐渐有些哽咽，贺华看到她的眼角有一滴泪水缓缓淌下。

“那个，你也别难过……”贺华也觉得眼睛发酸，此时语言是那么无力，他只能摸出一张纸巾递给她。

沈素接过去擦了擦眼睛，长舒了一口气才说：“但是我不想因为我爸而毁了我自己。所以我还是在努力读书，寻找自己人生的方向，虽然我知道自己资质有限……但我有一个心愿，将来等我学成了，一定会尽自己的力去帮助困境中的人，就像有些人也一直在帮我一样……也许这想法很幼稚吧？”

“不不，”贺华拼命地摇头，“你的愿望，一定能实现的，如果火星人能听到，就一定能帮你实现。”

沈素反而笑了一下，“你真以为我到这里来是找火星人的吗？”

她停了片刻，似乎在思考如何措辞，然后凝视着他，说：“贺华，我想要问你一件事。”

下面的记忆却出现了断层。怎么会这样呢？江子华皱着眉头，这本应该是他人生中最重要的对话之一，根本不应该忘记的……

“你怎么了?”沈素问他。

“没什么……我们刚才说到哪儿了?”

“你刚才说，我的愿望实现了，然后……”

“对了!”

江子华脑海中如一道闪电划过，他猛然停下脚步，“果然是外星人!”

“你说什么?”不仅沈素，后面的众人也听到了，纷纷停步。

“外星人……”江子华感到一阵头皮发麻，他环顾四周，周围陡峭怪异的土石似乎都幻化成异星的巨人，随时可能站起来。他深吸了一口气，让自己冷静下来：

“我是说，我们也许真的碰到过外星人。”

“为什么?”

“你们还没发现吗?我们九个人，也就是所有来过这里的人的愿望，基本都实现了。”

8

众人交头接耳，议论纷纷。的确，细细想来，每个人都基本实现了当年心中所揣的梦想。在现实社会中，这种幸运纵非绝无仅有，也是百里挑一。如果只是一两个人如此还可说是巧合，但这里的每个人都沿着少年时代的规划顺利发展就太奇怪了。而且，有些人以当年的资质，似乎不太可能有这样的成就。

“也……也不一定吧……”马小武反驳，“比如蒋雯，也没嫁给言承旭啊?”

“谁要嫁他呀，”蒋雯嗔道，“我老公比他还帅，比他还有钱呢!”

江子华点点头，“所以，蒋雯本质上的心愿不是嫁给言承旭，而是嫁给一个如意郎君，这的确是实现了。”

众人面面相觑，严俊问：“可就算这一切真的是外星人帮忙，可我们今天为什么会在这里？难道也是为了实现我们当初的心愿？”

江子华沉吟道：“这也说不通，我们早就忘了这件事，这还能算是心愿吗？再说，即便真要重聚，也不用采取这么暴力的方式……”

“也许……”孔丽忽然打了个寒战，“也许这一切是魔鬼的交易，我们在这二十年里顺风顺水，走在了同龄人前面。但这些都要付出代价，也许今天就是要付出代价的时候……”

“代价是什么？”欧阳美恐惧地叫出声来，“难道他们要把我们当小白鼠解剖或者做细菌实验，就跟日本人的 731 部队一样？”

张伟摇头，“这不对，要做实验，当年就可以抓我们去做了，还用花二十年帮我们实现理想吗？”

“谁知道外星人是怎么想的？也许他们需要我们自愿才符合他们星球的规定……”

众人听了更是一片悚惧，马小武却不以为然，“别自己吓自己了，快离开这里不就没事了吗？”

大家心想这倒不错，于是纷纷加快了脚步。又走了一阵，李强说：“我看未必有那么神吧？也许都是巧合，上次看一篇报道，说燕京大学一个班，也是出了好多名人，那可比我们的成就大多了。”

严俊说：“可人家是燕大，我们是西部小镇的中学……”

“也许还有一件事，”沈素忽然说，“可以证明有外星人的干扰。”

“什么？”众人惊问。

“二十年来，我们再没有聚过，我们九个人之中，任何两个人之间都没有聚过。”

“有什么问题吗？”张伟问。

“不太对。我们初中毕业时，电脑、手机等通信工具已经比较发达了，虽然比发达的省份滞后一点，但要联系上也不是太难。据我所知，我们上下几个年级早就建了 QQ 群和微信群，联系一直都在，就我们班没有，不是很奇怪吗？”

"要说我们班也不是没有，"江子华回想说，"前几年我记得柳睿在微信里建了班级群，还拉过我，不过我那时候工作焦头烂额，根本顾不上这个，所以没有加入。"

"那个群啊，我加了，但是觉得无聊，很快退了。"李强说。

"哎，这么说我也是……"欧阳美说，"五年前，金羽红他们想回冷湖搞聚会，打电话给我，我当时其实就在国内，也是事情安排得比较紧，就没有去。不过这些年我也见过几个老同学啊！"

沈素问："但是我们九个人呢？我们九个曾经在冷湖雅丹共度一夜的人，我们中有谁相互见过吗？"

众人哑然。沈素又说："其实这些年来，回冷湖聚会的员工和子弟还是不少的，我们班的一些人也回来过。但二十年里，我们之中都没有人想回来，也从不和彼此联系，实在是解释不通。"

众人在她的话语中感受到了更深一层的惊悚，"那你说，这是怎么回事？"

"可能有一股力量，"沈素说，做了一个表示擦掉的手势，"抹去了当天夜里我们大部分的记忆，但仍然支配着我们的潜意识。"

"潜……潜意识？"

"没错，"沈素道，"那种力量让我们在潜意识里回避冷湖这个地方，所以我们不愿意回来，也无意识地逃避和冷湖，尤其与那一晚有关的一切，当然也包括彼此。"

众人在惊疑中彼此对视。江子华感到一阵晕眩。二十年来，他多少次在梦境中与沈素重逢，有时醒来，泪湿枕巾，却从未想过去找她，虽然要打听并不难，但他始终没有迈出这一步……他一直以为这是因为他性格积极向前，觉得把少年时代的青涩情感埋藏在心底就好了。但这背后难道另有力量在操纵一切？

"沈素，你怎么会知道这么多？"又是欧阳美提出质疑。

沈素苦笑了一下，"我在大学学的专业就是心理学，后来去国外进修了一个硕士，还拿到了心理医生的执照。"

江子华一怔，他倒不知道沈素这方面的背景。欧阳美又问："你不是说你在慈善基金搞扶贫吗？怎么又是心理医生？”

“扶贫并不只是钱和物资的问题。”沈素耐心地解释，“很多落后地区的人，特别是妇女儿童，都不同程度地遭受过殴打、虐待以及各种侮辱歧视，心理往往受到很大的创伤，需要心理干预，这些年我一直在做这个。其实，这也和我自己的一些经历有关……”

众人想到沈素在中学时的遭遇，不免都有些愧色。沈素摆了摆手，“我说的并不是你们想的那些。我是说那一晚，我一直觉得自己丢了一些记忆。”

“既然记忆都丢了，怎么还能知道？”张伟问。

“因为……”沈素的脸上略显羞涩，“当年我跟你们到这里来，是有一件事要问一个人，一个上学时我不敢说话的人。但是我……后来完全不记得自己问过没有。这种事怎么可能忘记呢？我困扰了很多年，但如果排除其他可能性，最荒谬的答案也就是唯一的答案——有某种力量，抹掉了我们的关键记忆，在里面留下了奇怪的空白。”

众人沉默了一会儿，咀嚼着她石破天惊的推论。

“走吧，大家路上再想想。”沈素说着，转身继续前行。众人也都跟上。

江子华却无法再平静下去，他快步走到沈素身边。

“你说的那个人，会不会就是……是……”他难以启齿。

“是你。”她径直说，并没有看他。

二人默默前行，默契地将众人甩开了一段距离。江子华长出了一口气，“原来这是真的！当年你说要问我一件事，可我怎么也不记得你后来问了没有……这事儿我也想了很多年，以为这辈子再也没有答案了……可是，你究竟想要问我什么？这事儿你还记得吧？”

沈素望向他，双眸明亮如星，“我想问，初三那年的秋天，我在座位下面找到了一张纸条，上面有一首诗，是谁写给我的？”

她轻轻念了起来：

假如生活欺骗了你，
不要悲伤，不要心急！
忧郁的日子里须要镇静：
相信吧，快乐的日子将会来临。

她停了一下，似乎期待江子华接下去，江子华却有点不好意思，“的确是我写的。是普希金的诗，不过这么多年，后面的句子我忘了……”

“‘而那过去的，将会成为亲切的怀恋’。”沈素笑了笑说，“其实我隐隐猜到是你，我们班喜欢外国诗的人没几个。不过直到在地窖里，你念普希金那首诗的时候，我才确定。”

江子华红了脸，嗫嚅道：“我……我想鼓励你，但是不知道怎么做好……就冒昧地放了张纸条，也没敢署名……很可笑吧？”

“不，我应该谢谢你。”沈素由衷地说，“当初它帮助我从灰暗的心情里走出来，那张纸条我现在还保存着，我总觉得它是我的守护神。”

江子华心中波澜起伏，不知说什么好，忽然冒出来一句：“那个……你结婚了吗？”话刚出口，便暗骂自己欲盖弥彰。

“结了，”沈素干脆说，不过又补充道，“不过一年多就离了，我前夫受不了我老不着家。你呢？”

“我……没有，一直单着呢。”江子华说，心虚地没有提自己交过和正在交往的一打女友。

然后，两人没再说话，感觉有千言万语要说，又不知说什么好。后面的人声音似乎小了，只有风吹过沙堡的声音，如泣如诉，如远古的歌谣。

过了一会儿，江子华开始感到愤怒，“如果真有外星人操纵我们的记忆和行动，那也太可恨了！如果我们能记得当时的一切，如果我们后面能保持联系，也许……也许……”

“也许你的人生愿望就不会实现，”沈素说，“也许你现在会在某个网吧当网管什么的……你觉得这值得吗？”

江子华一怔，如果他当时能在两种可能性中选择，他会怎么选呢？没有答案。

“我不知道，如果能恢复当时那段记忆就好了。”

“也许可以。”沈素说，“你听说过催眠术吗？能够让你在催眠状态中唤起被遗忘的很多回忆。”

“电影里有，不过有那么神奇吗？”

“有的，我研究过很多案例，也用简单的催眠术帮一些人做过心理治疗。”

“要真这么灵，你自己怎么不试试看？”

“我试过了。”沈素平静地说，“在英国的时候，我拜访过一位著名的催眠师，他对我进行了催眠，也恢复了部分记忆……”

江子华一惊，“什么记忆？”

沈素叹了一口气，“那天，我刚要说话，忽然间在远处看到了奇异的光芒，于是问：‘那是什么？’当时我们都呆住了，然后你说，这一定就是火星人的飞碟。我们叫醒了所有的人，九个人，一起朝那异光走去……”

江子华惊诧道：“我们真的到过那里？看到了什么？”

“不知道，”沈素摇摇头，“我也只能记起很少的一部分，那位英国催眠师说，剩下的记忆被一股强大的心理力量束缚得太紧，没有办法释放出来。”

“这样啊……”

“不过没关系，”沈素的神情有些恍惚，“我们应该很快就能亲眼看见了。”

9

“什么？”江子华不懂。

“我在想，如果是外星人把我们重新招来，会那么轻易放我们离开吗？”

江子华终于感觉到了蹊跷。他发现在自己的左侧，七彩的光芒显得越来越亮，投射到夜空里，几乎盖过了天上的银河，好像和自己只隔了一道岩垄，这不是回镇上的路吗？距离那异光应该越来越远才对，怎么好像反而更近了？

“班长！”张伟也叫道，“这是在往哪走？你不说这是回镇上的路吗？”

“我……”江子华也一阵晕眩，“我不知道啊，刚才我只是判断了大致的方向，但是雅丹中间的通路也弯弯曲曲的，我只顾说话，不知拐到了哪里，视线被两边的土丘挡住，也看不清楚星星……”

“这么说我们可能走歪了路，”张伟一头冷汗，“得赶紧找到正确的方向……”

“那只有到土丘顶上才能辨认方向……”江子华看着半空中隐隐流动的奇光异彩，心底有点发毛，一时犹豫起来。但沈素闻言，已向左首的一座圆形土丘走去，那里坡度相对平缓，便于攀爬。江子华一咬牙，也跟了上去。

这座土丘有二十多米高，虽然不算陡峭，但有的地方也很难攀登，江子华和沈素不得不拉着手，相互扶持着，才终于爬到了视野开阔的丘顶。他们和光源之间再没有任何隔断。

七彩的光芒顿时将他们的面容照亮，二人呆若木鸡。

下面是一片开阔平坦的沙地，延伸到远方。一口泉水从沙子里喷涌出来，化为一条沙漠中的小溪。在溪水尽头，一个巨大的碟形物体悬浮在黄沙中央，像是一只倒扣的盘子，直径至少数十米。碟形物通体半透明，奇特的异光正从其内部射出，还不断地变幻色彩，宛如活物。

“这……真是……”江子华语无伦次地说。

二人再也无法移开目光，定定地站在那里，不知不觉中，十指紧张地攥在一起。

“你们看到什么了？”江子华听到下面张伟在叫，他转过身，想要回答，但发现自己已失去了语言功能，只是伸手，无力地指向土丘的另一边。

很快，其他人也上来了，当看到面前的一幕时，也都惊诧不已，好几个人竟瘫软在地上。

“真的，居然真的是飞碟……”严俊喃喃道。

“怎么办，这可怎么办……”张伟呻吟般地说。

“天哪，外星人真要抓走我们了！”欧阳美脸色惨白。

“我赚了那么多钱，都要变成废纸了吗?!”李强吼道。

“我不想死……我有老公……还有两个孩子……”蒋雯哭了出来。

“我吃了多少苦头才有今天！我不要被外星人带走！我不要！”孔丽一边歇斯底里地叫着，一边就要往山下跑。

沈素拉住了她，她惊恐地回头。

“事到如今，逃避是没有用的。”沈素平静地说，“我们必须面对，这都是我们自己选择的结果。”

“我不想当外星人的试验品……呜呜……”

“相信我，结果未必是坏事。”沈素沉着地说，“而且，你觉得我们真能逃掉吗？也许我们走错路都不是偶然，而是有一股神秘力量在操纵。”

“那我们该怎么做?”江子华问。

“去那里吧，”沈素坚定地说，“也许，这正是我们当年真正定下的那个约会。”

她的目光扫过一个又一个人，他们仿佛中了邪一般，跟着她失魂落魄地从另一边下了土丘，排成一行，走向那架巨大的飞碟。远远就能看到飞碟上有一些奇形怪状的线条，相互缠绕交错，排列成美丽而诡异的图案。

“那是外星文字?”张伟心惊胆战地问沈素。

沈素摇了摇头，“不知道。关于外星人我们一无所知，不过，也许很快就会知道了……”

她往飞碟的方向走去，众人已经没了主心骨，就像一群听话的孩子般跟着她朝飞碟前进。他们经过那口奇怪的喷泉，只见它从沙底喷涌而出，在地势较高处汇聚成一个小池，然后弯弯折折地流向下方，在沙土中开凿出一条小溪，远处的奇光映在流动的活水中，宛如一条发光的丝带。

“这沙漠中怎么会有一口泉呢?”江子华好奇地问沈素。

沈素说：“当年不是传说雅丹林有异常光波辐射吗？我们离开后第二年，科考队过来调查，在这里进行钻探，结果没发现什么，却打出了地下的高压泉水，喷涌至今。”

江子华心中一动，在溪水旁蹲下，用手鞠水，“快渴死了，正好喝一口清泉……”

“别喝!”沈素急忙劝阻，“水很烫，而且饱含有毒盐碱，不能饮用的!”

江子华心下一凛，默默起身，看了看左右其他人，众人看着飞碟，都是一副魂不守舍的样子。他抓住了沈素的手，拉着她快步向前走去。

沈素脸一红，“你干什么呀?”

“应该是你告诉我，”江子华却沉声道，“你要干什么?”

沈素奇怪地望向他，“什么我……你在说什么?”

“你很清楚这口泉的事。”

沈素的手微微一颤。

“这口高压泉是我们走后才被打出来的，也就是说，我们应该谁都不了解，但你却了如指掌！这不是很奇怪吗？再仔细想想，从我们离开地窖后，你一直或明或暗地引我们走到这架飞碟所在的地方。我们之所以走岔了路，也是因为你之前的各种心理暗示所致。你为什么要这么做?”

沈素停住了脚步，歪着头望向他，脸上露出一丝捉摸不透的微笑，“你猜呢?”

“真的是你?”江子华仿佛被一桶冰水当头浇下，“这一切都是你设下的局？你到底要干什么？你快告诉我，悬崖勒马还来得及。”

沈素脸上的笑容消失了，“难道你怀疑我要害你们?”

“不是，但……”

“沈素!”张伟的声音响了起来，他在后面也发觉了二人不对劲儿，听出了一点端倪，“原来是你有意把我们引过来的?!”

“怪不得我觉得沈素怪怪的!”李强也嚷着，“明明早就知道删除记忆的事，却一句也不说!”

欧阳美更是尖声大叫，“原来你就是外星人的间谍，对不对？你把我们引来要干什么?”

“原来就是你!”马小武怒吼了一声，冲到沈素面前，瞪着牛眼，“你说，外星人在哪里，是不是埋伏在这里要伏击我们?”

“小武，松手!”江子华叫道，“有话好好说!”

“可她一直在骗我们，”欧阳美歇斯底里地嚷着，“我懂了！她一定是为了当年的事要报复我们!”

“是啊！先把她制住再说!”张伟也在一旁说。

马小武一把抓住沈素的衣角，沈素惊惶地挣脱。

“混蛋!”马小武牛脾气上来，挥拳就打，他一个职业拳手是何等力道？一拳下来，面前的人捂着胸口，趔趄倒地。

“贺华!”沈素惊呼，只因江子华为她挡下一拳。她俯身，急切地问：“你没事吧?”

“班长，你护着她干什么?!”马小武顿足道。

“我……”江子华胸口一阵剧痛，呼吸都很困难，喘了许久才好一些，“我相信沈素不会害我们。”

“可是知人知面不知心呐。”张伟嘟囔。

“何况这件事，怎么看她也脱不了干系。”严俊也说。

“二十年前，”江子华挣扎着爬起来，“沈素就告诉过我，她觉得对不起大家，也不怪大家整蛊她，她想帮助每一个人。难道过了二十年反而会放不下吗？我们是同学，没有那么多深仇大恨。”

“可是有外星人啊……说不定她是被外星人附体了!”欧阳美说。

“不……”江子华摇头，“现在我可以肯定一件事，整件事里，没有外星人。”

10

众人又是一惊，本来外星人虚无缥缈，但今天发生了那么多不可思议的事，现在发光的飞碟还在不远处悬浮着，怎能说没有外星人？

“刚才我在地上发现了一样东西。”江子华苦笑着摊开手，一个银闪闪的东西躺在他手心。

众人借着彩光看去，发现是一个类似螺母的小部件，都不明所以。

江子华解释：“这个金属零件很新，就躺在沙地表面，说明刚掉落不久。”

“这能说明什么？”张伟问。严俊却明白过来，“说明这里不久前在进行一项工程，这是一个工地。”

“没错，”江子华说，“这个零件显然是人造物，和外星人扯不上关系，周围类似的小东西仔细看还有不少……凭这个线索再来看那架飞碟，你们看那些字！”

众人翘首看去，“这些外星文根本看不懂啊……”

“等等，”欧阳美却似乎看出了一些端倪，“仔细看似乎有点儿……对，这不就是拉丁字母的变形吗？上面的是L，然后是E……”

“没错，”江子华说，“就是拉丁字母写成了花体字，再巧妙地勾连起来构成一个圆环形……其实是一整串字母：L－E－N－G－H－U－H－U－O－X－I－N－G－T－I－Y－A－N－G－U－A－N。”江子华一个个念了出来。

“可这是什么意思？”马小武问。

“冷、湖、火、星、体、验、馆。”江子华一字一顿地说。

“啊，汉语拼音？”众人啼笑皆非。

“没错，外星人至少不会用拼音吧?”江子华说，“再仔细看那架飞碟，其实就是一艘大型的飞艇，主体部分是上面的充气气球，我估计是氦气的，在下方巧妙地装饰了一些科幻感很强的霓虹灯，所以才会发出光芒。那边地上有一些看上去很整齐的平板，我估计是给灯供电的太阳能电板。再远处还有一些附属建筑，因为做成了和土丘融为一体的造型，不容易看出来……”

众人目瞪口呆地看着，“好像……好像真是这样！可这到底是怎么回事啊?”

“我只知道不是外星人干的，”江子华说，“也不可能是被绑架。我身上穿的这件大衣，是三年前在挪威买的。现在是七月，这件衣服我收在衣柜里，绑架我的人不可能还去我家把衣服给找出来。我一定是自己穿着大衣来到这里的……但我好像真的失去了一段记忆。”

“贺华，果然是你看出了破绽。”

在一旁沉默许久的沈素终于开口：“很抱歉事情会变成这样……其实……这只是我们一起玩的一个游戏。”

“游戏?”众人仍然一头雾水，这怎么会是游戏?

“我们谁也没有忘记这个约会。”沈素说，“我一直都记得，但我不知道你们记不记得，毕竟已经中断联系很多年。但到了这一天，我想也许应该回来看看，今天早上，我回到了曾经的冷中校园，竟然发现——你们居然都记得，也都不约而同地回来了，于是我们欢聚一堂，又一起回到了雅丹林里。”

“可我们根本不记得有这回事！”

沈素伸出一根手指，“催眠术。我的确去英国学过催眠术。我们从镇上开车来到地窖，谈起当年外星人的事，你们都说那次没找到外星人，特别遗憾。我知道这附近有一个人造的飞碟景观刚刚完工，就想了这么一个点子，将你们催眠之后，让你们暂时忘记和这次约会有关的一切，然后带你们体验一番和外星人亲密接触的感觉。为避免露出破绽，我把你们的手机和手表都收起来了，放在废屋附近的车上，待会儿就可以回去拿。另外放了一个手电筒……”

“可这里……到底是什么地方啊？”

“是一个体验式旅游项目，叫‘火星小镇’。我所在的基金会也参与了。还记得当初我们开玩笑说冷湖镇就像火星一样荒凉吗？今天的冷湖火星小镇恰恰是根据这个灵感打造的。我们基金会花了几年时间，建造了飞船造型的酒吧、宇航基地主题的购物中心、登陆车造型的观光车辆……并利用周边冷湖、雅丹林等景致，给游客以造访火星的感觉。

“在雅丹林里，一直有火星人出没的传说，我们便利用故事，在这里仿制了一艘飞碟形的飞艇，它还能带着好几十个人升到几百米的高空呢。现在刚刚建成，下个月才营业，这次先带你们来体验一下……不过可惜贺华太聪明，打乱了我的计划，我本打算等我们升空以后才唤醒你们，那才有趣呢！”

“是这样？”江子华恍然大悟，但还有不少疑窦，“可是……可是我们当年遗失的那些记忆是怎么回事？”

沈素摆了摆手，“这只是心理暗示，我们从来没有遗失什么记忆，十多年前的事情，记不清不是很正常吗？”

“但当年我们两人的对话，怎么会忘记呢？”

“你忘了一件事，”沈素说，“当时你喝了不少青稞酒，这酒后劲儿很足，那次没说几句话，你就醉倒了，我想问你的事儿，自然也没法再说了。”

江子华懊恼地垂下头，他知道自己酒量不好，但没想到会这么误事儿。

“那我们实现人生愿望的事呢？这又怎么解释？”欧阳美忍不住问。

“只是似是而非，当然大家的事业基本都比较成功。不过也是赶上了好时代吧。再说，我们真的实现梦想了吗？张伟只是中层干部，离当雍正差得远了，严俊没有成爱因斯坦，蒋雯没有嫁给言承旭，马小武也没有打遍天下无敌手……当然，的确是有一些巧合，但刚好是因为当时我们在地窖里聊到了这些，戏谑说也许是外星人保佑，我才想到这个主意。”

“那后来大家彼此都不联系了，又怎么解释呢？”严俊问。

沈素摇头，“这个锅真不该外星人来背。各位的事业和人生那么成功，根本不需要怀念过去，也就疏于联系了……但联系也不是完全没有，这件事在大家心底，谁也没有忘记，这次不都回来了吗？”

“就这么简单啊！真是中了你的邪。”张伟叹道，已经相信了七八成。

“好个沈素，”马小武苦着脸说，“当年是我们错了，不过你这一回全都找回来了……真是迟到二十年的复仇呀……”

沈素不禁莞尔，“让大家受惊了，不好意思。特别是贺华，还替我挨了武术冠军一拳……”

“这也是永生难忘的体验……”江子华喟然叹道，似乎意有所指，“这也是我该得的，如果当年不是我太怯懦，也许……”

沈素有些脸红地打断他：“好了，那我现在再带你们去飞碟上参观吧，里面还有饮料和点心……”

“哇，我早就渴死了！”好几个人叫了起来，“我们快过去！”

“可我还是一点儿也想不起我是怎么来的，”张伟挠头说，“这什么催眠术，怎么这么厉害？”

欧阳美也有些担心，“这种催眠会不会损害我们的大脑啊？”

“放心，”沈素朝他们笑了笑，“这是一种简单的记忆障碍。我催眠你们的时候给了你们足够的暗示，你们在潜意识里碰到‘返回冷湖赴约’的记忆时就会绕开。不过只要我再催眠一次，给你们新的暗示，就可以解开这个障碍，恢复你们完整的记忆。”

“太好了，那快说吧！”众人纷纷道。

“那我说了。”沈素说，“大家请闭上眼睛。”

众人闭上眼睛，听到沈素说：“想象自己的面前，站着一个你最想要见的人……”

江子华闭上眼睛，仿佛看到沈素——少女时代的沈素——站在雅丹林间，长发飘飞，带着青春的微笑……

曾经的记忆碎片也纷至沓来：

他站在尘土飞扬的学校门口，望着天使一般降临的双马尾女孩……

他在教室里，目送着受欺负的她哭泣着跑开……

放学路上，他看到她的背影，却不敢接近……

银河下，他们并肩坐在土丘上，凝望星空……

越来越多的记忆宛若流沙，将他包围，他感到自己的意识越来越模糊，越来越迟钝，正在坠入无意识的深渊。

“贺华，我要问你一件事。”她对他说，刚要继续说，脸上忽然充满讶色，他看到她的瞳孔中反射出奇异的光芒……

他指向沙海深处那神秘的异光，“我们叫上大家，去那里看看？”她望着他，点了点头，露出了信赖的笑容……

他们站在圆丘上，望着巨大的发光体在他们面前舒展开来，十指紧紧地扣在了一起……

不对！

江子华悚然惊觉。最后那段刚苏醒的记忆如此分明，足见他们当年的确见过那道异光，也的确走到过这里，而见到的也是远比这架飞碟更加不可思议的神秘之物……

难道……沈素并不是……这一切都是假象……江子华心中的恐惧越来越深，一个又一个疑点在心底闪现：九个各有事业的成熟社会人，怎么会不约而同地回到故乡又正好碰见？催眠术虽然存在，但真的可能让自己一点儿也想不起来那么神奇？如果大家陷入了恐慌，沈素又如何能保证玩这个游戏时不出岔子？一切的一切，背后似乎仍然隐藏着某种东西……

他竭尽全力让自己继续思考，却根本无法阻挡睡意的侵袭。他仿佛在不断地下坠，坠入比刚才更深的黑暗……那里的确有什么东西，有某些他完全不想触碰的东西……

那绝不是所谓几小时前被屏蔽的记忆，甚至也不是当年的回忆，而是某种从根本上超乎他想象的存在……

不能睡……不能睡着……

他猛然一咬下唇，剧痛中终于睁开了眼睛。面前，却是超乎想象的场景。

其他人都已七倒八歪，沈素仍然站在那里，看到他又醒来，流露出一丝惊讶。而在她的背后，一股黄沙如龙卷涌起，向她席卷而来。

“沈素！”他叫道，无暇再思考别的，只是想要向她奔去，但不知怎么，步履维艰。

沈素还没反应过来，半个身子都被仿佛是活的沙子裹住。她脸上也现出恐惧的神情，她想抬起手来，整只手却如同流沙一样散落，又混入飞旋的风沙，就像一块方糖融化在搅动的咖啡中。

江子华也发现了自己的异样：他的一只脚也化为流沙，并向腿上蔓延。他用眼角的余光看到，所有人都在化为沙尘，卷入一个巨大的漩涡。

“怎么会这样……”沈素喃喃说，震惊甚至超过了恐惧。

“不——”

江子华绝望地吼着，用尽平生的力气，跌跌撞撞又走了两步，扑向沈素，他的双腿已经消失在流水般的沙漩中，但他的双手终于抱住了沈素。

已经太晚了，他们彼此深深对视，目睹对方越发彻底地化为旋转的飞沙，最后只剩下两张不断接近的面容。

江子华丧失了一切思维，只记得将嘴唇覆盖在了沈素的唇上。他最后的感觉，是她的回应。

那一刻，他们融入彼此，也明白了——一切。

11

细沙的飞旋中，亿万纳米级的智能体分解、流动、交换、融合、建构、变形、生成。

当飞沙消失后，超级共生体已经完成重组，成为一个由无数细微个体组成的集群。覆盖了大半个沙地，却如云朵般轻盈灵动，半透明而发出奇妙的光芒。祂悬浮着，在沙海上飘忽不定，像是一只优雅的水母。

“原来是这么回事……”共生体观照着自己，发出无声的感叹，“我们就是他们，他们也就是我们……真正的约会，现在才刚开始……”

祂伸出了九根类似触手的存在。随即从地下升起九根光柱，光柱中，九个赤裸的少男少女正在沉睡中。共生体用触手缠绕着光柱，千百只萤火虫般的眼睛从各个角度凝视着光柱中沉睡的一个个少年。

共生体扫描着自己刚刚找回的记忆。祂自然不是来自叫火星的太阳系行星，但位于银河彼端的母星环境的确很像那颗苍凉的红色星球，其文明形态也由无数类似沙粒的细微生命体共生进化而成。因此当祂穿越千万光年来到地球考察时，也将这片酷似火星地表的无人区作为主基地，数十个地球年中，各大陆都留下了 UFO 光临的记录，却无人知道祂其实来自冷湖戈壁。

二十年前，共生体完成了绝大多数科考任务，最后只剩下一项：从地球人的原生视角获得这颗星球的生存体验。这时候，九个天不怕地不怕的少男少女意外地闯入了祂的世界。祂获得了灵感，与他们签署了一份秘密契约。共生体将自己分为两半，一半带着九个孩子通过超光速旅行回到银河内侧的母星，让他们饱览银河系中心地带的文明世界；另一半则分为九个分体，通过扫描地球人类的身体和大脑，汲取了他们的记忆，以此精确模拟着九个少男少女的一切，从人类的原生视角获取这颗星球的各种生存体验。为此，祂按照标准操作流程封存了自己真正的记忆，也让各分体的意识回避这个雅丹之夜，疏远了彼此，以免相互干扰。

二十年后的今天，半个共生体带着九个少年人准时从星海深处归来，所有分体收到另一半所发出的信号后，潜意识里的程序自动开启，引领他们返回到当初的会合点，开始记忆交换。

二十年过去了，少年们以超光速旅行，相对论效应下只过了一年多，看上去仍是当年的模样。共生体通过亿亿万万个纳米机器控制着他们身体的每个细胞，加速他们的生长，这是为了让他们在地球上继续如常人生存下去所必需的。

男孩和女孩迅速长大。几分钟内，便走过了二十年的岁月，成了三十多岁的成年人。与此同时，共生体将丝带般的触手探入他们的后脑，读取着他们的记忆，那是古往今来任何地球人都难以梦想的神奇经历：他们曾在可以装下一颗行星的超级城市中穿梭，曾经掠过银河核心的黑洞边缘，曾经探索星云中古文明的坟场，曾经潜入数千公里深的海洋星球，与智慧的星核对话……在神奇瑰丽的冒险中，他们也学会了责任、勇气和相互关爱，但这些弥足珍贵的记忆，共生体却不得不在他们脑海中永久封存，否则这些记忆会干扰人类历史的进程。

九个孩子飞快地长大，逐渐变为成人的模样。共生体娴熟地操纵着周围的气流，将散落在周围的衣服和鞋袜托进光柱，为他们穿上，让他们看上去和刚才的九个分体形象一模一样。

接着，共生体将各分体二十年的记忆输入到九个人类的大脑里。二十年来，他们的青春与爱情，奋斗与理想，追求真善美的决心，与世浮沉的污浊……一切都与人类无异。不，稍有差别的是，共生体的超级智能仍在无形中增强了他们的禀赋，帮助他们较一般人更好地实现了自己的追求。

从某种意义上讲，少年们的人生被削减了二十年，但二十年中的记忆仍是完整的。祂还为所有人进行了基因增强，他们将比一般人健康长寿许多。这二十年中，共生体积累了足够多的财富和资源，足以让人们接下来的生活顺遂，相信这些对他们来说也是足够的补偿。

不过记忆交换中还有一个难以处理的地方。事实上，当分体们在地窖中醒来之前，共生体已经进行了第一次融合，发现最后一步的强制返回，在每个分体的记忆中造成了不可忽视的断裂。为此，祂编造了这个催眠的故事加以弥补，再次一分为九后，借由沈素之口告诉所有分体，以确保万无一失。虽然有一些意外波折，但相信九个人类醒来后会接受这个故事，如常生活下去。

片刻后，记忆输入完成了。但共生体仍然多停留了零点零几秒，稍微推动了其中两个个体的心理态势。这有点违规操作，祂明智地决定不把这事向母星的科学委员会报告。

“你们的故事，或许是我们在这个星球上造成的唯一遗憾，希望可以弥补。”

完成这一切之后，共生体舒展身姿，变幻形体，发出奇妙的光晕，缓缓升向银河高悬的夜空。此时若有人能看到祂，将会在这个星球上最后一次留下“飞碟”的确凿目击。

“再见了，地球。再见了，冷湖。宇宙很大，旅途还很漫长。我们再也不会回来，但会怀念曾经在这里作为人类生活的日子，怀念曾在这里生活的九个——自己。”

尾　声

“沈素！”

江子华一个激灵，大叫着睁开眼睛，刚才恐怖的场景还在眼前萦绕，却发现天色已经蒙蒙发亮，那架巨鲸般的人造飞碟还悬浮在头顶。沈素正俯身关切地凝视着他。周围，其他人还酣睡未醒。

“你怎么了？”沈素问。

江子华疑惑地看着周围的一切，“刚才我好像……好像做了一个很荒诞的梦，梦见我们都被沙子吞掉了……”

“可能是催眠的副作用，会激活一些潜意识里的记忆和情感，感觉就像极为真实的梦境。”沈素说。

“嗯……”江子华点点头，“对了，我不知怎么，还想起了一件和你有关的事，可能也是催眠造成的……”

“什么事啊？”

“这个……还是不说了……”

“说嘛！跟我有关怎么能不告诉我！”沈素嗔道，抓住了他的手摇晃着。

“这……好吧。”江子华不知怎么，忽然来了一股勇气，“就是二十年前，我其实还抄了另一首诗，不过最终没敢给你，就是匿名的也不敢。本来都忘了，想不到一觉醒来，又都想起来了！”

“是什么诗啊？”沈素好奇地问。

“好吧，你不要笑我。”江子华不好意思地说着，站起身，却一直握着沈素的手。

十指相扣中，他们一起望向黎明时玫瑰色的天空。江子华轻轻地念道：

我的灵魂再一次苏醒，
你又在我的眼前降临，
如同昙花一现的梦幻，
如同纯真之美的精灵。

我的心在狂喜中跳动，
因为一切又再次觉醒，
有了神性，有了灵感，
有了生命、泪水与爱情。

（本文获得冷湖奖二等奖）

★ LENGHU STORIES

来自火星的孩子

杨晚晴

/ 作者简介

杨晚晴，一个用想象力拓宽人生边界的金融工作者，一个人到中年却有一颗孩子般好奇心的科幻迷。现居昆明。

用一生的时间，去忘掉一个地方有多么艰难
用一生的怀念，去牢记那个早已不再属于自己的
出生地。有多么苍老的眼神，有多么陌生
……

一、当金山

翻过当金山，前方就是故乡。正开着车的廖志国不时扭头看我，“小——明德，你脸色不大好。”

我吞下一口唾沫，用手指了指自己的耳朵。高度的骤降造成了鼓膜的疼痛，我的嘴巴大张，试图降低耳压，但似乎不太奏效——于是，我的故乡正用疼痛来迎接一个离开了三十五年的游子。

廖志国善解人意地笑了笑，“折腾了一路，我看你有点儿累了。一会儿我们先去镇里的宾馆，明天我带你去五号看看。”

我点点头。这时一线灰蓝出现在道路的左侧，我想起那是苏千湖。车轮滚滚向前，过了苏千湖，大地一下子变得寸草不生。远处的阿尔金山蹲踞在地平线之上，披挂着皑皑冰川。在都市里习惯了满眼嘈杂的色彩，眼前的景象让我产生了瞬间的恍惚：天蓝、褐黄、冰川的雪白，线条简单、低饱和度的大色块——这是适合用来怀旧的颜色。

这是故乡的颜色。

也许是车轮碾过沙子所发出的聒噪声凸显了车内的安静，我的这个发小小心翼翼地打破沉默，“明德，你是——哪年走的？”

“八三年。”

“八三年，对，八三年。你都走了——”廖志国微微偏过头来，

“三十五年了。”

是啊，我的太阳穴突突跳动，三十五年，足以使一个出生在戈壁的男孩儿适应戈壁之外那个更广阔的世界，那个人头攒动、满眼葱绿的世界，那个城市的霓虹吞没了满天星光，于是你无法通过北斗七星辨认方向的世界。

……三十五年，那个人和故乡一样，都成了超脱于时间之外的符号，孤悬于我的追想之中。

“我从来没想过咱俩还能联系上。”我身边的中年人幽幽一笑，“你知道，从这里走出去的人，很少回来。”

我不知该如何回应他，于是只能模棱两可地点头。我为什么回来？说实话，这个问题也困扰着我。从昆明到冷湖，一路辗转，舟车劳顿，既不是旅游，也不为省亲，若说是思念故土，那也不必偏偏选在这个时候……

难道只是因为那则玄之又玄的新闻？又或者，是这个我生于斯长于斯的石油小镇忽然有了“火星”的名字，而这个名字又恰恰指向了那个人，那个用失踪为我制造了三十五年的悬疑与失落的那个人？

我不知道。

“……明德，你看那边。”廖志国的声音从时间的这一头咕嘟咕嘟冒了出来，“那是老基地。”

老基地。我把目光掷向他手指的方向。不远处，老基地标志性的宝瓶门和长围墙蹲在明亮的午后阳光中，透过已经残缺不全的宝瓶门，我看到成排的土黄色房屋残垣带着某种不肯向时间屈服的倔强，齐整地列队于黄沙之上。丰田越野车偏转方向，驶下铺装路面。更多的断壁残垣，更多被拆除了屋顶和门窗的建筑。在老基地的另一边，我看到了一处被涂满鲜红油漆的废墟。那断断续续的墙有锐角的上缘，仿佛血淋淋的门齿和犬齿。这片废墟中埋伏着绝好的隐喻：被时间撕咬的牺牲品和时间的利齿自身。

我忽然有些明白为什么廖志国要自作主张绕到这边来了。

“除了四号，老基地、地中四井……五号，都差不多。”廖志国从齿缝中挤出一句，说完，用余光偷偷瞟我。

“我知道。”我说。“我有思想准备。”

中年人的眉毛微微一扬，嘴巴打开，又闭上。直到我们的车在冷湖镇（以前的四号基地）入口处的武警检查站停下，他才又对我说话。

“我知道你会回来。”他说。

我看着他。

“你心里有一个必须要解决的疑问，你只是需要一个回来的理由。”他又说。

廖志国是对的，只不过他的正确足以让一个即将迈入知天命之年的人羞愧难当。我感觉到有什么东西在我的头颅里噼啪燃烧起来，那热量一路向下，烧红了我的耳垂。

“我——”

“你比你认为的更应该来。就算过了三十五年，也不迟。”廖志国的目光咬着我，一团火在他眼中跳荡，“还有，那条新闻从某种意义上来说，是真的。”

二、廖志国

如果不是那条新闻，我想我和廖志国不会如此戏剧性地找到彼此。

霍金刚走，外星人就在中国出没？

——柴达木盆地冷湖地区出现异常光波辐射，专家怀疑有意暴露地球坐标

4 月 1 日早间，中国高等信息科学院与 RQA 量子计算机学会联合研究室发表声明称，其团队正在破解一段光波辐射信息，有证据

显示，这可能是一封发往地外的求救信。

“光波辐射数据来自青海当地天文观测站。”该研究室负责人介绍说，日前，青海省柴达木盆地冷湖地区出现异常光波辐射。中国科学院云图天文台青海观测站第一时间对异常区域进行了光学监测并取得相关数据。

该研究团队对光波辐射信息进行逆向译解，结果显示，信息书写方式并不属于任何已知语言类别……“这是一次全新的挑战，我们已经初步破译出‘坠毁、火星、能源、救援’等几个关键词。”曾参与米诺斯线性文字破译工作的语言专家亚德里恩介绍说。此次异常事件发生地大部分为柴达木盆地戈壁大漠无人区，与火星地貌有相似之处，亚德里恩表示：“根据已经破译的几个词，我们有理由相信这是一封求救信，发信者似乎误以为他来到了火星。”

……

“那条新闻……是真的？”

说这话的时候，我正站在兴湖街与团结路的交叉口，冷湖镇的中央。其时，暮色正悄悄合围。空气中有丝丝咸味儿，并且在我的鼻腔里持续出一种似有若无的粗粝感。入城时的一排排沙漠红柳在这里已经看不到了，取而代之的是林立的电线杆和路灯，是蛋白、鸽灰、湖蓝、翠绿、淡粉，造型方正的二三层砖石小楼。远方的阿尔金山被围在房屋与跨空而过的电线围成的“镜框”之内。街上行人寥寥，细小的沙尘在人行道边缘打着旋。红绿灯在寂寞地倒数秒数，和着戈壁里低沉的、经久不息的风声。

“怎么样？”廖志国突兀地问。

“啊？”

“四号和以前不一样了吧？”

我点点头。说实话，在我看来，冷湖镇和中国各地的县城并无太大的不同。它同样有立着红色招牌的小超市和电信营业厅，有重庆鸡公煲和黄焖鸡米饭，有这个国家发达的信息和物流体系所造就的审美范式。只有那稀少的绿植、寥落的行人和缺乏氧气的风在时刻提醒你，这个城镇并不是文明逐水草而居的造物，而是老一辈的石油人凭着满腔热忱和顽强意志，在黄沙、地窝子和土坯房上生生堆砌起来的繁华。

廖志国拍拍我的肩膀，“走，去宾馆安顿一下，一会儿吃饭。”

“那个，新闻——”

他狡黠一笑，“你自己相信吗？”

我愣了一下。我相信吗？是真的相信，或者仅仅是愿意相信？从新闻发布的日期来看，它更像是一个愚人节玩笑。照理说，像我这样一个年届五十、在社会上多少有些历练的人，对此类玩笑，应该是完全免疫的。但在看完新闻之后，我分明感到了心脏的失重和指尖的冰凉，像一个孩子正站在他的希望和恐惧面前，只因为它包含了这几个我无法忽略的关键词：

冷湖。火星。求救。

在网上一番搜索过后，我并没有找到自己需要的信息。进入百度“冷湖吧”是我的最后一次努力，而正是这次努力推动了冥冥中的因果链，把我从时空的另一头拽回了故乡。这条因果链的起点是“冷湖吧”里一条置顶的帖子，它的标题赫然写着：

寻找李明德！你的童年伙伴廖志国在冷湖火星小镇等你!!!

一阵酥麻感在我的头皮上炸开。我点开帖子，里面只有一个QQ号，后面跟着三个字：联系我。

查找QQ号。ID：“冷湖人”。发送好友申请……我就是这样找到廖志国——或者莫如说，廖志国就是这样找到了我。

晚上我们在一家川菜馆吃饭。一落座，我的这个身材矮胖、两鬓斑白、面容沧桑的童年伙伴就拎出两瓶白酒。“95年的‘董公’，”他一边拧瓶盖一边说，“那年我调去七里镇，就想着等咱俩都回来了再喝。”

他甚至都没问我喝不喝酒，他知道在这样的情境之下我无论如何都不会拒绝。几轮对酌之后，我的舌头已经品尝不出这西北边陲的川味，所有声音都退去很远，包括我自己的。

……怎么没带着老婆孩子一起来？

孩子在成都上大学，老婆说工作忙——其实是觉得这里太干燥，对皮肤不好。

哈哈，就咱哥俩也好。喝得开也聊得开！

志国，你这些年……

嗐，还不是瞎忙乎。辞职之后在敦煌开饭馆，时不时又回来看看……我看过你写的小说，很棒。

呵，单位的事情不多，就是个打发时间……真快啊，走的时候我还是个孩子，现在都快五十的人了……

一阵沉默。酒喝到某种程度，就自带了加速度。我们举起钢化杯，将杯中酒再次一饮而尽。廖志国的眼睛红了。

三十五年……那时候老想，要是能天天吃上白米饭，那该多好。

嗯。

小跟屁虫，你还记得我们那时候的自制冰棍吗？

……记得。冬天的时候，把放了红糖和水的口盅在屋外放一晚上，第二天一早就能吃。

哈哈。小跟屁虫，你记不记得有次来沙尘暴，咱们学校放假半天，大家那个高兴啊……

不知不觉中，廖志国叫起了我的外号。小跟屁虫。这个外号曾经是我童年的恼恨，然而此刻从廖志国口中脱出，却蜕变成了在时光中发酵得香醇浓酽的亲昵。不由得几滴眼泪掉了下来，表情开始脱缰。又一杯酒，我们聊起在四号学校开的运动会，聊起学校门口一毛钱一串的羊肉串，聊起冬天上厕所被冻得生疼的屁股……聊起那个人。

小跟屁虫，五号电影院演《车轮滚滚》，我记得是胡——胡八道带我们去看的。

嗯。

我家里还有一套80版《十万个为什么》，是胡八道送我的。

他也送了我一套……走的时候搞丢了。

……一直就没有找到他——连遗体也没找到。

啊?

小——跟屁虫，我记得你在临走那天还跟我说，胡八道只是失踪，说不定哪天他就回来了。

冷汗瞬间渗出，意识被骤然淬入冰水。我挺起脊背，“我是这么说过，但是——”

廖志国舔了舔嘴唇，转身，不知从什么地方拿出一叠 A4 纸，拍在桌上。

“啥都别问我。你先看看这个，明天去五号的时候我跟你细说。”

我俯身拽过那叠纸，努力固定视野中不断摇晃的字迹。在第一页，我看到几个庄严挺拔的楷体字：

冷湖　火星　小镇

胡八道

三、胡八道

胡八道本名胡杨，是 68 年来冷湖的“北京学生”。那年他十七岁，是个孤儿。胡八道被分到五号基地，成了一名修井工人，他的师傅廖兴贵，是冷湖的第一代“石油人”，也是廖志国的爷爷。胡八道和父亲在同一个矿井上工作，比父亲小几岁。父亲很喜欢他，因为觉得他有知识、肯吃苦又没架子，所以经常邀请他来家里吃饭。胡八道也不客套，叫他来他就来，甚至常常不请自来，吃完饭就跷起二郎腿“侃大山”，总能把我的父母和邻居逗得前仰后合。胡八道的思想极其活跃，常有惊人之语（但也总能绷紧“政治”这根弦，那是时人进化出的一种智性上的“拟态”本能），所以大家从“胡说八道”里挖出一字，昵称其为“胡八道”，叫习惯了，甚至会想不起他的本名。

1970 年我出生，父亲请胡八道给我起名字。胡八道略一沉吟，说：“大学之道，在明明德，在亲民，在止于至善。就叫他明德吧!”

于是我便拥有了一个在当时很前卫的名字。

一晃十三年过去，我上了小学六年级。胡八道 29 岁，依旧光棍一条，依旧不时来家里蹭饭。不是没人操心过他的终身大事、给他说过对象，而是相亲的姑娘都看不上他，嫌他“没正形”。他也不着急，继续嘻嘻哈哈地到我家蹭饭。

有天夜里，我听到父母低声谈论他：

老李，你说这个胡八道，都老大不小的了，还——

你看他整天带着明德、志国到处野，他自己就是个孩子，你还指望他结婚生子？

唉……

你看你急的，真把他当自己儿子了？

呸呸呸李润生！你别胡说八道！

……

记忆中的胡八道个子挺高，黑、瘦，平头，身上总是斜挎一个挂着毛主席像章的深绿色帆布包；爱笑，笑起来嘴敞得很开，一口白牙明晃晃的。每次来家里，他都要给我们这几个孩子带上几块糖，看我们兴高采烈地把糖吃下去，看我们意犹未尽地吧唧嘴，眉眼弯着，好像吃糖的是他自己。和那些整天忙忙碌碌、无暇陪我们玩耍的大人不一样，他会俯下身子和我们说话，会大大咧咧地和我们一起玩儿，俨然一个装在成人皮囊里的孩子。夏天的时候，他会领我们去夹皮沟（雅丹地貌）、去水源、去“深八井”玩儿，会用铁丝给我们做弹弓；冬天的时候，他会用木板、木条和三角铁给我们做冰车和冰鞋，推着我们在冰面上狂奔。他还会给我们讲故事，讲雷锋、讲草原英雄小姐妹，讲欧阳海；也讲《钢铁是怎样炼成的》、讲《牛虻》、讲《静静的顿河》，尽管那时我们还懵懂，但依然听得如痴如醉。我记得，当时我和廖志国最爱的活动，是围着胡八道问东问西，问那些我们百思不得其解的问题，比如：为什么星星会眨眼？为什么天上会下雪？为什么人会生病？月亮上面是什么样子的？其他的星星是什么样子的？等等等等。他总是有问必答，而且从来没有不耐烦的时候。后来，他干脆送给我和廖志国一人一套《十万个为什么》，回想起来，这套书简直成了我智识的启蒙……

那时的我全身心地崇拜胡八道，只要他一来，我必定像影子一样跟在他身后。“小跟屁虫”这个外号便由此而来。我不喜欢这个外号，但这并不能阻止我对他不由自主的接近。有时候被叫得恼了，我会怀着少年人特有的敏感和歹毒想，要是胡八道有一天突然消失，我就不会被人叫这个外号了吧？

只是我从来没有想过会有这么一天，胡八道真的消失了……

我从梦中醒来，冷汗涔涔。我翻身，摸到床头柜上那一沓码放齐整、背面向上的 A4 纸。在三十五年后、在离家数千公里的冷湖醒来，这本身就像一场梦——那么我在 A4 纸里看到的一切，就是幻梦中的幻梦……一时间，我失去了现实的锚点。好吧，就任自己在梦中飘荡，任自己一次又一次回到那个傍晚、回到那个有着灿烂笑容的年轻人身边，听他说：

“明德、志国，你们不觉得这里，就像火星表面吗？我当然没去过火星，但我就是这么觉得——你们说，奇怪不奇怪？”

我抬头仰望胡八道。在一片荒芜、奇诡、雄浑的雅丹丛中，他微笑着，脸上的夕阳在静静燃烧。

四、五号基地

“那本日记，”我咽下一口唾沫，“真的是胡八道的？还有，他和那条新闻有什么关系？”

廖志国专心地摆弄着方向盘，没有看我。我有种感觉，他的专心是装出来的，是一种故作玄虚的姿态。他在刻意保留悬念，而且乐于看到我被这悬念折磨得坐立不安。

“你觉得呢？”半晌，他回了一句。

“我记不得他的字体了。”我讪笑一声，“至于后一个问题，昨天喝了那么多，我现在脑袋还是晕的。”

廖志国偏过头，“明德，你还记得我爷爷吗？”

“……廖师傅吗？日记里也提到了……”

“在我的记忆里，爷爷一直是神叨叨的。”廖志国嘴角的肌肉变得松弛，“我家老头子说，爷爷是最早一批进入俄博梁的勘探队员之一，他也在那里走丢过，万幸的是两天之后救援队找到了他，毫发无损。只是在那之后，他会时不时蹦出几句‘怪话’……”

“怪话？”

“就像胡八道常说的那种，嗯，不着边际的话。”他腾出一只手，挠了挠头，“有人说当时是爷爷坚持要收胡八道为徒的，说这爷俩儿除了长得不像，简直就是一个模子里刻出来的。”

我偷偷地瞟了眼廖志国，没有在他脸上发现被冒犯的愠怒。我想，也许他只是在以一个他者的身份观察这片土地上的久远过去，即使观察的对象中有他的爷爷。

“说实话，”我轻声说道，“我对你爷爷没有什么印象。”

“何止是你。”廖志国苦笑，“一直到爷爷去世后，我才有机会真正地了解他——你的头还晕吗？”

我愣了一下，随即摇头。

“很好。在五号里转一圈，估计你会更清醒。”

一阵沉默之后，车停了下来，我的眼前是又一片废墟。

“喏，这就是我们长大的地方。”他指着前方的黑色石碑说。

四月二日。晴。

终于到了冷湖五号基地。矿上的领导说，这就是我们的广阔天地，希望我们能大有作为。以后，我就是一名光荣的修井工人了，领导说，革命工作不分贵贱，希望我能戒骄戒躁，在平凡的岗位干出不平凡的成绩。

我会的。我向毛主席保证！

……机关大楼上面题的“冷湖油矿”四个字写得遒劲有力，让我对这个满是土坯房的戈壁一隅好感顿生。想到自己能为四个现代化贡献自己的微薄之力，我就热血沸腾！

……

曾经的油矿机关大楼如今只是一丛枯骨。“冷湖油矿”四个字倒是完完整整地保留了下来，可却让那形销骨立的墙、散碎的砖块和隆起的沙包，让那重新占领失地的荒蛮更加触目惊心。

“我们走得并不仓促。”廖志国在一旁解说，“我们有条不紊地打点好行装，谨慎地刨起地下的电缆，妥善安置好天然气管线，拆下可以用作建筑的所有木材——除了不能带走的水泥浮雕和墙上的标语，我们带走了可以带走的一切。”

我在曾经的油矿机关篮球场、如今坟茔般的红砖地里伫立良久，然后向废墟的深处走去。

六月六日。晴。

今天的午饭是白菜炒肉片、炒土豆丝和馒头（可以预见，明天的菜谱依然不会超出冻肉、白菜、萝卜、莲花白、土豆和馒头的范围），口极寡，想念豆汁和炒肚，想念全聚德和东来顺。偶尔，我们也会吃上黄花鱼和带鱼，还有哈密瓜和马奶子葡萄……啊，有一次食堂还供应了卤野牛肉，那味道，啧啧……

虽然有抱怨，但我也知道，我们石油工人比老百姓吃得要好……这种资产阶级享乐主义的思想苗头可不好，要坚决扑灭！

七月二日。晴。

今天油井喷油，可结结实实地下了一场石油“雨”！我的48道杠蓝工衣湿了，我的内衣和裤衩也湿了。虽然成了一个“油人”，但是我骄傲！这一口井里喷出的是大地母亲黑色的乳汁，是祖国繁荣昌盛的养料！我要给张妈妈和胡老师写信，告诉她们这一切，让她们也为我骄傲，为我们的伟大祖国骄傲——

七月七日。晴。

师傅（指廖兴贵）今天有点儿奇怪。他问我为什么来这里，我说当然是响应毛主席的号召，到祖国最需要我们的地方去呀。他沉默了一会儿，又问我，对冷湖有什么看法。我说哪怕环境恶劣、人迹罕至，我们也能在这里成就一番事业……师傅用很奇怪的眼神看我，又问，有没有想过，到俄博梁深处去看一下。我说，当然想啊，这地方神秘得让我着迷……

我似乎在师傅嘴角看到了一丝稍纵即逝的笑意……

左边是工商银行，右边是商贸公司，红绿灯残存的基座还有只剩骨架的交通岗楼，在黄沙中若隐若现的花坛，现在，我正站在五号曾经的中心。

“以前，”廖志国把目光搁在一排残墙之上，“最开心的一件事就是和爸妈去‘公司’，买件新衣服、买本小人书，都高兴得什么似的……”

我默默点头，体内残留的酒精在戈壁粗粝的风中慢慢蒸发，心中的疼痛随之变得尖锐起来。

“志国，你说，”我舔了舔咸涩干裂的嘴唇，“如果胡八道看到五号如今的样子，他会作何感想？”

廖志国耸了耸肩。

也许他会笑笑，然后继续自己的征程吧，我想。那是一个有着赤子之心的人，一个时刻乐观、时刻用孩子般的眼光打量世界的人，一个永远想要在现实的疆域中走得更远的人……

更远。我的心脏停跳一拍。难道他真的去到了那个无人涉足之地？

一月十一日。小雪。

和李润生李师傅相谈甚欢。李师傅邀我去他家里吃饭，欣然前往。……李师傅的爱人是个大厨，寻常菜色经过她的妙手，堪比国宴。

为了这整日哀号不止的肚肠，以后要常来。

三月四日。晴。

有人因言获罪。有人（涂抹）。我虽清楚自己是一颗红心，但也知道祸从口出的道理，以后要少说话、多干事。也要减少记日记的频次。

六月二十五日。晴。

李师傅的儿子出生，请我给他起个名字。我看这孩子五官端正、眼神清亮，于是便以“明德”二字命名之，希望他长大不要成为靠（涂抹）发家的（涂抹）之辈……

我曾经的家遗失在记忆和一列列不分彼此的土坯房中。我潜入废墟之中，希望能找到一点点线索——人的痕迹并没有完全消退，在几间还算完整的屋子里我看到：一个孩子粉笔的涂鸦，画的似乎是月亮和星星；一小句若隐若现的爱情誓言：淑芬……我向……保证……革命友谊；抄写得工工整整的毛主席语录，甚至一把蜷在墙角的破碎摇椅。

而我的家，我的逝去的岁月，又在哪里呢？

有人捏了捏我的肩膀。“明德，我们走吧。”廖志国轻声说。

我的手撑在土坯墙上，喉管里滚动着“咕咕”的气喘声。

“还没有结束。”

我回过头看说话的那个人，我忽然发现，我的童年伙伴虽然面容苍老，但他的眼神中有一种极认真的孩子气——一种你不忍用现实去敲打的孩子气。

“你的意思是——”

“胡八道的故事就是冷湖的故事。”廖志国的目光渺远，仿佛从我、从我身后的土坯墙径直穿了过去，“而胡八道的故事，还没完。”

三月十三日。晴。

带两个小朋友看《车轮滚滚》，最后哭得不能自已，还好小朋友没有顾上看我。

我想，岂止淮海战役是我们伟大的人民用小车推出来的，整个中国都是这么推出来的——看看这里，冷湖，这个不毛之地，不也是我们这些石油人，用筚路褴褛和艰苦奋斗的“小车”推出来的吗?!

六月一日。晴。儿童节。

和小朋友讲了我的想法。我说，我们的石油基地就像是建在火星表面上。他们很奇怪我为什么会有这样的想法——我也很纳闷儿。大概这个地方和我想象中的火星一样吧：寸草不生的沙漠、奇诡雄浑的雅丹群、粗粝冷冽的空气……一群坚忍不拔的人（火星人?）

——等等！我忽然发觉，我的这个想法并不是凭空蹦出来的，我其实是受了师傅潜移默化的影响。有几次，在我俩聊天的时候，他的嘴里会溜出“火星”这个字眼——然后他会像说错了话，煞住话头，目光撇向别处。

师傅的心里藏着秘密，和这片土地有关。有机会，我一定要把它弄个水落石出。

二月二十三日。晴。

正如师傅所说，在这里的时间越久，就越觉得这里像一个谜。

四月二十七日。晴。

被选入石油勘探队。仿佛是响应来自“火星”的召唤，我来了。我们能在俄博梁的深处发现什么呢?

师傅知道了这个消息后，把我叫去他家。整个下午，老爷子都是一副心事重重的样子，在把家里的所有人都支走以后，才开口对我说话：

“八道啊，你真的要去了?”

“嗯。”

半晌，师傅没有说话。在为数不多的眼神交流中，我在他的目光里看到了一些东西，可我说不清那是什么。

“八道啊，要量力而行，注意安全啊。”

“嗯。”

“如果你听到了、或者看到了什么，你……”师傅欲言又止，嘴唇嚅动了半天之后，他叹了口气，把手搭在我的肩膀上，使劲捏了捏。

怎么搞得跟生离死别似的?我鼻子一酸，差点儿没哭出来。

五、雅　丹

“爷爷临走的时候，意识已经不清楚了。他说的很多话我都听不懂，但他叫了那几声‘八道’，我倒是听得真切。”在五号中心大道的最后一个十字路口上，廖志国说。“还有一个词，他嘟哝了好几遍，我听着，似乎是‘反哺’。但这个词和当时语境的反差太大，我一直不敢确定，直到——”

廖志国一顿，和我对视一眼，接着毫无愧疚之情地把话头转向了别处。

“一九八三年五月一日，胡八道就是从这里出发。三天后，他在俄博梁雅丹丛中失踪，至今未被发现。关于胡八道，唯一的线索——”廖志国的目光落在我手中攥得发皱的A4纸上，“唯一的线索来自我的爷爷。明德，你还记得胡八道的那个帆布包吧?”

我点了点头，“那时我们总是好奇那里面装了什么东西，胡八道还神秘兮兮地不给我们看。”

廖志国把手搭在方向盘上，“没什么特别的，不过就是一个军用水壶、一支手电筒、一支‘英雄’牌钢笔，还有一本皮面日记本——日记本的扉页上写着：冷湖火星小镇，落款是胡八道。”

我怔了一下，手中的 A4 纸发出“嚓啦嚓啦”的声响。“志国，你是说——廖师傅找到胡八道了？”

他摇了摇头，“只找到了这个帆布包。但这并不是最离奇的……”

最离奇的是，在沿石油老路向俄博梁行进的路途中廖志国告诉我，胡八道的帆布包是在廖师傅生前从未打开过、一直摆在床尾的木箱中发现的。这些东西保存得很好，但显然有年头了。

我的脸颊阵阵发麻，“你在开玩笑吧？”

廖志国哼了一声，像是很满意我此刻的反应。车轮碾压着石油老路，路的两侧是由盐碱堆积而成的固体波涛，波涛之上，盐晶闪闪发光。

“说真的，志国，我现在已经晕头转向了。”我用两根拇指狠狠地揉着太阳穴，“就算你说的是真的，这一切总要有个不那么灵异的解释吧？”

“当然有。”一个长长的停顿，廖志国踩住刹车，“明德，你看。”

我望向他手指的方向。

沙漠中的海景。褐黄色的雅丹沙丘散落在天蓝色的水中，层层叠叠，密密麻麻。我随廖志国下车，站在水岸边，惊诧于这戈壁之中的海景。

“水雅丹。”廖志国说，“2013 年的时候，发了一场无根洪水，造就了这片‘海洋’。这 7 平方公里的水没有源头也没有去处，谁也说不清它是怎么来的。”

双眼在这奇景中贪婪地浸泡半晌之后，我才把头转向廖志国，“但是你有你的解释，对吗？”

他点了点头，“在我看来，是问题问错了。不是这些水从‘哪儿’来，而是这些水从‘何时’来。”

“你不是说，2013 年——”

廖志国摇头，双眼故作神秘地眯着。“问题的谜底和爷爷箱子里胡八道的帆布包有关，和胡八道的失踪有关——不，还不到谜底揭晓的时刻。”他无视我忿忿的眼神，“咱们走吧。”

在去往旗舰峰的路上，我们途径一口喷涌着热气的血色温泉。“2008 年的时候，”廖志国介绍说，“石油人做了最后一次尝试：他们花了 1700 万元打了一口全新的油气井，却只在地下 1700 米深处打出了这个——一口硼化温泉。”

我望着这个正在汩汩流血的大地伤口，默然不语。

“在这个世界上，很多努力都注定要失败。”廖志国的嗓音低回，“但我们的父辈从来没有放弃过。如果你认为冷湖——或者说得大一点儿——冷湖精神，会就此消沉下去，你就大错特错了。”

我默默地咀嚼着他的话。我有种感觉，有关那条吸引我前来的新闻、有关胡八道的行踪、有关倏然出现的水雅丹，都是某个庞大谜题的一部分，而廖志国，我的这个看起来有点苍老、有点粗鲁的发小，正在迂回、审慎、极富心机地讲一个故事。任何一个我们到过的地方，任何一句他说过的话，都在小心翼翼地向我揭示谜底……

答案就在所谓的胡八道的日记里。我到底忽略了什么？

五月四日。晴。

昨晚露营的时候，我在旗舰峰的方向看到了异常的亮光。那亮光闪烁、旋转，有种说不清道不明的颜色……向组长汇报，组长不以为意——所有人都不以为意。他们肯定认为，在这样一个地方，幻觉很平常，海市蜃楼很平常，说胡话也很平常。

但我这次是认真的。我看到了某种未知的东西，我相信那绝不是幻觉……

一整天都心事重重。小陈打趣：胡八道，你可别一个人乱走哇，当心老天爷把你收了去……

他这么一说，反倒提醒了我。

这世界上没有什么老天爷。即使有，毛主席也说过，“人定胜天”。

我决定了，我要去那个地方。一个人。

五月五日。晴。

我迷路了，这全都是因为一个鲁莽的决定。

在俄博梁，独自行动是不被允许的。甚至即使是集体行动（譬如那八位女地质工作者），也有可能在这个了无生气、缺乏参照、犹如火星表面的雅丹丛中迷路。据我所知，每年都有五六个石油勘探队员再也没有从这里走出来……

我知道自己是在玩儿火。但人的一生中总会有一两个这样的时刻吧——你会响应某种冥冥中的召唤，即使明知前方是火坑，也会心甘情愿地跳下去。——这时我忽然想起师傅在我临走之前说过的半截儿话：

要是你听到了什么、看到了什么……

师傅是在暗示我什么吗？他曾在俄博梁走失，获救之后，他对走失那两天里的经历绝口不提。我曾听人偷偷议论，正是在那之后，师傅就像变了个人似的……

我认为，师傅一定是接触了某种神秘的、未知的存在，那次接触改变了他对世界的看法，同时也令他不为世人所理解……但是，我能理解他。他选我做他的徒弟，大概也是看中我的好奇心吧。

于是我决定，要听从自己的内心，继续走下去。

但这并不意味着一开始的时候我就想做一个殉道者。不，我还要活着回来，把我的故事讲给孩子们听。毛主席说过，在战略上要蔑视敌人，在战术上要重视敌人。我的敌人就是这片危险、美丽、神秘的雅丹丛。我不怕孤军深入，但要认真拟定战术……我的战术是，在集体行动时，慢慢向旗舰峰方向偏移，把我的探险伪装成一场有惊无险的走失——我在雅丹丛中每个可能引起混淆的岔口都做了标记，这至少可以保证让我找到和大部队分开的地点。

实践证明，我的想法太过天真。

傍晚时分，我已经和勘探队分开得足够远。我看到了某个雅丹山丘顶端被做成十字架形状的勘探坐标。旗舰峰似乎近在眼前，但直到暮色四合，我仍和它保持着不近不远的距离。正当我犹豫着是否要从这座迷宫中撤出时，一个奇怪的现象打消了我的这个念头：

在旗舰峰的方向，光线似乎被扭曲了。抬头仰望，旗舰峰顶、旗舰峰背后橙色的太阳和镶着金边的云，都有一部分“胀”了起来，如同哈哈镜中的倒影。随着日光渐渐暗淡，我甚至在“哈哈镜”中看到了淡蓝色、淡绿色，旋转、跳跃、奔窜的闪光——和我昨晚看到的一样。我揉了揉眼睛，又看向别的方向，再看回来——没错，这不是幻觉。在旗舰峰的方向，发生了某种不为我们所知的事，我相信正是这样一种未知在召唤着我……

于是我不再犹豫，继续摸索去往旗舰峰的路。可能是因为过于兴奋吧，我竟然忘了沿路做标记。

这是一个不可饶恕的错误……

廖志国把车停在石油老路上，随后带着我向路面狭窄崎岖的雅丹丛深处走去。没有走出多远，我就已经在这片迷宫般的风蚀遗迹中失去了方向感。想起胡八道的日记，我不禁有些担心。

“我们今天不去旗舰峰。”廖志国宽慰道，“我们只到——这里。”

我们驻足的地方，是雅丹丛的一个“岔口”。

“当年爷爷和胡八道，都是在某一个这样的岔口踏上没有返程的路的。”

我仰起头，“从这里看，旗舰峰并不远。”

“每一个失踪者，都是被这个‘不远’所迷惑的。”

我舔了舔嘴唇，“是啊，胡八道从来就没有到过旗舰峰。”

廖志国嘿嘿一笑，“你相信那是他的日记了？”

我半张着嘴，不置可否。风在雅丹丛中呜咽着吹过，把这片土地上古老而又莫测的气息送入我的鼻腔。我发现自己的手在微微颤抖。

难道我真的开始相信，自己看到的就是胡八道的日记？

……完全联系不上他们。不管是用无线电、手电筒还是吼叫，我都得不到任何反馈。陪伴我的，只有从地面上升起的寒冷、只有亘古不变的星空和风声。

有那么一会儿，我体会到了绝望，那种无限冰冷、无限孤独的绝望。我的理智告诉我，只有找到来路，才有希望活下去，而来路早已被这片冷漠的“丛林”吞没……

于是我决定，继续向旗舰峰进发。我知道这很疯狂，但，如果这次我终究难逃一死，那么至少我要比从前去得更远；如果这个世界上还存在秘密，那么至少，我要知道这个秘密是什么。

于是我继续前进。

五月五日。夜。

看来今晚我要在沙砾岩洞里过夜了。雅丹丛林里的夜真冷啊，这个岩洞至少能够遮风。而且它很深，我不知道它会通向哪里，也许它能把我从死地带入圣境吧。

也许。但我不能走到更深的地方了，我不能冒这个险。

我有种感觉，我离旗舰峰、离那个迷人的秘密已经很近了。这里出奇的安静，这安静反而衬托出洞外诡异光芒的喧嚣，不，不是声音上的喧嚣，而是那流转跃动的光芒制造了一种声响感……该怎么形容这些光芒呢？我承认，我词穷了……

现在，我感到恶心、晕眩。我必须抓紧时间，就着手电筒的光，把我的所见所闻写下来，我怕来不及……

“他不必走到旗舰峰。”廖志国说。

我不解地看着他。

“假设那片空间能够自行移动——不，不光是空间……”

我皱眉，颈部的肌肉随时准备牵引与释放，制造一个摇头。

“我看过一些书，”廖志国羞涩地笑，“物理学的，关于时间与空间……”

裹挟胡八道而去的，是一个出没于冷湖地区的高维“时空泡”。这是我这个童年伙伴的假设。

“这也太——”我生生刹住话头，“证据呢？”

“呃，证据就是——”廖志国眨巴着眼睛，像一个对自己的答案胸有成竹的孩子，“水雅丹。”

×月×日。晴。

说实在的，我已经不知道今夕何夕。那是发生在昨晚（？）的事。我正睡着，忽然间一阵急剧的坠落把我从不安的梦境中拽了出来。我睁开眼，发现自己正飘浮在一片难以名状的空间（向各个方向看，都好像球形的穹顶）之中，在我的四周，是光怪陆离、闪烁着的、时而红时而蓝、时而聚成一团时而被牵成丝线的光……我捏捏自己的脸，疼。

看来这不是梦。那么我在哪里？一阵巨大的恐惧攫住了我。我溺水般扑打四肢，我能感觉到空气在身边流动，可是在这片空间中，我的移动没有任何参照物，因而必然是盲目的。我把帆布包拽向身边（它也在飘浮中），打开，掏出手电筒，向不同方向打出三短、三长、三短的求救信号，重复数次。我知道这样的努力很可能是徒劳的，但是，除了坐以待毙，我似乎也没有别的办法了。

困倦袭来，我闭上了眼睛。我多么希望，这是一场极其逼真的梦，待我醒来，会发现自己身处沙砾岩洞，新一天的太阳已然升起，队友的呼唤从远方传来。

多希望这是场梦啊……

“那个‘时空泡’飘忽不定，但总的来说，它大体在俄博梁一带活动。”廖志国直勾勾地看着我，大概是为了证明此刻的自己是严肃的，他的脸绷得很紧。“不必假设这个‘时空泡’的存在时间，因为它是独立在我们这个时空之外的。也许在还没有生命的洪荒亘古，它就已经在那儿了；而直到时间的尽头，它依然在那儿——下面就是推理的关键之处：造就水雅丹的那场洪水，很可能就是‘时空泡’从某个和我们相距甚远的地质时代中的某个未知湖泊中裹挟而来，然后又释放到一里坪地区的……”

“你说的这个——‘时空泡’，有科学根据吗？”我问道。

廖志国耸耸肩，“理论上是可能的。有一个叫王晋康的作家曾经写过一篇叫《泡泡》的科幻小说，讲的就是这种可能……”

“科幻小说……”我低头，蹙眉，登山鞋反复碾磨脚下的盐碱地。

“还有新闻里说的异常光波辐射，”廖志国补充道，“我推测，可能是胡八道用手电筒打出的求救信号，只不过这个信号被‘时空泡’扭曲了……”

“这不可能。”我打断了他，“胡八道是在三十五年前发出求救信号的，怎么可能现在才收到？”

廖志国努了努嘴，“这个‘时空泡’是独立在我们的时空之外的。胡八道的日记里不是已经说得很明白了吗？”

×月×日。晴。

我在睡梦中进入了那片诡异的空间，又在睡梦中“掉”了出去。我曾以为哪里都要好过“那里”，但现在看来，就算有了熟悉的重力，我的处境也实在谈不上好到哪儿去。

这是一片丛林。这里有我叫不上名字的高大植物（其中有一些看起来是苏铁?），有淙淙的溪水（灌了几大口水下肚之后，我饥肠辘辘的肚子反而叫得更厉害），有褐色的泥土（松软、散发着腐殖质生机勃勃的腥味儿），有鸟叫和虫鸣（也许我的食物会是这些移动的蛋白质）——总之，这是一个和冷湖、和雅丹丛完全不同的地方。

到底发生了什么事？我需要好好想想。

我用硕大的树叶和树枝为自己搭了一个简易窝棚。还好，帆布包里的东西没有被打湿。第一件要紧事，是要把这一夜（?）的奇妙经历记录下来；第二件事，我要写下自己的想法。如果我真的没能活下来（现在看来，很有可能），至少我要留给世界一个推测。

我推测，我被那片空间带入了不同的时间。就在刚才，在我仰望星空时，我发现自己找不到任何一个熟悉的星座，甚至连银河的形状，在我看来，都略有不同……星空的这种极明显的演变只能说明：我正处于一个与公元1983年相距甚远的时代中……

然而是身处过去还是未来，我不知道……

“胡八道被‘时空泡’抛入了一个未知的地质年代，那时候这里是一片丛林。”廖志国说。夕阳从天边溢了出来，将他和巍峨的雅丹氤氲在一片金红色的光晕之中。“在一番探索之后，他断定自己没有希望走出去。而恰在此时，‘时空泡’再一次出现了。其实你不用想得太复杂，你可以认为‘时空泡’就是一道门，一道连接过去与未来、连接此方与彼方的门——尽管它在空间上并没有太多的移动。”

“门……”我沉吟道，“所以他才想着要通过‘时空泡’回来。”

“胡八道再次进入了‘时空泡’，然后发生一些我们不知道的情况，导致帆布包从‘时空泡’中掉了出来，掉到了1954年，被迷路的爷爷捡到。他看到了那本日记，在日记里他认识了胡八道，也遇见了几十年后的自己——我想任何人受到这样的冲击都无法保持平常心吧，可爷爷至少把这个秘密保守到了他死去的那一天。”

我重重吐出一口气，“难以置信。”

廖志国咧嘴一笑，“明德你还记得吗，胡八道曾经说过，要像一个孩子般对这个世界保持敬畏和好奇心——你的好奇心哪儿去了？”

我的脸颊烧了起来。

×月×日。小雨。

这片丛林是如此巨大，而它对生存又是如此严苛（没有可食用的浆果或者坚果，不知名的鸟类动作快如闪电，我连它们的影子都抓不到，而夜晚响起的此起彼伏的嚎叫，让我隐隐意识到猎食动物的威胁），我不可能在这里生存下去。

唯一的希望，就是“回去”。

幸运的是，通过观察扭曲的星空，我再次找到了那片怪异的空间，它距离我不远，大概只有几分钟的步程……所以，我要赌一赌：赌那片空间能把我带来，也能把我送回去。现在，我已经可以听见死神逼近的脚步声了——我必须要行动了。

……那么，在我离开之前，也许这就是我最后的话语了，很可惜它是一系列的疑问，而非解答：

这片空间到底是什么？它到底在我们的认知体系之内还是之外？它是自然形成的，还是被制造出来的？如果它是被制造出来的，制造它的又是谁？目的又是什么？

希望我提出了几个好问题。时间紧迫，我要去往那个未知之地了。

再见，火星小镇；再见，亲爱的人们。

六、星　空

我们在漫天的星光中返回。很久，我都不曾见过这样的星空了：灿烂的银河、瑰丽的星云、不停眨眼的群星，那跋涉了亿万年的光子雨点般拍打在我的视网膜上。我让廖志国把车停了下来。步出车厢，我在戈壁中驻足仰望，深深呼吸，尽情体味着自我的渺小、宇宙的幽邃与神秘。

“你正站在暗夜星空公园的土地上。”廖志国的声音从身后飘来。

“暗夜……公园？”

“这片星空是大自然对冷湖的馈赠，”他的话音轻缓，“曾经有人说，人类这个物种的伟大征程就是从仰望星空开始的——很可惜，现在能这样近距离触摸宇宙的地方已经不多了。”

我点了点头。

“明德，其实还有一个秘密，一个关于火星小镇的终极秘密——”，又是那种严肃的语气，我不禁低下头，与身边人对视，“我不知道是不是应该告诉你。”

我挺直脊背，“我会和廖师傅一样，一辈子守口如瓶。”

“那倒不必。”廖志国笑了笑，“也许不久之后，你听到的一切就不再是秘密了。其实在四月一号那则新闻之前，云图天文台就已经收到来自俄博梁的光波辐射信息了，而且那条信息更具体、更明确，因为它是用汉语编码的……”

我瞪大了眼睛。

“我不是说过，爷爷在去世之前，曾反复提到‘反哺’吗？我曾经一直以为自己听到的是别的什么——直到我看到了那条信息。”廖志国深深地吞了口气，“确切地说，我看到的是一个故事，一个关于地球与火星、关于过去与未来的故事。故事的大意是……”

故事的大意是，在不远的未来，人类在火星建立了殖民地。通过长时间的环境改造，人类把火星打造成了第二个家园。很久以后，在火星殖民地上，出现了一个昌明、繁荣，又有别于人类社会的新型文明；而作为母星，地球却由于环境的持续恶化、资源的衰竭陷入了无休无止的动荡，最后堕入彻底的黑暗和野蛮……火星人类并没有隔岸观火，他们试图积极地介入地球事务，但由于地球人类根深蒂固的宗主国傲慢，火星人类对地球的援助遭到了冷漠的拒绝。于是，他们只能眼睁睁地看着母星跌入万劫不复的境地……直到很多年后，事情才有了转机。在深刻理解时空本性的基础上，火星人类开发出了独立于我们这个宇宙的“时空泡”，凭借这一技术，火星人类就可以绕过地球人类的傲慢，在历史的纵深中对母星施以援手了。在未来的某个时刻，他们在俄博梁地区激发出了一个“时空泡”，又以“时空泡”为中心，建立了前哨基地——为什么选择把“时空泡”释放到在这里？也许是因为这片戈壁、这里的雅丹地貌、植被和氧气含量等等，和被改造过的火星地表相似，让火星人类有种置身家中的舒适感吧。……他们在地球的历史中往来穿梭，小心翼翼地避免与人类接触，在历史的关键节点推倒第一块多米诺骨牌或者扔下最后一根稻草。或许在人类文明成熟到可以理解这一切、可以包容这一切时，再与人类展开对话……火星人类保证，修改历史并不会导致宇宙的崩溃，他们只是把人类引入了另一条时间线，一条更好的时间线……

他们把这一行动取名为，反哺。

我恍惚半晌，直到戈壁的寒冷渗入肌理，才开口说话。

“所以说你的爷爷，他早就知道了？”

“我猜，在俄博梁迷路那次，爷爷就已经和‘火星人’接触了。”廖志国说，“他很可能听到了同一个故事，可惜，在那个认知匮乏的年代，这个故事无异于在他的头脑里投下了一颗原子弹。但有意思的是，纵使如此，他还是本能地完成了时间闭环的要求：在新来的一批北京学生中，他认准了胡杨就是日记的主人胡八道，所以才执意把他收入自己门下，而胡杨也果真在不久之后就有了胡八道这个‘新名字’……”

我张口结舌。故事的离奇已经远超我理解能力的阈值，我似乎能感到每一个新搭建起来的神经元连结都在生涩地摩擦。

“这还不是故事的全部。”

“不是……全部？”

“信息里还说，尽管火星人与地球人在进化上分道扬镳了数千年，但差别还没有大到仅凭外貌和生理机能就能将两者区分开来

——当然细微的差别还是有的，比如火星人心理上的童年期更长，而且有着更丰沛的好奇心……”

我忽然意识到了什么，不自觉地嘴巴大张，又迅即用双手覆在那一声绵长的惊叫之上。

“你想得不错。”廖志国点了点头，“为了更好地实施‘反哺’计划，火星人把他们的孩子投放到不同历史时期的人类社会——以他们的技术水平，为这些孩子编造一个可信的身份并不是什么难事——这些孩子将作为地球人类的一员长大，他们观察、他们感受、他们理解。他们不知道自己的真实身份，直到某天，他们听到了某种冥冥中的召唤，向冷湖地区出发……当这些孩子回到火星同胞身边，他们将以一个地球人的身份为‘反哺’计划出谋划策……”

良久，我才回过神来，“所以说，胡八道……”

廖志国微微一笑，“尽管可能因为‘时空泡’的性能并不稳定，胡八道遭遇了一些磨难，但我相信，他一定还活着——在某个时空中。我甚至认为，爷爷之所以会捡到那个帆布包，和他有关。”

“和他有关?”

“这是另一条不怎么明显的因果链，也许只有站在历史之河的岸边，才能看清故事的全貌。”廖志国说，“爷爷捡到帆布包是故事的开始，而帆布包最终会传到我的手里。在我意识到那个帆布包的重要性后，我把它交给了一个朋友——你知道，就是那种在冷湖多多少少能说得上话的朋友——自己只保留了日记的复印件。这本该只是一则天方夜谭，但十几年后，当日记内容与天文台收到的信息相互印证，我的那个朋友终于开始认真了——也正因如此，我才有幸得知火星人发来的信息。现在，我们倾向于相信这个故事的真实性：火星人希望能以一种不那么大张旗鼓的方式与人类取得联系。于是我们先是在四月一号放出一则半真半假的新闻来试探社会的反应；而改名‘火星小镇’，这一命名法则基于某国驻某国领事馆、或某地驻某地办事处，希望能借此向火星人展示我们的诚意……你看，这个故事的脉络已经深深地嵌入冷湖的开发史中——如果不是真正了解这个时代，了解冷湖人，怎么会有对因果链如此精巧的设计？而这一设计，如果不是胡八道，还会出自谁手呢？”

他的嘴角扬了起来，泰然而舒展。

“如果我们真的能和火星人建立联系，那么冷湖镇将会成为人类探索宇宙的前沿阵地。”他接着说道，“反哺计划会给人类带来更为昌明的科技，也会让人类更加谦卑，更加珍视我们现在拥有的一切……明德，其实在你之前，已经有一群科幻作家来过了——他们是一群思想开放而不失严谨的人，也许以这个故事为基点，他们能为地球人类和火星人类勾画出一个光明的未来。”

一股热流在我的身体中涌动，“说不定，我们还能再见到胡八道。”

廖志国郑重地冲我点头，“说不定再见到的时候，胡八道还是三十出头的年纪，比我们还年轻。”

我们相识而笑。短暂的沉默后，我开口问道：“那么志国——我能，为家乡做点儿什么？”

廖志国含笑看我，眼中盛满星光。“你也写一个故事吧，属于我们自己的故事，故事里有过去、有怀念，有一颗火星如何照亮戈壁的荒漠，有一个来自火星的男人……”

我咧开嘴，“想法不错。但比起‘男人’，胡八道可能更喜欢别人叫他‘孩子’。”

“孩子？——嗯，孩子。”

“我会试一试的。”我拍了拍廖志国的肩膀，“其实，你已经帮我把小说的名字想好了。”

我的童年伙伴眨巴着眼睛，看我。

“就叫——”我回望着他，温暖在身体中升腾，“就叫，《来自火星的孩子》。”

（本文获得冷湖奖优胜奖）

冷湖旧梦

阿　缺

/ 作者简介

阿缺，毕业于四川大学，中国年轻一代科幻作家中的佼佼者。九〇年生人，现居成都。2012 年发表处女作，此后作品连续刊登在中国顶级科幻杂志《科幻世界》上，多篇作品翻译为英文在海外发表，多次获得全球华语科幻星云奖和中国科幻银河奖。阿缺的作品风格杂糅，但尤爱机器人，写机器人，歌颂机器人，希望机器人统治世界后对自己网开一面。出版有《与机器人同行》《机器人间》。

/ 颁 奖 词

曾经的冷湖梦，是黑色的，石油黑；如今的冷湖梦，是红色的，火星红。他把一个略显悲伤的故事讲得轻盈剔透、温暖动人，他讲述了冷湖不只有荒漠，还有忠诚、使命和爱情。希望这个故事能成为一首废墟上的青春之歌，召唤新的人在冷湖相遇，把冷湖的梦，继续做下去。

楔　子

"喷了，喷了!"有人喊道。

罗庆嘴里叼着一根烟，正躲得远远的，一扭头，看到一股黑泉从小坡上喷出来，周围的人也给淋得透黑。他猛地把烟吐出来，向小坡跑去，刚跑两步，又回来把烟头使劲踩灭，脚都陷进沙子里了，才奔到黑泉旁边。

这黑色的液体从地底喷出，到了四米高才落下。它黑得如此纯净，仿佛这台"磕头机"钻破大地，钻进黑夜，提前让最浓的夜色喷涌而出。罗庆被它浇得满头是油，鼻子里全是原油特有的刺激性气味，于他而言却格外芳香。他听勘探专家讲过课，知道这对人体有害，但还是贪婪地呼吸着。

为了这一刻，他们在这荒无人烟的戈壁滩上奔波了三年。罗庆在本地出生，加入勘探队时，刚生了女儿，还是个沉默寡言的小伙，眼神都有些羞涩。现在的他，肤色已经沉淀了戈壁滩毒辣的阳光，变成黑褐色。这里白天太热，叫人心灼，而夜晚的温度又到了零下，冷到灵魂里，冷得他那一腔沸血都慢慢凉下来。尤其是今年六月，不远处的油泉子花 2 井完钻喷油，日喷一百吨，3292 钻井队全体受到表彰。罗庆的队长也去围观了表彰会，回来后就脸色铁青，把他们召过去，指着鼻子骂，最后说："要是今年还不出油，他娘的，我就把你们的血抽出来!"当时，罗庆愣愣地听着，心里只是想：天，日喷一百吨原油！那就是十万公斤啊，这么喷几天，不得把地底喷空？

现在轮到他们 1219 钻井队了。此处名为地中 4 井，8 月 5 号开钻，毫不停歇地钻了一个多月，终于，当钻到 650 米深时，发生了井涌，继而猛烈井喷。

原油是有温度的，淋在身上，让他本已冰凉的血液一下子燥热起来。

“势头这么猛，出油量是多少？”他大声问着旁边的陈叔。

陈叔是老石油工，抹了把脸，但眼睛还是被黏稠的原油糊住，只睁开细缝看了一眼，大吼道：“不知道，但至少五百……不，八百吨！”

说话的当儿，他们脚下已经积满了原油，没到脚踝。原油向四周倾泻，一路裹挟着沙子，黑泉没有丝毫停歇的迹象，油海逐渐扩大。

这时，队长赶了过来。罗庆以为他会像自己一样高兴，但队长脸上的狂喜只持续了一秒钟，便勃然大怒，吼道：“他娘的，这么多比血金贵的油，一滴都不能浪费啊！”

可是，钻井队并没料到今天会有油喷出，储油装置都没有运过来。

所有人都站在油雨里，无措地看着队长。

“愣着干啥，给我拦住油！”队长把声带都快吼断了，“建堤，堆沙包！谁他娘的敢浪费油，我就抽谁的血！”

于是，罗庆和队员们连忙去帐篷里拿沙袋，玩儿命似的往里装沙子，堆到油井下面。所有人都行动起来，脸上糊着的油也来不及擦，连队长也跑下来，嘴里一边念叨着要抽谁的血，一边扛起沙包。

很快，一个圆形矮堤坝筑好了，围绕着油井，挡住了四下流淌的原油。罗庆终于有机会喘口气，抹了把脸，发现沙和原油几乎凝固成团，撕开的时候，脸皮生疼。

油还在喷。

队长看着呼啸喷涌的油泉，脸色凝重，忽然转身道：“这油停不下来！加高，加高！”

于是，气还没喘匀的人们，又转身去扛沙袋。罗庆跑得急，摔在了地上，周围都是奔跑的人腿，没人有时间扶他。

他爬起来，抹掉沙子，回头向油井看去。

这股喷出地面的黑色油泉，仿佛一柄利剑，刺进了1958年湛蓝的天空。

油喷了三天三夜。

这三天里，罗庆几乎没有休息。累得实在动不了，就在帐篷边坐着喘气，力气一溜回骨头，就又爬起来，继续扛沙包。

队长也没闲着，他把所有能叫到的人全拉了过来，不论男女老少，一起来筑堤。其他油井的工人听说喷油了，专门开车来看，原本只是凑热闹，但见到人们不要命地筑堤，也骂了声，招呼同伴一起来帮忙。麻袋很快用完了，他们把面袋拆开，面粉像土一样倒出来，然后装上沙子继续填筑。

但他们还是低估了油泉的威力。

由于缺乏运输设备，原油拉不出去，而井喷势头丝毫不减，油越积越高，眼看要冲破沙堤。队长不得不扩固堤坝，在沙袋外围再修一圈。

就在外围堤筑得如火如荼的时候，一声巨响，喷涌的油柱一下子窜到了五六米高。不知是不是眼花，罗庆看到有什么东西也随着原油，一起喷了出来。

但还没等他细看，哗啦一声，沙堤被冲开了一道口子。原油如脱缰野马，向空地流出。

“他娘的！”队长眼睛都红了，“堵住它，堵住它！”

但沙袋一丢上去，立刻被冲开，根本堵不住。队长目眦欲裂，突然跳了上去，用身体堵油。他顶着原油的冲击，仰天骂娘。

周围的人见状，纷纷腰缠布袋，也跳了过去，并排站着，臂弯勾着臂弯。二十多人组成了三排人墙。罗庆站在最前面，原油一下漫到他胸口。他身后，缺口漏出的油立刻减缓。

剩下的人连忙在他们身后堆沙包，人墙只要坚持二十多分钟，就能将缺口堵住。

罗庆浸泡在原油中，看着眼前的黑色油面。此时，除了油井处还在喷，溅起油花，其余地方的原油都平静下来了，仿佛一块环形的黑色镜面。他想起白天时，几只野鸭还飞了过来，以为这是一汪湖，落进湖里却再也飞不起来。

“咦，”身旁的陈叔突然说，“小罗，你摸我干嘛？”

罗庆一愣。他的臂弯正勾着左右两人的臂弯，握拳死撑，根本没有动。

“我没有啊。”罗庆说。

陈叔呸了一口，“胡说！明明还在摸……嘿，可不能再往上摸了，那玩意儿是你婶子的，你碰不得……咦，你的手怎么这么凉？”

罗庆一头雾水，满脸羞红，让两只手浮出油面，说：“我的手在这里啊。”

“那怎么……”

陈叔还没说完，罗庆也感觉到了——有种冰凉的触感，划过了自己的腿。在灼热的原油里，这种冰凉格外敏感，而且它似乎穿过了工装裤，直接沁在皮肤里。

其他人肯定也感觉到了，全都面面相觑。

他们跟前，平静的湖面突然涌起一道波浪，仿佛鱼脊，旋即消失。

“这……”罗庆吞了口唾沫，“这原油里面，有东西……”

队长停止骂娘，愣道：“什么东西？”

“活的东西……”

1

爷爷手上戴着块表，很旧，表带泛锈，指针也不走。但爷爷从没把它摘下过。

陈子彦问过爸爸，但老爸也不知道它的来历，只摇头说：“我记事起就看他戴着了。”也就是说，这块表，爷爷至少戴了四十年。

关于爷爷的不解还有许多。比如他明明从大医院退休，有身份，名下也有房，却不住城里，反而在郊区租了个破屋，深居简出；再比如他年轻时对工作那么认真，在手术室里一丝不苟，到家了却冷漠如冰，跟三个子女的关系都很僵。

子彦想，这一切可能都跟爷爷年轻时支援青海、当了几年石油工人有关吧？但对于那段往事，爷爷绝口不提，他也就不知道当年到底发生了什么。

情况是在今年夏天发生变化的。

本来暑假一过，子彦就要出国交换，在美丽的伦敦度过大学剩下的两年。他打算趁夏天跟朋友好好聚聚，不说醉生梦死，至少也得夜夜笙歌。谁知第一夜的梦还没醒，就被老爸叫醒，让他去照顾爷爷。

一想起爷爷，子彦不由得打个颤，连忙摇头："凭什么我去照顾他，他是你爸，又不是我爸！"

"没有我爸，哪来你爸！"

子彦年轻，但也知道老爸的心思——这么做绝不是出于孝顺。爷爷七十八，身体每况愈下，而他那两套房一直在三个子女心头挂念着。爸爸派自己去，无非是为不久后就要打响的遗产争夺战增加筹码。

"那我也不能白白牺牲这个暑假。"他说。

爸爸说："你不是一直想买块表吗？只要你爷爷把房子留给我，我给你买块瑞士的！"

"一万以上？"

"嘿小子，要求真不低——成！"

就这样，他提上行李，换了几趟车，才灰溜溜地来到爷爷家。在子彦看来，爷爷租的小平房已经不在北京，得算河北。

"嗯。"爷爷看到他，点了下头，就转身去干别的了。他愣愣地站在门口，看着破旧的房子，闻着周围阴沟臭水散发的味道，知道自己这个假期算泡汤了。

三个子女觊觎老人的财产，这种事儿，要发生在别人家里，子彦还觉得老人有点可怜。但看着爷爷冷漠偏执的表情，他又觉得这是理所当然。

爷爷是个怪人，越老越怪。三个孩子长大后，跟他都不怎么亲，要不是惦记着房子，恐怕过年都不会叫老爷子吃饭。

子彦在爷爷家住了几天，有饭就吃，到点睡觉，深切感受到什么叫度日如年。一次吃饭，他想着老爸的任务，又看到爷爷手上那块表，圆形表盘，中间有颗钻石的标记，便搭话说："爷爷，你手上这块表戴了好多年吧？"

爷爷低头看了看手腕，屋子的阴影遮过来，看不到他的表情，好半天才说："是啊。"

子彦一听爷爷愿意搭话，心道有戏，忙说："但我好像没有看它走过针，坏了吗？"

爷爷却转过头，再没说话。

子彦讨了个没趣，回头用手机一查，查到这是上海秒表厂生产的钻石牌手表。他以为值钱，又在收藏网上一查，发现很多卖同款旧表的，价格都在几十到几百块之间。爷爷这块表还是坏的，只卖十几块钱别人恐怕也不收吧。

接下来几天，爷爷照例种菜读书，再不就是长久发呆。子彦闲得浑身难受，哪哪都不自在，索性给老爸发了微信，要求回家。老爸自然不同意，但他也不管，收拾完东西就要走。

出门时，爷爷站在门口发呆。子彦犹豫一下，想想还是不打招呼了——就算道别，也只会得到一声淡淡的"嗯"。但就在他转头要走时，盛夏的阳光照在爷爷手表上，反射的光晃了下子彦的眼睛。

"咦，"子彦视力好，看到表盘上的针动了下，"爷爷你的表好了？"

"嗯？"爷爷心不在焉。

他凑过去，"你看，秒针动了。"

爷爷低头看着表盘，却像是见鬼一样，后退一步，跌坐在门槛上。他不顾屁股生疼，把手腕抬到眼前，身上颤抖着。“终于……”他的声音碎成一缕缕，一滴眼泪落在表盘上，啪地摔成几瓣。

“爷爷你怎么了？”子彦不解地问。

接下来发生的事情，更让子彦不解——爷爷让他订机票。

“去哪里？”他问。

“冷湖市。”

子彦没听过，查了下，连忙摇头：“爷爷你记错了，这地儿早就不是市了，是个小镇。而且太远了，在青海，机场也没有。从德令哈机场过去，还得四百公里，又是高原。您去那儿干嘛？”

爷爷不说，执意要去。

子彦连忙给老爸打电话。老爸却格外兴奋，说：“冷湖是你爷爷以前挖油的地方！恐怕是要故地重游，正好是个机会，你陪他去，多哄哄。路上一切，找我报销！”说完就挂了。

于是，子彦只好一头雾水地跟爷爷一起，先飞西宁，再转德令哈，气候一下子从平原到高海拔，阳光变得跟针扎似的。子彦不停地抹防晒油。出了德令哈机场，正好碰到一个旅游团，是去“冷湖火星小镇”参观的，他们连忙加钱添了俩座。子彦坐在一个有着水灵眼睛的女孩旁边，跟她聊了几句，问：“为什么冷湖现在叫火星小镇啊？”

女孩摇摇头，说：“导游说参观结束才会告诉我们。”

子彦只得看着窗外。一路上黄沙漫卷，荒莽千里。他初时还看得新奇，看得多了，也就乏味起来，靠着车窗睡觉。

等他醒来时，已是夜里八点，太阳却还垂在西边。他先下了车，搀着爷爷走下去，一股风吹来，让他居然在盛夏里感到了一丝凉意。

冷湖镇不大，只有几条街道，依托着 305 省道，像钉子一样嵌在青海、甘肃和新疆三省交汇处，旁边就是柴达木盆地。它前后都没有城镇，建筑也不高，孤零零地立在沙漠中。下了车，能看到街道宽阔，却没什么人，两旁店铺也大都关着门。

“这见鬼的地方……”他小声嘀咕。

“这神奇的土地……”爷爷喃喃道，一整天的舟车劳顿似乎在下车的瞬间烟消云散，缓缓四顾，眼角再次湿润，“我终于回来了……”

“你很喜欢这个地方吗?”

“是啊，”爷爷说，“多少次夜里魂牵梦绕。”

“但……”子彦想了想，后面的话没说出口。

爷爷喘息着，“我知道你在想什么。”说着，他呼吸平静了些，抬起头，眼神格外悠远，似乎看到时间之河彼端的隐约画面，“当年我来的时候，也跟你一样。”

2

近半个世纪前，1972 年。

来到冷湖的第一天，陈坚就动了四次要逃走的心思。

第一次是早上刚到，连续四天的颠簸让他在落地的一瞬间，把昨夜吃的全吐了出来。他直起身子，抹着嘴角，这时一股裹挟着黄沙的大风吹来，犹如迎面拍来一掌。他站立不稳，倒在刚吐出的秽物里。这倒并不羞耻，因为跟他一起来的大学生们都吐得此起彼伏，但他心里只有悲愤——回家，北京没风沙!

第二次是午饭时，看着碗里的清汤寡水，他吐得空空如也的胃居然没半点食欲。“唉，这里是戈壁，”跟他一起从北京来的同学小川儿说，“伙食运进来不容易，先吃着吧，过几天就好了。”陈坚正要道谢，转头发现小川儿并不是跟自己说话，而是拍着肚子嘀咕，安慰他自己的胃呢。一个念头再次涌起——回家，回北京吃肉去!

第三次发生在晚上洗衣服时。他领了盆水，街上都是蹲在水盆前的大军，男女老少都有。他端着盆找了个角落，刚把外套丢进去，周围就响起一片哄笑，尤其是他身旁的一个长着乌黑眼珠的女孩，笑得最欢畅。他不明所以，继续洗着，洗完了外衣，盆里一片乌黑，他要去换水，却被告知洗衣服只能用一盆水。他看着其他人，都是先洗内衣，水尚清，再洗袜子，水已浑浊，然后才洗衬衫和外套，等洗完，盆里的水已经变成墨黑色。他站在浩浩荡荡的污水洪流中，咬紧牙齿，心想——回家，回家有妈妈洗衣服！

第四次是晚上，别人都在兴奋地聊天，他缩在床角，摸出了晓佳的照片。哪怕是在黑白照片上，晓佳还是那么光彩照人，眼眉柔媚，透着这西北荒漠里无处寻觅的春意。他想起自己突然被调到这里，还没跟晓佳道别，自己这一走，北京那些小伙岂不是得天天对着晓佳吹口哨？他才刚追到晓佳，可没信心让她等自己多久。他紧咬嘴唇，心想——回家，回家娶媳妇儿！

他一下从床上跳起，闷头就往外走。

天已经黑了。冷湖的夜跟昼是两个极端，肆虐的太阳龟缩于地底，冷风从四面八方掠来，尚是九月，他就感觉骨头在颤抖。他裹紧衣服，缩着脖子，按照记忆里车队来时的路走。但路途漫长，他想了想，还得去买点食物和水。

他原以为会有民兵巡逻，拦着想逃走的石油工人，但一路上居然畅通无阻。人们早早回宿舍休息，只有风在街上巡弋。这里此前没有人迹，十四年前喷出油，便陆续来了好几万人，住处也由帐篷改成窑洞房，但黑夜里依然是黑压压的一片。

只有矿区贸易公司的灯还亮着。

说是贸易公司，其实相当于大型供销社，门面不大，里面却摆着一排排货架。屋里灯泡有些闪烁，撑开了一片昏暗的光晕。一个女售货员站在柜台前，低着头，正在看书。

“喂，有饼干和水壶吗？”他摸了摸外套，爸妈给的钱牢牢缝在衣服夹层里，应该够买。

售货员翻一页书，头也不抬，“饼干在第三排，水壶在第五排。”

他走过去，拿了一堆饼干，用衣服包住；又到第五排货架下，看着大大小小的水壶，心想回京路上，迢迢千里，就选了最大的一个。

“这些都要，一共多少钱？”他抱着一堆商品，放上柜台。

售货员这才抬起头。她有一双黑亮黑亮的眼睛，偶一眨动，仿佛黑夜与白昼在她的眼眶里轮换了一周。陈坚觉得面熟，突然想起她就是白天洗衣服时嘲笑自己的女孩。

售货员显然也认出了他，皱了皱眉。“水壶两块，”她指着水壶，又从一堆食物里挑出两袋海阳牌甜酥饼干，“这两袋一共一角六分。你给我两块一毛六就行了。”

陈坚一愣，又指着她没算进去的大堆零食，“小妹妹你年纪轻轻，耳朵不好啊——我是说全部。”

“反正你就给我两块一毛六吧，”售货员说，“水在屋里头，你自己去打。水不要钱，不过我建议你不要装太多，到时候累。”

说完，她又低下头，借着灯光看那本泛黄的书。

陈坚一头雾水，掏钱出来的时候，想了想，还是在柜台上放了四块钱。售货员也没说什么，把钱收起来，继续看书。灯光落在她一头黑发上，像是锦缎，有着釉一样的质感。陈坚多看了几眼，又想起晓佳，便赶紧把食物包好，水壶装满水，走出贸易公司。

“哎……”

他回头，看向灯光下的女孩。

“别走西边，”售货员说，“其余哪个方向都行。”

说话莫名其妙的……陈坚加快步伐，走出四号基地，回望一阵，夜幕下的基地仿佛疲倦的羊群，一团凑着一团，陷入沉睡。基地之外，一片风沙，风声时而呼啸时而幽咽，听着便让人心里枯败萧条。

既然要走，何必流连！拜拜了您嘞……他坚定信念，大步往前。

但他忽略了夜晚戈壁滩的可怕，没走多久，就分不清方向了。他焦急起来，东走西走，不知觉间，竟然来到一大片长条形的阴影下。

那些阴影横亘在视野里，像蜷缩的兽类。他叫了几声，没有回应，便大着胆子上前抚摸。

触感冰凉，坚硬。他盲人摸象般多摸了几处，心里便明了了——这是运油的罐式车。彼时苏联已有大型输油管道系统，但冷湖地处偏远，铁路未修，只能靠油罐车一车车往外拉。冷湖的石油经过了十年开采，已渐衰落，车辆隔几天才运一次，因此今夜的油罐车便停靠在此。

司机们都去窑洞房休息了，车厢里空无一人。

陈坚不会开车，便摸着车罐走。他记得车队的位置，顺着油罐车车尾的方向，就能走出基地。但摸着摸着，他的手突然一缩——有一个油罐车的罐体里，传来了温润的感觉。

罐子里有原油?

但即使里面装满了原油，在这样冷的夜里，也早该凝固了，怎么还会温热着?他心里想着，东摸西摸，确实能感觉到大铁罐子里面的温度。他朝前看看，夜色幽暗，但隐约能看到前方已经没了油罐车的阴影。

而且他正在摸的罐子，离其他油罐车很远，且车型老旧，显然不是一个车队的。

为什么运输车里没油，一个快废弃的铁罐子却装满了温热的原油呢?

陈坚正疑惑着，突然听到罐子里传来一声闷响，似乎有什么东西正在敲着罐壁——从里面敲。他猛地一愣，随即摇头，心想是自己听错了，便拍了拍罐子，打算走开。

他拍罐子的动作很轻，但顿了两秒，油罐车突然剧烈晃动起来。他吓得后退一步。随后，罐子里传来沉闷但雄浑的吼声，仿佛有什么东西正从里面醒来，吼声中带着痛楚与愤怒。陈坚吓得跌坐在地上，愣愣地看着摇晃的巨大罐体。里面的吼声还在继续，伴随着咚咚的敲击声。

一道光束破开夜色，照在他头上。

“你是谁?”有人喝道，“半夜过来干嘛，偷油?”随之响起的，还有枪栓拉动的声音。

陈坚吓得血液凝固，连忙举起手说：“我只是过来——过来撒尿的!”他被手电筒的光柱照着，眼都花了，看不清光束背后的人影。

但他能看见手电旁边黑洞洞的枪口，连忙补充一句：“向毛主席保证！”

“你别动！”那人灭了手电，掏出一根棍状物，贴近油罐车。“嗞嗞”，电流声响起，窜动的电光在整个车罐上游走。罐子里的敲击和嘶吼立刻消失。

电光也照亮了那人的脸，脸型消瘦，头发蓬乱，眼睛微微突出，脸颊为数不多的肌肉正在抽动着。

这副模样比油罐车里的动静更可怕，陈坚不敢乱动。

手电的光再次笼罩陈坚。

“我没见过你。”那人说。

“我新来的！向毛主席保证，今天刚来！”

那人“哦”一声，反倒放心些了。“第一天来，那晚上不可能来这里撒尿。”那人灭了手电，在黑暗中挥了挥，“要走就快点走，哪儿都成，别来这里。”

“那我走哪边?”陈坚小心翼翼地问。但过了一会儿，对面也没回应，然后他才发现对方已经离开。他把手放在油罐上，温热依旧，只是罐子里一片平静，仿佛刚才的动静只在梦魇里。

他突然想起售货员对自己说的话——此处正是西边，是她让自己不要来的地方，没想到偏偏不凑巧来了这里。他连忙迈步走开。

这一夜，陈坚在戈壁滩上跋涉，风沙割面，寒冷入骨。他走了许久，四野依然是一片茫茫黑暗，只有身后的四号基地门口还燃着火柱——采油时，工人会把可燃气体引到地面，出于安全和避免污染的考虑，以燃烧的方式来处理。现在，它是整个世界唯一的光，唯一的热，而陈坚正在远离它。

走到半夜，他已经冷得打战，前方依旧一片黑暗。黑暗里不知有什么东西正等着他。他缩着肩膀，伫立原地，向后看看，又看向前方，突然骂了一声娘，又往回走。

走回基地时，天还没亮。他又饿又累，吃了两袋饼干，回宿舍闷头大睡。

但他没睡多久就被叫醒，跟工人一起出门干活。他被分配到机修车间当电焊工，带他的师傅姓曹，一见到他就咧出满口黄牙，笑道："又给我们送肉来啦！"陈坚跟着曹师傅学焊接，但曹师傅只让他看了两遍，就把焊具交给他，自个儿到一边跟别的工人吹牛闲聊。他索性也不管，拿起焊枪就焊，一天下来焊断了三块钢板、七根钢管，报废焊条无数。最后他头昏眼花地要拿焊枪去焊正在施工的油井钢架，才被大惊失色的曹师傅给拦住，"你要烧了我们么！"

忙了一天，除了眼睛看啥都是花的，也没有想象中那么难熬。晚上他回宿舍休息，想起包里还有一大堆饼干零食没吃，一阵肉疼，连忙提着包跑到贸易公司。

时候尚早，售货员还在。几个工人买了些牙膏、蜜饯，结了账却不肯走，对售货员调笑道："阿依啊，你说我们天天来买东西，你是不是该打点儿折啊？"

阿依抬起头，眼睛睁得大大的，说："我只是收银的，打折做不了主。"

"那你可以把你能做主的打折给我啊……"一个工人嬉笑道，看着阿依，似乎在等她发问。

但阿依却直直地盯着他，脸上既没有害羞，也没有生气。在她的目光下，工人的嬉笑慢慢僵硬，拿起牙膏，跟伙伴们一起灰溜溜地走了。

阿依又低下头，继续翻书。

"额……"陈坚见识过她的手段，有些不好意思，"这个，这个，昨儿买的，能不能退货啊……"

阿依看上去一点儿也不吃惊，说："自己把东西摆回去吧。"又从柜里摸出一小沓零钱，递给他，"你数数。"

陈坚一数，一块八毛四分钱。他心头一跳——水壶自己喝过，自然不能退，早上又吃了两袋饼干，剩下的恰好值一块八毛四。而她昨晚本来只收两块一毛六，是自己非得给四块，才有了这个找头。

"你怎么知道……"他捏着钱，问道。

阿依语气淡淡的：“像你这种想跑的人，尤其从北京来的，我见得太多了。”

“啊？那他们跑成了吗？”

“如果跑成我还会给你准备零钱吗？”阿依想了想，又补充道，“噢，有两个人没有回来，听说是冻死了。”

陈坚起了一身鸡皮疙瘩，连忙把饼干吃食摆好，临走前想起那个神秘的油罐车，说：“对了，你让我不去西边……那里有什么啊？我碰到了一个奇怪的人，拿着手电，跟鬼魂一样。”

阿依脸上表情变了变，说：“他……他叫罗庆，四基地第一次喷油时，他就在现场，是老工人了。但那里有什么我也不清楚。”

“你来多久了？”

“很多年了。”

“那你怎么不离开这里呢？”

阿依笑了，笑容绽开在这片黄土上，绽开在昏黄的灯光下，让陈坚有些迷醉。他垂下眼睑，不敢看她。“因为我的家就在这里，”她接着说，“希望你也喜欢冷湖——如果你能活下去的话。”

3

“什么？”子彦有些不信，“那时候战争已经结束，不就是挖油吗，又不打仗，怎么还会死人呢？”

爷爷的白发抖了抖，像是被风扰乱，又像是回忆到了久远的过去。

“你跟我来一个地方。”

爷爷说的是位于东南角的公墓。进去前，老人在门口驻足，仰头看着公墓大门内巨大的纪念碑。烈日炎炎，碑体像巨剑一样融化在阳光里。

子彦以手搭眼，逐字念道：“为发展柴达木石油工业而光荣牺牲的同志永垂不朽……进去吧爷爷。”

“等等，你去买瓶酒。”爷爷说，“好久没来看他们了，不能空着手。”

“买哪种酒？”

爷爷陷入了沉思，“他们来自天南海北，喝的酒都不一样。磊子爱喝汾酒，小俊个头大，最爱二锅头，还有汪二哥，没事就整点黄酒，呀呀唱戏，戏词谁也听不懂……”

最后，子彦在商店里买了一瓶青稞酒。爷爷点点头，“也好，这里都喝青稞酒，不管来自哪里，都入乡随俗吧。”

墓园大门气派，里面却甚是荒凉，连围墙也没有。大片暗哑的墓碑错落地立在黄沙上，碑后是低矮的坟包，没有修缮，像是一个个随意堆起来的小土堆。再往后，绵延起伏的祁连山脉遥遥在望。

黄沙在墓碑间掠过，发出轻响。

“这里的墓碑怎么都朝向东面？”子彦看了一会儿，问。

爷爷说：“青海属西地，大多数人都来自东边。他们是想回家，死了也要看着家的方向。”

这时，身后走来一群人，正是昨天同行的旅游团。导游边走边大声讲解：“现在大家看到的是火星小镇著名的历史遗迹——四号墓园！这里墓碑有四百多块，埋葬着曾在这里奋斗的石油工人和家属，有很多墓是父子墓和夫妻墓，比如原冷湖油田管理局领导陈自维夫妇——他们五十年代就来了这里，后来妻子病逝，丈夫回到内地生活，但临终之际，还吩咐子女把骨灰送回来，跟妻子一起埋在沙漠里……现在大家自由参观，多拍照，可以多发发朋友圈……”

人群散开，各自咔咔拍照，只有那个眼睛很水灵的女孩慢慢踱着步。

“你好，”她看到了子彦，笑了笑，“你也来看墓地？”

“是啊，我陪我爷爷来的。这里面有很多他认识的人。”

爷爷在墓碑间寻觅，有些碑文已经被久远的时光磨得依稀难辨，有些则干脆是无字碑。他看得仔细，边辨认边用手掌轻轻摩挲着墓碑。

子彦和女孩跟在后面。女孩环顾四周的黄沙荒墓，叹息道："当年他们为了祖国的石油事业，背井离乡聚集到这里，硬是在一片茫茫黄沙中建起了居住地。现在石油枯竭，这里又被遗弃，只有他们的尸骨留了下来。虽然现在提到集体主义、奉献精神会被人说很傻，但……一个时代总有一个时代的印记吧。"

子彦连忙附和："是啊，时代精神嘛……对了，你知道为什么这些墓碑都是朝东面么？因为青海在西边，大多数石油工人打东边来。他们是想回家，哪怕死了，也要看着家的方向。"

女孩看着他讲解，眼睛闪亮着光彩。从她瞳孔里散出的细碎的光，照得子彦心醉神迷。

这时候，爷爷招了招手，子彦和女孩连忙过去。爷爷把酒接过来，在墓碑前倒了一点，轻轻说："磊子，我来看你了。"

子彦凑女孩耳边，小声说："这是我磊子爷爷，喜欢喝汾酒，酒量可好呢。"

爷爷又找到了小俊和汪二哥的坟墓，颤抖着弯下腰，把酒洒下。子彦也没闲着，跟女孩悄声道："这我小俊爷爷，个头可壮呢，一个人打好几个，常喝二锅头……你看，这是汪爷爷的墓碑，他特爱唱戏，喝了黄酒就唱，以前可疼我呢，经常抱着我唱黄梅曲……"

女孩疑道："你小时候也在冷湖生活过？"

"这个这个……"子彦挠挠头，正好爷爷又到了一块墓碑前，久久地凝视着，忙跑过去问，"爷爷，这个罗——"墓碑上碑文很淡，几乎被风沙磨平了，他看了好久才认出下面的字，"这个罗庆是谁啊？"

爷爷俯视着墓碑，微微喘气，过了好久才摇头，看样子并不打算回答。

子彦瞥了身旁的女孩一眼，殷勤道："爷爷累了吗，那我替你倒酒。"

不料爷爷提着半瓶酒，表情怪异，说："不给这个人敬。"说着就走到墓园最东的角落，站在一块墓碑前，把剩下的酒都洒在黄沙上。

两个年轻人跟过去，发现这最后的一块墓碑，没有文字。不是被磨平，倒像是当初立的时候就没刻字。爷爷看着空白的墓碑，伫立良久。黄沙贪婪地吸收着酒液，直到酒痕都干了，爷爷还没回过神来。

“爷爷，这是谁?”子彦问道。

爷爷似乎累了，摆摆手，说：“见完故人了，回去休息吧。”

正好旅游团也开始集合，子彦扶着爷爷，跟他们一起往回走。旅游团的下一个项目是参观废弃炼煤车间，车间后有一块空地，堆满废弃物。爷孙俩本来不打算参观，但子彦走着走着，突然发现爷爷扭头盯着空地，视线落在废弃物角落里。

一堆锈蚀斑斑的杂物中，有一个大铁罐，横躺着都有一人高，长则有三四米。铁罐不知放了多久，整个都锈穿了，似乎一碰就会散成锈粉，就算拿去卖废铁恐怕都没人要。子彦看了看，觉得它跟运油车的罐体很像，只是不知为何落在这里。

爷爷上前摸着罐子外侧的锈迹，嘴唇发抖。

子彦走过去，刚想问，却愣住了——这个大铁罐并不完整，上方有一个大洞，里面黑黝黝的，洞边缘的铁片微微外翻。这情形，仿佛很久前有什么东西从内部挣破铁罐，像撕纸一样把坚硬的罐壁撕开，咆哮着跑了出来。

4

陈坚换了策略：既然逃跑不成，那就争取调走。干得好能评上先进石油工人，干得不好会被批评，两者都有调走的机会——但后者显然容易一些。

所以他在油田里，有什么活儿就干，做出一副任劳任怨、挥洒青春和热血的样子。但交给他的活儿，无一不办砸。工人师傅们却也不恼，乐呵呵地看着他把螺丝拧歪，把钢板量错，然后不厌其烦地指正。

看着他们朴实憨厚的笑容，以及弯下来的脊背，陈坚满心惭愧。但想到北京优渥的环境和晓佳的笑容，立刻又咬牙继续捣乱。

直到半个月后，8 号钻机出了故障，机修班拼命抢修，所有人都奔过去接漏喷出来的原油。

油喷如雨，大家的军大衣都被染黑了，但没人躲避，拿盆拿桶甚至还有路过拿着饭盒的，想尽办法把油接住，往储油箱里倒。他被这热火朝天的场面震慑住了，呆立在奔涌的人潮中。

“愣着干嘛!”曹师傅路过他身边，大吼道，“帮忙啊!”

他连忙转身去拿铁桶，跑向喷井。油雨落上他的脸颊，温热流淌，他把铁桶顶在脑袋上，桶越来越重，便扛着往回跑。快跑近储油箱时，他闭眼一咬牙，脚下一绊，整个身子扑倒，一桶原油倾泻在沙地里。

“他妈的，地上忒滑!”他有些心虚地大喊。

旁人没有理会他，继续接油。他也爬起来，不敢乱来了，老老实实接油倒油，一直忙到日头渐晚。太阳挂在沙漠尽头，垂垂无力的模样。

机修班的工人修好油井，原油不再喷涌，所有人都坐在地上休息。陈坚也累得够呛，正要坐下来，一扭头，看到曹师傅狰狞的脸。

“你他妈的!”曹师傅揪住他的衣领，“平时你怎么玩我无所谓，接油时你还敢乱来!”

陈坚从没见过一贯和善的曹师傅露出这种勃然怒色，仿佛自己倒在地上的，不是黑乎乎的油，而是曹师傅的血。陈坚倔性也上来了，掰住曹师傅的手臂，叫道：“你别来劲啊！就算我不小心弄洒了，我赔钱！这桶油的钱我他妈赔还不行？”

“这是你赔的事儿吗？你赔得了钱，赔得了命吗？”曹师傅两眼血红，粗壮的手臂一扭，就将陈坚摔在地上。陈坚脑袋也充了血，拿出胡同里搏命的劲来，翻身爬起，挥拳厮打。

他们在泥地里翻滚互殴时，其余人都冷冷地看着，喘着气，但没人上前劝架。连小川儿都袖手旁观。

斗殴过后，书记把他们叫过去一通批评，便各自放了。

但陈坚打架输了，满心懊丧，加上曹师傅又管着自己的岗位，去了也尴尬，索性耗在宿舍里。晚上他也不想去食堂，干脆去贸易公司买饼干。

“别太犟了，”结账的时候，阿依说，“跟曹师傅道个歉，他好说话的。”

“我才不！倒了一桶油跟要了他的命一样，不惯他这臭毛病。”

阿依叹了口气，“油没有要他的命，但要了他儿子的命。”

“啊？”

“曹师傅的儿子小曹是跟着他一起来冷湖的，小曹进了机修班，负责油井维修。64 年的时候，一口井油压太高，气流从旁通管线冲出来，带着管线到处扫，小曹着急抢修，没来得及逃走，被管线扫到了。”阿依说完，低下头，翻开书的另一页。

陈坚愣愣地听完，感觉身上有些无力，仿佛之前打架留下的伤到现在才开始发作。

“不过这也不是什么新鲜事，很多人都牺牲在了这片土地上。国家需要油，他们就来了，曹师傅把儿子埋在沙子里，转头又回来继续干活。”阿依补充说。

“嗯。”

当晚，陈坚彻夜未眠，次日醒来后，早早去食堂打好饭，敲开了曹师傅的宿舍门。曹师傅正洗漱完，看到陈坚递过来的馒头和粥，愣了愣，接过就吃。

整个过程中，两人没说一句话。早晨的风沙在屋外刮得呼呼作响。

吃完后，曹师傅把碗递还给陈坚，才说：“早点去焊房。”

陈坚却拉住了曹师傅，说：“我想换个岗位，您帮帮我。”

曹师傅的眼睛眯住，似乎被他搞糊涂了，“我还以为……”

“我不捣乱了，向毛主席保证！”陈坚说，“但我想去机修班。”

这三个字像针一样刺在曹师傅的眼皮上，他的眼角跳了跳，随即说："你知道整个井上，机修班是责任最大工作最累的岗位吗？"

"我知道。我还是想回北京，但捣乱这个法子我不能用了，还是好好干活吧。机修班最有可能评上先进，有调走的机会。"

"但你……能行吗？"

陈坚说："我是首都医科大毕业的，专业就是把坏了的人体修理好，本质上，跟把坏了的油井修理好差别不大。有不会的，我可以学。我问过了，现在很多机修班的工人都是进去之后才培训学习的。"

曹师傅沉思了一会儿，说："我去跟书记说说，但不保证能成。"

"没事儿，不成我还当您徒弟。"

结果还是成了。不久之后，陈坚调到了机修班，先是学了两个星期的原理，再背着维修包，跟小川儿一起搭档，到处抢修油井故障。

陈坚虽然油嘴滑舌，但学习起来就换了个人。

彼时全球石油开采尚处早期，西方笃信石油是由海洋生物生成的，信奉"背斜聚油理论①"，并以此为依据，指出"中国没有中、新生代海相沉积，古生代沉积也大部分不生油……因此，中国决不会生产大量石油"②。但进入二十世纪四十年代后，随着潘钟祥、黄汲清、翁文波等人的不懈研究和实地探访，提出了"陆相生油理论"，并据此进行找油战略东移，相继找到了大庆油田、渤海湾、江汉等油气盆地和地区，摘掉了贫油国的帽子。

这段历史惊心动魄，陈坚看着那寥寥数语，仿佛从笔画间看到了沙漠中艰难跋涉的驼队，看到了滴落黄沙中的汗水和鲜血，看到

---

① 地壳运动中，岩层在强大挤压力下形成一系列波状弯曲，而外形上向上突出的弯曲，成为背斜；因其向上拱起，且油、气密度比水小，故而是良好的储油、气构造。

② 出自论文《中国和西伯利亚石油资源》，作者为美国地质学家、斯坦福大学教授 E. Blackwelder，1922 年 2 月。

了石油先辈们磨砺得沧桑粗糙的脸庞。他掩卷叹息，终于明白了石油对这里的工人、对刚刚站起来的祖国意味着什么。

但长叹之余，一个疑团也在他心中升起——石油的成因到底是什么？

5

子彦一愣，说："这个我都知道，教科书上写了——石油像煤一样，是古代有机物经过漫长岁月变来的。"

爷爷点头："主流观点确实如此，最初西方的海相生油观点就是来自有机物生成原理，因为海洋里的浮游生物、海藻等大量被掩埋在湖底海底，这是无氧环境，再与底泥混合，被岩层包裹，经过一系列高温高压的反应，最终生成以烃类混合物为主的液体。"说起这些话的时候，他的衰老仿佛一下消失了，变得神采奕奕，"而陆地的植物经过同样的演变，更容易生成炭，而不是油。但随着陆相生油理论被证实，就有人开始怀疑有机物演变这个传统观点了。"

子彦听得头大，挠挠脑袋，小声抗议道："爷爷，我是个文科生……"

爷爷却不理会，继续说："后来，证据越来越多，比如现在世界上已经有三万多个油田，但其中八个特大油田就占了总储量的一半。你看，如果是有机物演变成石油，但史前生物在地球上的分布绝不会这么不均。"

"哎，话也不能这么说，"子彦好容易逮着一个自己懂的话题，举手道，"生物就是分布不均的啊，就像人一样，城市人多，荒漠人少。"

"但世界上的一半的人，会只集中在八个城市吗？"

子彦说："额，教科书不会教我们错的吧……"

"当然，有机物生油的意义很大，绝大部分油田都符合这个理论。只是……"爷爷斟酌了一下措辞，"只是石油的来源，或许并不唯一。有些油田在垂直方向上分布很深，越往深处成油条件越好，这说明在地底深处，还有源源不断的油气供给。”

“那还有什么原因呢?”

“有人提出了无机成油说，说是由地底的炭演变的。”爷爷的目光变得深邃，寒冷的夜风吹过来，他的白发向后飘动，“反正现在两派观点争议很大，至今没有定论。但我有一次看新闻，说是在一个遥远的地方发现了红色液体，很像石油。如果这个新闻被证实，那石油成因就会有第三种理论了。”

子彦听得一头雾水，问：“哪个地方?”

爷爷抬起头，冷湖的夜幕立刻映进他的眸中。岁月本已将他的眼睛搅拌得浑浊，但在冷湖星光的照射下，他的眼神清澈得像一汪湖水，倒映着万千星辰。

子彦也仰着头。星光穿越千百万光年，将他笼罩。这是北京绝对看不到的景象，星星近得像是垂在空气中，触手可及，如同莽莽原野上一场凝固的雨，而每颗雨滴都曾是庞然浩大的天体。子彦甚至下意识伸出手，想去接住星星。手掌空空如也，只有冷风掠过，他才意识到自己仍在地球，而他看到的是远古的光——在他出生前、在人类诞生前就已经从星体射出，跋涉而来，仿佛它们的终点就是他的眼睛。在他仰头这一瞬间，星光就完成了征程。

爷爷轻声说了两个字。

子彦沉醉在奇景里，一时没有听清，问道：“什么?”

“火星，”漫天星雨中，爷爷口唇翕动，“他们在火星地貌图上，也发现了疑似石油的液体。”

6

陈坚发现，这块土地有一种魔力，没待到一个月，生活就被黄沙和烈风充斥了。有时候夜深人静，他回想在北京二十几年的生活，竟觉得不真切，仿佛那些记忆里的街道、乡音、拥挤的人群被一阵阵风沙吹得缥缈依稀。

“哎，小川，”一次修泵的时候，他想起这事儿，问道，“你说，会不会有一天我们被这个地方同化了，不像北京人了啊？”

“北京？”小川儿一脸迷糊，“那是哪儿？”

“……”

“噢噢，你说老家啊。”小川儿说，“我跟你不同，我爹妈不是什么大人物，把我弄不回去。我估计得待在这里，嘿嘿，要当青海女婿啦。”

“什么，你拍上婆子了？”

小川儿面露鄙夷，“别把你们北京人的流氓话往我身上套！什么叫拍婆子，我这是自由恋爱，响应毛主席号召，共同追寻伟大理想。”

陈坚来了兴致，问：“谁啊谁啊？”

原来是食堂的一个年轻女工，每次小川儿去打菜，女工都会朝他笑一笑，勺子里盛得满满的，倒在他碗里。

“出息！给你几块肉就把你收买了？”

“胡说，是笑！是微笑！你都不知道，她笑起来的时候，笑容映在一大盆肉汤上，看着很有安全感。”小川儿眼神透着神往，顿了顿，又补充说，“当然了，肉也起了一部分作用，这年头，有肉吃也不容易。”

陈坚又多挖苦了几句，小川儿不经逗，骂咧几句又转身干活去了。看着小川儿的背影，一股惆怅蒙上心头，他难免又想到了远在北京的晓佳。

“唉，晓佳啊晓佳，”他在心里说，“我什么时候才能回到你身边啊？”

仿佛听到了他的心声，几天后，晓佳的信就穿过漫漫千里，到了他手中。“看，我也有爱情的滋润！”他捏着信封，得意地跑到小川儿面前，“而且你看邮戳，我离开北京的第二天她就给我寄了这封信！怎么样，不止西北姑娘才有火一样的热情吧？”

“看看，看看。”小川儿也很兴奋的样子。

但陈坚看完信后，脸上的喜悦就冰消雪释，换成了茫然的神色。他把小川儿脑袋推开，歪着身子，又看了一遍。他似乎这才看清信上所写的字，愣了愣，连忙把信塞进怀里。

小川儿也大概明白了信上是什么内容，拍拍他的肩膀道：“别太难过了，女人嘛，唉——不过我女人可不一样啊。”

“你要是不加最后一句，还有点安慰效果。”陈坚悻悻道，“而且我也不难过。”

这话倒不是逞强，陈坚半夜在床上翻来覆去，发现自己居然真不难过。而这个发现更让他困惑。难道真的被这块土地同化了吗，连为爱情哭一嗓子的能力都没有了？他干脆爬起来，走到瓦窑房外，边走边思忖——爱情就这么离我而去了，而且晓佳是多么美，咦，等等，晓佳长什么模样来着？

这个夜晚升起了半个月亮，月光盈盈，他掏出那封信，又看了一遍，确认晓佳是把自己甩了。

他终于觉得悲哀起来，不知觉间，又走到了那一排油罐车的停放处。他赫然一惊，想起之前在这里听到的可怕喊声，便打算往回走。

这时，隐约的说话声传来，就来自油罐车后面。

“这次组织来检查，又要麻烦你一次。”声音非常耳熟，正是不久前批评了陈坚的书记。

另一个声音有些迟疑，“但它最近状态很差，像死了一样，万一……”

这是指导员说的。

陈坚一愣——书记和指导员，这两个实权人物，深夜来这里干嘛？

还未细想，油罐车的背后就响起了第三个声音。

“没关系的，它的生命力很强，不会这么容易死的。别看它现在要死不活的，一通电，就能立刻跳起来。”

陈坚脑中浮现出那个在黑暗中打着手电喝问自己的人。阿依说过，他叫罗庆。原来书记和指导员半夜来这里，是来找这个怪人。

书记说：“那就辛苦了。”

指导员还有些迟疑：“老这么用它也不是办法，要不，把它报告上去？”

这次回答他的，依旧是罗庆，说：“不行！它是石油的源头，有它在，冷湖就在！我听说组织想调一批人去参加辽松石油会战，如果出油量还是太差，整个冷湖都要降级，不少人会被调走吧？”

书记和指导员都沉默了。

“不能这样！”罗庆有些急了，“我们一辈子都在这里，这里就是我们的家。”

对话到这里就结束了，陈坚害怕被发现，赶紧悄悄回宿舍。这一夜，他失恋的悲伤全然消失无踪，梦境里只有偷听到的那番对话。尤其是话里的“它”，在梦里化为哭泣的怪物，恐怖又悲伤，一边流血一边蹲在角落里呜咽。

醒来的时候，他摸了摸眼角，竟然有一丝湿痕。

很快，他就知道书记说的“检查”是什么意思了。

原来这几年正是石油会战如火如荼的时候，整个青海原油年产量逐渐减少，国家石油发展战略性东移，要抽调石油工人去往辽松、华北、华东等地区。而油量减少的冷湖尤其明显，在 1959 年时还是冷湖市，商店、学校、广播电台等设施无一不全，而到了 1964 年，就已经被降格为镇，每年都有人离开。这次组织来检查，也是为了再一次确定原油产量，决定是否要分一批人参与东进。

趁检查组来之前，陈坚他们接到一个奇怪的任务——往油井里倒一种黑灰色的液体。

液体装在大水池里，用管子牵着，插进油井。高压泵一刻不停地将液体压进去。陈坚好奇地往水池里抓了一把，发现里面全是草渣、碎木、烂布料之类的废弃物，被捣碎了，混成一池黏稠的液体。

“灌这么多废渣废液进去干嘛?”陈坚边装管道边问。

小川儿也是一脸迷惑，想了想说：“可能是油压不够，用水来增大压强吧。”

“可是水压法不是用湖那边的水么？这种液体浪费不说，还很危险啊，万一堵住了……”

“我也不知道……反正书记的意思，干就是了。”

检查组下午到达冷湖，先是看了一下生产报告，领头戴白眼镜的越看眉头越皱。书记察言观色，连忙解释说：“这个，冷湖的地貌比较特殊，储油量丰富，但地下空隙复杂，产油量时多时少……”

白眼镜拍了拍厚厚的资料，哼一声说：“这些数据可不是这么说的。你们的低产量已经持续了五个月，说明地下储油空竭，人手应该调到更有需要的地方!”

“要不您再看看油井?”

一行人来到地中 4 井，几排磕头机正在上下起伏。太阳斜斜地挂在天空，被云层遮住，露出了疲态。白眼镜在几台油井处转了转，脸色并未好转，说：“这个实际生产情况跟资料上很符合嘛，倒是跟你说的情况不太符合。”

书记看了看手表，脸上有些焦急，说：“真的，冷湖地下，原油确实很多……”

话音未落，只听地下一声轰隆声响，仿佛有某个巨大的怪物正在苏醒。随着怪响，油井开始颤抖，管道被冲开，一股黑色原油冲天而起。原油上升了四五米之后，力竭散开，洒了白眼镜一脸。

“喷油了喷油了!”书记大喜。

白眼镜连忙退到安全位置，摘下眼镜，抹了把脸，把手凑到鼻子前。他的表情虽然被遮住，但也能看出一脸难以置信，喃喃道：“这鬼地方，开采了十年，还能喷油?”

“我就说嘛，冷湖大有可为，大有可为!”

检查组的人连夜离开后，冷湖又恢复了往日宁静。陈坚被这一天的事情弄得满是疑惑，他检修多日，知道冷湖底下的油矿确实在逐渐枯竭，但今天喷出来的又是实打实的原油。他想起了之前他们灌进去的奇怪液体，一下子坐起来——难道，那些混杂着废料的水灌进去，被什么东西变成了石油？

他脑袋里浮现了一个字。

那夜，书记、指导员和罗庆提到的——它。

宿舍里鼾声一片，陈坚辗转思考，但没个结果。只是半夜做梦，梦里哀戚不已，睡眠也浅，很快就被宿舍门外的脚步声吵醒了。

他起身探出头，发现街上有几个人在走动，手里拿着手电，似在寻找什么。

一个人影走近，陈坚好心问道："丢了啥？要帮忙吗？"

那人抬头看了他一眼，手电光晃动，一张干瘦焦急的脸一闪而过。

这人正是基地西边的怪人罗庆。罗庆没理他，手电往四下一扫，又快步走向街尾。

"真是奇怪……"陈坚嘀咕，这时一阵尿意传来，他摸摸肚子，走向不远处的厕所。走了几步，他又看见两个人影在地上找着什么，这次不用手电，他就认出了这俩人——书记和指导员。其余人影，也都是各个工班的负责人。

这阵势，恐怕是丢了什么要紧的东西吧。

他想着，提裤走进厕所，一通畅快淋漓的放水后，又系好裤子。

刚要转身，他就顿住了。

厕所里除了他，还有一阵喘息。

刚刚他哗啦啦放水，喘息声被遮住，此时，黑暗里气息沉浮，像是有一个破旧的风箱在急促拉动。

"谁在这里？"陈坚颤声道，"偷……偷窥么……"

对方没有回应，喘息声更加浓重。

陈坚慢慢伸手，摸到了门旁的拉线开关，猛地拉下。灯光立刻充斥了这狭小的空间。也就在这一瞬间，他看到一个黑影蹲在角落里。这是个真正的“黑影”——它半人来高，通体黑色，身上有一些凸起，真正诡异的，是它周身缭绕的黑色烟雾，游移又凝聚。

“你谁呀?”陈坚骇然道。

黑影嗖一声窜出厕所，陈坚还没反应过来，外面就响起了一连串的呼喊。

“是它!”

“快，抓住它!”

“它要往油井跑了……”

“拦着!”

……

陈坚听着这些大呼小叫，也连忙跑了出去，只见人影纷乱，电光晃动，热闹极了。而所有人的前方，正是那个窜出的黑影，正贴地而行，奔向远处的油井。

人群里罗庆跑得最快，眼看黑影快消失了，一咬牙，跳上路边一辆拖拉机，轰隆隆驾驶着，追上了沙地上的黑影。他连车都不顾了，手里抓着一张铁丝网，跳车扑下，兜住了黑影。黑影剧烈地挣扎，几乎要把它顶翻，但罗庆从兜里摸出电棍，嗞嗞两声，电光窜过，黑影就老实了下来。他自己也被电得手直发颤。

“它……”书记跑过来，气喘吁吁，“它好像变小了?”

罗庆又电了几下，网中的黑影彻底老实下来，才爬起来，说：“嗯，它把罐车顶开后，又蜕了一次皮，不然我也抓不住它……”

书记犹豫一下，“它会不会是生病了?”

罗庆脸色忧虑，却没再说什么。

当陈坚跑到这里时，众人已经把黑影抬上了拖拉机，用油布盖住。陈坚想揭开看一眼，却被罗庆恶狠狠打开手。

“今晚的事，”罗庆紧盯着他，“不准往外说一个字!”

第二天，陈坚还没睡醒，就又被叫醒了。他一睁眼，看到的还是罗庆那张消瘦得吓人的脸，不禁吓得哆嗦，“怎……怎么了?”

“你是不是学医的?”罗庆的声音有些急。

“是啊，我是首都医科……”

“那你跟我走!”

陈坚披衣起床，临出门前，又说：“跟我一起来的小川儿也是我同学。”于是，小川儿的被子也被掀开，揉着眼睛，跟他们一起出了宿舍。

陈坚和小川儿跟在罗庆身后，彼此眼里都有疑惑，待到了西边，又看到那辆停在路边的油罐车。只是罐顶被撕开了一道大口子，铁皮外翻，如同薄纸一般。

“这是……”陈坚问道。

罗庆不回答，带他们绕过油罐车，拐进一间孤零零立在荒漠上的房子。推门进入，里面摆设简单，一床一桌，仿佛清修。唯一占据房子空间的是一个水箱，盛满了水，里面有一只黑色的动物在飘荡。

它不是鱼，身下的七根足肢也没有摆动，却能安静地悬浮在水里，仿佛身体密度与水相同。陈坚从没见过这么奇怪的生物，凑近了看，发现即使在水中，它的周围也环绕着淡淡的黑雾。

小川儿也满是惊奇，兴奋问：“这是冷湖里的鱼吗?”

陈坚好奇地将手伸进水里，摸到了这个怪异生物。感到到冰凉的一瞬间，他突然浑身一颤，周围景象分崩离析，光影怪异，一下子置身于黄沙漫卷之中。他转身四顾，以为是到了冷湖外的戈壁，但仰头发现天空略带血红，不似人间，不似地球。还没等他回过神，视野变化，黄沙转为地层，然后是无边无际的浩瀚黑海，周围也变得灼热难当，他能看到的最后一个场景，是一双深邃而明亮的眼睛……

“阿坚你怎么了?”小川儿摇晃着他，声音焦急。

倒是罗庆站在对面，表情怪异，等他眼神恢复清明后，问：“你是不是也看到了火星的景象?”

“火星?”陈坚喘着粗气。

“我刚开始也以为是冷湖外的戈壁滩，实在太像了，但后来查了资料，才知道那是火星的地貌——这可能是巧合，但更可能的是，黑仔改造了这里，将这里变成了火星。”

陈坚想起刚刚的情形，点点头，“它可能来这里比我们都早，比整个人类都——咦，你也看到过这种幻象吗?”

罗庆垂下眼睑，“刚找到它时，经常能看到，但后来我用电棍打过它，就再也没见过了。”

小川儿一头雾水，“你们在说什么啊?”

罗庆说：“我怀疑是它出了什么错，来地球就回不去了，只能藏在地底，一点点改造这里。这里的石油也是它催生出来的。”

陈坚看着他，“所以你用它把废渣转化为石油?”

“是啊，成分是一样的，都含有大量的碳。我想研究出这里面的原理，但十多年了，都没有进展。”

“你们!”小川儿有点抓狂，“你们他妈的在说什么乱七八糟的东西啊?”

陈坚不理他，转头看了一眼在水中安静悬浮的奇怪生物——罗庆管它叫黑仔，又问：“它怎么变小了?”

罗庆脸色一暗，“这是我唯一弄清楚的——它有一种蜕变机制，每次受伤，身体都会脱茧缩小，造油能力和记忆也减弱了。昨天我用它来造油，它又用最后的力气撕开了铁罐车，被抓住后，就变成这样了——我从没见过它这么虚弱。”

“嗯，所以你让我们来救它——但我们学的是临床，不是兽医……”陈坚正要拒绝，脑中又记起刚才看到的景象，一句话脱口而出，“用加热的水浸泡它试试。”

他们把水加热后，黑仔果然有力气了些，足肢摆动，眼睛微微睁开，随即又闭上。

“还是大学生有办法!”罗庆盯着黑仔，振奋起来。

“听说你最近在帮罗庆做事？”阿依问。

陈坚正在货架之间游弋，闻言一愣。这些天他总是这样，傍晚时来贸易公司，在货架间来回巡视，一副认真挑货的样子。刚开始买东西的人多，很多人都跟他打招呼，但他这样徘徊着，游走着，慢慢天色变黑，人都走光了，他才只拿一小袋饼干，在阿依那儿结账离开。

阿依永远是那副模样，人多时手脚利落地结账找零，人少了之后，就拿出一本书，在昏黄的灯光下翻看。

她很少跟陈坚说话，所以当听到她的声音时，陈坚犹豫地走出货架，来到柜台前。

此时已经很晚了，外面的瓦窑房开始关灯，但夜色像被稀释了一样，并不是完全的黑暗。

“你怎么知道？”他说。

“我听人说的，你跟……罗庆，”阿依合上书，抬眼看他，“怎么会混在一起呢？他不是脾气很怪吗？”

陈坚留意到，每次阿依提到罗庆时，语气都有些迟疑。他左右看看，四下无人，便说：“我跟你说，罗庆可不简单呢……”

在阿依的目光下，他不禁忘了罗庆反复告诫的保密，将黑仔的一切都说了出来，还包括罗庆十多年来守着它、用它“变油”的秘闻。这件事太过离奇，但阿依听得很认真，她的眼睛里像是沉进了整个灯泡，边听边淡淡地闪烁着。外面的夜色渐暗渐浓，灯火次第熄灭。

“所以这些年，”听完后，阿依低下头，脸上的表情藏在灯影里，“他从未回家，就是为了一直守着那个怪物？”

陈坚叹口气，“这里的石油越来越少了，他想把黑仔研究透，让这里再次充满石油，让人都不走。”

“他想让别人在这里安家，可他自己的家呢，离这里只有几十公里，却从来不回去……”

陈坚一愣，“你怎么……”

阿依摇摇头，再没有说话。

过了几天，当陈坚再次在货架间徘徊到深夜，拿着饼干要结账的时候，阿依说："你天天来这里，就为了买饼干吗?"

"我……"陈坚有些支吾。

"你们北京人不是很会说话吗?"阿依看着他，灯光扑下来，光影在她脸上勾勒出深深浅浅的立体感，"怎么不说话了?"

就是这张带着异域风情的脸让陈坚说不出话来。他在北京拍婆子时擅长的臭贫瞎侃全堵在了嗓子眼。他原本并不觉得阿依多好看，只是觉得她的眼睛很亮，特立独行，但他已经在这里待了一年多，经常来贸易公司，总是看到阿依在灯下读书的样子，看得多了，那模样就印在了心里。有时候他分不清楚，是阿依好看，还是灯和书的组合迷惑了他。他在夜里辗转反侧，但只要在梦里看到阿依，梦中场景不管怎么变化，阿依的头顶始终有灯，她手上总是拿着泛黄的书。

见陈坚不说话，阿依换了个话题，"对了，你能带我去看看那个……黑仔吗?"

陈坚想都不想就答应了。

趁着夜色，他们悄悄走到罗庆的房子前，陈坚先去开门，确认罗庆不在家后，招手让阿依进来。

阿依走到水箱前，看着在水中缓缓游动的奇异生物，她盯着看了一会儿，突然伸手，将黑仔抓了出来。

黑仔接触到空气时，周身烟雾弥漫，但很淡，七根足肢也软绵绵地垂着。

"哎不行，"陈坚连忙上前，"它有点不……"他的话停住了，因为他看到阿依的另一只手从兜里摸出了一把匕首。

刀刃上寒光流转，对准了黑仔的咽喉。

陈坚一下子懵了，向前一步，急道："别！你怎么了?"

阿依低头看着黑仔，表情复杂，眼角闪烁着细碎的光。刀尖微微颤抖。

黑仔的足肢动了一下，慢慢扬起，搭上了阿依的手背。一丝冰凉的感觉传了出来。过了许久，阿依突然幽然一叹，松开了手中的匕首，将黑仔放回水箱。

她的表情轻松了许多，转头冲陈坚一笑，说："不好意思，吓到你了吧……"

陈坚也松了口气，刚要说话，身后屋门一声吱呀，罗庆走了进来。

陈坚顿时鲜血凝固——以罗庆的脾气，要是看到有外人进了他的屋子，还站在黑仔面前，不知道得多生气。他战战兢兢地转过身，想着如何解释，却发现罗庆脸上并无怒色。

倒是带着诧异和……惭愧？

"你……"罗庆的目光掠过陈坚，落在他身后的阿依身上，"你怎么来了？"

"我在贸易公司，你在这边，你不去看我，我总可以来看看你吧？"阿依说。

"对不起……"

阿依摇头，向屋外走。路过陈坚时，拉了一下他，陈坚连忙跟着她一起出门。他们走得很远，风沙猎猎，才回过头，看见远处的屋子依然亮着灯。灯光里，罗庆的影子有些孤单。

"什么！"陈坚从床上跳起来，凑到小川儿床前，"阿依是罗庆的女儿？"

小川儿坐起来，拍拍他的肩膀，叹口气道："陈坚同志啊，你连敌人的底细都没刺探清楚，就贸然过去攻城拔寨，结果只能损兵折将，组织对你很是失望啊！"

"别贫！"陈坚问，"那平常怎么不见他们有来往走动啊？"

"罗庆那个怪脾气你没见过？听说啊，他是本地人，以前这里特别荒凉，开油田后，他就在基地里干活儿，一心扑在工作上，连家都不回。他老婆病死时，正好基地在抢油，他忙得都没时间回去。"

说到这里，小川儿的声音压低了，“不过我猜，他真正的工作，应该是搞清黑仔的秘密……总之，这以后阿依就恨上了他，哪怕在贸易公司上班，也很少见他。”

陈坚听得怅然，躺回床，手枕着后脑勺，半宿睡不着。他突然明白阿依在罗庆屋里的举动，心里没有半分生气，反而有些怜惜。

这一晚，他又梦到了阿依。在梦里，阿依一手拿书，一手持刀，头上有灯，灯光在黑黑的头发上流淌，还是那么好看。

7

到了晚上，老爸打来电话，问：“你爷爷现在怎么样?”

子彦看了眼早早上床休息的爷爷，捂着电话出了房间，才说：“还好啊，这几天都在镇上转，兴致不错。”

“哦……那你陪好老爷子。”说完，爸爸就想挂断。

子彦心里一动，忙道：“等等!”

“我很忙，有什么事你快说!”

“我奶奶，”子彦犹豫地说出这个陌生的称呼，“叫什么名字来着?”

“怎么了?”

“没……没什么，就是问一下。”子彦出生前，奶奶就去世了，家里规矩又严，所以他从不敢问爷爷奶奶的名字。

爸爸显然也回忆了好一阵子，才说：“罗……罗佩玉，嗯嗯，就是这个名字。”

“哦……”

挂了电话，子彦又往房间里瞧了瞧，爷爷已经睡着，安静地躺着。

他默默叹息一声。当初听爷爷提起阿依这个名字时，他就听出了声音里的惋惜，现在确定了奶奶的姓名后，这种猜想就被证实了——爷爷最后没有跟阿依在一起。

大概，在这个世界上，爱情能遍地开花，但相爱的人能真正在一起的，只是少数吧？但子彦这个年纪，总盼着有情人终成眷属，因此有些无精打采，便走出宾馆，想去小卖部买瓶啤酒。

路上，他又碰到了那个有着水灵眼睛的女孩。他心里有事，女孩也不多话，两人慢吞吞地走着。他们走过一盏盏路灯，影子缩短又拉长。

回房间后，看着熟睡的爷爷，子彦心里升起一个疑惑——那他们是什么时候分开的呢？

8

阿依是在第二年冬天离开的。

早在陈坚来冷湖前，石油工业部就确定了柴达木盆地重点勘探开发位于青海省西边的花土沟油田，靠近新疆；到了 1969 年，更是召开“战戈壁，睡沙滩，重返西部建家园”誓师动员大会。陈坚来之后，又恰逢冷湖产油量逐年减少，白眼镜后来又来了一趟，这次黑仔始终无法苏醒，罗庆拿电棍电了十几分钟都不管用。白眼镜冷冷一笑，在本子上写了点什么，写字的时候，书记和指导员脸色都有些发白。于是，七三年以后，陆续有石油工人被调走，冬天走的那批人里，就有阿依。

而陈坚，来冷湖已经快两年了，彻底融入了这片土地。他每天往返于老基地、四号基地和五号基地之间，许多面孔都很熟悉，走到哪里都有人打招呼。尽管那些人面容粗粝，被黄沙长年累月地摩挲，但他们的热情和淳朴，以及对石油事业的忠诚，都一点点融进了陈坚的血液。

其间，陈坚有一个月的假，长途奔波回了北京。但这已经不是他熟悉的城市了——白天，街上到处是狂热的人群，口号震天，而人群前面，往往押着一个头破血流的人；夜里，家家户户熄灯安睡，人影罕见。当他回到家里，发现父母已经不在，屋子里一片狼藉，空空荡荡。他去问隔壁，隔壁那位看他长大的大爷摸着他的头，叹息了一声。

他只待了两天就实在待不下去，索性收拾行李，又回到冷湖。临走前，他打算锁门，但看看四周，又长久凝视着老房子，把钥匙往旁一扔。

他提着大包行李回来，累得够呛，包里衣物并不多，真正重的，是他从家里床下拖出来的书。

他把这几十本书抱到贸易公司，堆在柜台上。

"这……"阿依愣住，"你这是干什么？"

"这是我妈爱看的书，家被抄了，书倒是藏得好好的，拿过来给你。"陈坚拍了拍摞得高高的书，"你不是喜欢看书吗？这些书可以看很久。"

阿依低下头，拿起书，每一本书都翻开看了几页。她看得很认真，有人过来结账都没理会，还是陈坚帮忙收的钱。陈坚看她认真翻书的样子，喉咙发痒，有什么话即将脱口而出，但当他鼓起勇气就要说的时候，阿依抬起了头。

两个人四目相对，他的勇气一下子瓦解了。

"这些书都很好，书店里买不到，"阿依说，"很珍贵吧？你从北京带回来，也很辛苦。"

陈坚摆摆手，"书嘛，就是要给人看的，我妈不在了，它们在北京只能发霉，或者被烧掉。"

"谢谢你。"

"客气干吗。"

"可是我看不完了。"

"不着急啊！你慢慢看，就放在你这里嘛。"随着说话，陈坚勇气渐生，抬起手，慢慢穿过灯光和冰冷的空气，靠近了阿依的头发。

阿依又垂下头，声音很小，"我申请了去花土沟，离这里三百公里。"

陈坚像被蜇了似的，手猛然收回。在这个年代，在戈壁滩，三百公里能隔开的距离无比遥远。过了好几秒他才反应过来，问：“为什么要走啊？”

“我在这里待太久了，想去别的地方看看。”阿依说，“而且知道了黑仔的事情后，我虽然已经不怪他了，但也不能原谅他，待在这里总是难过。”

陈坚知道她说的是谁，这是家事，他也不知道该怎么安慰，只能点点头。

“你有什么要对我说的吗？”

陈坚低声道：“就……注意安全……”

“那这些书——”

“书有点多，你挑几本喜欢的带走就行。”

离开的时候，阿依又叫住了他。他刚推开门，转过头，再次看着灯影下的女孩。已经是冬天了，带着雪花的风从门缝里溜进来，几片雪落在陈坚头上，几片雪落到了阿依脸上，前者莹白，后者融化成湿痕。

“谢谢你。”

陈坚点头，又摇头，推门走开。

几天后，送工人去花土沟的车准备好了，十几辆卡车排在基地前，背着行李的人们顶风冒雪爬上去，在后车棚里依次坐好。基地其他人都围在车旁，冲车里的人挥手道别。

陈坚费力地在人群中穿行，到处是嘈杂，到处是雪花，他还看到送行的不少人都流出了眼泪。他走到每一辆卡车下，踮脚向里面看。

车里，人们坐在两侧，中间全堆着行李，格外拥挤。有些人认识陈坚，大声喊道：“小陈，我们走啦！”

“得嘞，哪里都是建设祖国！”陈坚一边应付，一边跳着向车里看。

“你找阿依？”

陈坚有些不好意思，但车队前面已经开始鸣喇叭，说明快要开动了，便急着点头：“是啊，阿依在里头吗?”

过了几秒，车里人回道：“没有啊，你去后面一辆车看看，快啊。”

陈坚又挤开人群，找了好几辆卡车，才在车队最后一辆车上找到阿依。但这时，卡车长鸣，第一辆车已经沿着路，驶进了逐渐变大的风雪里。后面的车依次启动。

“阿依!”陈坚急得大叫。

“咦小陈，喊俺干啥呢?”听到叫声，一个中年女人掀开车棚的帘子，感动道，“难为你还来给俺送行咧!”

陈坚忙道：“不是叫您啊张阿姨，是阿依，阿依!”

张阿姨撇撇嘴，转头说了句什么，接着便是漫长的等待。前方的车一辆辆开走。还剩三辆车时，阿依探出头，看着他。

风雪更大，雪几乎是横着飘的。

“我走啦，”阿依突然说，“你照顾好自己!”

“你也是……”

卡车启动，阿依的脸逐渐变远，变小，被雪片挡住后，也变淡了。她缩回了脑袋。

周围送行的人群里，不知谁先开始哭，其余人也跟着哭了起来。人们边哭边挥手，卡车里的人又努力探出头，向这边黑压压的脑袋挥手告别。

车开了十几米，陈坚突然冲出人群，追着卡车跑。一个人影也从人群里闪出来，跑得更快，几步就与他并行了。陈坚扭头，发现跟他一起追车的人，是罗庆。

他只看了一眼，就继续加快步子跑，棉衣棉裤限制了他的速度，卡车越来越远。

“阿依啊!”跑着跑着，罗庆突然嘶声喊道，“阿依啊，阿依啊!”

“阿依，阿依!”陈坚也跟着放开嗓子叫。

卡车的车棚帘掀开了，露出几个脑袋，男男女女，却没有阿依。

他们好奇地看着这两个追车的男人。

“阿依啊！”

“阿依！”

卡车上的人们也喊道：“别光叫名字，说点什么啊！”

“阿依啊，我对不起你！”

人们看着罗庆边哭边跑的样子，叹息一声，又转头看着陈坚。

“阿依，我爱你！”

人们纷纷鼓掌。

“阿依啊，对不起！”

“阿依，我爱你！”

……

平日里黄沙一片的莽莽平原被雪覆盖了，一眼望去，几乎没有杂色。车队行驶在雪原上，刚刚压出来的车辙，瞬间就被大雪盖住。陈坚和罗庆一起奔跑着，轮番大喊，越离越远，卡车车尾驶入风雪之中，越来越淡。

就在他们快要跑不动时，车棚帘再度掀开，阿依探出了半个身子，冲他们使劲挥手。

陈坚喘着气，心脏几乎要从胸膛里跳出来，但他还在努力跑着。他看见了阿依，看见了她的脸庞——此时，那张抬头时明艳低头时娴静的脸上，淌满了泪痕。

“我……”

她也在喊着什么，但大风呼啸，她的声音一出口就被吹散了。

“什么?”两个男人实在跑不动了，停下来，同时喊。

风大雪急，车队驶入一片白茫茫中，再也看不见。他们支起耳朵，也只能听到风声簌簌。

以后的日子里，陈坚和罗庆经常会争论阿依最后那句话说的是什么。

“我记得，那句话只有四个字。”罗庆边回忆边说，语气有些犹豫。

陈坚也回想起风雪中听到的模糊声音，点头说："嗯，我记得也是四个字。"

"第一个字是'我'……最后一个字好像是'你'。"

"对对，我也记得。"

罗庆脸色一喜，笃定道："那她说的肯定是——我原谅你。"

"瞎说！"陈坚连忙摇头，"她说的明明是，我也爱你。"

罗庆嗤笑，"就凭你？"

陈坚反唇相讥，"你也别以为你跑了那么几下，她就忘了那么多年的隔阂！"

两人互不服气，彼此瞪着，但往往互瞪了一会儿，又会同时叹息。

9

"那您后来还见过她吗？"

爷爷怅然道："没有。"

尽管知道这样对死去的亲奶奶有点不尊敬，但子彦还是在心里惋惜地叹了一声。

"我后来离开冷湖，还去了一趟花土沟，但在那里没有找到阿依。"爷爷说，"他们告诉我，她去了没多久，又申请调走，去了南方。当初一起去青海的知青回到北京，我跟他们联系，陆续打听到了她的消息——她好像是一直在走，没有停下来，一会儿在藏北，一会儿在沿海。还有人在北京见过她，还是一个人，风尘仆仆的样子。"

子彦小心翼翼问道："那她在北京的时候，您……"

爷爷点头，"我也在北京，当时已经参加工作了，但北京太大，我们都不知道对方在。"

这大概也是命运的安排吧，子彦失落地想。

过了一会儿，子彦走到窗边，又忍不住问道：“那她现在怎么样了呢？”

爷爷摇摇头，“我不知道，可能还在一直走着吧……”

是啊，一直在行走。透过窗户，子彦看到了那个正在晨跑的眼睛水灵的女孩，心想，只要在路上，阿依就不会变老，就永远是十九岁的样子。

10

可能因为思念着同一个女人，没过多久，陈坚和罗庆之间的别扭就慢慢消除了。当然，这也得益于陈坚对黑仔的治疗逐渐起了作用。

陈坚接触黑仔时，出现幻觉的频率增加了，那些砂砾遍地、荒凉沉寂的场景，日复一日在他眼前出现。有时候他还会看到砂砾之下，穿过漫长底层，深藏地底的一大片黏稠的汪洋，尽管视觉里全是黑暗，但他还是能“看”到石油海洋里，其他跟黑仔一样的生物，充斥周围，热闹喧嚣。

所以天气晴朗的时候，陈坚会站在外面，仰头在夜空中寻找火星。运气好时，他能看到一颗又红又亮的星，炫目又妖冶，难怪古人称之为“荧惑”。

那里就是黑仔的故乡吗？这么远，人类什么时候才能登上去呢？他呆呆地想着。

黑仔逐步恢复，身上的黑雾慢慢变浓，偶尔还会在水箱里游弋几下。它的身躯也大了些，偶尔睁开眼，能看到全红色的眼眸。

大部分时候，它的眸子都透露着温顺，但偶尔，也会显得暴躁愤怒。

陈坚知道，黑仔的身躯在恢复，它的记忆也逐渐苏醒——很快，它就会记起这十多年间遭受的囚禁和虐待，会再次像撕开罐车一样，施展出它的怒火。

但还没等到这一天，曾经负责油田产量检查的白眼镜又来了。

这一次，他是带着一个美国人来的。

他们先是找了指导员，没多久，指导员带着他们去找了书记，茫茫风雪里，书记又带着三人来到了罗庆的住处。

陈坚和小川儿正在给黑仔称重，罗庆在一旁看着，秤上显示的数字表明它又重了一些，正要高兴，屋门就被推开了。

四个人走进来，屋子一下变得拥挤。

“话我已经说过两遍，就不重复了。”白眼镜推了一下眼镜，指着黑仔，“乔纳斯先生是美国来的专家，在田纳西州，他们有专门的实验室，四层楼那么高。”

他正说着，乔纳斯凑近了水箱，盯着里面缓缓游动的黑仔，脸侧的络腮胡须不停地颤抖。

似乎感受到了他的目光，黑仔睁开眼睛，足肢摇摆，游到了水箱角落。

这个动作让乔纳斯的双眼更加兴奋，转过身，冲罗庆连声说着什么。

白眼镜在一旁翻译道：“乔纳斯先生说，感谢你们抓到了这个珍贵的生物……它不仅仅在石油方面有催生能力，更是人类首次与外星生物接触……多少场战争的意义，都比不上它……我把它带回去后，会好好研究……作为回报，我们会提供很多技术，这对你们的国家非常有帮助……”

“等等，”罗庆突然打断翻译，“你刚刚说什么？”

“美国人会提供很多技术给我们……”

“不是，前一句。”陈坚说。

白眼镜看着他们，“我知道你们的意思，这个东西，”他指着黑仔，“乔纳斯先生要带走。这个东西属于油田，不是你们的私人财产——哪怕是你们私人的，国家有需要，也得拿出来！”

“是我告的密。”

陈坚正深一脚浅一脚往前走，闻言错愕地回头，看到了小川儿带着愧疚和某种……坚毅的脸。

“什么?”他问。

“上次放假回去，我专门问了一下——你知道黑仔的研究价值有多大吗？在这里，我们为活着而努力，在别的地方，有人为科学和探索而奉献一生。与其让黑仔在这里等死，不如交给这些人。”小川儿看着他，目光灼灼。

“我们也有科研，我们也一直在探索。”陈坚摇头，“他们给你什么好处?”

“可以把我们调回北京，调回医院。阿坚，我们学临床，不是为了在这里当兽医的啊，等黑仔送走了，跟我一起回去吧!”

陈坚像不认识他一样，后退一步，转过身，一言不发地往罗庆的屋子走去。

“阿坚，这是我们唯一的机会啊!”小川儿在他身后大喊。

陈坚走进风雪里，呼啸声很快撕碎了后面的喊声。

等他回到屋子，却惊诧地发现两个民兵正对着罗庆拳打脚踢，罗庆躺在地上，满脸血污；书记和指导员非常焦急，但每次说话，都会被白眼镜给拦住；而乔纳斯还专注地看着水箱里的黑仔，对周围仿佛未见。

民兵又打了一会儿，直到罗庆意识模糊，才停手，转身去搬水箱。乔纳斯连声喊着什么，白眼镜冲他赔笑，然后对民兵呵斥：“乔纳斯先生让你们小心一点，别碰碎了。”

乔纳斯跟着民兵出去后，白眼镜也跟了出去，书记和指导员转头看了眼罗庆，叹息一声，匆匆去叫医生。

病床上的罗庆格外虚弱，比平时更瘦，脸上伤口虽然清理了，但依然有种挥之不去的灰败。

诊所房间狭小，除了他，就只有陈坚了。陈坚见他醒来，道：“你多休息吧，还早。”

"黑仔……现在怎么样了?"

陈坚犹豫一下，说:"在乔纳斯手上，今天雪太大，车开不走，所以他们还在基地，要等明早。"

罗庆手背上青筋凸起，挣扎着爬起来，说:"不行……不能让他们带走，黑仔是属于冷湖的，有了它，才有石油，有了石油，人们才不会走……这里不能再回到从前，不能再那么荒芜……"

陈坚知道这是他心里的症结所在，是十多年的执拗之源，叹息一声，"这是组织上的安排，谁都没办法的。"

罗庆突然紧盯陈坚，说:"小陈，你帮我一个忙好不好?"

陈坚摇摇头，"我知道你想干什么——后果太严重了，我不能陪你疯。"

但到了晚上，他心绪难平，翻来覆去睡不着，干脆起身，抹开窗上厚厚的水汽。天色还未破晓，但因为大雪厚重，天空陷入了一种昏暗和光亮交混的奇怪景象中。

他索性起床，朝基地门口走去，果然门口停着一辆大卡车。看样式，是外宾专用的高规格，他走到车厢后，突然听到里面传来响动，拉开后车厢，看到里面摆满了大小杂货，并无人迹。

他关上车厢门，走了两步，心里一动，又转身猛地拉开车门，果然看到了罗庆来不及藏进杂货间的脑袋。

"你还真来了?"陈坚一愣，"你快下来!"

罗庆见是他，松了口气，摇头道:"他们会用这辆车把黑仔送走，我躲在这里，待会儿……"

"待会儿你抱着它就跑?难道你觉得他们找不到你吗?你怎么跟小孩子一样?你看你现在伤得这么重，抱不抱得起黑仔还两说……来，跟我下去。"说着，陈坚爬上车厢，要去拉罗庆，罗庆拼命后退，藏在角落里。

两人拉扯间，车外传来了人声，是两个民兵搬着水箱吭哧吭哧走过来。陈坚正要扭头去喊，却被罗庆拉住了袖子。

"为了黑仔，为了石油，为了留住大家，我花了十多年，现在妻离女散，你说，黑仔走了接下来我怎么活？”

这番低语说得又快又急，陈坚一愣，嗓子像被堵住了。

汽车在风雪中行驶。

雪越来越大，天地一片素白，开了半天，白眼镜突然发现路有点不对。他开车来冷湖好几次，但都是天气晴好的情况，乔纳斯走得急，他只能冒雪开车，但方向逐渐迷失。

“糟了，”尽管风雪漫天，他的额头上还是沁出了汗珠，“我们可能迷路了。”

乔纳斯冷冷地看着他。

白眼镜正要解释，却见乔纳斯将手指竖在嘴边。沉默了一会儿后，乔纳斯示意他停车，两人绕到车后，发现车厢门开着，里面杂物散乱，水箱空空如也。

他们连忙向后看，只见两个人影匆忙逃远，眼看就要隐没在风雪里。

乔纳斯拔腿就追，白眼镜看了眼漫天风雪，用英语连喊几声，乔纳斯都充耳不闻。白眼镜一跺脚，跑回车里，艰难地发动引擎，但刚掉过头，只见莽莽白野，一个人影都看不见了。

陈坚把黑仔揣进了棉衣，以体温暖着它，同时一手扶着罗庆，在雪地里艰难走着。

“我们在哪里？”他看了看四周，每个方向都是一样的大雪茫茫，完全分不清路。

罗庆环顾各方，表情更加晦暗，“我也不知道，”他舔了舔嘴唇，“在这种天气里，要是迷路了，就……”

陈坚明白他没说出来的话，焦虑起来。怀中的黑仔似乎也感觉到危险，稍微挣扎了下。

这时，风雪簌簌中，传来了脚步声。

是乔纳斯，踩着厚厚的雪层，一直紧紧追着他们。

“你还真是不死心！”罗庆冷笑，“离开卡车，你跟我们一样都得死。”

“人家说英语的，你的话他不懂。”

“外星人在哪里？”乔纳斯冻得发抖，却执著地走过来，“它不能受冷，别伤着它。”

“它在我怀里，好着——你会说中文？”

“我研究外星人几十年，它们在中国出没的迹象最多，我当然要学习中文。”乔纳斯拉开陈坚的棉衣，看了一眼里面安然沉睡的黑仔，松了口气，又转头看了眼身后的风雪——白眼镜没有跟过来，“你们知道怎么回去吗？”

两人齐齐摇头。

“那你们可把我害惨了。”

看着这个高大的美国男人一副惋惜但不丧气的模样，一瞬间，陈坚对他的敌意全部消失。罗庆也走过来，颤巍巍地问：“你对它也很有研究吗？”

“那当然，我一辈子为它而活。”

“我也是——那我被打时你怎么不阻止他们？”

“我对人类的事情没有太大兴趣。”

“咦，我好像也是……”

陈坚连忙喂了几声，说：“你们要交朋友，还是等我们回去了再说吧——往哪边走？”

他们在风雪里走了大半天，身上越来越冷，罗庆本身又有伤，到中午就有些坚持不住。扛到天色变暗时，他迈不动步子，一屁股坐下来，大口喘气，脸上暗如死灰。

“继续走啊，”陈坚急道，“马上就要走回基地了！”

罗庆看着他，又看了看那片雪白的四野，笑了起来。笑了一会儿，他开始脱衣服，解下了棉衣和手腕上的表，递给陈坚，“你穿着它吧，你身上有黑仔，你好好保护它。这块表，是当年基地喷油时，队上奖给我的，也给你了。”

“不行，你快穿上！”陈坚过去要给他穿上，却被罗庆死死拦住。

“太冷了，我知道戈壁滩雪夜是什么情况，你一个人，撑不过去的……”陈坚的喘气变得低沉，声音也变低了，“你要带着它回去。有了它，就有了石油，冷湖总有一天会再聚人烟，再次繁华的。”

陈坚一愣。乔纳斯则淡淡地看着，眼中掠过一丝怜悯。

很快，罗庆的身体就跟周围一样冰凉。

“别看了，”乔纳斯拿起棉衣，递给陈坚，“我了解过，你现在是唯一跟外星人有过灵觉沟通的人，你要保护它。走吧，希望运气站在我们这边。”

他们继续跋涉，但雪一直未停，夜空晦暗如幕，看不到可以辨别方向的星辰。走到后半夜，乔纳斯的嘴唇也开始哆嗦，他拉住陈坚，表情有些狰狞。

乔纳斯的个子远高过自己，陈坚仰视着他，心里打鼓，他不会想抢走黑仔吧？

乔纳斯伸手探进陈坚的棉衣，长久地抚摸着黑仔，过了许久才怅然地抽出来，叹气道：“它还是没有选择我……”说完，从自己的衣服里掏出两袋饼干，“这是我的食物，”又摸出一个小笔记本，“这是我的研究，”再次将手探进陈坚棉衣，“这是我的命。”他退后一步，郑重地看着陈坚，“现在，我把它们全部交给你了。带着它，活着回去。”

说完，乔纳斯转过身，向着相反的方向走去。陈坚连声叫喊，他却依然一步步走进风雪中。

于是，苍茫雪夜里，只剩下了陈坚。

还有在他怀中沉睡的黑仔。

“唉。”他叹息一声，环视一圈，突然没了力气，跌坐下来。雪很快将他染成一片白。已经走了那么久了，还是没有看到希望，再走向哪里去呢？

他又摸了摸黑仔，苦笑道：“为了你啊，多少人把命都丢了。”

黑仔轻轻挣扎了一下，像是在抗议。

后来，陈坚的意识逐渐模糊，干脆躺下来。雪落到他的嘴边，他舔了舔，觉得冰凉，又微微发甜。他闭上了眼睛。

大雪无边无际。

这时，他厚厚的棉衣被挣开，一个黝黑的小脑袋探出来。它似乎觉得冷，打了个喷嚏，周身的黑雾飞快地旋转。它睁大眼睛，瞪着阴郁的天色，瞪得很用力，周围空气里的雪花下落速度变慢了，随后静止。

陈坚睁开一条细缝，看到了这样的奇景，但他以为是幻觉，又闭上了眼睛。

漫天雪花的静止持续了几分钟，随后开始悄无声息的融化、蒸发成汽，消散在空气里。这场大雪以此为圆心，逐渐消弭，范围越来越大，头顶出现了晴空。

这是高原最深的夜，是戈壁最冷的雪，人人都躲在被窝里，都在酣睡，都在梦里祈祷雪灾勿来。没有人注意到，大雪就这样悄无声息地消失了。

陈坚感觉脸上有些凉，醒过来，诧异地发现周围一丝雪的痕迹都没有了。他疑心之前的经历只是梦境，但怀中的黑仔提醒了他，雪夜跋涉是真切发生过的。他又抱出黑仔，发现它只剩拳头大小，一点黑雾都不见了，足肢蜷缩着，怎么叫都没有反应。

他抬起头，夜空晴朗，星辰清晰得仿佛触手可及。他伸出手，却只摸得到一丝凉风。

他吃完饼干，按照星星的位置，辨明方向，就向着基地走去。星辰在他身后，投下无比璀璨的光。

11

子彦有些怅然，说："所以，最后您就走回了基地吗？"

爷爷顿了顿，过了很久才转过头，"我？我什么时候说故事的主角是我了？"

“额……”

“看来你不但不知道奶奶的名字，连我的名字也不知道——我改名以前，叫陈小川。”

子彦一愣，“您是小川儿？”在震撼里半天回不过神来，又问：“那陈坚……陈坚爷爷最后怎么样了，也回北京了吗？”

“没有，那一晚，他回到了冷湖，就再也没有离开。后来我去找过他，他把一切告诉了我，最后还把手表交给我——说手表转动的那一天，让我回冷湖看看。”

子彦转头看看窗外，冷湖的夜色一如既往，幽静，又有风声。“看什么？”他问。

“看黑仔。”爷爷也走到窗前，“阿坚说，他把黑仔放回了油井里，让他自己苏醒。其余的日子里，他一直在研究乔纳斯的笔记，笔记里提到了飞船和黑仔的自我修复，所以他在手表里放了探测器。黑仔苏醒，离开地球的时候，会有感应的。”爷爷看了看手表，指针已经不再转动了，“但我来了这么久，什么都没有看到……”

两人在窗前等了一会儿，夜空安寂。子彦又问：“那他呢？”

“那一晚，他受了风寒，后来身体一直很差。我回冷湖看他的时候，是他最后的一阵子。”爷爷说着，脸上的皱纹里划过几丝泪痕，“那时冷湖的人已经陆陆续续走得差不多了，很多房子都空了，他还待在基地里，还叮嘱我，死了也要留在这里。”

“哦。”子彦点头，胸口有些发胀，也不知道说什么好，安静地看着窗外。

这一夜，爷孙俩等到天亮，还是什么都没有看到。

尾　声

回北京后不久，爷爷就去世了。

为了争房子，家里闹得很凶，最后还是爸爸凭借子彦陪爷爷去冷湖的功绩，硬生生夺了一套房子回来。亲戚们剑拔弩张，冷嘲伴着热讽，而整个过程中，子彦只是安静地守在爷爷灵前，对周围的争吵充耳不闻。

最后，在深秋细雨里，爷爷葬进了公墓。磕头时，子彦看着墓碑上的灵照，照片上的爷爷也看着他。

两个世界的人对视着，两个时代的人对视着。

回家时，爸爸很开心，子彦则默默地调着车载收音机。大多数是无聊的音乐节目，他不停地换着，突然听到了熟悉的两个字，连忙停下来。

“冷湖……”

他把声音调大。

“……日前冷湖出现异光的现象已经引起了众多探险爱好者的注意，也刷爆了各大社交平台，关于其原因的猜测，众说纷纭，其中最受认可的，是冷湖与火星的关联……根据可靠消息，冷湖会建立起人类第一座火星小镇，全面模拟火星生活，在旅游和科研方面的意义……而关于火星登陆的项目，在各大发达国家已纷纷确立，火星，会是人类的下一个家园吗？我们会在那里遇见新的朋友吗？一切，都在未来……”

真好……子彦突然笑了。

“你怎么了？”爸爸看着他，诧异地问。

“冷湖会成为火星小镇，会有很多人聚集，虽然没有了石油，但那里会再次繁荣起来的。”子彦轻轻说，“它会重现半个世纪前的盛况，不，会更加繁盛。”

爸爸摸摸他的头，“你在说什么呀？”转眼，他像是又想起一件事，“瞧我这记性！来，我不是答应给你买块表吗，看，啧啧，这可不便宜啊，你爸我都没戴过这么贵的……”

但这块昂贵的瑞士表并没有让子彦高兴起来，他摇了摇头，抬起手，说：“我已经有一块表了。”

爸爸一愣，看到子彦手腕上那块有些破旧的手表，觉得眼熟，一时又想不起来。

“这是?”

“这是钻石牌手表,”子彦轻轻抚摸表盘,“我会一直戴着它,等它的指针下一次走动时,我还会回到冷湖。”

（本文获得冷湖奖三等奖）

龙骨星船

吴　霜

/ 作者简介

吴霜，科幻小说家、译者、影视编剧。曾获第六届全球华语科幻星云奖科幻电影创意金奖。先后在 *Galaxy's Edge*、《科幻世界》等杂志发表科幻小说、翻译作品三十余万字，部分小说被译成英文在海外发表。目前已出版个人小说集《双生》、翻译作品集《思维的形状》。

“在很久很久以前，所有的星星都还没有出现。粒子们均匀地搅在一起，整个宇宙像一片浓雾般的银色海洋；直到某天，最初的神灵出现，祂们驾驶着巨大的龙骨星船，劈开混沌。神力之下，星星们像露水一样凝结在一起。

“龙骨星船远离的时刻，地球上刚刚诞生了海洋，距离最初的人类仰望星空，还有亿万年的漫长时光。天空中，二十八星宿的位置已被固定……”

玉衡沙哑的声音回荡在宾馆空荡荡的房间。

“……却无人知晓，神灵们从何处来，到何处去，又为何在天空中，摆下了这样的棋局。”

女儿的声音一粒粒加进来，像春天甜嫩的豌豆。和很多夜晚一样，母女二人一起轻轻念出了这个睡前故事的结尾——玉衡写的，也是女儿最喜欢的，《龙骨星船》的故事。

微信视频上，女儿咂着小嘴，沉入梦乡。

玉衡关上了手机。她推开门，下楼，走入夜色中。

中国西部的春天夜晚，似乎从来都未曾改变。

几十年前，这里是冷湖的四号地区。玉衡向东南方向望去。

夜色中，模糊不清的天地交界处，有东南一角。那里有四百多座墓碑，被一道矮小的围墙包围。冷湖四号公墓——长眠着自青海油田开发以来，因公因病去世的四百多名青海油田员工。

三尺浮土之下，阿羽就沉睡在那四百多人之中。近在咫尺，玉衡却不敢再向那个方向迈近一步。

玉衡仰起脸，努力对着星空睁大眼睛。星光流过她眼角浅浅的纹路，变成晶莹的液体，顺流而下。

这些年来，她不断试图找回那块缺失的记忆——关于阿羽的记忆。

春分刚过，南中天的张宿和翼宿，正组成一只振翅欲飞的星鸟。东方，心宿二（商）已经升起，猎户星座（参）也已沉入地平线之下。

人生不相见，动如参与商。

天似穹庐，银色的星光洞穿了玉衡的身体，也洞穿了她的灵魂。

第二天上午，按照通知的地点，玉衡被专车接到暗夜星空保护区某处。

这里就是神秘信号源的所在地，用临时材料搭起了一座巨大的白色建筑，状如鸟卵。一个工作人员出来迎接玉衡，在签署了一系列复杂的保密协议后，她向建筑内部走去。

室内布置成一间办公大厅，屋子四角安放着一些特殊的仪器和线路，将这里围了起来。工作人员介绍，这些仪器是为了隔离不远处的信号源区域。

也许是心理作用，玉衡还是觉得，空气中似乎有种电流感，令人寒毛微微竖起。

一些专家学者样子的人正在这里忙碌。他们或在电脑前建模，查询；或三五聚成一群，低声探讨着什么。玉衡不动声色地从他们之中穿过，发现每个人胸口都有一块名牌，包括“天文”“物理”“地质”“语言”“医学”等不同种类。没走几步，玉衡竟然发现了一位眼熟的全国排名前列的天文专家。老先生正在电脑上进行星图对比，额上的汗珠已经浸湿了白发。

背后传来急促的脚步声，林峰教授匆匆赶来。

一别经年，玉衡的出现，让林教授的面孔上露出了少有的悲喜交加的神情。

林峰和玉衡的父亲是儿时邻居。三十年前，为了响应青海石油工程，林峰来到冷湖小镇——那时，这里甚至还不叫“冷湖”这个名字。后来，玉衡一家也到冷湖定居，又与林教授相逢。再后来，“那件事”发生以后，玉衡一家和林峰先后从火星小镇离开，分别奔赴上海和北京。

十天前，也就是 2018 年 3 月 21 日，春分，青海西海洲的火星冷湖小镇，监测到异常的信号源，疑似外星人的密码语言。林教授是国内一流的语言学专家，几十年来精研各种人类学语言与密码系统。受命从北京来到冷湖以后，经过几天的破译，他发现这套信号有两层加密系统，通过第二层解码的筛选，关键词里，只剩下了“火星”“2455”两个。

三天前，玉衡刚刚结束在大学里一整天的天文学授课，就先后接到了两个电话。第一个是政府召集专家前往冷湖执行秘密任务的电话，玉衡问为什么全国那么多专家，偏偏要找自己，电话那边并没有正面回答，只说和玉衡的博士论文中提到的“星空造字”的课题有关。第二个是林教授的电话。电话里，他提到了“火星”和“2455”。

如果说接到第一个电话的时候，她还有几分犹豫；那么林教授的电话，则让她下定了此行的决心。

她给前夫打了个电话，请他晚上来接女儿，随机就订了第二天一早飞往青海的班机。

抱过女儿的时候，前夫脸上的神色十分复杂。离婚三年以来，两人始终保持着淡如水的君子距离。万事不求人的玉衡，是第一次这样匆忙将女儿托付给他。

“和那段丢失的记忆有关吗？”听到玉衡的目的地是青海，前夫忍不住问道。

“不确定。”玉衡的脸上露出复杂的神情。

性格柔顺敏感的前夫没有再多说什么，他隐隐感到不安。

临走前，玉衡又抱了抱女儿，然后看着一大一小的身影消失在夜色中。

她久久没有收回目光。

电话中，林博士的最后一句话是："小玉，我之所以用保密电话，就是为了说这句不该说的：此行，有危险。"

"林叔叔，后面是什么?"玉衡望着那道紧紧封闭的大门。

尽管已有心理准备，玉衡在听完全部介绍后，还是产生了强烈的不真实感。

"外星人"带来的，是一面厄里斯魔镜。

春分那天，冷湖暗夜星空保护区某处地表约一千平方米的范围内，也就是玉衡眼前这个卵状帐篷保护起来的区域，检测到了强烈的电磁波。更加诡异的是，人类只要走进这个范围，就会不由自主地出现精神幻觉。目前，专家组汇总的最有可能的结论，是这种电磁波来自一个能够控制人类意识的高等文明，目的不明。

最开始受影响的是几个不知情的冷湖居民。这里被保护起来以后，政府召集了相关专家，也有一些自愿签署保密协议的实验者。只是，所有受影响的人，都会失去大部分的记忆，留在脑中的，只有一些残影。虽然每个人见到的幻象都不同，但起点却都差不多——信号源区域出现了一个巨大的建筑物。当人类走进这个建筑物，会看到很多似真似幻的情景；但只要在建筑物中穿过，走出这1000平方米的范围，幻觉就会自动消失。

根据实验者的事后回忆，这些幻觉似乎是一种心理残影，夹杂了个人生活中的一些记忆碎片，具体细节因人而异，每个人都不同。

但奇怪的是，所有参加过测试的人，都留下了一种"我不是目标"的感觉。这种感觉像烙印一样深深地刻在了每个测试者的脑海中，似乎是外星文明在有意提醒。

"也许，外星文明是在找特定的人。只有这个人出现，我们才能进一步探究'祂们'的目的是什么。"

"您也参加了实验，对吗?"大致消化了一下信息之后，玉衡问林教授。

“是的，自愿的。”

“看到了什么?”

“具体记不得了，有一些雅丹沙石的场景。”林教授移开了目光。他不想在玉衡面前，再次提起那件事。

玉衡沉默了一会儿。

“林叔叔，‘火星’这个词，在不明信号中，是用什么方式表达的?”

“这次的信号源解码出来以后，是点状矩阵组成的图像——甲骨文。翻译成现代文，就是‘火星’两个字。但奇怪的是，‘2455’倒是用阿拉伯数字显示的，似乎它们并没有刻意区分时代。”

在电脑上，林峰调出了“火星”两个字的解码图片。

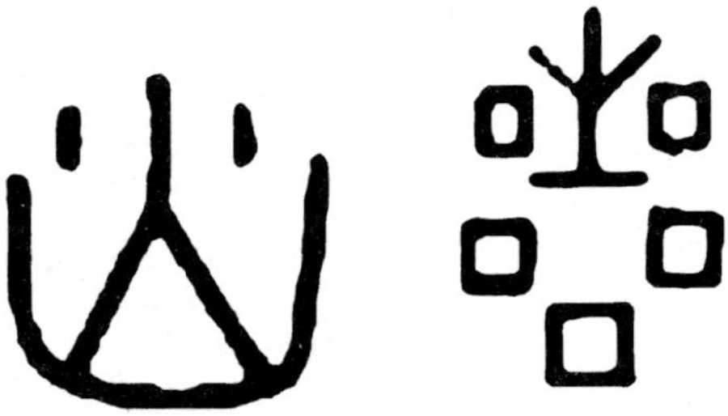

“你觉得，‘火星’是指太阳系的 Mars?”玉衡问。

“难道还有别的可能?”

玉衡的眼中，光芒闪动，“七月流火，九月未央。中国语言文字系统里，‘火星’还有另一种可能。‘大火’——心宿二。”

听罢，林峰陷入了沉思。

玉衡没有再开口。她只是仔细读过，并签下了自愿实验的保密协议。

在做了整整三天的各种测试和培训以后，玉衡穿上了防护服，走向金属大门。

金属大门有两道。第一道与第二道相继开启的中间时刻，有几秒钟短暂的黑暗。

玉衡感觉自己正站在一个理论上不可能到达的诡异空间——黑洞的底端。一切光线都被湮没，一个因未知而令人心生恐惧的新宇宙，正在前方触手可及之处。

第二道大门打开，光线涌进来，眼前出现了一大块空地。空地最中央就是信号源，能检测出异常的电波，但看起来和别的地方并无不同。

地面是普通的灰黄色粗糙砂石，看起来就像西北大部分的普通地面。看来，确实是此地先检测出了信号源，然后被建筑保护了起来。

头顶，某种白色膜状建筑材料构成了半圆形的顶棚，正在西北的大风中微微抖动。

大门在她身后关闭的一刻，整个世界仿佛都寂静下来，只有满耳的风声。

玉衡向前走去。不知是不是心理作用，一种酥麻的电流感从指尖和脚尖升起，鼻腔中开始传来金属的气味，和微微的刺痛感。

视野中，空气开始搅动，涌向空地的中心位置，渐渐凝成一个半透明的实体。

虽然知道只是幻觉，但头痛的感觉仍在不断加强。玉衡竭力克制，泪水还是模糊了视线。

当一切再度清晰的时候，她看到了龙骨星船。

看到它的那一刻，她就知道，那就是龙骨星船——本应只存在于自己想象中的龙骨星船。

那是创世之初最晶莹的原石，在宇宙天渊最炽热的鼎炉中灼烧。莹润欲滴的石液，悬浮在洁净无尘的真空中，在不属于任何一种物理力量的神力操控下，凝结成的一副龙骨。

石液流动，诡异的龙头首先成型。两个眼眶空空无目，眉心处却悬着一枚明珠般的白炽星——那是龙的第三只眼睛。随后，凹凸不平的脊椎节节出现，五色星云化成的脊髓液在晶莹的管道内奔涌。粗大的肋骨最后生成，如竖琴般弹奏着超新星爆炸的鸣响。光分开天地，星尘的眼泪随着空间的暴涨飞溅。于是，这副高低不平的星石肋骨，化为天文尺度的烛台，在百亿年间不断衰弱的类星体发出的叹息中，无数道粗糙而恐怖的泪滴，在龙骨上堆叠出难以想象的蜡痕。

星辰的眼泪，是神灵建造龙骨星船的休止符。

此刻，玉衡正站在龙头面前。龙嘴张开，雪亮的长牙交错林立。

一场幻象，一个心理实验，一面厄里斯魔镜，一个善于运用精神控制的外星种族建造的意识黑箱。一切都无法从外部观察，像是黑洞的内部。

她将要面对的，是宇宙中最深刻的未知——人类的内心。

迈入龙口的那一刻，一种难以描述的精神力量如雷电在脑海划过。

她知道，那是阿羽在召唤自己。

星船内部，巨大的龙肋骨一根根消失，银色的金属墙壁覆盖了周围的空间。这里似乎成为了一艘高等文明飞船应有的样子。

幻中之幻，真假莫辨。

前方出现了一面镜子，欧洲风格造型，和《哈利·波特》电影中的那块厄里斯魔镜一模一样。玉衡是很喜欢看《哈利·波特》的，这个意象应该是外星人在自己的意识中检索所得吧。

厄里斯魔镜，映出的是人类内心深处最渴望的东西。

玉衡走过去，镜子里映出的是一张年轻女孩的面孔。饱满的额头，流畅的杏眼，睫毛像一小片细密的油毡。黑发丰厚茂密，肌肤上有一层极细的水蜜桃般的绒毛。

玉衡看着自己十六岁的幻影慢慢消失在镜中，取而代之的是二十二个银色的文字：

甲 乙 丙 丁 戊 己 庚 辛 壬 癸

子 丑 寅 卯 辰 巳 午 未 申 酉 戌 亥

恍惚中，玉衡伸出手，触到这面镜子。

没有镜面的触感，手只触到一片虚空。触碰的瞬间，镜子连同这块一人多高的空间一起消失了，露出一块空间上的“洞”。

玉衡走了进去。

朔风呼啸，繁星似海。

这是玉衡记忆中冷湖的冬天。冷湖镇西部的一大片广阔区域，如今已被划为冷湖镇的暗夜星空保护区。

玉衡能够清晰地感到北风带来的刺骨寒意。好似清明梦一般，眼前的一切呈现出一种熟悉又陌生的诡异感。

像幽灵一样，她能在空中行走。星光如同羽翼，载她前行。

玉衡的思绪回到十年前。

那年冬天，因父亲的工作变动，玉衡随他来到冷湖，进入当地的中学读书。

说是中学，其实只是一座普通的平房，有些简陋。

开学第一天，父亲忙于工作，玉衡就自己去了学校。

路上，她有点害怕。但高兴的是，林叔叔今天应该已经做完了地质勘探，就要从外地回来了。她能看到好看的矿石标本了。

西北的冬日十分漫长，黎明时分仍像午夜。教室里一片黑漆漆的，寒意在干燥的空气中凝成了颗粒。教室后排有个简易的木炭炉子，一阵木柴的呛人味道飘过，玉衡禁不住咳起来。

木炭炉子后面露出一双亮晶晶的眼睛，玉衡吓得呛了一下，咳得更厉害了。

原来是个十六七岁的少年蹲在后面烧火。他慢慢起身，熟练地拿起缺了把手的水壶，倒了一杯水放在玉衡手边的课桌上，又退到了炉子后面。

玉衡好奇地从炉子旁边探过头。少年似乎是少数民族，蜷曲散乱的长发里，藏着一张不太常见的俊俏的小方脸，脸上脏兮兮的，有几道熏黑的痕迹，下颚角十分明显。他感觉到玉衡的目光，便抬起头，两道浓眉像黑鸟的翅膀飞入鬓角，双目细长，似乎含着无数细碎的光芒，在炉火的映照中发亮。

玉衡急忙缩回来，转身去拿那杯水，一股暖意从心口和手上同时传过来，让脸孔发烫。

周围仿佛没这么冷了，一定……是因为炉火吧。

"嗯，你好，我是玉衡，我是，那个，刚来的，你也是这里的学生吗？你叫什么名字呀？"

少年看了她一眼，没有说话，只是埋下头继续添加柴火。

"嗯，你怎么不说话呢？你叫什么……"

"问什么问，他是个哑巴，你话真多。"门口传来一个沙哑的声音，一个看起来和玉衡年纪差不多的少年走进来。他面孔黝黑，眉毛稀疏，嘴唇很薄，一副粗鲁刻薄的样子。他穿着一身当地常见的蓝色粗布衣服，但比加火少年的打扮整洁很多，衣料也好一些。

他舔了舔干裂的嘴唇，伸手去拿水壶，却被裂开的金属把手烫得大叫起来。

"阿羽，羊跑了，还不去找！"蓝衣少年一边捂着手恼羞成怒，一边飞起一脚，踢翻了炉边的木柴。

几块木柴飞入炉火，一块燃着的碎木贴着玉衡的脸飞去。

玉衡尖叫起来，回神的时候，阿羽已经挡在自己身前，反手一下，挡开了那块燃烧的碎木。

玉衡觉得自己似乎眼花了，少年的手挡开碎木的一瞬，似乎有一些白色的蒸汽腾起。

阿羽有些瘦弱，但肩膀很宽，比蓝衣少年整整高出一个头。他朝蓝衣少年走了一步，蓝衣少年不由得瑟缩了一下。

玉衡以为他要发怒了，但他只是俯视着蓝衣少年，一言不发。

蓝衣少年心虚地大声叫嚷着“你看什么”“这次我可没冤枉你，羊不是我放跑的”之类的话，只是声音越来越小，终于退后了几步，一边嘀咕着什么，一边跑出了教室。

阿羽转过脸，上下打量了一下玉衡，见她没有受伤，才俯身，重新把木柴一块一块垒好，玉衡也急忙蹲下帮忙。

理好木柴之后，阿羽拿起一支笔和一个笔记本，往教室外面走去。他回头看着玉衡，示意她跟上去。

他们顺着一道暗梯爬上了教室的房顶。快爬到房顶的时候，玉衡有些害怕，阿羽便伸出手，把她拉了上去。

阿羽的掌心并不像玉衡想象中那样粗糙和温暖。他有很多手汗，润得手心湿凉而柔软。

玉衡突然想到，刚才在教室里给自己倒水的时候，这个叫阿羽的男孩，怎么没被水壶把手烫到呢?

阿羽翻开笔记本，似乎狡黠地笑了一下。接着，他指着第一页“阿羽”两个字，又指指自己，然后把本子和纸递过来。

虽然他不会说话，不过字写得真好。看刚才的样子他应该是有听力的……玉衡有点紧张地接过笔，也端端正正地写下了自己的名字。

本子前面还有一些内容，玉衡翻看起来。

第二页写着二十二个字：

甲　乙　丙　丁　戊　己　庚　辛　壬　癸

子　丑　寅　卯　辰　巳　午　未　申　酉　戌　亥

“这不是天干地支吗?”玉衡惊讶地说。她还是第一次和外人说起这个话题。

阿羽也有点惊讶地笑了，露出雪白的牙齿。

玉衡再往后翻翻，笔记还有一些奇奇怪怪的内容。

“传说当年伏羲造出六十四卦，通天地万物之理，触怒了神明，只给人类留下八卦。战国时期邹衍首创‘阴阳家’，将五行与阴阳首次融合……”

突然，玉衡看到笔记本上画出了二十二个星座，还分别标了序号；而每一页的星座下面，都画着一个奇怪的符号，形状看起来和星座的连线很像。

等等……这些符号看起来有点像是……文字……

阿羽拿过笔记本，在空白的一页写下三个字：甲骨文。

玉衡将星图和文字对着看了很久。天光一点点亮起来，她都没有注意到。

她和阿羽在笔记本上开始对话。

星星怎么会根据文字排列?

不是文字决定星星，是星座决定文字。天干地支的二十二个字，是根据星座图形造出来的。

你从什么书上看到的?

自己想的。

“骗人!”玉衡惊讶地脱口而出。

阿羽皱了一下眉，突然开口：“我从不说谎的。”

玉衡吓得差点从屋顶上栽下去，还好被阿羽先一步牢牢抓住。

“我话少，所以阿西总叫我哑巴。哦，就刚才那个蓝衣服的，我弟弟。”

“你怎么这么坏呢?”玉衡气得把笔记本一甩，狂捶他。

他身上的肌肉很结实，捶得玉衡的手微微疼起来。

阿羽不说话，也不躲开，只是又狡黠地淡淡笑起来。

“一个小姑娘，怎么会了解天干地支呢?”

“什么小姑娘啊！说得好像你很老似的。”

玉衡叽叽喳喳解释起来，爸爸的好朋友林峰叔叔是个地质学家，博览群书，又喜欢周易和天文，经常给她讲各种科学玄学知识。天干地支的二十二个字，她特别熟悉，因为林叔叔是搞地质勘探的，风水测绘也经常接触，听他说的多了，自己不知不觉都能倒着背……哎，林叔叔实在是太聪明了……

说了好久，她才猛地停下来。

“对不起，我话是不是太多了?”玉衡不好意思地说。

“我喜欢话多的人。”

“……你不觉得烦吗?”

“挺好啊，可以让我觉得不那么寂寞。”

玉衡一时不知道该说什么。

东方，天色微明，仍有群星闪烁。

阿羽指指笔记本上的“乙”字，又指向天空。

顺着他修长的指尖，玉衡看到了一颗很亮的星星。

“心宿和房宿，组成天干中的‘乙’字。最亮的那一颗星，是全天很孤独的一等星——心宿二。”

玉衡举起笔记本，用薄而透光的纸张对着天空。

心宿、房宿和星空，在熹微的晨光中重合成一个“乙”字。

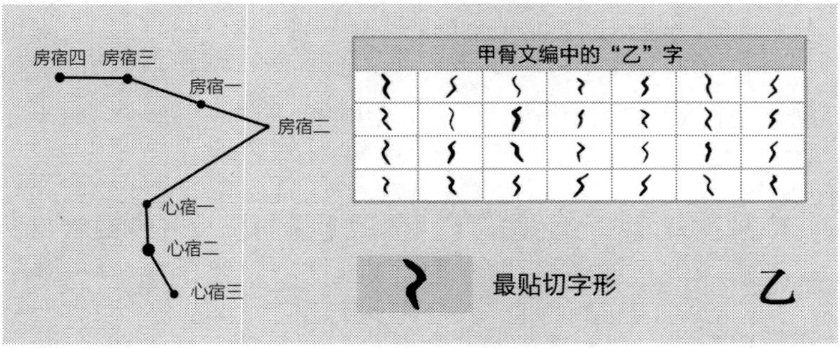

玉衡的回忆戛然而止。

龙骨星船里，她仍飘浮在空中。前方，出现了那个熟悉的冬夜，那间熟悉的校舍。

屋顶的两个小人，正用手指着星空。

阿西正在远处，气冲冲地往家的方向而去。

阿西回家的半路上，恰好遇到了勘探回来想到学校看玉衡的林峰。阿西看到了林峰采集的矿石标本，着了迷一样，心心念念个不停。

林峰便随口答应，下次勘探，会带他一起去。

如果可以，玉衡想，一定要告诉屋顶的阿羽和自己，不计一切代价，去拦住那天的阿西。

如果，那次阿西没有去，事情的结果，可能全然不同……

星光微明，第一个画面也慢慢消失了。

周围，龙骨星船的样子渐渐浮现出来。

船在前进。

玉衡坐在船里，船悬浮在无尽的星海之中，星星像宝石一样闪烁。

时空的涟漪如水波一般，在船尾散开。

散向宇宙，散向人生。那是狄拉克时间之海的涟漪，每一次细微的扰动，推导出无数变幻莫测的结局。

和玉衡猜想的一样，幻象再次浮现的时候，她来到了褡裢湖。

湖边定格的画面，正是她与阿羽初吻的一刻。

三个月过去，她已经适应了西部的干燥与寒冷，脸颊吹出两团健康的红色。

她慢慢得知，阿羽还是婴儿的时候，就被遗弃在阿西父母门前，包裹他的小被子，是藏族风格的。那时，阿西父母多年求子不得，便收养了阿羽，悉心照料。虽然两年后阿西出生，但因为阿羽聪慧心细，读书干活都是一把好手，父母对他一直也还过得去。只是阿西性格顽劣，谎话连篇，从未把阿羽当哥哥看待，恨不得早日赶走他才好。

说起上学，阿西只念了小学三年级便读不下去了，整天哭嚷着脑壳疼，非要退学不可；而阿羽则一直是学校的第一名。为了减轻家里的负担，阿羽主动找老师，做一些学校的勤杂工作抵扣学费。

后来，玉衡和林叔叔说了阿羽对星象的发现，林叔叔像发现了稀世珍宝一样震惊。那以后，他常常邀请阿羽和玉衡去家里玩儿，听阿羽说起很多玄而又玄的奇妙知识。但是，每当林峰问起这些知识的来源，阿羽从不回答。

在林叔叔的那间书房里，玉衡常常会偷看这个少年。他平时总是很沉默，没什么表情，看起来干燥得像雅丹的砂石。

所有的暗涌，都像珍贵的石油，埋在深深的地壳之下。

冬天过去，春天到来。林叔叔借着勘探地质的机会，带着玉衡和阿羽来到了德令哈西南的褡裢湖。清晨出门的时候，阿西偷偷跟在阿羽身后，见到林叔叔就哭闹起来。林叔叔想起了那个冬天的清晨，曾答应过阿西，再加上阿羽难得开口地为阿西求情，也就答应了下来。

褡裢湖由“可鲁克湖”“托素湖”两个湖组成，远远望去像古人肩头的褡裢，故得此名。奇妙的是，虽然两湖湖水相通，但可鲁克湖是淡水湖，托素湖是咸水湖。

林峰在远处仔细勘探地貌，玉衡和阿羽在湖边玩耍，阿西追着几只黄鸭跑远了。

春日正是这里景致最美的时候，两个湖泊如翡翠一般。环湖春草初生，一层金黄，一层嫩绿，雪白的水鸟在高明度的蓝天下飞翔。这里一度是柴达木盆地最大的养殖基地，湖中随处可见鲤鱼、鲫鱼、鲢鱼、鳙鱼等各种鱼类，不时腾出水面。

湖水澄澈如空气，湖底各色水草清晰可见，五色斑斓，映得水体熠熠生辉。

直到多年以后，玉衡看到各色宇宙星云的时候，仍会想起远隔千里的这片湖。

阿羽一直安静地坐在湖边，对着笔记本想着什么。他时不时地抬头看看天空，眉头紧锁，玉衡几乎能听到他的大脑高速运转发出的轰鸣。

时近黄昏，玉衡的肚子咕咕叫起来。

阿羽突然站起来，向湖边走去。

一路上，他两把脱掉上衣，露出宽阔的肩膀和紧实的肌肉。

夕阳下，阿羽像一条发光的青鱼，跃入湖中。

不一会儿，他的头先露出水面，手中高高举起一串活蹦乱跳的鱼——用湖底的水草穿在腮部。玉衡高兴得尖叫起来。

“阿羽，你好厉害啊，哈哈哈哈！好棒啊!!”

顾不得阿羽刚走上岸，玉衡跌跌撞撞地冲过去，一边欢呼，一边抢下他手中的鱼。

碎金一般的水珠从阿羽的胸口流下。他露出孩子气的笑。

阿羽偶尔绽开的笑容，像沙漠上方的星空一样突兀而明艳。

就像现在这样，让玉衡的脸烧得滚烫。

林峰回来的时候，一堆篝火已经烧了起来，烤鱼的香气四散开来。

经过一冬的休养，春天的鱼格外肥美，一条条圆滚滚的，在火苗的舔舐下，柔润的脂肪融化，将鱼皮变得酥焦，细嫩的鱼肉绽开，一口咬下，满是鲜甜的汁水。

阿西是和林峰一起回来的。跑回来的时候，一脸兴奋。长这么大，他从来没有离家这么远，没见过这么美的湖。

这个整天在家里劳作的十四岁少年，一扫平日的阴翳，竟也笑得十分明朗。

看见阿羽的时候，他似乎有些不好意思说话。他解开衣服，里面包了好几只黄鸭的蛋。

早晨的时候他听到了阿羽向林叔叔帮自己求情，还是有点吃惊的。因为昨天晚上，阿西还和父母说谎，冤枉阿羽放丢了家里的羊。

其实阿西也说不清楚自己为什么讨厌这个哥哥。他哪里都比自己强。虽然没有血缘关系，但他对自己一直很迁就，比周围很多欺负弟弟的哥哥强多了。

……可能就是因为阿羽什么都比自己好，自己才这么讨厌他吧。

阿羽走过去，帮着阿西用泥巴裹好鸭蛋，包上有香气的树叶，又埋在篝火之下的土里。阿西没有吭声，只是不像以前那样捣乱了，默默地把泥巴在鸭蛋上裹匀。

林叔叔满身是土，汗水在脸上冲出了弯弯的沟壑。他沉甸甸的背包里收集了不少矿石，兴奋地拿出来给大家看。

黝黑的锰矿石、洁白的白云母、金光点点的铜矿石，甚至还有一小块罕见的黄水晶。

“林叔叔，为啥青海有这么多矿产？”玉衡递过去一串烤鱼。

“你是要听现实版本，还是神话版本？”林峰哈哈大笑起来，一口咬住鱼的肚子，又大叫一声，像小孩子一样张开嘴，被烫得眼泪汪汪。

“神话版本？”对着篝火出神的阿羽突然直起了身子。

林峰顿时来劲了，滔滔不绝地说起来：

“柴达木盆地南端的昆仑山，号称‘中华第一神山’，据说，是中华民族文化的‘祖庭’，是诸神眷顾的地方，所以矿产丰饶。史书记载，四大文明圈的形成，黄白人种的分化，始于公元前 3102 年。在印度，那正是史诗《摩诃婆罗多》中记载的‘迦利时代’的开始；在埃及有着美尼斯王统一上下埃及……”

“在中国，黄帝正大战蚩尤于涿鹿之野，人类全面从新石器时代进入文明时代。”阿羽流畅地接上了林峰的话。

“对！这个时间点之后，黄白人种对于六万年前产生并已广布的棕色人种进行征服替代，人类从新石器时代进入文明时代。黄白人种在地球的两个点同时产生，然后向相反的方向迁徙。那是两座高山，是欧洲最高峰厄尔普鲁士峰和乔戈里峰。”

“黄白人种？不止中国人吗？”玉衡好奇地问。

林峰越发兴奋起来，“不止！据有些人类学专家考证，黄白人种在地球的两个点同时产生——欧洲最高峰厄尔普鲁士峰，还有乔戈里峰。然后向相反的方向迁徙。从人类迁徙的路线来看，大高加索山和帕米尔地区是最重要的分岔路口……”

阿羽淡淡笑起来：“那么，为什么人类起源于艰苦的大山，而不是富饶的平原？”

林峰大喜过望，“问得好！考古界也一直被这个问题所困扰，和你一样，也有质疑者提出，为什么征服者往往会从环境恶劣的山区突然冒出来，而不是在富饶地带平稳发展？但‘山地起源说’也有很多证据支持。很早以前，专家就发现大高加索山的白人具备最典型的‘白人特征’，所以称白人为‘高加索人种’，而同样发源于乔戈里峰的黄种人，构成了东亚人主体，所以中国人称昆仑山为‘祖庭’……”

“因为昆仑山沿线是从乔戈里峰到中原的唯一道路。”阿羽静静地说。

“不周山！”玉衡兴奋地说。

“对，不周山就是中国人对乔戈里峰的称呼。”林峰兴奋地摸摸玉衡的头，“虽然主流科学界认可达尔文的进化论，但很多人也认为，进化论本身仍然存在很多自相矛盾之处。中国史书有载，不周山是人界能够到达天界的唯一路径。阿羽，按照你的看法，文字的诞生来自星空，那意味着文明的诞生也可能来自星空。最初的人类在大山上的神秘出现……这些表面无法解释的一切，可以用同一种假设自圆其说……”

“是什么？”玉衡脱口而出。

“神创论——神灵创造了人类的皮囊。”阿羽轻轻地说。

一旁，阿西早就听得打起了瞌睡，手里的烤鱼都掉到了地上。

剩下的三个人一直在静静地思考。林峰微微皱着眉头，时不时地看阿羽一眼。

一个偏远地方的少年，究竟何以通晓自己几十年积累思考的秘密？

天色由明转暗，篝火发出噼啪的响声。

金色的火焰在阿羽深不见底的黑色瞳孔中缓缓跳动，直至熄灭。

不久，阿西和林峰已在帐篷里沉沉睡去，阿羽突然拉着玉衡的手，往湖边走去。

春日的虫鸣渐渐响起，星星开始在东方的地平线出现。

脚下都是起伏的泥块和青草，玉衡深一脚浅一脚地走在夜色里，却不担心脚下的路。

因为阿羽紧紧地拉着她。

他走得很快，握着玉衡的手依然坚实有力。那乌黑蜷曲的头发在夜风中飘动，细长的眼中映着星光。

像一头陌生而沉默的兽类，却莫名让人觉得安心。

终于，他们止步于湖边。

空气中荡漾着湖水的青涩味儿。大地泛着潮声，星空却一片寂静。

“你有很多问题想问，问吧。”

“你愿意说？”

“嗯。”

“说实话吗？”

“没办法说谎……最多只能不说话。”

“什么意思？”

“我们的种族，是用意识直接交流的，不存在谎言的可能性。这一点和人类不同。”

玉衡咳嗽了两声，伸手去摸他的前额：“你发烧了？”

一只不知名的水鸟掠过，黑色的剪影很快消失在夜色中。

阿羽抬起了手，直指中天。

“你知道吗？人类从星空中得到的，不仅是文字。《千字文》中有云，‘日月盈仄，辰宿列张；寒来暑往，秋收冬藏’。二十四节气的制定，让人类学会顺应天时，从大地中获得足够粮食的能量。其中，最重要的就是春分、夏至、立秋、冬至这几个时间点的确定。”

“文字属于精神世界的力量，而节气提供物质方面的支持？”

“没错。节气的时间点，对早期农业耕种来说特别重要。《尚书·尧典》有云，‘日中，星鸟，以殷仲春’。意思是，要想判断什么时候是春分，要等到日夜等长，一个叫做‘鸟’的星宿会出现在中天的时候。”

“鸟宿？中国古代二十八星宿里，没有‘鸟宿’啊！”

“这就是千古不解的‘四仲中星’之谜。”

“四仲中星之谜①……想起来了，林叔叔好像提过！‘星鸟’到底是哪个星座，确实一直没有定论。”

“‘鸟’，实际上是两个星宿的组合。因为在公元前2455年的春分时节，南天的最正中间位置，并没有出现一个完整的星宿，那个位置恰好位于张宿、翼宿的中间。”

“2455……为什么是2455？”

“细说太麻烦。你只要知道它和木星有关就行了，以后可以慢慢研究。”

玉衡很无语。对阿羽这种只有结论没有过程的回答，她已经习惯了。

“你看那里，张宿构成了鸟头，翼宿构成了鸟身。”顺着阿羽细长的指尖，玉衡望向南中天的正中。

果然，一些星星组成了一只有点萌的“星鸟”，仿佛正在天空翱翔。

---

① 四仲中星之谜：中国古代用四组恒星黄昏时在正南方天空的出现来定季节的方法。《尚书·尧典》载：“日中星鸟，以殷仲春；日永星火，以正仲夏；宵中星虚，以殷仲秋；日短星昴，以正仲冬。”但是，“星鸟”“星火”“星虚”“星昴”分别指什么，学术界一直有不同的观点。

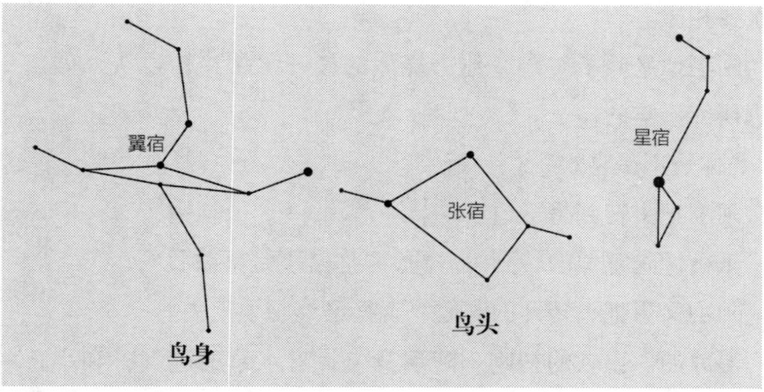

"'神'是存在的。林峰是对的。"

玉衡皱起眉头，"你怎么知……"

阿羽望向西方的地平线。玉衡看到，那里，心宿正在落下；其中最耀眼的"心宿二"，将很快消失不见。

"心宿二，整个天空中最明亮的一等星，红色的光芒如心脏一般闪亮，那里是创世之神居住过的地方，那里是龙骨星船的港湾——我曾经的故乡。"

阿羽站起身，面孔埋在夜色的阴影中。

"仓颉真的有两个瞳仁，我教他造字的时候看到的。"

玉衡摇摇头。她站起来，突然觉得有点难过。

"你骗人。"

谎言再浪漫，也不过是谎言。

玉衡想要转身离开，阿羽突然有点野蛮地拉住她，一下搂进怀里。

他胸口很烫，不停地起伏着。

"人类的皮囊很奇妙，能感受到很多光体生命感受不到的东西，比如心跳。"

玉衡挣扎了几下，阿羽却抱得紧紧的。

玉衡只觉得心中一股火气难平。

好你个阿羽，骗人，还捉弄人！

玉衡突然不挣扎了，她踮起脚，把脸凑上去，近到两人的鼻子几乎要相碰。

阿羽似乎吓了一跳，他火烧似的松开了手，转过头，做出一副认真研究星空的样子。

“你是不是喜欢我?”

阿羽把头转到另一边。

玉衡像陀螺似的转到另一边，“你是不是喜欢我?”

阿羽又想把头转开的时候，玉衡已经吻了上去。

湿凉的、温软的初吻。阿羽身上，有水草的腥气，和小兽一样的奶香。

画面就定格在这一秒，半空中的玉衡，看着湖畔的两个小人渐渐模糊。她知道，自己已经没有任何办法，再回到人生的那一刻。

终于，两个小人弥散在时间的涟漪中。

泪水模糊了玉衡的眼睛。

画面凝固在东方微明的星空上，渐渐淡去。时间轴加快推进，到了几年后的上海。

大学的礼堂中，玉衡正在做博士论文答辩。怀孕五个月，她的小腹已经微微隆起。

玉衡在讲解，一些星图和演算公式的PPT正在屏幕上播放：

“中华文明最初的文字来自星空，始于公元前2455年。中华文明的起始，距今已有五千年。下面请大家看一下天干地支与星空的对比图。二十二个图形都可以完美整合，详细见我的论文。这里只给出甲乙丙丁等几个例子。

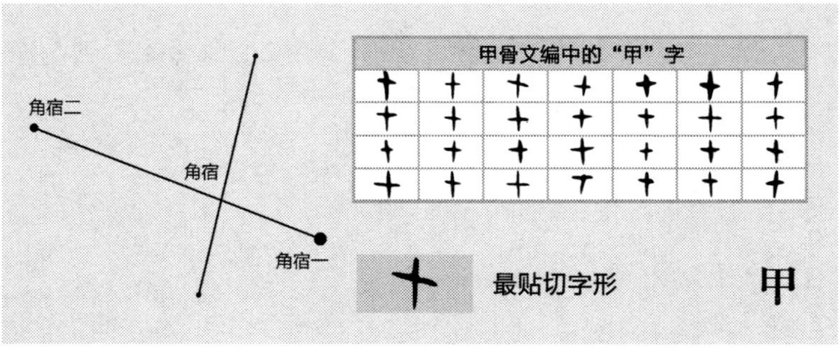

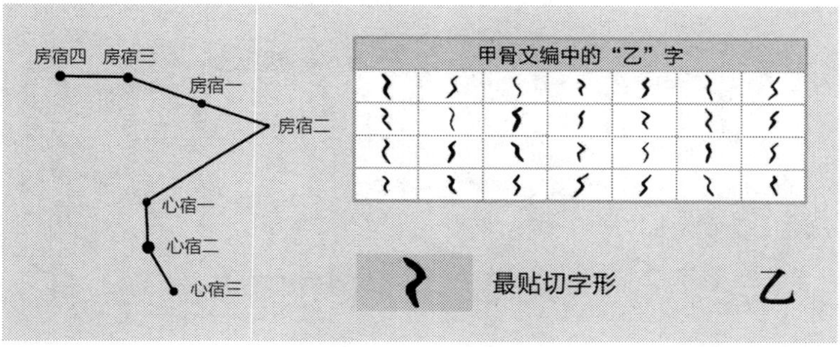
房宿四
房宿三
房宿一
房宿二
心宿一
心宿二
心宿三
甲骨文编中的“乙”字
最贴切字形
乙

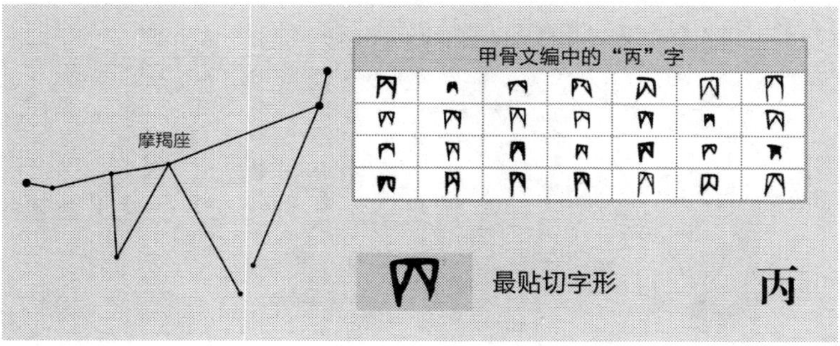
摩羯座
甲骨文编中的“丙”字
最贴切字形
丙

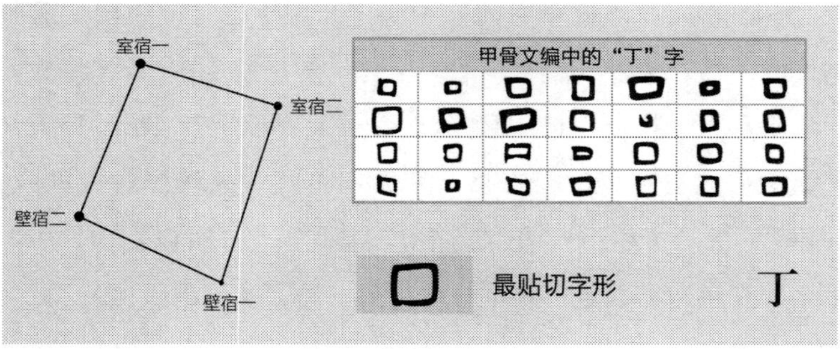
室宿一
室宿二
壁宿二
壁宿一
甲骨文编中的“丁”字
最贴切字形
丁

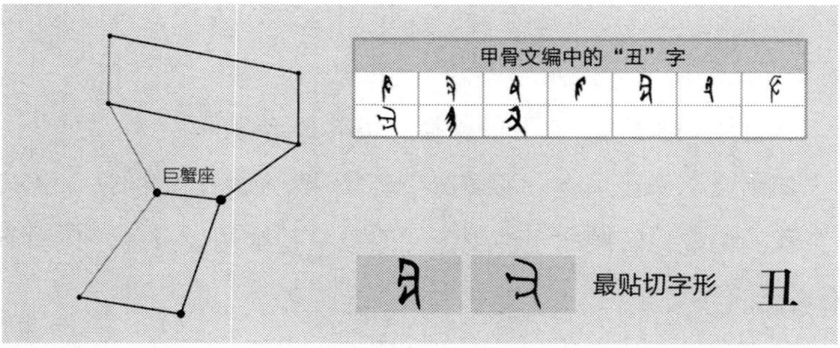
巨蟹座
甲骨文编中的“丑”字
最贴切字形
丑

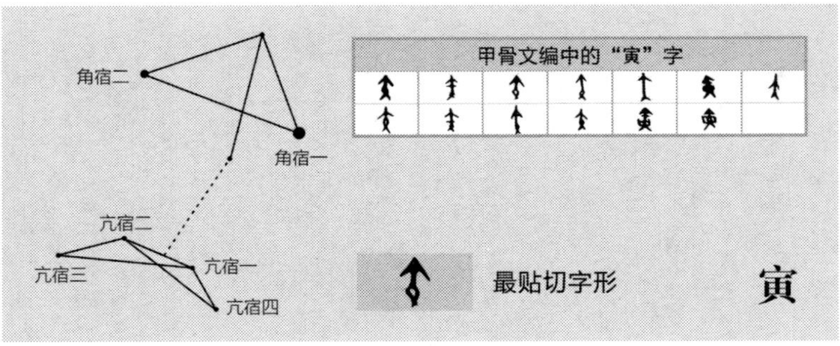

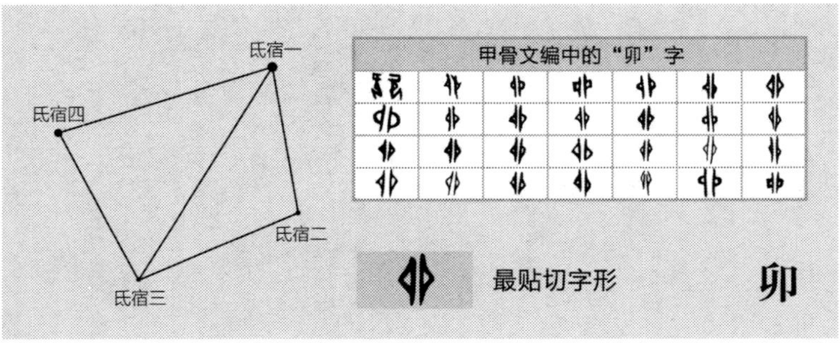

“公元前2455年这个时间点的确定，源于木星。中国人有拜太岁的民间习俗。太岁，是木星的神格化。木星差不多12年绕太阳一周，后来和天干整合一起，形成60甲子太岁说。《尔雅·释天·岁名》记载，太岁在寅曰摄提格，在卯曰单阏……按照古人的说法，‘摄提格’指‘寅年’，‘单阏’指‘卯年’……可以推测，中国古代第一次观星造字，是寅年寅月木星在‘寅’（星象天区），卯年卯月木星在‘卯’（星象天区）的时间。这样的时间每1020年出现一次，结合最早的甲骨文造字资料，星图的时间方位，可以推算出：中华文字最早创造于公元前2455年。”

玉衡暂停了叙述。台下，导师们相继开始提问。

“如果文字来自星空，那么造字者是谁？原因和目的是什么？”

“我的论文比较倾向于神创论，但也只是推测。目前，还没有人知道真正的答案。”

“西方学界有学者认为，中华文明的历史始于商朝，距今只有两千余年。请问你怎么看？”

“文明的起源，通常有三大标志：文字的产生、城市的出现、国家制度的建立。其中，文字的产生最为重要。我的论文对此有详细论述。星空造字的研究表明，中华文明历史确有五千年无误。星空是不会说谎的。”

答辩完毕，下面响起雷鸣般的掌声。

画面定格，再次模糊。

前方，龙骨星船的一片黑暗中，出现了一个赤红色的漩涡，气流搅动，透出一股沙尘的气味。

玉衡开始发抖。

但她还是走了进去。

里面是一片混沌之海。

风。黄色。飞舞的黄沙被漩涡一般的风卷上半空，拳头大小的石块在地面滚动。

火。红色。巨大的红色星体，好像太阳，又好像心宿二。像火焰，又像鲜血。

水。白色。一片纯白的背景，一滴滴落下的液体。

那是医院的点滴瓶，一群人的嘈杂声，爸爸模糊焦急的面孔。

不，那是阿羽的面孔，和漫天干燥飞舞的黄沙。

画面的信号接收不稳似的抖动起来，玉衡头痛欲裂，冷汗一层层冒出来。

双腿已经无法支撑身体的重量，她跪坐在地。

门外，林峰始终焦虑地盯着屏幕，上面显示着玉衡的心跳、血压等生命体征数据。

三天前的实验，他几乎已经全忘了。只有最后一幕的场景还隐隐约约留在脑海。

那场雅丹风暴黄沙飞卷的场景。

但他知道，那黄沙纷飞的场景，真实发生过。

十年前，那场雅丹风暴。

他带着玉衡、阿羽和阿西进入那片雅丹地区不久，就遇到了十年不遇的特大沙尘暴。风暴之中，他和孩子们失散了。他很幸运，在风暴中昏迷后，被几个开车的当地居民所救。醒来后，他立刻开始搜寻。

找到孩子们已经是七天之后。失散的时候太匆忙，三个孩子身上的淡水只能支撑两三天。搜寻过程中，林峰几乎已经绝望。

本来……是储备了足够的淡水……本来……

是不应该和孩子们失散的。

第一天夜晚，他们在乱石群中露营。清晨起来，林峰发现最大的那个装淡水的水壶倒在地上，裂了一条缝，水已经流干。这下，他们失去了一半的淡水储量。

林峰强压着焦急，叫来了三个孩子询问。

阿西大叫冤枉，说自己晚上一直睡着，根本就没有起过身，更没有到放水壶的角落里去。

玉衡最开始没有说话，后来说，自己也没有起来过。

阿羽则一直沉默。

林峰夜里睡得并不实在，但他确定听到过有人起来的响动。他心里最怀疑的当然是阿西，但没有证据，他又不好说什么，只能再次追问不说话的阿羽。

“阿羽，你呢？起来过吗？”

“没有。”阿羽沉默了一会儿，说。

林峰终于忍不住发火了：“我夜里听到有人起来了！你们三个人里肯定有人在说谎！阿羽，昨晚阿西有没有起来过？”

阿羽低头不说话。

阿西大叫起来：“你们所有人都不相信我的话！”

林峰很严厉：“发什么脾气？是不是心虚？”

玉衡想要张口，但看到林峰的态度，又低下了头。

这时，阿羽抬起了头，“阿西和我挨得很近，我确定，他没有起来过。”

玉衡终于忍不住了，泪水夺眶而出，“林叔叔，对不起，我起来到外面方便，迷迷糊糊走错了方向，觉得好像踢到了什么，但是太困了，没有留意……”

林峰有些吃惊，加上生气，一时语塞。

阿西狠狠瞪了玉衡一眼，“呸！撒谎精！”

玉衡终于忍不住，抹着眼泪冲出了帐篷。阿羽急忙去追，刚走了几步，又匆匆折回来随手拿了一个小背包，里面有些纸巾之类的必备物品和一两天的淡水。

林峰本想跟着出去，迟疑一下，又站住了。

他和阿西大眼瞪小眼地坐了一会儿以后，阿西看起来有点不安，终于也起身出去找两人了。

没想到，短短一小时后，那场风暴就开始了……

这是林峰人生中最后悔的时刻。如果一切能够重来……

他永远也忘不了找到他们三个的那一刻。

在一块巨大的黄色岩石背后，阿羽背靠岩石，闭着双眼安静地坐着，身上落满了黄沙。玉衡躺在地上，头枕着阿羽的膝盖，已经昏迷不醒。阿西神智清醒一些，看到救援队员就“哇”地哭出声来。

救援队员上前的时候，才发现阿羽已经没有气息了。

他被葬在了冷湖的四号墓地。

玉衡从医院醒来以后，双目空茫，完全失去了关于雅丹之行的记忆。医生说，这是应激性创伤后遗症的表现。

而阿西，似乎也受到了强烈的刺激，接下来的几天都像祥林嫂一样翻来覆去地说着同一句话：

"阿羽变成水了，阿羽变成水了。"

"撒谎精"阿西的话，当然是没人信的。

但令林峰困惑的是，玉衡和阿西得救的时候，他俩的水壶里竟然都还留着一点余水；医生检查过后，也说二人的身体并没有出现明显的脱水状况。

他们是从哪里找到了七天的淡水？

一声鸣笛打断了林峰的思绪。

金属门外，检测小组突然检测到了玉衡健康体征异常的信号。电子屏幕上，心跳、血压都到了危险值。

林峰紧张地站了起来。救援小组即将出发之际，组长做了一个手势：

"等等。"

屏幕上的数值，突然下降到了安全范围。

玉衡再次睁开眼睛的时候，看到阿羽坐在她身旁。

终于，在龙骨星船之中，她不再是从半空中看着阿羽，而是真真切切地感受到自己和阿羽坐在一起。

她的嘴唇很湿润，还留着熟悉的、淡淡的青草气味。

"嗯，刚才亲你了"。玉衡什么都没问，阿羽主动说。

这只是幻觉，自己的脑子造出的幻觉……

如果这是幻觉，能不能永远都别醒？

玉衡抱住了阿羽。

"是幻觉吗？你还活着吗？"

"我早就湮灭了……嗯，死了啊……这么多年了，你怎么还这么笨。"

"你混蛋！"玉衡大哭起来。

阿羽温柔地拍着她的后背，"好啦好啦。现在你看到的我，只是一封信，一段残留信息。我死之前，埋下了最后的能量源，这封信设定在十年以后激发——这是以往光体生命最小的时间单位。为了不给你增加不必要的麻烦，我只留下了‘火星、2455’的信号。我想，如果你能看到，就会来的。如果没有，信号源的能量用完了，也会结束的。”

龙骨星船最后的场景，是一片光洁的盐湖。两人正坐在坚固的湖面上。

周围一片寂静，而头顶的星空，错落堆叠，璀璨得如同千朵烟花绽开的明珠。

盐湖表面平滑如镜，如同全息投影一般，反射着星空，形成一片无缝连接的星海。

魔幻的星空中呈现出美丽的星座连线，如梦境一般，在盐湖表面，映出天干地支的二十二个汉字。

玉衡和阿羽，仿佛悬浮在宇宙星空中的两滴小水珠。

“这是地球表面能出现的最漂亮的小宇宙了。在这里回忆很不错。”阿羽满意地说。

“记忆?”

“雅丹之行那次，为了不让你太痛苦，我删去了你的一些记忆。”

阿羽轻轻揽着玉衡的肩。

天空中开始出现一些图像。

他们第一次在教室相遇。

为玉衡挡开飞溅的木柴的一刻，他的手部定格的画面。

接触木柴火焰的一瞬，他的手部涌出一层清水，蒸发成雾，带走了热气。

褡裢湖畔。

初吻以后，其实阿羽还说了很多话。

阿羽说，自己是创世之神——来自另一个宇宙的高级文明，一种光体生命。

祂们的种族，来自另外一个更高维度的宇宙，可以轻易控制地球人的思维意识。祂们乘坐着一种叫“龙骨星船”的飞船，创造了这个宇宙，并在一些星球上播种了生命。随后，祂们留下了少量种族的个体，以“灵魂融合”的方式，和星球的各类生命体相融合，并传播最初的文明。在地球文明史五千年的漫长时光中，祂们不断选择不同的皮囊，替代他们原有的灵魂，一代代生活下去，成为文明的“观察者”。阿羽就是其中一员——在人类皮囊里生存的高维生命体。

在地球上，留下的几个光体生命做了很多工作。在那两座山峰上，祂们共同造出了最初的人类。随后，几个个体就分散到了不同的文明圈。阿羽负责在华夏文明起源之时，帮助人们识别星空、创造文字、定下节气。

那一晚，阿羽低沉的声音仿佛带着魔法，穿越时间之海，抵达了那颗红色的大星星——停泊着龙骨星船的心宿二——光体生命在创世以后的第一个家园。

相对于心宿二炽热的环境，光体生命更喜欢在凉爽、湿润一些的环境中生存，为此，祂们制造出了冰冷的皮囊，并用特殊的引力场，将皮囊与炽热的环境隔绝开来。在永恒的时间中，光体生命既可以在皮囊中寄居，也可以脱离皮囊而存在。皮囊会老化替换，但光体生命的意识却不生不灭。

“所以，选人类皮囊的时候，我也喜欢湿凉一点的。”阿羽会心一笑。

强烈的头痛中，玉衡似乎失去了反驳的意识：

“为什么是心宿二？”

“只有红超巨星内部的能量可以补充龙骨星船的能源。而光体生命跨越宇宙创造世界的越迁点位置，刚好在心宿二附近。”

“灵魂融合，是什么意思？阿羽的这个身体，有原始灵魂？”

“你可以理解为，我的意识取代了这个身体的意识。作为造物主，我们种族能够控制，也可以取代人类的意识。”

“创世的原因是什么？”

阿羽的眼中出现了一丝淡漠的怅然。

“在我们原来的家园——另一个高维的宇宙中，我们的种族和另一个文明爆发战争，败到只剩下最后一艘飞船，只有空间跃迁才可能保留最后的文明火种。但是，因为所有的跃迁通道都被敌人封死，所以我们只能在空间中创造出一个新的宇宙。不过，由于这将消耗巨大的能量，于是，飞船上九成的光体生命选择了自我湮灭。能量汇聚成一片最灿烂的海洋，终于冲破了时空的极限，载起了龙骨星船，驶向新的世界——你所在的这个新宇宙。”

海洋……恍惚中，玉衡突然记起，阿西从医院出来以后，有一阵子总在家里哭闹。

“阿羽变成水了，阿羽变成水了。”

有一天阿西哭闹的时候，本就伤心的父母，将他狠狠打了一顿。

那以后，阿西不再提这件事，也很少再去放羊了，只是整日拿着阿羽留下来的水壶坐在家门口，从日出到日落，人看着呆呆的，似乎在等阿羽回来。

玉衡到上海以后，也渐渐和他失去了联系。听说，他离开家乡，去了很远的地方工作。辗转几次后，再无音讯。

“雅丹……你的死……是为了给我和阿西补充水……”

在阿羽怀里，玉衡剧烈地发起抖来。

“可惜最后力量太弱了，没能把他的记忆清除干净。”

阿羽伸出了手。

一缕银色光芒开始在他手心绽开，仿佛燃起了烛火。

亮光渐渐扩散到他的整个手掌。肌肤变得透明，显现出骨骼的形状，渐渐的，连骨骼也消失在亮光中。

亮光过后，他的手心出现一汪清水，微微晃动，映着褡裢湖春日的星光。

因为疲惫，他的额头出现了汗珠。

“光体生命释放光能的时候，会自我损耗。唯一的副产品是H_2O——纯水。小规模的损耗是可以自我修复的。超过一定限度的话，我们就会彻底湮灭——就像人类的死亡。不过别伤心，我只是一段残存的记忆，回放一下给你看而已。”

玉衡呆呆地看着那汪清水从阿羽的指间流下来，滴在盐湖上。

“刚来地球的时候，我的能力是很强的，可以呼风唤雨，移山填海。中国上古的一些神话，像《山海经》里面，都有我们种族的影子。后来随着力量的不断衰弱，我们必须寄居在人类的皮囊中。雅丹那天，我甚至没有隔空取物的力气。变成水以后，我最后的力量，也只能是埋下信号源而已。”

玉衡哭起来。

“我和阿西不就是普通人类吗？你值得吗！?”

“我已经活得太久了。宇宙星辰，日升月落，该见的都见过了。一代一代困在人类的皮囊里，慢慢变得越来越衰弱。我已经失去了联系地球上同类的能力，只怕有朝一日，龙骨星船再来到地球的时候，我也接受不到信息了。”

玉衡哭得透不过气来。她的头痛在减轻，意识却渐渐模糊。阿羽轻抚着她的头。

“光体生命是没有性别的，喜欢一个人的感觉，是人类这副皮囊给我的。为喜欢的人做一点事情，感觉挺好的。”

星云铸就的龙骨星船，开始慢慢解体。星尘飞溅，化为碎片、粉尘、无数原子。

阿羽淡淡笑起来，看着周围纷飞的粒子，温柔地抱紧玉衡。

“你看，创世之初，这些原子组成过宇宙恒星、江河大地，后来又组成无数人类的身体。无数分离，终将重聚。也许，我湮灭后已经去了另一个世界；在那个世界，我们还会再次相遇。”

“你的同伴，还在人类中生活吗?”玉衡喃喃自语。

“是的，祂们在不同的皮囊里，也许会慢慢衰弱，也许有一天会被人类发现。”

周围的画面在渐渐变淡。

“不要哭啦，我要走啦。乖乖睡好不好？”

玉衡努力想要睁开眼睛，阿羽的身影却渐渐模糊。

“不要走，我会忘记你的……”

阿羽狡黠一笑。

“不要……”

“再见了……”

夏末的上海，已有几分凉意。玉衡夹着教案，匆匆行走在大学的林荫道上。

道路尽头，前夫抱着女儿在等待她。女儿一见到她，就跳下地，飞奔而来。匆忙中，玉衡手中的教案散落到了地上。

那里面，有“光体生命研究”的字样。

“妈妈，今晚还讲龙骨星船的故事好不好？”

“好啊。”

玉衡抱起女儿。

像很多很多个夜晚一样，她在星空之下，抬起头。

西方的天空中，红色的心宿二正在闪烁。

（本文获得冷湖奖优胜奖）

如果鸟语花香

灰　狐

/ 作者简介

灰狐，科幻作家。1982 年生，高考时考入中国人民解放军汽车管理学院，从军六年。后弃武从文，2012 年开始科幻写作，处女作《守门人》刊登于 2013 年《科幻世界》七月刊，同年《狩猎季》在《科幻世界》十二月刊再次发表。后来在几个征文比赛中误打误撞拿了奖，从此坚定了科幻写作的信念。

/ 颁奖词

人和世界的和解，是文学的经典母题，但鲜有作家能从科技的角度去呈现它，而他，做到了。碎裂的亲情因科技而破镜重圆，荒凉的冷湖因科技而鸟语花香。他用回环嵌套、伏线千里式的精巧叙事，传达出这样的理念：科技并不冰冷，科技温情脉脉。

1

下了飞机，阳光辣得刺眼，而空气却纯净而清凉。同行的大部分人是游客，在停机坪上叽叽喳喳，迫不及待地开始拍照。罗振压低帽子，快步向出站口走去。

“哥！等我一下！”

罗振皱起眉头，回头看。文晓西穿着火红的冲锋衣，拖着他那个超大背包，才刚刚从飞机上下来。他从几个驻足拍照的人中间挤过，迈着大步向这边跑来，边跑边喊。

“别跑，小心高反……”罗振话音未落，文晓西突然一个趔趄，直挺挺地摔在地上。

罗振叹了口气，走过去，把文晓西从地上拉起来，好在他穿得厚，没有受伤。

文晓西爬起来，晃悠两下，猛地清醒过来，“怎么回事？”

“你第一次来海拔这么高的地方，不能剧烈运动，会有高原反应。”

“哦，我就说嘛，怎么眼前一黑，你就站到我面前了，我还以为你变戏法呢。”

“你还摔了一跤呢。”

“没有，我哪儿摔跤了，你看我这不好好的吗？”

罗振张了张嘴，又叹了口气，“好了，我们走吧。”

“等下，咱们拍个照，给我姐汇报一下，我姐说了，这次出来让我照顾好你。”文晓西认真地说。

“那辛苦你了。”罗振苦笑，摆出个V字手势让文晓西拍照。

“不辛苦，将来我们可是一家人呢。来，茄子。”

等托运行李的功夫，罗振远远地看到一个人站在出站口，高举着一块牌子：“欢迎罗振博士”。

“那是来接咱们的?”

“是吧。”罗振向那边挥挥手，但是接站的人没有反应，也不知道是没看见，还是没兴趣。

设备箱终于被吐了出来，传送带慢慢悠悠地把黑色的大箱子送到面前，罗振伸手把箱子提下来。

“哥，我来。”文晓西伸手要提箱子，“没事，我姐说了，我得多照顾你。”

“你照顾我?”罗振嘟囔，没有再提箱子，转身向出站口走去。

负责接站的人大概有一米九，精瘦精瘦的，脸庞紫黑，一看就是饱受紫外线照射的本地人。

“你好，我是罗振，您是来接我的吗?”罗振站在那人面前，仰着头说。

那人上下打量了罗振两眼，用口音很重的普通话说：“走吧。”

也许是身高，或者是口音，反正那人在罗振面前自带一种威严。罗振向后招招手，便跟着那人出了站。

“那是谁?”

“在网上找的，这几天就是咱们的司机和向导了。”

“靠谱吗?”

罗振撇撇嘴，“少废话，快把东西放到车上去。”

租的车是一辆银色的日产帕拉丁，不过这车完全被尘土包裹了，几乎看不到底色。文晓西把行李都放在后备箱里，身上蹭到一些沙土，他抬头看到司机正坐在驾驶座上，用手机看着电影，不由得恼怒起来，这人一点服务意识都没有。

他爬上车子后排，四仰八叉地坐下。

罗振拆了一包烟，递给司机，“师傅，您怎么称呼?”

“叫我卓吉好啦。”师傅拿出一根烟叼着，可看到罗振和文晓西都不抽，又把烟取下来别在耳朵上。

“是挺着急的。”文晓西在后排嘟囔。

罗振瞪了文晓西一眼，回过头想和卓吉聊点什么，可他本身就不怎么健谈，话在脑子里转了两圈，也不知道该如何开口。

司机发动了车子，“我们走吧。”

“好，走吧。”终于说了点什么，罗振心里舒服了些。

车子驶离德令哈机场，开上一条笔直的公路，路的尽头是宝石一样纯净的天，蓝得像海，空中飘着若有若无的浪一样的云。起初路两边还有一些建筑，工厂或是仓库之类的，架着电线，有卡车来回穿梭，井然有序。过了一段时间后，车窗外面就只剩下灰茫茫的戈壁了，除了黄沙就是黄土，还有一些黄色干枯的植物，远处的大地高低起伏，可依然是变了形状的土堆。

太阳斜斜地挂在天上，射进车窗的阳光让罗振觉得像火在烤，他在座位上变换姿势，试图躲开照射。卓吉师傅打开了空调，罗振觉得脑门儿发凉，肚皮滚烫。文晓西开始头疼，脑袋发蒙，他用衣服裹着头，时不时地哼两声，似乎很痛苦。

卓吉从扶手箱里掏出两板胶囊，递给罗振，“红景天，治高反的，你们两个，吃了。”

罗振接过胶囊，对卓吉微笑。司机目视前方，没有回应。他和文晓西用矿泉水就着服了药，心里舒服了些，可总觉得有哪里不对，又好像没有。罗振胡思乱想着，缩在座位里昏昏欲睡。偶尔醒来，窗外还是一片荒芜，太阳懒洋洋地挂着，不知道睡了多久，仿佛时间和空间就像一块凝固的黄油，在高温之下，将化不化，世界处于一种奇怪的临界状态。

又睡了一会儿，车停了，卓吉叫醒罗振和文晓西，“下车，安检。”

罗振懵懂地下了车，天还亮着，他看看表，已经是下午五点多，可太阳还很高——和下飞机时一样高，奇怪。车外面刮起了风，卷着沙尘，打得脸生疼，他拉起领子，跟着卓吉向路边的一个小房子走去。

边检站不大，和普通加油站差不多。旁边还有几栋房子，除此之外就是荒漠，显得这里孤零零的。但边检站门口停着的装甲车和端着枪的军人证明这地方并不是看上去的那么无足轻重。

罗振和文晓西验证过身份出来，看到卓吉和两个军人在车边站着，级别什么的罗振分不清，但是还是能看出其中一个是军官，一个是士兵。

“怎么了？”文晓西问。

“常规检查。”士兵说，口音比卓吉好不到哪儿去，文晓西差点儿没听懂。

年轻人对这种事情有些抵触，若在平时肯定会争辩两句，可这次对方拿着枪，文晓西只好吃瘪。

正检查着，车里的军官说了句什么，在外面站着的战士立刻紧张起来，双手放在胸前的冲锋枪上，看着罗振，目光充满警惕。

罗振不由自主地举起双手，“那个……误会……”

军官从车里拖出一个黑箱子，放在车轮旁，“这是什么？打开。”

“哦，”看到那个箱子，罗振松了口气，“这是我们做实验用的设备，没有危险。”他想笑一下，可是觉得脸上抽筋，“我是搞生物工程的，要过去做一些实验，这事已经向海西州报备了，那个……同志，我能掏一下兜吗？”

军官看了罗振几秒钟，点了点头。罗振从兜里掏出介绍信递过去，还指了指介绍信上的红印章。

“嗯。”军官把介绍信还给罗振，“箱子，打开看看。”

“怎么还……”文晓西不由得嘟囔起来，被罗振瞪了一眼之后，文晓西低下头，开始看自己的鞋。

箱子打开，里面有六个密封罐，透明罐体，用高强度玻璃制成，里面装着一样的东西，都是灰色的微小颗粒，就像遍地都是的沙子一样。

“这些是我们做实验用的，主要是为了……”

“好了，你们走吧。”军官显然没兴趣听罗振的讲解，他向关卡处招招手，表示允许通过。罗振再回头时，两个军人已经往回走了。

2

车子继续前进，将边检站甩在后面，景色又恢复之前荒凉枯燥的样子，罗振半睡半醒地靠在车窗上，刚才的检查站到底是真的还是梦里的，现在是睡着还是醒着，罗振自己也分不清楚。

“快到了。”司机突然说。

“嗯？什么？”罗振坐直身体，看着前方笔直的路，视野里没有任何东西。他掏出手机，屏幕上显示的时间是晚上八点十分。他又伸着头看向车外，太阳还在空中挂着，似乎暗淡了些，但完全没有落下去的意思。

这一路已经走了七个小时？罗振狐疑地看着手机，不知道该相信数码时钟，还是大自然的规律。

在这里，空间和时间仿佛是一片混沌，毫无道理可言。

正在发愣，外面刮起了风。风很急很猛，连越野车都被吹得晃了两下。

卓吉小声说了句什么，听起来像是脏话。

“怎么了？”罗振问。

“沙尘暴。”

“沙尘暴啊，以前北京经常有，”文晓西在后排说，“那一刮起来，铺天盖……”

就在文晓西显得自己像一个沙尘暴专家时，风沙包裹了越野车。仿佛就是一瞬间的事，整个世界都变成了黄色。和之前那种荒芜的、干燥的黄色不同。沙尘暴是流动的，仿佛有生命。沙子铺满了天地间所有的空间，罗振突然有一种奇怪的感觉，好像车子掉进了海水里，完全被淹没了，他开始觉得胸闷。

卓吉打开双闪和车灯，让帕拉丁缓慢行驶。沙砾打在车上，发出密集的噼啪声，让人感觉好像身在战场，卓吉又骂了一句，心疼自己的车漆。

能见度连一米都不到，罗振探着头，目光竟无法穿透沙尘看到车窗外的地面。

“经常有这样的沙尘暴？”罗振问。

“没有啦，”卓吉回答，“这个样子的很少，也许是欢迎你们的。”他笑着说，从机场见面到现在的八个小时里，这是他第一次露出笑容。

“什么时候能停啊？”文晓西说。

“说不准的啊，有时候几分钟就好了，有时候要刮几天。”

“几天?!”文晓西夸张地叫起来，可是他话音刚落，外面的风竟然停了，像来时一样，沙尘暴消散在空气中，眼前又是碧蓝的天空。

穹顶之下，还有一座小城。

“呀，这就到了。”卓吉用雨刮器刮掉挡风玻璃上的尘土，踩下油门，帕拉丁驶入小城。“这里就是冷湖镇了。”到了目的地，卓吉似乎也轻松了不少，话多了起来，“你们到这里来，是做什么的嘛？”

“做实验。”罗振说，“我是搞微生物工程的。”

“这里哪有什么生物？没有草，没有牛和羊，你看看，”卓吉指指车外面的天空，“连鸟都没有。”

“会有的。”罗振笑着说。

镇子不大，只有一条主路，两旁的建筑不高，但是干净整洁，造型现代，一点不像电影里的那种荒漠小镇。车停在小城正中的一座宾馆门口，罗振下了车，伸了个长长的懒腰。小镇很安静，几乎没有来往的车辆。

罗振站在大路中央，看着来时的路消失在地平线的尽头。现在已经晚上 9 点，天色还是青的。错乱的时差和空间的失衡让罗振有一种不真实的感觉，仿佛这座小镇是脱离了现实的奇妙所在。

吃过晚饭，肚子填饱了，坐了一天车的身体开始抗议，腰和腿都是酸的。和卓吉、文晓西互道晚安后，罗振便回去睡了。

文晓西在床上翻来覆去地睡不着，也可能是白天睡得太多，也可能是宾馆的床太软。他睁着眼，看着黑暗中的天花板发呆。一束光从外面照进来，将房间照得雪白，好像有一辆车停在了正对着宾馆的位置。文晓西骂了一句，闭上眼睛，可是光仍然透过眼皮，照得他眼前一片白茫茫的。文晓西等了一会儿，那车还是不走。他爬起来，望向窗外。

外面并排停着三辆卡车，有些人陆陆续续地从车上下来，背着大包小包，他们下车后，在车旁边站成一排，整整齐齐的，很安静。

太安静了，现在已经是凌晨时分，这座小镇人烟稀少，任何小小的动静都会十分明显。然而窗外这几十个人和三辆卡车竟然一点声音都没有发出来。

文晓西推开窗户，探出头去，想吆喝两声，让司机把大灯关掉。再仔细看那些车时，他犹豫了，卡车通体漆成绿色，圆头大鼻子，他只在老电影里见过这种老掉牙的卡车，没想到这里还有这种古董。

这时那些人也集结完毕了，整队向宾馆走过来。

应该也是来住宿的吧，也不知道这是些什么人，看着倒像是一群当兵的。

那些人安静地走过来，越走越近。卓吉的银色帕拉丁停在宾馆门口，那些人脚步不停，径直穿过越野车，继续前行。

鬼！

文晓西想喊，又赶紧捂住自己的嘴巴。他躲在窗台后面，大口呼吸，浑身的汗毛都立了起来，仿佛被电击。他等了好一会儿，心情才慢慢平缓下来，他悄悄探出头去，那一队人已经不见了，大概是进了这家宾馆。三辆卡车又停了片刻，有秩序地调头，安静离开。

房间里恢复黑暗。

"哥！哥！快开门啊！"

"干什么啊，大半夜的。"罗振在半梦半醒中被砸门声吵醒，他爬起来，摸着黑去开门，"什么……"

门刚开了一半，文晓西就撞进来，"哥，咱们不能在这儿呆了，快走吧。"说罢便拉着罗振要往外走。

“你干什么！”罗振甩开文晓西，大声叫道，“闹什么闹！”别看罗振平时文绉绉的，睡觉气还挺大，他重重地把门摔上，瞪着文晓西，就差扬手打人了。

“哥，我说真的，这地方咱们不能呆了。”文晓西不敢再大声说话，乖乖地站在那里，用唱儿歌的腔调和罗振谈闹鬼的事。

“为啥。”罗振打个哆嗦，赶紧找了件衣服披上。冷湖镇昼夜温差相当大，中午能到三十多度，天一黑就成零下了。

“有鬼。”文晓西认真地说。

“什么？”

“有鬼。”

“大半夜的你少在这儿胡说八道。”罗振不耐烦地挥挥手。

“真的，哥，我亲眼看见的。”

罗振瞥了文晓西一眼，目露凶光，然后闭上眼睛，想着女朋友——也就是文晓西他姐甜美的笑容，深呼吸几次，终于压下心头的邪火。为了回去以后不挨收拾，罗振决定不跟未来的小舅子计较。

“晓西啊，你可能是累了，第一次来高原不适应，早点休息吧。”

“可是我确实看见了。”文晓西争辩道。

“嗨，那又怎么样，他还能来吃了你？放心大胆地去睡吧，明天还有事呢。”

“是他们。”文晓西低声说。

罗振愣了一下，耗了这么半天，他也清醒了，能看出来文晓西是认真的，但他向来不信那些东西，只是冷哼一声，“别说了，快去睡吧。”

文晓西不再说话，低着头一步一步地往外挪。走到门口时，他回头对罗振说：“哥，我晚上能住这屋吗？我保证不打呼噜。”

罗振叹了口气，“好吧。”

3

一夜过后，罗振的精神恢复了许多。文晓西一夜未睡，不过也没有再看到什么奇异现象。吃过早饭后，罗振让卓吉开着车出了小镇，一路向南。

没走多远，车窗外的戈壁就出现了一些变化，无边的黄沙中有了淡淡的白色，离近一些之后，可以看出那是一片整齐的平房。可是那些房子已经无门无窗，连房顶都不复存在，只留下残垣断壁。

“这是什么地方?”文晓西问。

“以前的石油基地。”卓吉回答，“这里人最多的时候，有十几万呢。”他指着左前方，“你看那里，有个纪念碑，青海的第一口油井就是在那里打出来的。”

他们在废墟中央下了车，罗振从背包里取出一只罐子，就是之前放在设备箱里那六个罐子之一。对着阳光看了看，里面的灰色粉末像沙漏里的沙，从一头流到另一头。他在笔记本电脑上输入了几个指令，然后把罐口打开，灰色的粉末随风飘逝，覆盖在废墟中的沙土上，又一阵风吹过，粉末和沙土混合在一起，再也分辨不出来了。

“哥，你搞得太严肃了，跟洒骨灰一样。”文晓西小声说。

“你们这是做什么?”卓吉靠着车门，点起一根烟。

“‘息壤’，这是我们这几年来的研究项目，目的是让沙地变成可以耕种的土壤，那些，是我设计的半机械半细菌的转化自动机，”罗振看着风吹过的方向，“一旦成功……”他开始幻想，眼前荒芜的戈壁萌发出生命的嫩芽。

“哎，小心!”卓吉突然吼了一声。

听到声音，罗振也有所反应，他猛地回头，看到一个人骑着自行车向自己冲过来，可是他已经没有时间躲避了，只好大叫一声，伸手想阻挡那人。这时卓吉一把将他推开，骑着自行车的人倏地一下就过去了，完全没有碰到罗振。

“看着点！”罗振不满地对着那人的背影喊，然后醒悟过来：这里怎么会有骑自行车的人。

他看向周围，全都变了。

那些残垣断壁，又变成了房子，覆着红砖绿瓦，虽然造型陈旧呆板，但外墙上书写着当年的标语，门口晾晒着的衣服，还有房檐下挂着的腊肉和咸菜，让这里充满了生活的气息。

更重要的是，还有人。

走路的人，骑车的人，站着聊天的人，还有在路对面标着供销社的房子前排队的人。

“这什么情况？”罗振看向卓吉。

卓吉也一脸茫然，麻木地耸了耸肩，“我第一次见。”

“我就说了，这地方有鬼，你们还不信。”文晓西叫道，罗振看过去，未来小舅子正蹲在地上，双手抱头，闭着眼睛不敢看。

“鬼什么鬼！”罗振骂道，“你都上大三了，还那么迷信。”

“那你说这是怎么回事！”文晓西说。

“这个……”罗振哑然，“你先起来，观察一下再说。”

罗振向一间房子靠近，虽然路面眼看着像是硬土地，但走上去却还是软软的沙子。仔细看的话，还是能够看到现实世界和这奇怪的景象处于叠加状态。

“这是海市蜃楼吗？”文晓西也站了起来，壮着胆子跟在罗振后面。

“不像。”罗振摇摇头，“原理不对。”

文晓西想了想，终于抓住脑子里的一丝理智，意识到海市蜃楼不可能是眼前这种景象。他点点头，又摇摇头。

罗振靠近房子，从虚幻的窗子向里面看，房间的四角堆积了及腰高的沙土，除此之外，还有摇曳的窗帘、简朴的书桌、钢架床和有着古典造型的暖水瓶，完全是老电影里的场景。其他几间房子里也大同小异，有人生活的痕迹，但可以看出生活很简朴。

“这跟真的一样。”文晓西伸手去摸面前的墙，墙上写着歌颂毛主席的大字标语，手探进墙皮，摸到了下面粗糙的砖，真实和幻象的错觉让文晓西一阵头晕。

不远处，一栋稍大些的房子的门打开了，走出一群孩子，在一名年轻女子的带领下整队集合，然后开始活动腰腿，做广播体操。

孩子们有高有矮，看上去有四五岁的，也有八九岁的。都穿着肥大臃肿的棉袄，脸蛋上映着高原红，有的孩子还挂着鼻涕，但依然咧着嘴，笑得像太阳。

那些孩子感染了罗振，让他不由得也笑了起来。他带着好奇，慢慢地向那些孩子靠近。

活泼的孩子们让文晓西也放松了些，仔细想想，大白天有什么好怕的，现在不过就是高清版的 VR 游戏罢了。他鼓起勇气，快走两步，与罗振并肩而行。

“你还别说，白天看确实不算可怕，”文晓西故作轻松地说，“可是你不知道我昨天晚上看到的，那可真是瘆人，你说呢……”

他看向身旁的罗振，姐夫的脚步慢了下来，最后僵住不动，眼睛直勾勾地看着前方，嘴唇颤抖，过了半天才从牙缝里挤出两个字，“见鬼！”

“你说什么？”文晓西问。

“见鬼，”罗振重复，伸出手，指着一个虎头虎脑的小男孩，“那个小孩，好像是我爸。”

4

冷湖有新中国打出的第一口油井，后来又陆续开发了两千多口。

罗振的爷爷在二十世纪六十年代初响应号召，来到冷湖油田，贡献了自己的青春和一辈子。罗振的爸爸在这里出生，在这里长大，自然也成为油田的一分子。

1989 年的时候，罗振也出生在这里，那时的冷湖油田已经发展成一个有十万人口的大型产油基地，后来这里还成立了冷湖行政委员会。

然而没过两年，油田的产油量剧减，根据组织安排，石油工人们不得不有序地撤离，分配到祖国各地继续贡献。

这其中就包括带着孩子的罗振父母。

虽然是生在这里，但罗振对曾经的石油基地毫无印象，仅有的认知也是来自家里的那几本老相册。他曾经问过父母石油基地究竟是什么样的，但从来没有得到过回答。长大之后，家里就不怎么提到油田的事了。不仅仅是这一个话题，不知道什么时候，父亲好像变了个人，沉默，迟钝，脾气暴躁，渐渐地，罗振在家里，什么话都不说了。

说起来，他已经有七八年没有和父亲说过话了吧。

现在，他和父亲的幻影之间只有两三米的距离，他呆呆地看着前方，那孩子和照片上一模一样：又浓又黑的眉毛，大鼻子，脸上总带着坏坏的笑。和现在那个阴沉、自卑、懦弱的老头子完全不一样。

男孩跑着跑着，突然停下，看着罗振的方向招了招手——用的是右手，完好的右手。罗振一愣，还以为那孩子在向自己打招呼，他左右看看，周围再没有其他幻象。

难道他也看到我了？罗振想着，再看向男孩。不知道什么时候，幻象消失了，周围只有油田基地的废墟和飞扬的沙尘。

“消失了？”文晓西探着脖子，四下寻找幻象的痕迹，“哥，你还能看到吗？”

罗振盯着之前小男孩站着的位置，摇了摇头。

“你说我们是不是疯了？”文晓西接着问。

“不知道。”罗振随口回答，他看到沙子里好像有什么东西，于是走过去，用脚拨开沙子。有一只球鞋埋在下面，很小，大概是七八岁的小孩穿的。

有那么一瞬间他想把球鞋捡起来，带回家去，问问父亲，是不是他曾经穿过的。可最后他只是猛踢一脚，把球鞋和沙子踢到一边。

他不解气，跟过去又踢一脚。

“哥，我们接下来干什么?”

罗振叹了口气，打开笔记本电脑，洒在遗迹上的息壤已经开始工作了，经过专门设计的细菌自动机可以让沙砾之间产生黏性，锁住水分；还可以通过细菌活动为新的土壤提供养分，并且自动机能分解沙砾用来构造自己。

罗振在实验室里测试了很多次，但这里的环境比实验室里要复杂无数倍，除了改造土壤之外，还需要植物和气候的配合，才能慢慢地将荒漠改造成绿洲。

这是一场漫长的战斗，罗振本来就没有一举成功的打算，现在更是没有心思。他修改了几个参数，合上笔记本电脑，“我们回去吧。”

“啊？这就回去啊？刚才那些到底是什么啊？不是海市蜃楼，难道是时空之门？刚才那个到底是不是叔叔啊？叔叔小的时候还挺可爱的。”不再恐惧之后，文晓西的本性显露出来。

越野车在土路上掉了个头，罗振盯着刚才小朋友们做操的那片空地，低声说：“我才不在乎呢。”

“你可真没意思，那你呢?”文晓西又趴在驾驶座的靠背上，问卓吉。

“我刚才就拍下来发朋友圈了，但他们谁都不相信。”

“对了!”文晓西一拍大腿，“我怎么忘了这茬儿。”

5

卓吉把越野车开回宾馆，正好一辆皮卡车也开过来，停在帕拉丁旁边。

“喂，你好，问你们个事儿行吗?”皮卡车司机彬彬有礼地打了个招呼，下了车，走到帕拉丁旁边。

在这样的戈壁荒漠，司机穿了一条棕色的休闲裤，淡蓝色的休闲衬衣，带着金丝眼镜，头发梳得一丝不乱。

罗振和文晓西对视一眼，同时撇了撇嘴，心里想着：“大城市上班族跑到这鸟不拉屎的地方来干什么?”，尽管他们到这里还不足二十四小时。

“什么事儿?”罗振回应。

“嗯，是这样的，我是紫金山天文台青海观测站的。那个，自我介绍一下，我叫宋岳，物理和天文学博士。从昨天晚上开始，这片区域就出现了大量异常光波辐射，而且射线分布的图形非常奇怪，大部分是可见光，你们有没有看到过什么特别的景象?”

罗振苦笑一下，“那要看你说的有多特别了。”

“这么说确实有，对吗?”听到这个消息，宋岳显得很兴奋，他靠在帕拉丁的车门上，继续追问，也不顾衬衣粘上尘土。

“这个……一时半会儿也说不清楚，就连我也搞不明白。”罗振说，“不过那现象应该是间歇发生的，也许还能看到。”

“真的?”宋岳咽了一口口水，“那太好了，在哪儿能够看到?”

“都能，我感觉光波辐射的影响效果是覆盖整个小镇的，昨天晚上我在宾馆窗户上就能看到。”文晓西答道。

“哦，好好，我也要住那里。”宋岳说完，转身小跑进宾馆，好像有什么急事儿一样。

“书呆子博士。”文晓西低声说。

“你说谁呢?”罗振问。

“没谁，没谁。”

回到房间，罗振给家里拨了电话，电话响了三声，他把电话挂断。几分钟后，他的手机响了，妈妈从家打过来的。用这样的方式，一则省钱；二则，避免了如果父亲接到电话，双方都尴尬的情况。

“妈，我到了。”

“到青海了?”

“冷湖。”

电话沉默了十几秒，“你还真去了。”

"当然。"

"实验怎么样?"

"刚刚开始。"

一阵长久的沉默。

"嗯，那边冷吗?"妈妈说，"我记得那边挺冷的。"

"还行。"

"哦，那你忙你的吧。"

"好的。"罗振答应，他想了几秒钟，在妈妈挂断电话之前又说，"我今天去五号基地看了看。"

"五号基地啊，"这个名字勾起了妈妈的回忆，"我就是在那儿长大的，在那儿住了二十多年呢。没事儿的时候，我们几个就喜欢去公司玩，也不买东西，就是看。公司里的好东西可多了，对了，那时候整个五号基地只有一个商店，是冷湖贸易公司开的，所以我们都管那里叫公司，觉得可高级了。还有电影院，一个月放一次电影，胶片都是从北京运过来的，说是看完还要运走……"

妈妈打开了话匣子，一点一点地讲述过去的日子。她说了大概有二十多分钟，电话那边传来了争吵声，一听就是父亲在找茬发脾气，罗振刚刚被温暖的回忆融化的心又变得坚硬而锋利起来，刺得他胸口发痛。

"哎呀，不说了，打扰你工作了吧，五号基地那边，现在是什么样啊?"

"成废墟了。"罗振说，话一出口就感到后悔，错的是父亲，为什么要用言语刺激妈妈。

果然，妈妈又沉默了良久，最后才说："哦。"

罗振踢了床头柜一脚，"那你也去忙吧。"

"不忙，不忙。"

"我到冷湖的事，不要告诉他。"

"好。"

"那就这样吧。"罗振挂断电话。

6

吃完晚饭就快十点了，罗振本来打算睡觉，卓吉硬是吆喝他和文晓西下楼。宾馆背后有一片空地，卓吉不知道从哪儿找来几张躺椅，放在空地上，旁边还摆着两提啤酒。

“这是干什么?”罗振问，这里晚上风很大，他不得不裹紧衣服。

“躺下你就知道了。”卓吉拉着罗振，把他按在躺椅上。

罗振不知道发生了什么，挣扎着还想反抗，可是刚刚躺下，他就脱口而出：“我靠!”

在他眼前的，是绚丽的银河。

罗振喜欢看一些科幻小说，也关注了几个天文方面的公众号，星空、银河的照片看过许多，但从来没有真正看到过银河。城市里的光污染、大气，还有繁忙的工作，让罗振没有机会以这种方式仰望星空。

在这里，银河的形态完全颠覆了罗振心中的印象，它不再是一条由无数颗星星组成的光亮带。在纯净的天空中，银河是实体的，是坚硬的，就像是倒悬在天空中的一座山，比山壮观无数倍，它从天幕的一头一直到另一头，即使平躺在躺椅上，也必须转动头部，才能将银河尽收眼底。

罗振已经被震撼到没有语言，只能一直重复简单的“我靠”来表达自己的心情。

文晓西也下了楼，还聪明地裹了一床被子。罗振让文晓西把躺椅靠过来，两个人盖着被子，傻傻地看着天空。

“怎么样，不错吧，这里可是国家指定的暗夜星空保护区，全国也没几个地方能看到这么清楚的银河。”卓吉负责解说。

看了一会儿，文晓西想起楼上还有一个人，于是对着宾馆大喊：“喂，天文学家！下来看银河啦!”

没过多久，宋岳也下了楼，站在罗振的躺椅旁边嘟囔：“我每天都要看这些，你以为我们在这里建观测站是为了什么，就是能看到银河啊。”

“那就躺着喝啤酒吧。”卓吉递给宋岳一罐啤酒。

宋岳接过来，坐在一张躺椅上，没有躺下，而是侧着身问罗振：“你说异常光波辐射什么时候能够出现？我盯着仪器看了一下午，数值还是很乱，但可见光部分没动静。”

“你先喝两口酒，我感觉快了。”罗振说。

“反正闲着也是闲着，”宋岳赌气般地打开啤酒，灌了两口，“下次进生活物资我也要弄两箱啤酒，天文台那边太……我靠！”

“银河就是美吧。”文晓西说。

“不不不，你们看那边。”宋岳一边说着，一边把罗振拉起来。

幻象又出现了，在这片空地上，凭空出现了两排房子。而整个冷湖小镇也都变了，成了几十年前的模样。

那个时候，房子没有现在这么高，路也没有这么宽，原本空旷的冷湖小镇突然变得拥挤起来。现实中是围墙的地方立着一根路灯，白炽灯发出淡黄色的光，光芒下面有几个小孩在玩跳皮筋。路上还有三三两两的人，刚刚放工，端着搪瓷盆子，肩上搭着毛巾，要去公共浴池洗澡。

幻象没有声音，但显得并不突兀，仿佛那个年代就应该是这样，安静，祥和。

宋岳张着嘴巴，瞪着眼睛环视四周，只一眨眼的功夫，就仿佛穿越了时空，到了另一个时间，另一个地点。

“这……这就是……”宋岳掏出手机，确认了仪器传来的数据，“这就是光波辐射造成的幻象？”

“应该是吧。”文晓西说，“我都见过两次了。”

“为什么会这样？”

罗振耸耸肩，“那谁知道。”

宋岳伸手向前，摸索着穿过一栋房子的墙壁，然后整个身体也穿了过去。不一会儿，他又从房子里面探出脑袋，然后是整个身子，就像电影里面的鬼魂一样。

现在，文晓西已经不害怕了，反而觉得眼前的景象挺滑稽。

“这家正吃饭呢，炖的白菜萝卜，应该挺香吧。”宋岳兴奋地说，“我到那家去看看。”

文晓西清了清喉咙，“注意素质。”

宋岳动作一顿，尴尬地笑笑，“你说得对。”他走回来，坐在罗振旁边，“你觉得这是怎么回事？”

“来研究光波辐射的人是你啊。”

“嘿嘿，不瞒你们，”宋岳摸着后脑勺说，“我……完全没有头绪。”

“你知道这里曾经是什么地方吗？”罗振问。

“这里以前是个油田，我听说过。”宋岳回答。

“这座小镇，以前是冷湖油田的四号基地，那边是局机关，还有那边是医院，这些在马路上来来回回的人，都是那个时候的石油工人。”

“你怎么知道这些的？”

“我在这里出生的，可两三岁的时候，石油基地解散了，我就跟着我爸妈走了。”

“所以你觉得那些幻象……”

“我感觉这些不算是虚无缥缈的幻影，而是通过某种方式将过去的时光重现出来。”罗振搓着下巴分析。

“就像是未解之谜里说的那种？山谷里经常出现战场厮杀的鬼影？难道说这下面有强磁场？”文晓西连忙说。

罗振哼了一声，“你以后少看那些。”

“你确定我们看到的这些，都是曾经发生过的事情吗？”宋岳问。

罗振没有回答，看着对面一扇虚幻的窗户发呆。

“真的，他今天上午看到了小时候的他爸。”文晓西说。

“你闭嘴。”罗振皱着眉骂道。

文晓西一缩脖子，用口形对宋岳说，是真的。

他们正聊着天，一间房子的门开了，屋里暖黄的灯光洒出来，正好照在几个人面前，光毫无障碍地穿过他们的身体，在地上形成一块亮斑，没有留下任何影子。

“喔哦，这下我们成鬼了，有意思。”文晓西笑着说，同时掏出手机，拍下当前的状况。

“这种现象确实有趣，来自过去的光和我们不产生任何反应，但是我们又是怎么看到的?”宋岳蹲在地上，仔细研究那片悬浮在地面一厘米上方的亮斑。

这时，从那间房子里，走出两个孩子，大的看上去有十五六岁，体型已经像大人了，小的那个有十来岁，脸上还带着稚气。两人面容相似，看上去像是兄弟。

两个少年走在罗振几人旁边，一屁股坐下，抬头仰望巍峨的银河。哥哥搂着弟弟的肩膀，对着天空指指点点，兄弟二人说着笑着，这里的生活虽然艰苦简单乏味，但他们眼中的光芒仍然像星空一样闪亮。

7

息壤的状况还不错，洒在五号基地的那一罐细菌自动机，已经成功地让一片沙尘形成板结，罗振还带了一些适合沙漠地带生长的植物种子。如果息壤的效果能够像实验室里那样好，很快就能播种了。

这几天卓吉带着他们，又在冷湖镇的周边投放了三批细菌自动机，文晓西称之为“农村包围城市”——这是他在幻象墙壁上看来的。

幻象还是时有时无，简直成了在这单调的沙漠小镇里唯一的娱乐方式。

前一天下午，罗振和文晓西坐在人群中间，看了一场石油工人之间的篮球比赛，在这种高原地带，本身就不适合剧烈运动，可参赛的队员一个个打得还不错，加油的观众也充满激情。罗振和文晓西各压一队，也跟着卖力地喊，最后罗振输给文晓西五十块钱，晚上眼睁睁看着小舅子一个人啃了一条烤羊腿。

文晓西把这段比赛录像发到了网上，点赞叫好的人很多，还有很多人看过之后开始怀念二十世纪七八十年代。但谁都不相信这是幻象，刚刚拍出来的。

宋岳收集了很多数据，各种波段频率的都有，却不知道如何分析。他也曾试着邀请之前的同学或者老师，还有几位知名的专家过来看看，但是路途遥远，条件艰苦，视频录像拍出来那么……普通，所以一直到最后都没有人答应过来。

晚上是几个人小聚的时候，看星星和银河。幻象出现了就看着那些三十年前的人，然后猜测他们的生活和未来。

他们在夜晚的冷风中喝着啤酒，为一些毫无根据的细节争论得面红耳赤，喝到微醺之后回去睡觉。醒来又暗自感慨，两个出身高等学府的博士，智商加起来超过三百，却在这地方为陈芝麻烂谷子绞尽脑汁。然而熬过漫长的白天之后，罗振和宋岳还挺期待晚上的辩论的。

有那么几次，罗振会突然停止说话，坐直身子，盯着远处的某个幻影发呆，然后猛地回过神来，仿佛做了个白日梦。

这样的事情次数一多，谁都看出来罗振有些不对劲，最后还是宋岳问了出来："你到底怎么了？"

"啊？"罗振愣了几秒钟，最后长叹一口气，"没什么，总觉得见到了我爸。"

"罗叔叔以前就在这里工作，是这里的石油工人。"文晓西在一旁解释。

"你好像……对这个，挺敏感的。"宋岳接着问。

"我哥和罗叔叔关系……不太好……"文晓西又说，罗振咳嗽了一声，文晓西看看姐夫，吐了吐舌头，不说话了。

"没什么，来，喝酒。"罗振喝了一小口，继续看着远处发呆。

在他眼前，是几十年前的某个夜晚，华灯初上，石油基地的职工们刚刚下班，踏着暮光回到简单的家。

这次的幻象不知道发生在哪一年，与之前有了很大的不同，那就是绿色。道路两旁不知道什么时候栽了一些树，那些树虽然不大，而且还显得单薄，但罗振深知这些植物在冷湖这样的地方成长起来有多么艰难。那些树苗都是从几百公里外的地方用卡车拉过来的，冬天用层层草席包裹起来保暖，夏天干旱，要用大量宝贵的水来浇灌。有一次听妈妈说过，石油基地的那些树，是大家的宝物。

罗振突然想和那些树合个影，他把手机递给文晓西，自己向距离自己最近的一棵树走去，那棵树没有实体，而且本来应该是树根的地方现在有一条沟。罗振试了几次，终于找到一个适合拍照的姿势。

刚刚拍完，就有一束强光穿透所有幻象扫过宾馆后面的这片空地，然后是轰鸣的引擎声。几辆绿色的卡车穿过幻象，径直开过来，这些可都是真家伙。

罗振一边后退一边连连挥手，大声喊着停下。卡车司机终于意识到站在车前面的这个人不是幻影，于是一脚踩下刹车，轮胎尖叫着停在罗振面前。罗振喘着气，被卡车大灯照得两眼昏花。他听到车门打开又重重关上。

一个军人走到车头前面，挡住灯光，才让罗振稍微能看清东西。

那个军官身材不高，但是肩膀很宽，短袖衬衫下包裹着结实的肌肉。罗振看向他的肩膀，两杠一星，是个少校。

“你们都是什么人？”少校问。

“你是什么人？”罗振反问。

“我是这边边防部队的营长，我叫薛刚。”

“我们……在这里做研究，这里有州里开的介绍信。”

薛刚哼了一声，摆摆手，表示不在乎。“这几天这里可能会有军事任务，并且随时有可能出现警戒升级的情况，你们不要干扰我们，为了安全，我劝你们尽量远离这里。”

“发生了什么事？”宋岳问。

少校指了指周围的幻象，“当这些出现的时候，我们就有麻烦了。”

“什么麻烦？”文晓西说。

少校笑了两声，但看不出有什么好笑的，“我要是知道就好了。”他转身招招手，卡车上陆陆续续下来许多战士，几个年轻军官忙着整队，分配任务。薛刚看到罗振等人还留在原地，说：“不早了，你们还是早点回去休息吧，还有，这片地方是我们的临时指挥所，没事就不要靠近了。”

宋岳张了张嘴，没说什么。反倒是卓吉问：“购物中心前面那块地方，你们不用吧？”

“那是什么地方？”薛刚问。

“没问题，我们走吧，还有别的地方可去，这里空地多着呢。”司机说。

“走就走，有什么了不起的。”文晓西嘟囔。

几人走了几步，罗振突然转身跑回来，“你刚才说：‘这东西一出现，我们就有麻烦了。’这么说这样的幻象以前出现过，对吗？”

薛刚看了看罗振，面无表情地说：“无可奉告。”

从少校的态度中，罗振已经得到了想要的答案。

“明白了，谢谢。”他说。

8

幻象曾经在这里发生过？

什么状况都没有发生的时候，就调动了一批军队在这里布防，这说明之前已经有了应对这种现象的方案。

至少是初步方案。

“你有没有听说过，这里之前发生过什么幻象事件吗？”

罗振、文晓西、宋岳三个人看着卓吉，希望能从他身上得到答案。

“我怎么知道嘛，我又不是这里的人。”卓吉耸了耸肩，“我爸爸妈妈一直在大柴旦放牛养羊，我五年前才第一次到这里来，哪里听说过什么幻象。”他顿了顿，“既然幻象显示的是几十年前的事，你应该去问你爸爸的呀。”

“我？”罗振惊讶道。

卓吉点醒了大家，宋岳和文晓西又转向罗振。

“快打电话啊，”宋岳催促道，“问问你爸，到底是怎么回事。”

“这个……”罗振犹豫。

“你还磨蹭什么，你不是老是说‘为了科学’吗？”文晓西说。

“好吧好吧，”罗振摆手，想把这些苍蝇一样的人轰走，“我这就去问。”

罗振回到房间，用老方法拨了家里的电话，过了一会儿，手机响了。

“罗振啊，这么晚了，有什么事吗？是不是适应不了高原，生病了？还是被冷风吹着，感冒了？”妈妈在电话的另一头说。

罗振一拍脑袋，这边都十二点多了，怎么没考虑到这一点，他支支吾吾地说：“妈，我身体好着呢，你别着急。我就是想问你个事儿。”

“什么事儿啊。”听说儿子没事，电话那头的声音也缓和下来。

“你们在石油基地工作的时候，这里发生过什么怪事吗？”

“怪事？什么怪事。”

“就是……那个……出现幻象什么的？”

“什么？”

“幻象。”罗振也不知道该如何向母亲解释，“就是……看到以前的人或者事，能看见，但摸不着。”

“你说的是闹鬼吧？”妈妈说，“大半夜的你跟我说这些干什么。”

“不是闹鬼，就是……跟闹鬼差不多……用科学的说法……唉，我也不知道怎么解释，反正你知道意思就行了。”

“当时基地里有过一些那样的传说，什么医院后面啊，银行柜台里什么的，大家都在说，不过没人看见。”妈妈说，“这都三十几年过去了，我也记不清了。”

如果之前也发生过类似的幻象事件的话，这么长时间大面积的幻象，妈妈不可能看不到的，看来确实找不到什么信息了。

“那就没什么事了，”罗振说，“你早点休息吧。”

虽然也是意料之中，但这个消息还是让人失望，宋岳、文晓西、卓吉在罗振的房间外等了半天，看到开门后罗振的脸色，便自觉地回去睡觉了。

第二天清晨，罗振还想多睡一会儿，电话响了，是妈妈打来的。

“罗振啊，昨天我又想了想，今天早上问了几个老同事，那个年代确实有那么一件怪事。”妈妈说。

罗振一下子清醒过来，他翻身坐起来，“什么事。”

“他们说是 1989 年的 10 月份左右，从西北方飞过来一个特别大的东西，从基地上面经过，然后飞走了。他们都说那是美帝国主义用来监视我们石油基地的飞行器，整个基地停工了一段时间，天天上课讲保密守则，然后还要组织民兵训练，为斗争做准备。”妈妈停了停，“不过现在他们说起来，那家伙应该不是美国货，说是看起来像是飞碟，你还记得你那年叫我跟你看的那个科幻电影，叫个什么来着，就是一个大飞船把美国给炸了，后来那个黑人帅哥开飞机去炸飞船报仇来着。”

“《独立日》?”

“嗯嗯，应该就是吧。”

“不是，你的意思是说石油基地上空有飞碟?”

“好几个人都这么说，他们说是亲眼见到的。”

罗振可没想到还有这种事，他还记得小时候杂志上到处都是飞碟，还有未解之谜之类的故事，虽然现在看起来都不太可靠。不过说起来，在那个年代，飞碟可以算得上是文化象征了。

“飞碟……”

“我也不知道是不是真的啊，他们说的。”

“你没看到？不是说整个石油基地的人都看到了吗？”

“那个时候……你爸他……他刚刚受伤，你那时才两岁。我成天忙了老的忙小的，没时间看。”

“嗯……”罗振沉吟，不知道该说些什么，他知道有次意外让父亲失去了手臂，也让这个家庭失去了欢声笑语。他憎恨那场意外，却从不知道那时发生了什么。

“唉……”妈妈的一声叹息把罗振从痛苦的回忆中唤醒，现在不是沉沦于过去的时候。他甩甩头，“怎么了？妈？”

“没事，你问这些到底要干什么？”

“啊，在这儿遇到点事，正好问问。”

“怎么了。”

“没什么大事儿，你就别管了。”

妈妈沉默了几秒钟，“好吧，那你忙去吧。”

罗振打了个哈欠，“好吧。”

中午的时候，罗振把这事儿讲给其他几个人听。他向来不相信飞碟之类的传言，但是宋岳却一本正经地思考起来。

“这倒是一个新的思路，”宋岳说着从兜里掏出一个小笔记本电脑算了起来，他写了两页公式，突然抬起头，“那个飞船有多大？”

“我不知道。”罗振摇头，“只是说很大，反正都是听说的。哎，你不会是认真的吧。”

“万一这一切，真的是外星人到来的前兆呢？”宋岳抬手一挥，指向小饭馆外现实和幻象叠加的世界，差点打翻一个醋瓶子。

“宋老师，你不是真的在考虑这种事吧。”文晓西问。

“这个很合理啊，如果引入外星人的话，好多观测数据就说得通了。”宋岳拍拍他的小笔记本电脑，“不过数据还是不能完全对上，这个……”他看着天花板，目光无神，脑子却在飞速思考。半空中还悬着一个虚幻的吊扇，缓慢地旋转，仿佛还能听见金属生锈的嘎吱声。

“不行，”天文学家猛地站起来，“我得去问个明白。”说着他跑了出去，桌上热腾腾的牛肉拉面才刚刚吃了几口。

9

宋岳快速穿过喧闹而又空无一人的马路，幻象的年代好像又近了些，路上有不少人，穿着也比最早看见的人们要时髦很多，这里终于有个小镇的样子。

他走到边防部队的驻地，就是曾经“属于”宋岳他们的那块小空场。空场的南侧扎着一排军用帐篷，士兵们正在帐篷前面训练，跑步，或者做俯卧撑，他们专注、认真，视那些幻象如无物。

宋岳走到最边上的那间帐篷，“薛营长在吗？”

执勤的战士是前一天晚上开车的司机，见过宋岳，战士点点头，没有阻拦。

宋岳穿过一堵墙，掀开帐篷的门帘，走进去。他与幻象接触的时间多了，虽然还是不习惯，但也能够分清真实与幻影。

这间指挥帐篷是所有帐篷里最大的，进去以后和一间办公室差不多。薛刚坐在一张简易办公桌后，对着电脑打字，见宋岳进来，他合上电脑，正襟危坐。可无论是谁，进到这间指挥帐篷里，都严肃不起来，这和薛刚无关，因为在帐篷的一角，坐着一个中年妇女，正低着头，认真地织毛衣。

“薛营长，我有个事儿……”宋岳刚开口，注意力就被那个女人吸引过去。

他看了一会儿，薛刚说：“有什么事儿吗？”

“哦，”宋岳醒悟过来，“这样……你不觉得不太合适吗？”

“那只是幻象，影响不到我的。”薛刚说，“你有什么事儿？”他再次问。

“是这样的，我也不拐弯抹角了，”宋岳吸了口气，“那艘飞船到底有多大？”

薛刚的眉头皱了起来，又放松，“什么飞船？”

宋岳笑了笑，看薛刚没有反应，自己也尴尬地收起笑容，“那艘飞船飞过石油基地的时候，很多人都看到了，你又瞒不住。”

薛刚沉默了几秒，“你要知道那些干什么？”

“我想知道这里到底发生了什么。如果数据足够的话，也许我能算出来，而不是……”宋岳突然停住。

“而不是像我一样坐在这里傻等是吧。”薛刚替宋岳把话说完，这次他笑了。少校从抽屉里拿出一个档案夹，放在桌子上，“都在这里了，我们只知道这么多。”

宋岳翻了翻，档案里记录的不多，应该是多年以后对一些目击者的调查询问，里面有太多的相互矛盾的地方，而关于飞船的细节却很少，毕竟在那个时代，人们见过的飞船还不算多。

不过幸好受访者里有当时油田的一位工程师，在飞船飞过时通过目测算出了飞船的大小。

长 7000 米！？

尽管这个数字超过了宋岳的心理承受范围，但他还是试着把数据代入到自己的公式中去。

可以说得通，但仍然不完整。

宋岳把档案夹放回桌上，“谢谢，这些对我帮助很大。”

“如果你知道了什么，也请帮助我们。”薛刚说。

“我会的。”

宋岳离开营地，远远地看到文晓西和卓吉站在饭馆门口闲聊。

“宋老师，问到什么了吗？到底有没有飞船？真的有外星人？”看到宋岳回来，文晓西迎上去，连珠炮一样地问。

“有，确实有飞船。但是没有更多的消息了。哎？”宋岳看看左右，“罗博士呢？”

文晓西找了一圈，又回到饭馆去找，最后两手空空地出来，“我哥呢？”

10

“哎？宋老师，你的面！”

“算了，咱们先吃吧，他一会儿就回来了。”罗振夹了一筷子面放进嘴里。

酒足饭饱后，罗振去结账，他问饭店的老板：“外面那么多人，你就不觉得奇怪？”

老板正全力对付一大块面团，向后撇了一眼，说：“管他们干什么，又不进来吃面，又不给我钱，看得见摸不着的东西，我才不去操心。”

罗振嘿嘿笑了两声，“你还真是心大。”

出了饭馆，一个来自过去的人正站在饭店招牌下面，仔细地读着一张报纸。

文晓西凑过去，“哥，你看，这报纸上的字都一清二楚，这幻象还真是高清啊。”他站在那人耳朵旁，对着报纸念，“1989 年二月二十日，星期一，北京房价过高，百姓望楼兴叹。呦呵，哥，你快看，八九年的时候，北京的房价才一千六一平方米啊。啧啧，真便宜，那个时候要是咬咬牙，在北京买上几套房，放个三十年到现在，倒手一卖……”

“那个时候一个月只能攒五十块的啊。”卓吉说，“买不起，还是买不起。”

“说啥也得买一套攒着，翻了几百倍。”

文晓西和卓吉有一句没一句地闲聊，可罗振一句也没有听进去。他盯着报纸上的日期发呆，1989 年二月，距离父亲受伤的日子不远，这还是他们第一次有机会确定幻象的时间。

过去的人看完了第一页，打开下一版报纸。罗振眼前一闪，发现那个人的手腕上带着一只手表。罗振靠得更近，弯下腰，扭着头，用一个很诡异的姿势观察那人的手表。

“哥，你干什么呢?”

“你别管。”罗振摆手，终于看到了表盘。时间是中午十二点四十七分，表盘上还有个小窗口，是显示日历的地方。窗口里的数字是“03”。

这么说来，幻象所处的时间大概是1989年的三月三日，或者四月三日。

罗振心头一紧，四月三日，是他父亲受伤的日子。

不会这么巧吧，罗振想，心中涌起一股兴奋而又恐惧的心情。他看向南方，咬了咬牙，穿过马路，向那边走去。在他身后，文晓西和卓吉正在讨论卖了房子以后应该选择怎样的生活。

顺着路向南走六七百米，就是原来四号基地的锅炉房，现在已经荒废了，红砖堆砌的外墙摇摇欲坠，锅炉还在，但已是锈迹斑斑，有几处已经被腐蚀透了。

这几天里，罗振来过这里几次，但没有真正靠近，因为父亲曾经就在这里工作，罗振害怕与父亲照面，那会十分尴尬。

但这次，他一路小跑赶了过来。幻象中的锅炉房依然完好如初，炉火正旺，烟囱里冒着滚滚白雾。

罗振从后门走进锅炉房，里面的地板上积了厚厚的灰，罗振深一脚浅一脚地走着，过去的墙壁上挂着“安全第一，文明生产”“锅炉房重地，闲人免进”的标语。

他边走边念那些口号，突然踩到一个酒瓶，身子一歪就摔倒在旁边，身旁是冒着气泡的废水池。

滚烫的废水吞没了他，他张嘴想要尖叫，就感觉到沸水涌入喉咙，包裹了他的全身。

罗振在地上扑腾了半天，才发现接触到的只有陈年的土。

他爬起来，废水池还在咕嘟咕嘟翻着气泡，他暗骂一声，拍拍土，继续往里走。

父亲就坐在锅炉房的一角，看着燃烧的炉火发呆。用来进煤的炉门敞着，外面放着一个铝制饭盒，里面有些饭菜，看起来像前一天的剩菜，正放在炉门处加热。

过了一会儿，父亲拿走饭盒，三下五除二吃完，把饭盒收好放在一边。他缩在木椅子里，从衣服的内兜里掏出一张照片，照片上是一家三口的合影：父亲，妈妈，还有几个月大的罗振。

罗振从来没有见过这张照片。

父亲笑着看了一会儿，把照片放回衣兜，然后双手揣进怀里，对着炉火打盹。罗振轻轻摇头，在这种地方打盹，太不注意安全了。他想叫醒父亲，提醒他不能这样，否则会有大祸发生。同时他又想，这一切都是父亲自作自受，在锅炉房里违反安全守则，活该。

可无论他有什么想法，都只能做一个旁观者，静静地等待事情发生。

父亲大概睡了半个小时，在椅子中猛然惊醒，揉了揉眼睛，伸了个懒腰。

罗振就这么怔怔地一直看着父亲，仿佛要把这十几年欠下的都补回来。见年轻的父亲一边伸懒腰，一边露出惬意的表情，他也不由得挺直身体，活动活动站得麻木的腿。

父亲走到锅炉前看了看，炉火已经不太旺了，他用铁锹在炉膛里捅了捅，然后走到一边，拉下墙上的一个开关。

罗振不知道那是什么，也想跟过去看。这时父亲一回头，与罗振四目相对。

罗振一怔，父亲脸上的表情瞬间变化，明显是看到了什么，他想回头去看。这时父亲猛扑过来，罗振条件反射地想向后退，慌乱之中一脚踩空。

“啊！”他叫道，仰面摔在地上，看到了头顶上的天花板。他明白父亲拉动的那个开关是什么了，那里是卸煤口。锅炉房的二楼是储煤间，卡车运来的煤炭用传送带送上二楼，一楼的锅炉需要填煤时，就打开卸煤口漏下一些煤来。

成吨的煤像黑色的瀑布倾泻而下，瞬间埋掉了罗振。他两眼一黑，身上却没有感觉到重量。

“这一会儿摔第二次了。”他骂着爬起来，往旁边走了几步，才重新见到光明。卸下来的煤堆成了小山，快跟罗振一样高。

罗振看着那堆煤，还有明亮的锅炉，迟钝的神经终于反应过来发生了什么。

他绕到另一边，看到父亲被煤堆掩埋了，只剩下两双黑布鞋还露在外面。

“爸！”罗振叫道，跪在地上，伸手去抓露在外面的脚腕，可一把抓了个空。

“爸！”他又叫道，想扒开煤堆，也是徒劳。他抽泣着，手脚并行地后退，想逃离这个地方，直到坚固且真实的墙将他挡住，他无路可退，只好蜷缩在那里，眼睁睁地看着父亲被压在煤堆下面动弹不得。

11

幻象终于消失了，锅炉房真实的一面展现在罗振面前，这里破旧不堪，灰尘仆仆。锅炉还在，炉门敞着，里面黑洞洞的，像一个失去了眼睛的空眼窝等着罗振。从天花板上的卸煤口照下来一束光，光斑中没有了煤堆，也没有了父亲。

罗振盯着那束光，目不转睛，仿佛那光带走了父亲。这是不符合逻辑的，但在这种地方，又有什么能用逻辑来解释。他那经过二十多年寒窗苦读训练出来的理性的大脑，现在一片空白。那块光斑在地上缓慢爬行，罗振可以通过它轻易地算出远在八光分之外的太阳与地球的相对位置，却搞不明白究竟发生了什么。

光斑爬过锅炉，爬上墙，渐渐暗淡，最后变成了暗红色的一小团，渗到了墙壁上的红砖里。罗振挤挤眼睛，脸上涩涩的，泪痕早已干涸成盐。

他掏出手机，上面有三十多个未接来电，二十多个文晓西打的，几个来自宋岳，还有几个显示着文雅。他没有理会那些电话，拨通了家里的号码。

“喂？罗振？”妈妈接起电话，挂了，又打过来。

“我爸在吗？”罗振疲惫地说。

“在看球呢。”

“篮球？”

“嗯。”

“哦。”罗振第一次知道父亲爱看篮球。

“叫他一下，我跟他说两句话。”

电话那头沉默了，罗振可以想象出妈妈惶恐的表情，“罗振，你怎么了？”

“没事，就是想问个事儿。”

“你们……不会……”妈妈担忧地说，“别吵架啊。”

“我尽量吧。”

妈妈去叫父亲了，罗振把手机贴着耳朵，听筒里传来模糊不清的说话声、叹气声、拖鞋趿拉在地板上的声音。电话被拿起来，罗振不自觉地屏住呼吸，然而父亲却不说话，只有沉重的呼吸声传过来。

最后，罗振长长的吐了一口气，“爸。”

“嗯。”

“那个……”罗振觉得喉咙干涩，他咳嗽一声，咽了口吐沫，“我想问你个事儿。”

“说吧。”

“我……你……那个……”

“别支支吾吾的。”

“你的胳膊……是怎么受的伤？”

父亲沉默了，罗振捧着电话，心里忐忑不安。父亲，可以说是他在这个世界上最不了解的人，他根本无法推断这漫长的沉默代表了什么意思。

“爸？”他小心翼翼地提醒。

"你问这个干什么?"

"有些事我想搞明白。"

又是一阵沉默。

"工伤。"父亲说。

"我知道,我想听你说一下细节。"

"为什么?"

"这个……"罗振使劲咬着嘴唇,尝到些许腥咸的味道,"是这样的,我想知道,你当时是为了救谁?"

"什么?"父亲突然提高了声音,"你听谁说的?"

"我……我现在没法解释,只有你告诉我当时发生了什么,我才能推断出问题的答案。"

父亲再次沉默,这次的时间更加漫长。

最后,父亲终于开口了,"我都不知道那时到底发生了什么。"父亲停下,似乎是在回忆,"他们把我救出来,在基地的医院控制住伤势,开了一天的车,送到西宁去做手术。一天啊,什么都耽误了,医生最后没救回来我这条胳膊。后来他们问我发生了什么,我说我看到了一个人……"父亲在这里停下,叹了口气,"我说我是为了救人才被煤堆压住的,但是当时在场的只有我,根本就没人。他们都觉得我是在胡编乱造,我自己操作错误受了伤,还编了一套谎话想欺骗组织,把自己搞成见义勇为。

我想说我真没有骗他们,可拿不出证据。他们一遍一遍地问,最后我也不确定了。就说是我自己操作错误才受的伤,他们把这话记在了档案里,没有惩罚我就走了。

后来我真的觉得那是幻觉,也就没提这事儿。直到你高中毕业的那一天,你们班合影,你带着眼镜,站在人群里。摄影师为了拍全景,一直后退,结果差点摔下台阶。那一瞬间你露出了惊讶的表情,我一下子就想起来了,当时我想救的那个人,跟你长得一模一样。"父亲清了清喉咙,重复道,"一模一样。"

"我……"罗振不知道该怎么说。

“我知道，这些年你一直很恨我。”父亲低声说，“我也恨，但我不知道该恨谁。那个跟你长得一样的人，我为了救他，毁了我一辈子。但他竟然消失了，你说我恨不恨，你说我该不该恨。”

罗振张了张嘴，又闭上。

父亲并没有等他回答，而是接着说：“可是那个人长得像你，而且，你并没有做错什么，我不能那样对待你……，可是我真的很生气，我的下半辈子……全完了。”父亲声音渐渐低了，罗振隐约听到抽泣声，他的胸口仿佛挨了一锤，又痛又闷。

妈妈接过电话，“罗振，你跟你爸说什么了？你爸年纪大了，去年刚做了搭桥手术，你看把你爸气的。”

“我……我不知道……”

“行了行了，别说了，今天就这样吧。”妈妈显然着急了，对罗振如此的不耐烦。

“妈！”

“还有什么事？”

“照顾好我爸。”

妈妈没说话，挂了电话。

12

“哥，你这一下午跑到哪儿去了？”看到罗振回来，文晓西第一个迎过来。

“没什么事儿。”

“你可别骗人了，你看你脸白的，跟僵尸一样，干什么坏事被吓到了吧？”

罗振撇了文晓西一眼，“宋岳呢？”

“宋老师？哦，他在他房间呢。”

“我去找他。”罗振转身就走。

“我也去。”文晓西跟着，还向身后招手，“你也来啊。”

司机卓吉摆摆手，“我回房间看电视剧了。”

罗振风风火火地跑上三楼，把宋岳房间的门锤得山响。

门才开，罗振就硬挤开门进去。

“你告诉我，那些幻象，到底是什么?”罗振把宋岳挤在门后，脸凑在天文学家鼻子前，严肃地问。

“这个……目前……还没有结论。”宋岳推了推眼镜，“你怎么了?”

“唉!”罗振也意识到即使这样逼宋岳也得不到答案，他重重叹了口气，一屁股坐在房间里的床上，“我刚才看到我爸了。”

“你不是上次就见到罗叔了吗?”文晓西插话道，宋岳摆摆手，示意文晓西安静。

罗振简单讲了一遍刚才看到的事，抬头问宋岳：“这到底是怎么回事?真的是我害了我爸吗?”

“你看到了你爸，你爸也看到了你?但两个人处于不同的时空?”宋岳两手放在后腰，皱着眉头在房间窄小的过道来回走动，边走边念叨着绕口令一般的话。最后他一拍脑袋，“这么说我们看到的不是简单的幻象，这是一个双向通路!哦，明白了，这下我就明白了!”他掏出笔记本开始翻找，将之前写好的公式涂掉，扯下来，撕成碎片，然后在后面的空白页上写下更多。

罗振看了一会儿，几次想说什么，但最后他垂下头，盯着自己来回乱摆的脚发呆。文晓西拍拍姐夫的肩膀，以示安慰。

宋岳写完公式，把数据输进电脑，开始运算。三个人沉默地看着屏幕，没有说话。

不一会儿，结果出来了，宋岳一拍大腿，“果然是这样!”

“怎么了?”文晓西问罗振。

“你问他吧，我看不太懂。”罗振头都没抬。

“所有的这些都是前兆!”宋岳指着屏幕上的一个点，几条曲线在这里交汇，“散布的时间和空间将在这里交汇。”

“你的意思是说虫洞吗?”文晓西说。

“没错，”宋岳向文晓西投去赞许的眼神，不是因为他知道得多，而是因为这个捧哏恰到好处，“一个时空之门，太棒了，原来时间还可以这样变化。”

“那门打开之后……”文晓西想起之前提到的巨大飞船，他看向罗振，姐夫还沉浸在自己的痛苦回忆中。

“就是通向另一个时空的通道啊。”宋岳兴奋地说。

“宋老师！”文晓西挥手打断宋岳，“也是其他地方通向地球的路径吧。”

“当然，这就像是……”宋岳终于明白了文晓西的意思，“哦……那艘飞船……是真的。”

“所以这个时空之门，是外星人设置在地球上的？”

“很有可能，我猜，当满足一定条件之后，时空之门打开，外星人就会来到地球。”

“是什么条件呢？”文晓西问。

宋岳看了运算图形很久，最后承认，“不知道。”

“他们什么时候来？”

宋岳在电脑上点了几下，然后说：“还有七十九年。”

说出这个答案之后，他皱起眉头，又在笔记本上写下一堆公式，自言自语地说：“不对，时空之门范围内的时间本身就不是正常的，需要引入两个变量，还有这里……”

他再次把公式导入电脑，文晓西看到屏幕上跳出一个数字：22749，“还有两万多年？”他问。

“不，是两万多秒。”宋岳说，“六个小时之后，时空之门就要打开了。”

文晓西下意识地看向窗外。

“有可能更快。”宋岳指着屏幕上的一处曲线图，“幻象的出现时间和频率不是平均的，其中有几次加速，可能会导致时间之门打开得更早。”

文晓西盯着屏幕，“咦？”

“怎么了?”

“哥，你来看看这个图。”文晓西叫罗振，但罗振只是低着头发愣。文晓西急了，过去一脚踢在罗振小腿上。

“你干什么!”罗振一惊，抬头骂道。

“你来看这个图，这是宋老师统计的光波辐射数据。”

“怎么了?”

“你看这里，频率变化的几个时间节点。”

罗振看了一会儿，“哦……”

“怎么了?你们看出什么来了?”

“我猜得对不对?”文晓西问罗振。

罗振沉思片刻，说:“我想这应该不是巧合。”

“嗨!你们到底什么意思!”

“这里，”罗振指着图形上斜率增大的拐点处，“光波异常情况的频率变化，和我投放息壤的时间是吻合的。我感觉这不是巧合。”

“仪器捕捉到的光波异常现象是从十一天前晚上八点四十二分开始的。”宋岳说。

罗振笑了一下，“我们就是在那个时候到这里的。”

“第一次异常情况增强是在第二天的上午十点十七分。”

罗振和文晓西对视一眼，“我们十点十分的时候投放的息壤。”

“然后他见到了罗叔叔。”文晓西补充。

“那只是个巧合。”罗振说。

“对了，我还没有问过，息壤到底是什么?”

“一种半机械半细菌的自动机，我想让它们改变这里沙尘的性质，让土壤肥沃起来，变得可以种植植物。”罗振解释。

“那么现在，和三十年前那次有什么关联，为什么飞船会挑这两个时间过来呢?”宋岳靠在窗边，看向外面，大街上空荡荡的，风卷起一团沙尘，很快又将其吹散，空气恢复纯净透彻的样子。

没有了幻象中的那些人，很不习惯。

三个人都不知道问题的答案，小小的房间里陷入沉默。

文晓西在过道里走来走去，最后他停在房间当中，看着宋岳，“你能算出时空之门的位置吗？”

“当然能。”

“我们去看看，在这坐着解决不了任何问题。”

“这个……”宋岳迟疑，“会不会有危险？”

“你还考虑这些？这个地球上有机会看到时空之门的人也就是我们了。”文晓西说，“对，还有卓吉，得让他开车。”

“不，”罗振说，“我得回去了，有些话我得跟我爸说说。”

宋岳和文晓西对视一眼，“我理解你现在的心情，但是从这里得到德令哈坐飞机，那也是明天的事了，今天你跟我们一起去看看那个……”宋岳有些后悔，应该给时空之门起个酷点的名字，“去看时空之门，然后你再回去，应该不会耽误的。”

“对啊，哥，难道你不想知道这些幻象的前因后果？”文晓西也跟着劝，“搞明白这些，你回去和我罗叔之间才能说得清楚，你说是不是。”

13

帕拉丁出了冷湖镇，驶向西北。

“你们再说一遍，我们要去哪儿？”

宋岳把手机递给司机，“就是这儿。”

“哦，我知道。”卓吉只看了一眼，就把手机还给宋岳，“不过我可提醒你们一下，那里是无人区，进去了连信号都没有。”

“就知道是无人区。”文晓西举着手机，宋岳给出的地方什么都没有，就算是将地图放到最大，也是一片空白。

“其实那里还是挺好玩的。”卓吉又说。

“你去过？”宋岳问。

“十几次吧。”

“为什么？”罗振在后排坐起来，探着身子问。

“雅丹嘛，那里是雅丹啊。俄博梁雅丹，你们没听说过？”

罗振三人一起摇头。

“好嘛，去了就知道了。”卓吉点上一根烟，“很多喜欢野外探险的人，都专门跑到那里去的。”

“那里很危险吗？”文晓西问。

卓吉回头打量文晓西一番，“对你来说是的。”

“切。”文晓西不服气地哼了一声。

帕拉丁持续在荒芜的戈壁上走着，窗外的景色单调地重复，突然一抹亮蓝色出现在眼前，那是一块巨大的路牌，上面写着“火星小镇等你再回来”。

“火星小镇？”文晓西念道，“哪是火星小镇？”

“没听说过。”卓吉说。

前面的路笔直，一直通向天边，可走到中途，卓吉一转弯，将车开进了戈壁。帕拉丁在凹凸不平的地面上跳跃，像坐轿子一样，把车里的人颠得七荤八素。

“这是要去哪儿？”宋岳双手紧紧拉着车窗旁的扶手，好像吊在上面一样。

“去你说的那个地方。”卓吉淡定地开着车，“你不会以为有一条大路直通那里吧。”

宋岳愣了一下，“那倒也是。”

文晓西拿着手机看了看，地图没有变化，信号格已经归零，他望向窗外，四周是一望无际的荒漠，路和之前那块路牌已经消失在地平线之外，没有任何可以辨认的标志物，就连太阳也躲在尘霾里，模糊不清。

车子颠簸着走了四五十分钟，眼前的景色变了，细碎的沙尘凝结成块，堆积成山，又在风的侵蚀下变成形状奇特的丘陵，或者峭壁。

“喏，这就是雅丹了。”卓吉将车开进雅丹群，穿行在高低起伏的土丘之间。这里没有信号，也没有路，卓吉只凭着经验和感觉前进。

“这里在远古时期曾经是湖海，现在却成了年降水量不足五十毫米的沙漠。你看那一层一层的，都是水冲刷留下的痕迹。”罗振对这里有些耳闻，担任了解说的角色。

“你别说，这里还真像火星。”文晓西说，“跟《火星救援》里演的一模一样。”

“外星人为什么把时空之门设置在这里？”宋岳自言自语。

“什么时空之门？”卓吉问。

“这个……”宋岳想了想，“一句两句说不清楚，一会儿到了就知道了。”

“到哪？”卓吉更加疑惑，“我们已经到了啊。”

“什么？”宋岳看看车窗外，“这就是吗？”

“这就是俄博梁雅丹啊，”卓吉说，在山丘之间停下车，“你们不是要来这里参观吗？”

“不，我们要去找时空之门。”罗振趴在卓吉座椅的靠背上，对着他的耳朵说，吓了他一跳。

“这里什么都没有。”宋岳看着窗外说。

“从这里开始，方圆一百公里以内，都没有东西。”卓吉说，“你们到底要去哪里，别着急，慢慢说。”

宋岳掏出笔记本，凭着记忆在纸上写下一串数字，“我们要去这里。”

“这是坐标？”卓吉问，“我们去不了。”

“为什么？”

“我们没有任何装备，GPS、水和食物都没有带，我只认识到这里的路，再往前不能走了。”

“我们必须去！”罗振严肃地说。

卓吉扭头看着罗振，“我们可以回去准备一下，明天带好装备再来。”

宋岳打开车门下了车，站在车外对着里面喊，仿佛帕拉丁的车厢容不下他的怒火。“不行，还有两个小时，时空之门就要开启了，我们必须现在去。”

“不，我要为你们的生命负责。”卓吉缓慢地说，丝毫不留谈判的余地。

“这是这辈子唯一的机会，哪怕死了我都要去。”宋岳说。

“我也要去，我要看看幻象的尽头到底是什么。”罗振表态。

“这不是投票选举，不能去。”卓吉毫不动摇。

“你们别吵了！看外面！”就在僵持不下的时候，文晓西突然看着窗外叫道。

不知道什么时候，外面发生了变化，戈壁上不再是一望无际的黄沙，而有了些许的绿色。植物虽然不多，但是给这片地方带来了生命。除了植物，还有一条路。

那条路虽然不宽，但平坦笔直，路旁还有标牌，“通向火星”。

更重要的是，帕拉丁此时就停在路的中央。

“我觉得……我们应该沿着路走。”宋岳说，但显得不那么确定。

“这些只是幻象，没有任何意义。”

“我们去看看吧，真相就在那边。”罗振缓和了语气，“如果有什么不对，你可以丢下我们自己回来。”

卓吉白了罗振一眼，“我才不是那种人。”他顿了顿，“我们再往前走一个小时的路程，如果没有看到什么就返回。”

“好嘞！”宋岳欢呼，重新跳回车子。

14

那条路看上去笔直，却是幻象，车轮下仍是颠簸崎岖的沙土，称得上平坦的地方都不多。卓吉把着方向盘，一边要判断方向，一边还要把幻象和现实区分开，平坦的大道就摆在那里，可他仍然保持二十迈的速度，稳扎稳打地缓慢前进。

好在没有走出多远，他们就看到了想找的东西。

时空之门。

它就悬在半空中，谁都无法忽视，只要看一眼就不会认错。相比影视作品里出现过无数次的时空之门，这一个要朴实很多，它就简简单单地悬在半空，没有炫目的闪光或者夸张的音效。

它像一个球体，几乎与俄博梁雅丹上空碧蓝的天空融为一体。在没有参照物的背景下，很难判断它的大小。它的表面流动着复杂的影，就像是一个不锈钢球在反射周围的环境，但那些影却与下面的大地完全不同。

也许那就是另一个世界。

随着他们继续接近，时空之门仍在变化，它变得更大，对周围的影响也在加强。

其中最明显的就是，大地仿佛被吸了起来，时空之门周边的空间都在向那个球体聚拢。

罗振无法分辨那到底是光线的扭曲还是空间的扭曲，只能张着嘴呆呆地看着。

“我们……还需要前进吗?”卓吉问，在得到答案之前就停下了车。

“就留在这吧。”罗振说。

空间变化的程度还在加剧，碧蓝的天空变得昏暗，仿佛连光都被吸了进去，罗振几个人坐在车里看着窗外，不敢下车，倒不是害怕什么危险，而是生怕错过什么景象。

可就是这么聚精会神地看着，连眼都没眨。时空之门附近被扭曲的空间，突然弹了回来，就像是绷紧后突然断掉的皮筋。

大地恢复原状，而天空中出现了一艘飞船。那艘飞船遮蔽了南边大部分天空，呈锥形，外表光滑却没有反光，看不出是什么材质。时空之门仍然在，但与飞船相比，就像是摩天大楼外墙上趴着的一只飞虫。

“它是怎么从那扇小门里出来的?”文晓西问。

罗振咽了一口口水，没有说话。

“我……我想回去了。”宋岳哆嗦地说。

“我们应该是第一批见到外星人的人类了吧。”罗振突然想起，“打起精神来。”他说着，打开车门下来，本想挺直腰杆，可没想到双腿已经软得站立不稳，只好倚着车门。

其他几个人也下了车，一起站在车边，仰着头向上看。这里面要数文晓西最为亢奋，他脱下自己的冲锋衣，在空中挥舞着，仿佛流落荒岛的幸存者看到飞机。

“喂！还不知道他们的来意，先别高兴得太早。”宋岳猛地回头，压低声音提醒文晓西，文晓西毫不理会。

那艘飞船实在太大了，在没有任何参照物的空中，人无法判断它是不是在移动，升高或者下降。罗振看得脖子发酸，但仍然不想把目光挪开。

“有东西过来了！”文晓西突然说。

罗振和宋岳在天空扫视，但飞船面积广袤，根本不知道从哪里找起。

“就在那啊！你们快看！”文晓西指着空中的某个方向，招呼其他三个人。

终于找到了，罗振顺着文晓西手指指的方向，看到两个灰色的小点，脱离了大飞船，向这边靠近。

由于刚才几个人瞎子摸象般地盯着大飞船发呆，谁也没有注意到那两个小灰点是从什么地方来的。现在灰色的小飞行器吸引了他们的注意，大飞船反倒成了背景。

“它们是向我们来了吗？怎么飞那么慢啊。”文晓西嘟囔着，罗振想回一句，可一张嘴才发现自己从刚才开始就一直憋着气，没有呼吸过。

“那是小飞船吧，是什么动力的？看上去不会短距离跃迁。”宋岳分析，书本上学到的东西在这种情况下已经完全没用了，好在还有几百部科幻电影做知识储备。

小飞行器离得近了，依稀能看出轮廓，银灰色的外壳，梭形机身，在三分之二处有几处凸起，但看上去并没有机翼。飞行的速度不快，不知道是机能如此，还是外星人不是急性子。

“你们说这是真的还是幻象?”卓吉突然说，他手搭凉棚，靠在引擎盖上看着外星来客，是几个人里最放松的，好像他才是游客一样。

“不知道，应该……是真的吧。”宋岳喃喃地说。

飞行器接近了，悬在距离地面两三米的空中，离近了再看，飞行器还是挺大的，梭形机身最粗的地方直径有两米多，加上表面上的凸起，有五六米宽。

即使是悬停在几个人面前，罗振也听不到任何熟悉的引擎声，也没有热量的变化，更像是幻象，而不是真的飞行器。

飞行器停了几秒，似乎在与罗振等人对视。然后兵分两路，一路绕着帕拉丁和四个人旋转。另一架直接飞到帕拉丁的尾部，从头部某个毫无特征的部分射出两道光线，直接将帕拉丁的尾门切了下来。

“嘿!”卓吉叫道，“那是我的车。”他扬着手向飞行器抗议，但没有进一步的行动。

切掉尾门之后，飞行器下方伸出三条银色的触手一样的肢体，伸入后备箱，罗振终于听到了一些声音……翻箱倒柜的动静。

“它们在翻我们的东西?”文晓西看向罗振，这种行为确实和外星人优雅的外表不太相符。

罗振伸出食指放在唇边，示意不要出声。

车里的动静停了，飞行器——现在看起来更像是某种机器人——的三条肢体从车里拿出一样东西：罗振的息壤。那是最后一罐息壤，还没来得及投放在冷湖周边的沙地。

飞行器捧着那罐息壤，举在看上去像是头部的地方端详。另一架飞行器也停止盘旋，凑过来一起看。

“这什么鬼。”宋岳突然说，他看向罗振，“幻象让你看到了你爸年轻的时候，又让你目睹了你爸受伤。现在外星人大老远来，放着几个活生生的人类不理，偏偏拿着你那玩意儿看，合着整个宇宙都围着你转了。”

罗振听不出来宋岳是开玩笑还是真心的，只好苦笑一下，耸耸肩。

飞行器看够了那罐息壤，把它重新放回帕拉丁的后备箱。

然后，飞走了。

15

和来时一样，小型飞行器缓慢地升上天空，轮廓渐渐模糊，最后变成两个灰色的小点，融入到大飞船的背景当中。

“我怎么觉得它们好像有点儿失望？”文晓西说。

“失望？我还失望呢。”大概是心里的压力没那么大了，宋岳突然激动起来，“你说这叫什么事，它们怎么就偏偏看了你那个东西，它们到底是来干什么的？”

罗振一直面无表情地仰望着大飞船，宋岳问过很久之后，才转过头来，冷冷地说：“我哪知道。”

宋岳意识到自己说了太多埋怨的话，他尴尬地笑笑，接着说：“说到底，你能不能想想，它们为什么对你那东西这么感兴趣。”

罗振再次看向大飞船，那两架小飞行器已经看不到了。他走到后备箱处，被切割下来的门断裂处精巧细致，仿佛原本就是那个样子的。他伸手摸摸，触感光滑，没有毛刺，也没有烧融过的痕迹，他不理解这是什么技术，只好摇摇头。

自从车子被切割之后，卓吉就不再关心什么鬼外星人了，他站在一旁，看着自己开了七八年的爱车被开膛破肚，心情复杂。罗振正在研究切口的时候，卓吉说：“你说有没有研究机构要买我这车的？”

罗振转过来，想了想，说：“很有可能。”

卓吉的脸抽动了一下，没说话。

罗振把装着息壤的罐子再次拿出来，仔细检查一遍，至少外观上没有受到什么损伤。大飞船还停在空中，没有任何新的动静，仿佛对下面发生的事情已经失去了兴趣。

他打开笔记本电脑，运行自检程序，储存罐内的细菌自动机也都还好，处于随时可激活的状态。外星人没有对息壤产生什么影响，目前来看，它们只是观察了一下。

它们是为了什么？罗振无法理解外星人的行为，他的同伴也是一样的茫然。

这时远方的戈壁卷起几道沙尘，一辆绿色的越野车一马当先，本来是向着大飞船的方向开去，大概是看到了罗振几人，越野车调头向这边驶来。

全副武装的薛刚从越野车上下来，谨慎地向帕拉丁移动。当他看到几个人面无表情地站在原地，帕拉丁的后备箱门被切掉落在地上，他谨慎地端起腰间的冲锋枪，用唇语无声地说："是不是有外星人在里面？"

"已经走了，"罗振指指大飞船，"这没什么问题。"

薛刚和另外两个越野车上下来的战士并没有放松警惕，三人相互掩护，围着帕拉丁检查了一圈，确认安全之后才收起武器。

后面的车也到了，带着可以打一场小型战役的各色武器，可惜在如此巨大的飞船面前根本不值一提，更不要说那些外星人拥有什么样的高科技了。

"那个……我说……薛营长，"宋岳说，"咱们先把武器收起来吧，第一次和外星人接触，我们应该表示友好。"

"谁知道那艘飞船是来干什么的。"薛刚说，手还扶在枪柄上，"你们一直在这里？"

"比你们早到一点儿，"文晓西抢着说，"不过我们全看见了。"

"发生了什么事？"

罗振皱起眉，正在酝酿词语向薛刚讲述刚才发生的事，天空暗了下来。他转头去看天空，时空之门附近的时空再度扭曲旋转，仿佛拔掉了塞子的浴缸，大地、天空和大飞船旋转着漏向时空之门。

薛刚握紧了枪，瞪着天空，用听不懂的家乡话持续不断地咒骂，表达自己的心情。

整个过程持续了几十秒，天空一闪，又恢复成了一望无际的蓝，大地也回归苍茫。

时空之门和大飞船不见了。

所有人都站在原地，不知所措，这是人类和外星文明的第一次接触，可什么都没有发生就结束了。

“咣当”一声，吓了罗振一跳。是卓吉，把被切下来的后备箱门扔进车里。

“你们还愣着干什么？我们回去吧。”

罗振的目光扫过天空，他觉得，一切都告一段落，是该回去了。目光转了一圈，又落回到息壤的罐子上，究竟是什么让外星人对它这么感兴趣？现在和三十年前又有什么相似之处？

他看向其他人，每个人脸上都带着同样的表情，仿佛大梦初醒。三十年前的人民也都是这样吗？

石油基地当时有十几万人目睹了飞船，但最后什么记录都没有留下。难道是现实超出了理解范围，所以那些人都当自己做了个梦？

罗振停下脚步，仔细端详手里的储存罐。

“我好像明白了。”他说。

“你明白什么了？”宋岳问。

“那些外星人为什么会来。”

“为什么？”文晓西说，卓吉和薛刚也停下脚步，围到这边来，迫切地想知道答案。

“是人口数量。”罗振说，“确切地说是生物数量。”

“嗯，有点道理。”宋岳领会了罗振的意思。

“这里称得上是地球上最荒凉最不适合生存的地方，三十年前，石油基地聚集了十几万人。现在，我带来的半机械半细菌的自动机也可以算得上是生物，量级在百亿以上。”罗振拍拍手中的罐子，

“我猜外星人在这里设置了感应装置，如果这片区域的生物数量达到一定级别，它们就会得到消息，派飞船过来。”

“那它们的目的是什么？”

“有一种可能，就是能够在如此荒凉的地方聚集大量的生物，说明这颗星球的生态环境已经被本土生物改造得非常适宜了，本土文明达到了某种高度，它们是来交朋友的。”

“还有一种可能呢？”薛刚问。

“如果地球人满为患，它们来帮助地球消灭我们。”文晓西抢着说，“电影里都这么演。”

罗振和宋岳同时点头。

“可是它们两次都是来了又走，第一次是因为那石油基地是我们举国体制下建成的，并不代表这颗星球的平均水平。第二次，就不用多说了。”宋岳用下巴指指罗振手里的罐子。

“所以我们到现在还不知道它们来的原因是哪一种？”薛刚又问。

“不知道。”罗振看着天空，时空之门曾经出现的地方飘过一朵云，“不过它们还会再来的。”

“再来？”

“没错。”罗振说，“我们刚才最后看到的幻象，不是来自过去，而是未来，就像是我父亲受伤之前看到我一样。”他指着远方，“在未来，这里会变成一座火星小镇，在戈壁上会有笔直的公路，还有植物，有动物，有人，这里还会把外星人吸引过来的。”

他打开装着息壤的罐子，把自动机洒在荒芜的戈壁上。

“早晚有一天，这里会变得人来人往，绿水青山。”

“如果它们充满敌意怎么办？”薛刚仍忘不了自己的本职。

“即使它们有敌意，我们仍然要发展，它们认为在这片戈壁上很难聚集起那么多的生物，我们已经让它们判断错了两次，为什么不能有第三次？”罗振把空罐子扔在一旁，看着冷湖小镇的方向。现在已经没有幻象，但他依然能够看到父辈们那时在这里开天辟地的热闹景象，他们曾经创造了一个奇迹，自己将要创造另一个。

他不自觉地笑了，来自未来的幻象给了他和息壤更大的信心。

但他很快冷静下来，即使见过未来，也得珍惜当下，父亲和自己的关系就是一个反面例子。不过好在心结已经解开，一切都向更好的方向发展。

“我们走吧。”他对大家说，“我们已经看到了未来，可现在仍有很多事情要做。”

他向前迈步，留下一串脚印。灰色的息壤与黄色沙尘融在一起，将来会变成肥沃的土壤，会有植物生根发芽，会有动物前来觅食安家，会有雨，会有希望。

鸟语花香。

（本文获得冷湖奖三等奖）

记忆之沙

罗隆翔

/ 作者简介

罗隆翔，科幻作家。擅长创作通俗科幻小说，2003 年第一次投稿科幻小说，至今已陆续发表十余篇作品。第 15 届、第 16 届、第 18 届、第 19 届、第 23 届“银河奖”得主。代表作有《异天行》《在他乡》等。

楔子·她的爷爷

爷爷过世了，当周红荧得知这消息时，她拼命地从实验室往爷爷家里赶，但她能见到的，也只有灵堂里爷爷的遗像。

“什么时候的事？”红荧红着眼圈，问年过九旬的大伯。

大伯说：“三天前的事。”

红荧愣住了，说：“三天前，我明明还跟爷爷打过电话，他还很精神的……”

大伯说：“靠药物撑着的，毕竟已经是横跨三个世纪的老人了，什么时候突然离去都不奇怪，他说你的时空实验正在关键节点，不能让你分心。”

爷爷的家位于火星5号基地的冷湖大街，这里是老一辈科学家退休后的聚居地之一，这里的一草一木都篆刻着红荧的童年记忆，小时候，爷爷常牵着她的手，徜徉在这巨型保护罩笼罩下的街区里，给她讲述当年开创这片火星基地时的艰辛，每逢夜幕降临，爷爷总会指着天上那颗蓝色的小星星，告诉她那就是地球故乡，爷爷出生和成长的地方。

22世纪初的科技发展是爷爷年轻时无法想象的，巨型防护罩里鸟语花香，防护罩外是荒凉的火星山脉和细沙绵延的沙漠，沙漠上大兴土木，正在兴建新的空间实验室和新型的飞船起降港，爷爷记忆中那些巨大的运载火箭早已经全部成为历史书上泛黄的图片。

爷爷的离去让红荧的心空荡荡的，以前爷爷牵着她的手走过的路，如今只剩下她一个人走，三天前的电话里，她说过实验就快出结果了，想给爷爷一个惊喜，但没想到，爷爷已经等不到这一天了。

“不，时空实验不是成功了吗？我为什么不回到过去，把这个喜讯告诉爷爷?”红荧打开珍藏很久的小木盒，里面静静地躺着一个精致的手环，她把手环戴在手上，走进实验室。

1. 时空之女

我已经记不清自己是什么时候开始认识周红荧的，只是听她说，我们第一次见面时，我还不足一岁，那时的我还不懂得害怕，等到年龄渐长，懂得害怕时，已经怕不起来了。

薄薄的镜子，镶嵌在房间的墙上，窗外绿树婆娑，是南方地区乡下群山环绕的小镇上最常见的风景，我和她隔着一面镜子，分别属于两个不同的世界。

我认识她二十二年了，在我小时候，她就已经是现在这亭亭玉立的二十四五岁的模样，二十二年后的今天，她仍然是二十四五岁的样子，岁月好像对她完全无能为力，我不知道是不是她那个年代的医学技术先进，摆脱了人体的衰老，还是穿梭时空时一切年龄都成了浮云。

我只知道她是22世纪定居火星的科学家，时空研究方面的权威学者。

听爸爸妈妈说，在我很小的时候，我就跟别的孩子不同，我经常对着镜子咿咿呀呀，有时候会对着镜子笑，只要有一面镜子在，就不哭不闹能安静一整天；小时候，她说过她不想让别人知道她的存在，所以镜中的她，就成了只有我和她才知道的秘密。

十三岁那年，我一度以为她只是我想象出来的幻觉，她却微笑着对我说：“想知道我是不是幻觉，那很容易啊！我告诉你一个从不知道的知识点，你去图书馆查资料证实，如果书上真的有这知识点，就证明我不是幻觉。”

她告诉我狄拉克海和虚数时间的概念，我真的跑去图书馆翻书了，证明她所言非虚，一个陌生宏大的物理世界向我慢慢敞开大门。

回家之后，我问了她一个蠢问题："能不能把下期福利彩票的头等奖号码告诉我？"

她反问我："要是你有钱了，你还会认真读书吗？"

我反问她："读书也不是为了将来找工作赚钱？要是我有钱了干吗还要工作？"

她微笑说："那就更不能告诉你了，要是你的人生轨迹发生了改变，那我还有机会诞生吗？"

十五岁那年，我又问过一个傻问题："这世界那么多人，干吗你只出现在我面前？"

红荧说："一个人发明了时光机器，总会按捺不住好奇心，想回去看看自己的祖先吧？这也是人之常情。"

我是她的爷爷，这事情她从来不瞒我，我问她："为什么你不去看看你的父母呢？"

"他们还健在啊！每天下班都能见着！但是爷爷就不一样了。"红荧说着，偏了偏身体，我看见她身后实验室墙壁上挂着的老人遗像。

红荧说："小时候，就数爷爷你对我最好了，经常给我讲地球上的故事，你过世后，我一直很想你。"

老人似乎总是喜欢给孙辈讲自己年轻时的故事，我想起了我过世的爷爷周瀚云，他还在世时，也经常给我讲中华人民共和国成立初年百废待兴的那些事。

爷爷年轻时工作过的地方叫冷湖，荒芜的柴达木盆地里一个充满神秘故事的地方，记得小时候，爷爷每次带我回冷湖，都会牵着我的手，走在老基地废墟空荡荡的街头，给我讲过去年代的故事。

我拿起手机，给青梅竹马的好友邵箐颖打了个电话："咱们抽个时间去冷湖吧？"

“嗯！好啊！反正每年都要去的。”箐颖很爽快地回答。

我们这些人，被称为“冷湖的第三代”，我们的爷爷辈的青春岁月都在冷湖度过，我们的父辈出生在冷湖，长大以后，一些人因为工作原因被调到敦煌或是德令哈，另一些人自谋出路到了别的地方闯出自己的一片天，我们出生在冷湖之外，但冷湖始终是我们无法忘怀的地方。

每当我向红荧问起“你奶奶是谁”的时候，红荧都只是笑笑，避而不答，别人或许不知道红荧的存在，但箐颖是知道的，毕竟我跟她在穿尿布时就认识了，在同一个大院长大，父母都是隔壁邻居，除了我之外，红荧只会出现在箐颖面前。

我悄悄问过红荧，箐颖的心里到底在想什么，但红荧仍然是不说，至少我今天约她一起去冷湖，她想都不想就答应了，倒也是挺省事的。

从德令哈到冷湖，光是车程就有好几个小时，一路上笔直的大道铺在广袤的戈壁滩上，大风带起的细沙像南方地区的黄梅细雨般，簌簌落在车玻璃上，箐颖脑子抽筋般地突然诗兴大发，背诵起海子的诗《今夜我在德令哈》。

我纠正她说：“给我理性点儿！今夜我们只能在冷湖。”

箐颖嘟起嘴表示不满，戈壁滩上的车很少，有时候开了半个小时都看不到一辆车，车窗外都是不断重复的黄沙，她敲敲车窗，问：“红荧，你在吗？”

红荧和箐颖，算是隔了百年时空的好闺蜜，两人不但聊得来，而且还时不时地搞出点让人哭笑不得的小恶作剧，红荧的身影在窗玻璃上浮现，她看了看，公路上视线所及的范围内只有我们这辆车，于是从窗玻璃里钻了出来，进了车里。

红荧很少跟我解释那些我不懂的高科技，在她的想法中，如果把所有的秘密都告诉了我，那我就一定不会认真学习了，以后也没法成为她记忆中那个身为科学泰斗的爷爷，她如幻似真的身形只是从未来世界传送回来的虚幻的全息投影，像幽灵般可以穿透一切物体，漂浮在车内，箐颖伸出手掌，想触摸她的手臂，手掌却穿过她的身体，能碰触到的只有空气。

箐颖问红荧："你平时无聊的时候，是怎么打发时间的？"

红荧说："看书啊！特别是看历史书。"

箐颖问："看书那不更无聊？"

红荧打了个响指，一个闪亮的小仪器出现在她的手指间，她按下仪器，说："嫌看书无聊，那就直接看历史呗！反正我在时空实验室工作，这点特权还是有的。"

箐颖问红荧："听说冷湖地区很多怪事儿，前些时候，人们就在这里检测到异常光波辐射，还有一些奇奇怪怪的事情，比如沙尘暴时，有人在狂沙中看见了以前的人的影子。"

"以前的人的影子？你是指那些吗？"红荧指着车窗外风沙中隐隐约约的影子问箐颖。

道路上突然多了很多模糊不清的汽车，那是非常古老的解放牌大卡车，在风沙中若隐若现，车厢上站满了穿着灰色、蓝色和草绿色制服的年轻人，男生们戴着八角帽，女生扎着两根长长的麻花辫，脸上带着那个红旗漫卷的年代特有的朝气。

"天哪！我都看见了什么！"箐颖惊呼，拼命摇晃我的座椅，而我认真开车，红荧脸上除了好奇并没有太多吃惊的表情，只有箐颖一个人大呼小叫。

箐颖问："你们怎么都一副司空见惯的样子？在荒无人烟的戈壁滩上突然看见几十年前的车队从我们身边经过，你们就半点儿都不吃惊？"

我加快车速，故意跟那些古老的大卡车的影子并驾齐驱，问箐颖："你见过老式的录像带吗？"

"没见过。"箐颖用力摇头。

2. 激情荡漾的旧岁月

当我还是小孩子时，爷爷就牵着我的手，走在冷湖老基地的废墟中，说起过柴达木盆地的那些神秘的“鬼影”，爷爷问我：“孩子，你有没有觉得，这里的沙，掺杂着一些类似铁锈的颜色？这些是铁的氧化物，它能带上磁场，在合适的时候，会像录像带那样，重现被它记住的场面。”

爷爷过世的那年，空荡荡的乡下老家里，红荧也提起过类似的话题：“这些老房子的一栋一梁，都记录着祖辈的影子，如果掌握了把这些影子读出来的科技，想看到过世的先人们的身影并不困难。”

我问她：“看到过世的先人们的身影？那岂不是闹鬼了？”

她微笑：“在过去科技不发达的年代，不知道多少自然现象被人们误认为是闹鬼。”

我的车跟沙中幻影的老卡车队伍分道扬镳，到了冷湖公墓，这里长眠着我们的爷爷辈，每次到冷湖来，箐颖总要带着鲜花，到公墓简单地祭奠她为了建设冷湖老基地而牺牲的爷爷。

长眠在这片公墓中的人，年龄大多永远定格在风华正茂的二三十岁，每一座墓碑都朝着东面，那是故乡的方向，箐颖看着墓碑说：“我从没见过爷爷，听爸爸说，在他很小的时候，爷爷就过世了。”

也许是职业病，红荧很喜欢读出各种旧物中镌刻的记忆，她说：“你想见他，倒也不难。”

“喂！你别乱来啊！”我很怕红荧打扰了祖辈们的长眠。

红荧白了我一眼，说：“你想啥呢？我们到老基地去吧，我知道你们也想见见自己的祖辈。”

从公墓到冷湖老基地，路程并不算远，辽阔的戈壁滩一望无际，广袤的荒原，小小的冷湖镇镶嵌在绵延的沙丘间，废弃的老城镇随处可见，残垣断壁矗立在干燥的荒漠里，无言地诉说着过去的激情岁月里，冷湖老基地的繁华，我在老基地的供销社废墟前下车，这里是爷爷奶奶年轻时携手散步常走过的地方，也是爸爸童年时光着脚丫子跟着儿时玩伴跑来跑去的地方。

箐颖看见低矮的废墟中一座两层的小楼特别显眼，好奇地问："为什么那栋建筑特别高？是不是藏着什么秘密？"

"那是……喂！别乱爬！危险！"我根本来不及阻止，箐颖就爬了上去，红荧的身影迅速飞上去，她只是22世纪投影在这个时代的幻影，身形移动快得超出了人类的速度。

年久风化的砖头松动脱落，箐颖从三米多高的废墟上跌落，红荧抓住她的手，突如其来的旋风以她为中心扩散出一道掀起细沙和碎石的冲击波，她抓稳了箐颖的手，两人一起滚到地上。

"原来你能变成实体啊？我以为你只能像个鬼影那样飘来飘去呢！"箐颖站起来，发现自己毫发无伤之后，对红荧说。

"你没受伤吧？你的手腕还好吗？"我紧张地跑过去问红荧，她紧紧捂住手腕，让我很担心。

红荧说："没事，我不过是担心摔坏这手环。"她松开手，手腕上的手环安然无恙，随即对箐颖说："你也不是小孩子了，应该知道乱攀爬很危险，我把身体从22世纪紧急传送回来，消耗的能量非常多，以后别再做这种事了。"

箐颖问她："这手环很重要吗？"

红荧说："是的，对我来说很重要。"

红荧也没打算跟箐颖计较，她戴着手环的手随手一挥，一道光墙在废墟中扩散，废墟瞬间变成了它全盛时期的模样，荒凉的大街变得人来人往，街边的停车场停着刚才我们在路上遇到过的大卡车，年轻的男男女女从车上跳下，街道两边悬挂着欢迎大学生投身石油基地建设的标语。

"这……这是……"这种走进历史的场面箐颖经历得少，显得有几分慌张。

红荧说："这只是老基地废墟记忆中的影像，就像放电影一样，你能看见他们，但他们看不见你的存在。"

老基地里非常热闹，工作人员上来迎接新来的大学生们，他们互相拥抱，一个特别眼熟的年轻人，脸上的笑容稚气未脱，跟比他大不了多少的工地负责人热情握手："我叫周瀚云！刚从华中工学院毕业！"

周瀚云！那是我的爷爷！我吃惊地看着爷爷当时年轻的身影，他毕业那年是1961年。

"小伙子！好样的！我叫邵胜利！比你大几岁，以后你就叫我老邵！"迎接他的负责人拍着他的肩膀说。

"邵胜利！那是我爷爷！"箐颖惊呼！

红荧说："很多人第一次看到自己的爷爷年轻时的样子，都是这么激动的。"

箐颖问她："你第一次看到爷爷年轻时的样子，也很激动吗？"

红荧白了我一眼，说："我连他穿尿布的样子都见过。"

老基地中，那些充斥着时代感的褪色标语我在残垣断壁上见到过无数次，但今天，我还是第一次看见它刷上去不久时的样子，祖辈们年轻时的豪情直冲云霄。

也许是换班时间到了，我看见老基地里的工人们在街上集结，朝着荒原上的油井走去，而换班回来的工人们带着满身油污和汗水，粗糙的工作服上打满补丁，笑容满面地返回老基地，红荧坐在断壁上，看着这些如幻似真的旧影像，脸上带着敬仰的微笑。

箐颖问："他们过得很辛苦吧？为什么笑容还那么高兴？"

红荧颀长的手指在空中画了一个方框，方框中出现画面，相同的满目风沙、赤红的荒原上横着风蚀的嶙峋山脉，同样是荒原上艰苦拓荒的定居者，不同的是荒原上停泊着大量的飞船，意味着这是未来的世界。

“这是哪里?”箐颖问红荧。

红荧说:“2061 年，火星拓荒，建立定居点，照片上这人是我爷爷。”

我看见一个老人，穿着厚实的防护服，背着沉重的氧气瓶，在年轻学者搀扶下，研究火星的地形，透过透明的面罩，看出他早已两鬓斑白。

那是我?

红荧说:“我是爷爷最小的孙女，他考察火星时，我还没出生，我问过爷爷，当年火星拓荒是不是很辛苦，你猜爷爷怎样回答?”

我愣愣地接过话茬问:“怎样回答?”

“问你自己咯！你不就是她爷爷吗!”箐颖捂着嘴直笑。

我想了一下，说:“人为了梦想奋斗时，是不会觉得辛苦的。”

这回轮到红荧愣住了，愣了好几秒才说:“爷爷，你当时的确是这样对我说的。”

我说:“这话不是我自己想出来的，是我小时候，我爷爷周瀚云对我说的。”

箐颖说:“原来这句话还是祖训哪?我在冷湖镇的旅馆预定了房间，时间也不早了，咱们现在过去吗?”

我看了一眼时间，现在已经是下午五点了，然后又看了红荧一眼，红荧半点要走的意思都没有，然后又看了箐颖一眼。

箐颖叹口气，说:“我就知道会是这样子，个个都是来看祖先的，谁都舍不得走，给我帮忙干活，把露营的帐篷从车上搬下来!”

红荧看了我一眼，我也回望了她一眼，箐颖对过去的事远不如我和红荧那么熟悉，我和红荧横隔百年的默契，也不是箐颖可以比拟的。

夜幕降临，老基地里没有万家灯火，只有迎接新人的篝火晚会，女生们的手风琴和男人的口琴是为数不多的伴奏乐器，摇曳的火苗把每个人的脸都映得红扑扑的，在这荒凉的戈壁滩中，连树木都是很难得的燃料，食物更是匮乏，连草都不长的戈壁滩种不了粮食，全国都缺粮，除了国家调拨的粮食，缺口部分只能靠老基地的工人们狩猎野兔、野鼠弥补。

邵胜利把晒干的牛粪添进篝火中，随口问周瀚云：“小伙子，你怕不怕牺牲？”

“不怕！”年轻的周瀚云大声回答说。

邵胜利说：“少扯淡！谁不怕死？咱们国家穷，培养一个大学生不容易，你给我不怕牺牲，你死了拉倒，我可就头疼了，去哪里再找一个大学学历的知识分子到咱们基地？我这里有个规矩，凡是有生命危险的事，你们这些知识分子给我好好地找个安全的地方呆着，让我们这种大老粗先上。”

周瀚云问：“老邵，想过为什么国家要付出那么大的努力寻找石油吗？”

邵胜利说：“这种事，根本都不用想吧？国家要发展工业，没石油怎么搞法？”

周瀚云问：“那么，国家为什么要搞工业，这又想过吗？”

邵胜利沉默了好一会儿，才说：“我当过兵，战场上，满天的飞机你见过没？那些飞机从天上扔炸弹，一扔就炸一大片……”

周瀚云撸起袖子，露出手臂上的伤疤，说：“见过，那年我还很小，敌人的飞机在天上扔燃烧弹，妈妈抱着我，没命地跑。”

邵胜利问：“哪年？”

周瀚云说：“1943 年。”

那个刚刚告别战争还没多少年的岁月里，人们只知道工业很重要，石油是工业的血液，所以石油也很重要，但要真正聊起工业是如何重要法，除了能生产他们见过的飞机和大炮，能保家卫国之外，他们倒也说不出工业到底是怎么个重要法。

邵箐颖坐在爷爷邵胜利的幻影身边，把手机放在爷爷面前，手机显示着我们从德令哈到冷湖，一路过来看到的景象：高速铁路在沙丘顶端像巨龙般盘旋，风力发电站矗立在风沙中一望无际，巨大的铁塔牵着电线延伸向远方……甚至就连她手中的手机、我身后的汽车，也是工业的产品。

红荧说："他看不见的，你看见的人群只是废墟的记忆中几十年前的幻影。"

箐颖问红荧："有什么办法可以把这些视频发给爷爷？"

红荧摇头，箐颖问："你担心我会改变历史吗？"

红荧从断墙上跳下来说："这倒不是，历史不是你想改变就能改变的，如果你真的想让祖先看见这些画面，倒也不是做不到，只是意义不大罢了，你不可能改变些什么。"

3. 为梦而生

爷爷邵胜利的故事，箐颖大多是听爸爸说的，但爷爷逝世时，爸爸还只是牙牙学语的小娃娃，爷爷的故事也是爸爸小时候，听周叔叔说的。

箐颖爸爸的周叔叔，就是我的爷爷周瀚云，周邵两家一直都住得很近，近到连大门都是紧挨着，近到我和箐颖从小学到大学都玩在一起。

邵胜利的故事，只有我爷爷周瀚云听到的，才是最初的版本。

篝火晚会结束后，余烬照映下的老基地一片漆黑，人群三三两两散去，回到黑灯瞎火的家里，邵胜利对周瀚云说："我是转业老兵，打完仗了，转业到地方，才来到柴达木，说来奇怪，像我这样出生在战乱年代的人，在战争结束之前，一直以为战争是永远不会结束的，现在突然间，上头说仗打完了，大家要放下枪，到地方搞建设去，我一下子懵了，才发现自己除了开枪打仗，也就剩下一条不怕死的命和一身力气，别的什么都没有。"

"爸爸！"一个蹒跚学步的孩子满脸欢笑，扑到邵胜利怀里。

"爸爸！"箐颖惊呼，她认出了这个孩子就是她的爸爸。

周瀚云对邵胜利说："你不是什么都没有，你有家。"

邵胜利说："家，也是来到柴达木之后才成的家，我是孤儿，小时候就跟着流民流落街头，除了知道自己姓邵，别的什么都不知道，就连'胜利'这个名字，也是当了兵之后，指导员给我起的。"

新来的大学生，来到老基地时，大多都暂时住在别人家里，周邵两家的亲近，大概是从周瀚云暂住在邵胜利家里开始的，周瀚云问："老邵，听说以前你们打仗时，连堵抢眼这种不要命的事都敢做？"

邵胜利咧开嘴笑了笑说："这也能算个事儿？"

周瀚云问："那到底什么才算个事儿？"

邵胜利叹了口气，说："好多年了，我一直在做奇怪的梦，我觉得要如果那个梦能变成现实，才算个事儿。"

周瀚云问："什么样的梦？"

邵胜利说："梦见子孙们的世界。"

周瀚云说："楼上楼下电灯电话的时代？这很难，我们没有制造电话的工业，也没有足够的发电量给每家每户都供电。"

邵胜利笑了笑，说："什么事情都得一步步来，所以这第一步，要先有石油；那个梦太荒诞了，我都不好意思告诉你。"

周瀚云追问道："到底是什么梦？"

邵胜利说："我梦见铁路架在沙丘上，白色的火车像飞一样快，戈壁滩上很多钢铁的风车，铁塔拉起电线通向很远的地方。"

"周红荧，你……"箐颖吃惊地看着红荧，爷爷口中描述的未来世界，不就是她手机视频里的场景？

红荧耸肩："你以为就你一个人想让祖先们看未来的世界？"

我白了红荧一眼，这种事她没少做，百年之后数不清的飞船穿行在太阳系内的壮观景象，她早给我看过无数遍。

"石油是工业的血液，为了孩子们的未来，第一步，得先有石油。”邵胜利喃喃地说着，在昏暗的油灯下摊开斑驳的地图，他的几个孩子在铺着稻草的地面上睡着了，他用铅笔在地图上圈圈点点，小声跟周瀚云讲述整个冷湖基地的布局。

冷湖基地为石油而生，勘测队在哪里发现石油，哪里就竖起油井，有油井的地方就要有石油工人，有石油工人的地方就必须有城镇给他们成家立业，于是就有了这些扎根在大漠上的小城，人们需要粮食，粮食一直都很缺，除了上头运来的一部分，剩下的大家需要组织狩猎队去打猎；人们还需要水，偏偏冷湖的降雨量之低，在全国都是倒数的，基地里还得组织探险队去寻找水源、建立新的定居点，安置更多工人，为祖国提供更多急需的石油。

天色蒙蒙亮时，老基地远远传来狼嚎声，箐颖慌张起来，红荧幽灵般的身体飞上夜空，远远眺望了四周，回到我们身边说：“不用怕，是1961年的狼嚎声。”

箐颖问她：“狼不是通常都不敢靠近人类的城镇吗?”

我说：“爷爷在世时说过，狼饿急了也会冒险到人类的城镇找吃的。”

箐颖放飞无人机，无人机高悬空中，环拍来自1961年的景象，老基地被狼嚎声惊醒了，人们拿着猎枪冲出门外，狼群朝着老基地进发，绿幽幽的眼睛垂涎三尺地看着人类，饿急的狼试图以人为食，饿急了的人也试图以狼为食。

那个饥饿的年代，就连狼也瘦得皮包骨头。

4. 异常光波辐射

2010年，那时的我还是懵懂少年，爷爷曾经带我和箐颖漫步在冷湖老基地的废墟中，指着一栋院子的围墙说：“1961年，我刚刚到老基地时，发生了一次狼群袭击事件，就在这个院子的拐角，两个老工人被狼咬死了。”

“后来呢?”我问爷爷。

爷爷抬头看着天空说:“就在那时,突然发生了异常光波辐射,整个老基地的上空出现奇怪的亮光,照得大地像白天一样,狼群都吓傻了,大家趁着这亮光,用猎枪、柴刀发起反击,把狼给击退了。”

爷爷停顿了一下,嘴角扬起微笑:“后来,家家户户都腊了狼肉,这东西肉老,干硬,但是在那个年代,算是很难得的美食了。”

我问爷爷:“为什么那个时代缺粮食呢?”

爷爷说:“去翻翻二十四史,几千年的历史上,发生饥荒的年份数不胜数,传统农业,没有化肥,没有科学育种,没有农业机械,粮食产量很低;那时交通也不发达,就算一个地方粮食不足,也很难像现在这样从别的地区运送粮食过来。”

箐颖问爷爷:“那从什么时候开始,就不缺粮食了呢?”

爷爷说:“记不清了,大概70年代后期,粮食就慢慢够吃了。”

我和爷爷比较亲,无独有偶,红荧也是跟我比较亲,记得以前在南方故乡,十三四岁时的我曾经爬围墙带她到化肥厂玩,她看着那些锈迹斑驳的巨型合成塔、迷宫般的管道,兴奋得像个孩子,“原来这就是支撑现代农业的工业基础!”

我问她:“火星上没有化肥厂吗?”

红荧摇头:“没有,我们有更先进的生物技术,化肥厂在我们那个时代已经彻底淘汰了,所以我还是第一次见到这种壮观的化肥厂呢!”

纵观历史,从农业时代转型到工业时代的过渡期,越晚转型,则越为艰难,最早发生工业革命的英国有广袤的殖民地可以倾销产品,提供巨额的财富支撑工业化所需的巨量投资,也有源源不断的粮食从殖民地送回国内,支撑这个痛苦的转型阶段所需的一切资源。

而我的爷爷辈们,除了一个坚强的信念,什么都没有。

那一年照亮夜空的异常光波辐射,爷爷在世时给我讲过好几次,当时我只是把它当作柴达木盆地中数不清的神秘故事之一来听，但今天，我终于知道了答案。

那是红荧为了吓退狼群，情急之下，在柴达木黑暗无边的凌晨，倾撒的刺目光芒，她总是对我们说别去改变历史，但最忍不住，出手改变历史的，恰恰是她自己。

或者说，这穿越时空的光芒，才是冥冥之中已经注定的历史？在光芒亮起时，我看见一头狼的爪子搭在爷爷的肩膀上，狼被突如其来的闪光眩晕，邵胜利借着光亮，猝然发觉爷爷处于危险中，一斧子劈碎狼的脑袋，如果没有这光芒，爷爷必然会在认识我奶奶之前就已经葬身狼吻，我也不会出生，红荧也不会存在。

红荧带来的这阵强烈的异常光波辐射，成了拯救爷爷的关键，也让她有机会在21世纪末得以出生，这个逻辑上的怪圈让我觉得不可思议。

1961年，突如其来的异常光波辐射，却找不到光芒的来源，我们的爷爷辈目瞪口呆地抬头看着这神秘的奇观，他们并不知道，光芒的源头来自21世纪初的未来……不，严格来说，是来自22世纪的红荧，在21世纪，向着20世纪的戈壁滩散发出这强烈的光芒。

“那是什么光芒？”箐颖站在21世纪的废墟中，和20世纪的老基地里的祖先们一起，目瞪口呆地看着天空，强烈的光芒中隐约可见巨大的飞船轮廓。

红荧漂浮在天空，大漠清晨的冷风吹拂着她火红的长发，宛若神话中的绯焱仙子，我问她：“这光芒是怎么回事？”

红荧尴尬地笑了笑，说：“我十五岁那年，人类历史上迄今为止最大的飞船‘炎帝’号在火星工厂完成建造，发射升空，不巧爷爷你病了，正在医院接受治疗，没法看现场直播，让我帮你拍一些现场照片，结果被我搞砸了，只拍摄到飞船升空时那刺目的尾焰，现在情急之下把视频投射到天幕上，没想到歪打正着，吓住了狼群。”

我无奈点头，“很好，你爷爷我算是看到这视频了，别说是狼群，就连人群也被吓住了。”

天亮了，箐颖说："我说你们爷孙俩，是留在这里聊天呢？还是去冷湖镇？"

冷湖镇是整个冷湖地区唯一的小镇，我说："走吧，咱们总不能一直留在这废墟里。"

我们乘车继续往冷湖镇进发，一路上，箐颖总是向红荧问东问西，红荧用手指在空中画了一个圈，圈中像电视屏幕般播放着过去冷湖地区的景象，爷爷辈的日常生活艰苦而又普通，箐颖不停地快进，看着画面中祖辈们的身影不停地忙碌着，建设着冷湖老基地的一砖一瓦。

箐颖突发奇想地问："我说红荧，你不能从未来送点儿枪支弹药什么的到 1961 年，帮助祖先抵御野兽？"

红荧说："我倒是想把我那个时代的一切工业都打包给祖先们送过去呢！一夜之间超英赶美还领先他们两个世纪！但是这做不到啊！至少以 22 世纪初的科学水平做不到，能送几个幻影过去并投射到天空上，就是我的能力极限了。"

红荧送过去的幻影，毫无悬念的在 20 世纪中叶的冷湖掀起了轩然大波，几天之后，上头派来的专家来到了冷湖老基地，调查这场有着数不清的目击者的异常光波辐射事件。

"很亮，整个天空一下子变得跟白天一样。"他们听得最多的描述就是这句话。

"亮光里好像有个很大的飞行物，很像海市蜃楼。"那个时代，"飞船"这个词还鲜为人知，有些文化水平稍高的人，凭着自己的理解，向调查组描述他们见到的景象。

在那个照相机还非常罕见的年代，调查组仅凭大家的口述，很难拼凑出异常光波辐射的真实模样。

有小孩睁着天真无邪的眼睛，对调查组说："我在那个会飞的大东西上看到了国旗的影子！"但他们并没有根据这条线索深入调查，只觉得是孩子美好的想象。

“这是某种我们还没了解的自然现象，导致大家看到了同样的幻觉。”调查组下了一个连他们自己都不相信的公开结论，然后召集基地的骨干人员和为数不多的知识分子召开会议。

简陋的会议室里，两鬓斑白的航天专家看着夯土墙上斑驳的黑板，说：“这次会议，不许做笔记，大家记得严守秘密。”

所有的人都感觉到了气氛的凝重。

“美苏两国都在搞火箭和人造卫星，而且他们已经出了成果。”专家的一句话，让大家感觉到前所未有的压力，在那个战争远去不久、冷战未酣的年代，这意味着再次被敌人拉开科技差距，二十多年前被敌人用领先一个时代的飞机狂轰滥炸的恐惧，在会场中很多人的心头仍未散去。

专家问：“那天晚上的异常光波辐射中，显现的那个巨大的影子，你们觉得会是什么？”

“美国的飞机？”有人试探着反问专家，这些年来，总有外国的飞机试图侦查从酒泉到敦煌，再到罗布泊这一带的各种设施，冷湖也位于这条侦查路线之上。

专家摇头，又有人说：“不然就是苏联的。”

专家仍是摇头，说：“根据我们掌握的情报，美苏两国都没有这科技水平，制造这东西的科技，可能超出了世界上任何一个国家掌握的知识。”

有人问：“这意味着什么？”

专家说：“意味着这飞船有可能来自外星文明，我们的爷爷辈经历过的那些事，很可能在我们的后代身上重演！”

专家已经是年过半百的人，他的爷爷辈经历过的事，自然是清朝后期那些事。

会议结束后，大家心头沉重，三三两两离开会议室，邵胜利问周瀚云：“专家说的那些话是什么意思？这世上真的有什么外星文明？”

周瀚云说：“清朝的时候，一个大臣上报皇帝说，有葡萄牙的使者试图跟清朝打交道，另一个大臣则表示从没听说过这个国家，上奏折说：‘葡萄有牙也可，西班何物，竟也发牙？显系该大臣妄奏，恳加以欺君之罪’，差不多就是同样的道理吧？因为自己从没见过外星文明，就硬说它不存在，那是很危险的事。”

邵胜利点点头，“如果对方也热爱和平，那也就罢了，万一对方是侵略者，比我们高出一大截的科技，那就难对付了。”

周瀚云气馁地看着天空说：“真有这么大的科技差距的话，我们很可能赢不了。”

邵胜利一拳顶在周瀚云胸口上，“臭小子，又说丧气话！你以为老子没跟比咱们工业实力高一两个级别的敌人打过仗？那年老子在长津湖……”

“我们自己伤亡多少？”周瀚云打断邵胜利的话问。

邵胜利愣住了，拳头慢慢攥紧，眼眶泛红，愣了很久才说：“不管哪个什么狗屁外星文明是敌人还是朋友，咱们都必须玩命发展工业，尽量拉近科技差距！谁敢保证那个什么外星文明一定热爱和平？你没实力，别人就会把你当蛋糕来切！你有实力，别人才会跟你谈和平！走！挖石油去！”

“这世上真的有外星文明吗？”越野车里，箐颖把目光从这些跨越时空的视频中移开，问红荧。

红荧听到她这么问，脸上不见了平时的嬉皮笑脸，严肃地说：“有。”

箐颖问：“那他们热爱和平吗？”

红荧说：“不知道。”

箐颖问：“为什么不知道？没跟他们联系过吗？”

红荧说：“在我那个时代，只发现了外星文明灭亡后的遗迹，我们没见过他们鼎盛时期的样子。”

箐颖好奇地问：“在哪里发现的？南门二？天狼星？巴纳德？”她的爸爸是天文学家，由于家学渊源，她对这些距离地球比较近的恒星还是熟悉的。

红荧摇头，“遍地都是遗迹，其中一处还是在柴达木盆地发现的，就在冷湖地区。”

箐颖不敢相信，“为什么我们一点儿都没发觉外星文明的存在？难道你们那个年代，在冷湖挖出了外星人的飞船？”

红荧说：“科技水平不够时，就算把证据摆在你面前，你也不知道那是外星文明的杰作，当科技水平可以发现他们存在过的证据时，你会当场吓出一身冷汗，原来外星文明离我们就这么近。”

我在后视镜里看到红荧和箐颖难得地如此严肃地讨论问题，说：“乾隆年间，英国特使马嘎尔尼访华，邀请大将军福康安观摩欧洲火器操练方法，却被福康安拒绝了：‘看亦可不看亦可。这火器操法，谅采没有什么稀罕！’当你没有相应的科学知识时，就算别人都把大炮摆到你面前了，你又怎么知道这是啥玩意儿？”

5. 奥陶纪的远古梦魇

我忘记冷湖地区的天文台是什么时候建立的了，只知道在我出生之前，我的祖辈和父辈就已经忐忑不安地观察星空，一个民族吃过几百年来闭关锁国的亏之后，好像会变得极为渴望了解外面的世界，生怕再在同一个坑里跌倒。

我们这些冷湖三代几乎每年都会回到冷湖地区走走看看，天底下没有不透风的墙，这几年，有关异常光波辐射、外星人之类的传闻慢慢传了出去，好奇的游客也逐渐多了起来。

冷湖晴朗无风的日子，夜晚时满天繁星，白昼时天空苍蓝纯净，这都是大城市里看不到的自然风景，普通的游客大多只是来这里感受戈壁滩那恍如火星地貌的风景，用远离现代文明的原始大漠之旅洗涤心灵。

好奇的箐颖一路上不停地问红荧：“你们找到的外星人遗迹是什么样子？外星人长什么模样？是很大的脑袋很瘦的身体吗？还是跟

章鱼一样有很多触手?”

红荧说:“我也没见过外星人长什么样,但在我们那个时代,我们发射了很多地外宜居行星探测器,寻找适合人类生存的新家园,如果曾经有一个外星文明也曾经发展到我们的科技水平,大概也会做同样的事吧?”

箐颖问:“如果我们严格恪守黑暗森林法则,停止一切太空探索活动,禁止使用一切会对外发射电磁波的设备,是不是可以牢牢地隐藏起地球在宇宙中的坐标?”

“没用的,你以为外星人是傻子?”红荧说,“我们也一直在寻找适合人类生存的星球,不是吗?先寻找稳定的恒星,再搜索恒星周围适合生命存在的宜居带有没有合适的类地行星,紧接下来筛选行星反射的恒星光谱,确定其元素构成,再然后是分析大气成分、推算是否存在生物圈以及生物圈的大致结构……”

箐颖说:“停!你的意思是说,如果外星人试图侵略地球,那是不会管咱们地球人是否主动暴露地球在宇宙中的坐标?”

我插话说:“这主要取决于那些外星人是想寻找新的星球移居,还是想灭掉一个具有发展潜力、可能对他们造成威胁的文明。”

红荧看着车窗外湛蓝的天空,问我:“爷爷,你知道我为什么把时空实验作为研究方向吗?”

我说:“你以前说过,你喜欢历史。”

红荧疲惫地微笑,摇头说:“地球生命从诞生到今天,已经有四十多亿年历史,人类从诞生到今天不过短短两百万年,而科技的发展不过是这三四百年的一瞬间,如果外星人真的存在,我们很可能在漫长的历史中和他们失之交臂,也许在我们诞生之前,他们就来过地球,在我们诞生之后,他们却已经远去。”

箐颖好奇心不死地追问:“说到底,你见过外星人吗?”

红荧说:“我在时空旅行中见过他们的飞船。”

箐颖问:“那是什么时候?宋朝?唐朝?汉朝?秦朝?”

“不,其实最早的一次,是四亿年前……”红荧回答时,声音都微微发颤。

从小到大，每当我好奇心起，想让红荧带我去时空旅行时，爱笑的红荧笑容都会瞬间消失，她说过她手下有不少研究员在偷窥过历史之后，都受到了很大的刺激，不得不接受心理治疗，毕竟历史上惨绝人寰的事情太多了。

我不知道这个未来的么孙女周红荧的内心有多强大，在见过历史上无数人间悲剧之后还能坦然微笑面对人生，能让她感到恐惧的，绝不会是普通的事件。

箐颖仍然不知死活地说：“四亿年前？那个时代就连恐龙都没诞生哪，你看见的是……”

“闭嘴！箐颖！”我的话音未落，红荧突然捂着耳朵歇斯底里地大喊：“别提了！”

我认识红荧的时间跟我的岁数相同，但我第一次看到她如此恐惧。

我知道，四亿年前，那是奥陶纪物种大灭绝。

车厢内一阵沉默，冷湖镇快到了，红荧打破沉默：“爷爷，您一直很想看四亿年前的画面，对吧？”

我看着后视镜中的她，忐忑不安，犹豫了很久才点头，红荧说：“箐颖，你闭上眼睛，不许偷看；爷爷，不管你看到什么，都不要告诉这个时代的人……”

在红荧的手指牵动的画面中，我看见了美如仙境的奥陶纪，清澈透明的海水下，珊瑚森林寄生着色彩斑斓的不知名树状生物，随着海流轻轻摇曳，在海水中张开七彩的触手捕食浮游生物，色彩斑斓的三叶虫和鹦鹉螺在海底游弋觅食。

突然间，天空出现一艘孤独的外星飞船，它那么小、那么孤单，外壳密布的伤痕很可能是漫长的太空旅行中，被各种星际物质撞击的留下痕迹，它停泊在大气层顶端，巨大的太阳能发电板逐渐张开，各种雷达逐一打开，开始工作，一枚圆柱体被它投放到大气层中。

刹那间，比太阳还亮无数倍的闪光从落点绽开，巨大的烟柱在闪光过后冲向大气层，冲击波以远超音速的速度席卷全球，地壳龟裂、岩浆从裂缝中喷射而出，形成一连串活火山，美丽的大地迅速被岩浆吞没，海洋在迅速崛起的海底火山加热中沸腾，天堂瞬间变地狱，烧死的三叶虫、鹦鹉螺和各种说不出名字的史前生物，铺满了一望无际的海洋……

爆炸的落点，位于远古地球的冈瓦纳大陆，在那片陌生的大陆，我看到一个似曾相识的地方。

"爆炸的落点是……"我试着问红荧。

红荧恐惧地点头，我以前只知道，柴达木盆地形成于四亿年前的奥陶纪末期，现在我终于知道了它的成因。

冷湖镇到了，镇外高大的沙丘包围着这座清静的戈壁小镇，小镇只有不足一千人，要是放在岭南故乡，这还不够一个村的规模，留在这里的除了上头派来的工作人员，就只剩下眷恋这片祖辈父辈奋斗过的故土，舍不得离开的居民，人不多的小镇有个好处：居民不少都互相认识，这其中也包括我们这些经常回来看看的冷湖三代们。

"小周，你又和箐颖回来啦?"小镇十字街口的老阿妈咧开没剩几颗牙的嘴巴，乐呵呵地对我们笑，红荧不太喜欢跟我们之外的人接触，一转身悄然消失。

我热情地跟她打招呼，她提起说箐颖的大伯在这儿，而我的伯父前两天刚离开冷湖，去别处采购些日常用品。

这我当然知道，他们就在这儿工作，箐颖的大伯邵中四是地质学家，我的伯父负责另一个跟冷湖镇有关的项目，对我们这种经常回冷湖的人来说，大伯在镇上的住处，也就相当于我们在冷湖的家，给他打了个电话，掏出备用的钥匙，就大大方方地住进来了。

客厅的陈设很简单，墙上挂着箐颖的爷爷邵胜利泛黄的遗像，画像中的他一身戎装，两颊凹陷，有着那个时代常见的消瘦，但眉毛笔直，双目坚毅有神，透着强韧不拔的英气。半个世纪前，他的生命永远定格在了年轻的二十九岁。

既然来了，我们也不好白吃白住，给邵伯父做一顿午餐也只是举手之劳，箐颖打开冰箱看了一眼，无奈叹气，冰箱空得可以饿死蟑螂，邵伯父是个工作狂，平时要么一顿方便面凑合着充饥，要么到我伯父家搭伙吃饭。

箐颖说："只能到你伯父家看看了。"

周邵两家一直亲如兄弟，我伯父的住处就在邵伯父家正对门，那里只有他一个人住，我伯母住在德令哈，而堂哥在武汉读博，我打开门，客厅的布局比邵伯父那头雅致舒适了许多，毕竟我伯父对生活质量是有追求的，墙壁上同样挂着一幅遗像，我爷爷周瀚云的遗像。

爷爷享年八十一岁，照片上的他鹤发童颜，精神矍铄，眼睛里闪着老顽童式的笑意，在我的童年记忆里，他一直是看淡人生的怡然自得，没有学生拿学术问题打扰他时，一壶茶、一台收音机，一张葡萄架下的摇椅就能悠闲地消磨一个下午。

"这本书……"红荧突然出现了，看着摆在遗像前发黄的旧书，小心地问我。

我提醒她说："别碰，那是爷爷最心爱的遗物。"

红荧说："我是想说，这本古书，我以前只看过电子版，没想到能在这里看到原版。"

古书？我心念一想倒也对，对来自 22 世纪的红荧来说，这本 1963 年出版的《星际航行概论》的确算是古书。

在那个连饭都吃不饱的年代，我们的爷爷辈就已经在计划着未来的星辰大海了。

中午的冷湖镇，戈壁的大风吹不散热辣辣的阳光，窗外的沙丘泛着烈日的反光，地面的空气被灼热的沙粒加热，粼粼的热气像是蒙上一层水影，一顿简单的午餐摆在邵伯父乱得像狗窝的家里，他的各种地图满地乱丢，我看见一幅冈瓦纳古陆的地图，和我在红荧的幻象中看到的有些不同。

毕竟邵伯父这幅图，是科学界根据大陆漂移说，用计算机推算复原的地图，红荧的幻象中呈现的才是真正的冈瓦纳古陆。

复原图和真实的地图有时候会有很大的出入，我只要闭上眼睛，就能看到四亿年前那威力无匹的大爆炸在大地上炸出的巨大环形山，破碎的地壳伴发了全球性的大地震和火山喷发，读书时老师说奥陶纪大灭绝事件抹去了地球上百分之八十五的物种，但亲眼目睹时更为惨烈，一个种群数量数以百万计算的物种，只要能有超过一百只在毁灭中幸存，还凑得够繁衍生存的数量，就算是熬过了这一劫，更多的物种不管以前多么人丁兴旺，一瞬间就彻底毁灭了，整个地球在浓烟和岩浆的笼罩下，隔绝了阳光，走进暗无天日的死寂寒冬。

数十年后，烟尘散去时，冈瓦纳大陆露出冰川覆盖的面容，爆炸的中心出现了巨大的环形山，规整得好像用圆规在大地上画出来的一样，皑皑雪原覆盖其内，形成巨大的凹面镜，向着天空反射刺目的阳光，凹面镜的焦点位于大气层外的卫星轨道上，外星人的探测器悬停在焦点，将收集到的信号发送回遥远的母星。

在探测器往母星发送信号的数百年间，一阵神秘的异常光波辐射照亮了整个地球的夜空，还没爬出毁灭深渊的地球生物圈，又遭到新一轮雪上加霜的毁灭性破坏，那是太阳系附近一颗恒星的灭亡，它死亡时迸发的伽马风暴，横扫方圆数百万光年之遥。

这样的工作持续了一年又一年，万物灭亡又复苏，经历了志留纪、泥盆纪、石炭纪，经历了这数以百万年、千万年计算的光阴，星移斗转、大陆漂移，原本规整的环形山被地壳变动挤压得面目全非，又从森林茂密到寸草不生走了几个轮回，植物破坏、日晒雨淋、风沙侵蚀，已经看不出当初的模样。

当外星人的探测器耗尽这漫长的一亿多年寿命，坠入大气层中、烧毁成灰尘时，地球是巨型昆虫的天下，恐龙尚未诞生。

邵伯父房间里的复原图，根据现在的地球大陆反推四亿年前冈瓦纳古陆的模样，图上的柴达木盆地只是一片不规则的高山和平地，人们只知道柴达木盆地诞生于四亿年前，却无法反推出它被制造出来时规整的圆形，也无法从这种反推中发现外星人留下的任何蛛丝马迹，毕竟外星人探测器引发的这场连地壳都被撕碎的大爆炸，和地球漫长的地质年代中遭到的很多次小行星撞击，无法从古老的底层中残存的痕迹里把两者区分开来。

“孩子，你怎么看着这地图发呆？”邵伯父的声音吓了我一大跳，他下班回家了。

我不敢提自己真正的思绪，只能敷衍着说：“我……我在想人类的命运，在漫长的地质年代面前，人类真是太渺小了。”

邵伯父说：“小时候，你爷爷对我说过，闭关锁国是死路一条，闭关锁‘球’也是一样，人类唯一的生路，就是走出去。”

我把目光移到墙壁上邵胜利那定格在二十九岁的遗像上，邵胜利牺牲后，我爷爷收养了他的几个孩子，年近六旬的邵伯父在我心里跟亲伯父没有区别。

邵伯父回房间休息了，我感觉身后有人，转身，看见红荧，她也在看着邵胜利的遗像。

箐颖问红荧：“如果，我是说如果，你知道你爷爷将要遇难，你会穿越时空，回到过去的年代救爷爷吗？”

红荧说：“我爷爷活了一百二十五岁，人生无憾，没什么需要我拯救的，爷爷你说是吧？”最后一句话她故意转向我。

6. 地球的坐标

午后的冷湖镇更显冷清，太阳大，热辣辣的阳光照射在空旷的街道上，能躲到屋里的人都躲屋里去了，偏偏这么大的太阳并不让人觉得焦灼炎热，只因为戈壁滩终年不息的大风迅速吹干了皮肤上渗出的汗水，带走了热量。

冷湖镇的游客，这个时间点应该大多都跑去郊外看魔鬼城雅丹地貌了，听红荧说，那里的地貌跟火星非常相似，都是同样的风蚀地貌。

留在镇上的游客虽然不多，但镇上的商店也很少，走过爸爸小时候读书的冷湖中学，路过街边的广场，随便找个商店买几根雪糕都能遇上游客，冷湖的酸奶雪糕味道很特别，是南方城市里很难尝到的味道。

“听说冷湖镇要建一个火星小镇？”隔壁桌的几个游客在闲聊。

有游客附和说：“对啊，这地方多像火星啊？”

几个游客聊了起来：“你见过火星？”“见过照片？”

红荧小声对我们说：“这里的地貌真的很像火星，如果硬要说有什么不同，就是火星上离开了防护罩笼罩下的城市，就得背上氧气瓶、穿上防护服。”

有游客说：“他们也就是想打造几个火星小镇旅游景点吸引大家来玩吧？”运载着建筑材料的大卡车经过镇上，扬起一片灰尘。

能不辞一路劳苦穿越无人区到冷湖旅游的，都算是对太空和火星是真爱了，除了要有雄鹰般不畏风沙挑战大漠的勇气，还要有热爱科学和太空探索的赤子之心，所以当那些游客提起地球坐标的话题时，我一点儿都不觉得意外。

游客中一个女生拿出陈旧的记录本，逐次数着记录，说：“自从二十世纪五十年代有记录以来，冷湖地区的异常光波辐射次数多达四十多次呢！该不会是地球的坐标已经暴露了吧？”

地球的坐标这个话题，在很多科学爱好者中都常被提起，在人们的认知中，如果别的外星人得知地球在宇宙中的坐标，地球就将彻底暴露在危险中，随时会遭到外星人入侵。

“你们也是冷湖后代吗？”箐颖过去跟他们打招呼。

“我只是天文爱好者，但我男朋友是冷湖后代。”女生指着身边的大男生说，我注意到他们的越野车上有帐篷和天文望远镜。

冷湖地区鼎盛时期曾经生活着数十万人，虽说几经迁徙，只剩下现在的不足千人，但是那些移居外地的老冷湖人的后代必定也是很多的，我们不见得都认识。

向来不喜欢跟这个时代的陌生人打交道的红荧难得地对女生说："地球的坐标一直都暴露着，只是大家以前都不知道罢了，太阳系在银河中位于恒星很稀疏的区域，离它最近的恒星都在四光年之外，一颗蔚蓝的地球在这空旷的区域是很显眼的。"

女生眨眨眼睛，"四光年也不是很稀疏吧？"

红荧说："非常稀疏，太阳系方圆十光年内也就十来颗恒星，其中不少还是很昏暗的矮恒星，相比之下，直径十三光年的昂星团就有三千多颗恒星，你说这么对比起来，太阳系一带是不是很偏僻荒凉？"

女生问："既然地球的坐标已经暴露，为什么外星人没有按图索骥，找上我们的地球呢？"

我说："可能性只有两种，要么地球这座'宇宙孤岛'对他们来说太偏僻太荒凉，路途遥远资源贫瘠，他们不屑于入侵；要么……"

"要么怎么样？"女生急切地问我。

"兄弟是天文学专业？"女生的男友突然问我。

我说："我的专业跟天文学八竿子都打不着，我也只是普通的爱好者。"

女生的男友说："我倒是在冷湖天文台实习，实习期结束后，再回学校写我的毕业论文。"

箐颖问："那么你一定认识周建设吧？"

他说："听说过，但从没见过面，周总工是一个神龙见首不见尾的神人哪，听说他在负责一个很庞大的项目。"

我的大伯父周建设是冷湖某项目的总工，这个庞大的项目，一头扎根在冷湖地区深深的地下，另一头延伸到广袤无边的星空，当我还是小孩子时，就经常跑到他的办公室玩，我就见过他那些堆积如山的图纸，他负责的是一个非常宏大的国际合作项目的一小部分，哪怕仅仅是冰山一角，都已经极为壮观。

这世上，普通人不知晓的事情，除了那些被刻意掩盖起来的秘密，还有那些虽然没有刻意保密却很少有人关注的秘密。

每次回到冷湖，大伯父的办公室都是我必去的地方之一，我从小见惯了墙上那些图纸，从小时候父辈们在只有电风扇的绘图室里一笔一画描绘的蓝图，到现在吹着空调在先进的电子屏幕上绘制复杂的三维图案，有趣的是，我直到十五六岁时才知道这地方是普通人进不来的秘密实验室，在冷湖地区公开的地图上，甚至没标注过这座科研机构的地点。

地球上，有少数机构知道时空旅行者的存在，偶尔也有极少数照片流落外界，引起科幻爱好者和猎奇者们的惊鸿一瞥，各国官方三缄其口，既不证实也不否认。

在我童年的模糊印象中，我见过红荧被带走问话，然后又客气有礼地送她回来，然后在我很小的时候，就被授予了进入冷湖的秘密研究所的权限，因为红荧曾经向那些学者们出具过一张老照片：2061 年冷湖空间实验室的全体科研人员的合影，照片上有我也有箐颖。

我不知道我和箐颖能进入这里的原因，到底是因为他们给红荧几分面子，还是他们认定我们早晚会成为这座实验室的研究员。

伯父又不在办公室，科研人员看见红荧到来，向她请教一些挠头的技术问题，我和箐颖在一旁看着那些巨大的地下设施，换作旁人，只怕很难想象偏僻的冷湖地下竟然隐藏着如此规模的地下城。

“这根主轴，我们实验室里尝试了很多次，都做不出来。”科研人员对红荧说。

红荧说：“也不必急在一时，等你们攻破纯钛晶体制造技术再说呗!”

科研人员问：“我们未来大概会在什么时候攻破这项技术?”

红荧说：“当然是整个材料制造业都升级个两三轮之后，别指望我会从未来给你弄几根主轴过来，这东西是消耗品，如果这个世界不能自己生产，带过来的成本都远高于它的消耗，根本无法维持。”

科研人员叹气，红荧说："求人不如求己，如果我真有能力把你们需要的东西带过来，那我还不如把全套石油工业穿越过去送到1953年的冷湖……不，干脆把我们的太空舰队穿越到1937年算了。"

红荧的脾气多少会得罪一些人，我记得初中时她辅导我物理功课，教训过我的那些话："我可以告诉你这道题套用的速度公式是 $S=V_0t+\frac{1}{2}at^2$，但是你要明白这条公式是用微积分推导出来的，我不喜欢你死记硬背，你现在给我推导一遍！"

"我没学过微积分！老师没教过！"当时我就抗议了她这种超越课纲一大截的辅导方法。

红荧说："你以为牛顿刚开始研究重力时就学过微积分？恰恰相反，牛顿当时数学一团糟，当他为了计算重力，硬着头皮自学了当时所有的数学知识之后发现还是无法解决这个问题时，没人能教他更先进的数学知识，所以他自创了微积分。"

我知道方法，也知道答案，但我不会告诉你，我担心你知道答案之后就放弃了自己研究，所以你必须自己把它琢磨出来。这就是红荧的教学态度。

哪怕是对待这个时代的科研人员，红荧的态度也是一贯的：我让你们看看我们的未来世界有多厉害，让这个未来像根鞭子一样鞭策着你们玩命地研究，去抵达那个强大的世界。

研究员问："周教授，请允许我再问个愚蠢的问题，在未来，发生过外星人入侵地球的事件吗？"

红荧说："在我能看到的未来范围内，没发生过。"

研究员追问她："那是因为我们强大到可以遏止这种侵略，还是因为……"

红荧笑了，"自己去找答案，别问我，我不会告诉你！"

每一个年代的学者都有自己的时代特点，爷爷那代人在吃不饱饭的艰苦环境下，凭着信念钻研学问；伯父那一代则曾经在经商和科研这两条路中摇摆过一段时间，而我们这一代；听红荧说，箐颖未来的研究所休息室里堆满了她玩抓娃娃机时抓到的玩偶娃娃，不管活到几岁都像个长不大的丫头；至于红荧自己，则是才华横溢和优哉游哉的混合体，还带着几分傲气。

我问红荧："你就真的一点儿知识都不传授给别人吗？你回到历史，就为了当一个看客？"

红荧说："这是规矩，曾经有个人穿越到古代，告诉别人地球绕着太阳转，后来你猜怎么着？"

我问："怎么着？"

红荧回到休息室，看着落地窗外游客们的越野车，说："别人认为他散播异端邪说，把他烧死了。"

每个人打发时间的方式都不一样，有些人喜欢看书，有些人喜欢看电影，而红荧喜欢看历史，她的方法是找块玻璃窗，把历史的映像投影到玻璃窗上，就像隔着窗外看着另一个时代的街景。

她用手指摩挲着手环，窗外的世界好像被快进了，熟悉的冷湖镇迅速起了变化，曾经的冷湖镇医院在人口大幅萎缩后改成了镇政府，又随着旅游业的兴起被改成陈列着爷爷辈的拓荒记忆的博物馆，冷湖中学的朗朗书声随着时代的洪流逐渐远去，又随着下一波的时代洪流重新出现，街道依旧，街两边的建筑却逐渐陈旧老去，然后又被翻修维护，作为时代的见证保留下来，在冷湖镇外围，各种新建筑拔地而起，主要是各种火星训练营，有为真正准备移居火星的人们进行适应性训练的正式训练营，也有供普通游客体验火星生活的娱乐性训练营……而离冷湖镇更远的老基地，则作为冷湖历史的起点，被永久性保护起来。

透过玻璃窗，我看到了年迈的我带着年幼的红荧从博物馆走出来，漫步在游客如织的冷湖小镇，年幼的红荧问年迈的我："爷爷，为什么祖先们要来这么艰苦的地方寻找石油呢？"

年迈的我说："因为建立工业需要石油。"

年幼的红荧问："但是老师说，我们在火星的先进工业体系完全不依赖石油啊！祖先们为什么不像我们那样用可控核聚变呢？"

年迈的我说："从农耕社会到工业社会，石油工业是绕不过去的坎，就像一个孩子要先学会爬、学会走路，才能奔跑，不可能不让孩子学走路就直接要他奔跑。"

年幼的红荧似懂非懂地点头说："这就跟爸爸说的玛雅人因为找不到露天铜矿，把石器时代的技术玩到了巅峰，却无法进入青铜时代，是一个道理吧？如果当时祖先们真的找不到石油，是不是就没办法建立现代工业了？"

年迈的我说："在20世纪中叶到21世纪初，想过要建立现代工业的国家并不少，其中有些国家就是被卡死在无法获得石油这一关。"

年幼的红荧思考了好久，才慢慢点头。

年迈的我又说："从另一个角度类比，和玛雅人类似，可控核聚变就是我们的'石器时代'能达到的巅峰，所以我们要去火星，去木卫二、去土卫六，去寻找我们的'露天铜矿'，冷湖是我们现代工业起家的锚点之一，也是我们出发前的训练营。"

年幼的红荧又问："我们这样大张旗鼓的发展航天，不担心暴露地球在宇宙中的坐标吗？"

年迈的我说："地球就在这儿，不管你怕还是不怕，外星人总有一天能发现我们，找上门来，咱们是把头埋在沙子里当鸵鸟呢？还是未雨绸缪壮大自己的实力，勇敢地直面挑战？"

7. 回到1961年

来到冷湖之后，不知为什么，红荧总爱待在邵伯父的家里，怔怔地看着邵胜利年轻时的遗像。

箐颖问："为什么你总爱看着我爷爷的遗像？"

红荧说："我曾经想过回到1961年，告诉他们未来是什么样子的，但又觉得，也许我什么都不必说，他们自己也知道是为了什么而奋斗。"

箐颖问："你怎么可能知道我爷爷的想法?"

红荧说："我爷爷告诉我的。"

箐颖不满地瞥了我一眼，我顿时觉得躺着也中枪，只好辩解说："我爷爷告诉我的!"

箐颖气得跺脚："好啦！你们俩都是你爷爷告诉你的！你们就知道欺负我爷爷过世得早!"

红荧看着邵胜利的遗像，说："你的心情我理解，我的奶奶在我出生之前就过世了。"

箐颖没好气地说："你奶奶是哪个不长眼的？居然嫁给了他?"她还挑衅地瞥了我一眼，我觉得躺着又中了好几枪。

红荧一巴掌朝箐颖甩去，却在离箐颖的脸不足五厘米时停住了，她是有脾气的，尽管极少听她提起奶奶，但她显然听不得别人侮辱她奶奶。

红荧说："我听别人说，奶奶是巾帼不让须眉的英雄，她是时空旅行实验项目的负责人，2095 年，时空实验失控，要不是她舍命关停反应器，整个火星基地只怕早就时空紊流摧毁了。"

箐颖问："这么危险的实验，不做不行吗?"

红荧说："我们需要判断历史上是否有地外文明干扰过地球的演化，这对我们预判未来的危险、对人类的生存和延续具有关键意义。"

箐颖沉默了好一会儿，才说："那是你奶奶，又不是我奶奶。"

尴尬的沉默，从下午四点持续到晚上七点，箐颖一直在闹别扭，冷湖的夜晚来得迟，晚上 7 点钟时，太阳仍然在地平线边徘徊，红荧洗了个澡，坐在阳台边吹着戈壁滩上半凉不热的风，这里的空气干燥，再长的头发也干得很快。

"爷爷，她还在闹别扭吗?"红荧问我。

我说："她才十九岁，耍些小孩子脾气也很正常。"

红荧笑了，说："十九岁，大四学生，她学习也是满厉害的，想来也真是奇怪呢！按照时代顺序，我才应该是这里最小的，但偏偏现在我的年龄是咱们仨中最大的。”

我突然想起了有名的“祖父悖论”，问她：“假设，我说的是假设，如果你现在拿把水果刀，一刀把我捅死了，你会不会消失？”

她又笑了：“这答案我不直接告诉你，量子型平行宇宙了解一下？”

我知道她又想忽悠我去读书，但我现在没这心情，她的脾气来得快去得也快，很少像这次那样持续好几个小时的。

我和红荧来到她门前，房门紧锁，怎么敲门都没动静，我心头不安，红荧一脚踹开门，房间里空荡荡的，窗户外的冷湖老基地炊烟袅袅，一副日落时分的收工景象。

窗户敞开着，窗台有箐颖的鞋印，红荧说：“她跑回 1961 年去了。”

我问：“现在怎么办？”

红荧习惯性地摸手腕，眉头一皱，“她把我的手环拿走了！”

我问：“那手环对你很重要吧？”

红荧说：“手环很普通，但是我自己改造过它，集成了时空旅行一些常用功能的快捷方式，我不依赖手环，但是在箐颖手上只怕会弄出乱子来！”

1961 年的冷湖，入夜后的风特别冷，被太阳晒了一天的戈壁滩在冷风中被一层层吹散热气，干净的天空满天繁星，很多住在 21 世纪灯火璀璨的大城市里的人并不知道，远离城市繁华的大戈壁上，那寂静的大地上空绚烂的繁星，就是人眼看到的太空的模样。

但城市里的年轻人更少有机会体验的，是大戈壁夜星下的大地，天地间虽无灯火，却也能在星光的照耀下，让大地蒙上或深或浅的灰色，深灰的是远方绵延的沙丘，浅灰的是脚下平坦如镜的干涸盐滩。

1961 年，在整个国家的大事记中，跟往常的年份并没有太多的不同，在冷湖的历史上也只是很普通的年份，但对当年两个普通的年轻人来说，却是无法忘记的一年，这一年，我的爷爷周瀚云来到冷湖，也同样是这一年，箐颖的爷爷邵胜利牺牲，他们俩的一生，交集只有短短几个月，却活出了好像深交一生的交情。

邵胜利，妻子死于难产，一个大男人既当爹又当妈，抚养三个孩子，他的过世，就是一个原本已经破碎的家庭的灭顶之灾。

我听爷爷说过很多次，那时候的冷湖老基地就像一个大家庭，大人们结队上班开工，小孩子走家串户，女人们带孩子也顺便帮带别人家的孩子，孩子长大了穿不进去的衣服就给更小的孩子穿，多一个孩子要吃饭，也就是往粥里多舀一勺水的事情。

箐颖是邵家年龄最小的孙辈，她爸爸和伯父是我爷爷抚养长大的，她爷爷的遗像是我爷爷雇人画的，我不知道，她是不是一直想着回到1961年，拯救她的爷爷，改变一个家庭的命运。

我问："红荧，你有想过回到过去，拯救你的奶奶吗?"

红荧反问我："爷爷，那你想不想知道我奶奶叫什么名字?"

我说："以前我又不是没问过你，你说不该告诉我的时候绝对不说，该告诉我的时候就会说的。"

红荧漂浮在深夜的沙漠里，手掌触碰在身边的空气中，一幅幅画面浮现空中，呈现出冷湖地区不同地方的画面，她在搜寻箐颖的下落，老基地里看不见半点光明，这个时代的老基地没有电，没有路灯，就连点油灯的油也弥足珍贵，但我看见了老基地中，有人半夜集结，带着猎枪和自制的弓弩，检查随身携带的工具，准备出发打猎。

我听爷爷说过，以前老基地里粮食一直都很紧张，为了能让大家活下去，人们在紧张的工作之余，挤出时间组建队伍，女人们在戈壁滩上为数不多的骆驼刺和蓬草丛中搜集可以吃的野果，甚至是植物的嫩叶和树皮充饥，男人们拿起猎枪和简陋的弓弩，在沙漠里布置陷阱，追猎野兔、沙鼠等为数不多的猎物。

我潜入冷湖老基地，找不到箐颖的行踪，却找到了我的爷爷周瀚云和他的爷爷邵胜利，我不敢靠近他们，只敢躲在简陋的学校教室里，隔着窗户，悄悄看着他们星光下模糊的身影。

学校的黑板上仍然留着白天时老师的板书，看内容是高中课程，我的眼睛慢慢适应了黑暗的环境，借着星光，依稀可以看出是讲述石油工业的课程，我的长辈们在这种艰苦的地方，依靠原始社会般贫穷的生活方式，竭力支撑着一个建立先进工业的梦想。

周瀚云不在出发狩猎的行列中，他朝着邵胜利愤怒地质问：“为什么你们都能去打猎，我就不能？”

邵胜利说：“打猎很危险，上头说了，高中以上学历的宝贝蛋子不能去冒这个险。”

周瀚云说：“什么狗屁学历？我也有手有脚，不就是开枪打野兽吗？我也懂！”

邵胜利抓住周瀚云的衣领说：“我这种文盲能做的事，你也能做，但是你能做的事我做不了！所以你不能冒险！”

周瀚云怒目相对，邵胜利对身后的狩猎队说：“你们先出发，我得跟这臭小子好好聊聊。”

狩猎的队伍走到老基地门口，各自分头行动，邵胜利和周瀚云并肩走在星空下冷清的老基地里，邵胜利说：“小伙子，你见过科技的厉害吗？”

周瀚云说：“大学时老师有说过。”

邵胜利问他：“有亲眼见过吗？”

周瀚云摇头。

邵胜利说：“我倒是见过的。”

周瀚云问：“什么时候？”

邵胜利说：“1951 年初的战场上，我们被敌人的飞机炸得伤亡惨重，上头决定组织敢死队端掉敌人的机场，我们一路强行军，向着敌人飞机飞来的方向不要命的穿插前进，没日没夜地赶了好几天的路，到了尽头，你猜看到什么？”

周瀚云问：“看到什么？”

邵胜利说：“我看到了大海，海平线上很远的地方，有一艘很大的船，飞机在船上起飞。”

“航空母舰？”周瀚云吃了一惊，在国内的公开宣传中，是看不到这东西的存在的。

邵胜利说：“敌人比你们知道的更强大，当时我还剩四天的炒面，手上只有一杆枪、两枚手榴弹、一个炸药包，船离我至少十公里，我发现了敌人飞机起飞的地方，我不怕死，但是我游不过去，我什么都做不了。”

周瀚云不知道该怎么接话，邵胜利说：“你知道吗？敌人撒在战场上的那些传单，对我半点作用都没有，你猜为什么？”

“为什么？”周瀚云问他。

邵胜利大笑，“因为我不识字！”

周瀚云好像懂了邵胜利的意思，站在老基地门口，没有继续往前走，邵胜利说：“我做过一个梦，梦见以后我们国家也有这种能在海上起飞飞机的大船，那种东西只有你们这些知识分子才能造出来，我们这些不识字的大老粗，就负责在这个时代养活你们好了！要是哪天我死了，你就负责教我的孩子读书写字，叫他们别像爸这样连斗大的字都识不够一箩筐！”

邵胜利大步走出老基地，周瀚云站在老基地门口，目送他的身影消失在黑夜中。

冷湖地区的异常光波辐射，在这古老的1961年，仍然三不五时地发生着，大多数时候，这种辐射很弱，弱到只能用特殊的仪器检测出来，但极少数时候，它会变得很强，强到变成照亮黑夜的光芒。

在勘测队进入柴达木盆地寻找石油之前，冷湖地区的异常光波辐射罕有记载，毕竟这里曾经是无人区，发生过的奇怪天文现象无人记载；有人曾经想跑到尽头看看到底是什么东西在发光，追着光源跑，几天后却被发现渴死在戈壁滩上。

邵胜利听专家说过，这是冷湖地区富含氧化铁的细沙受到某种磁场影响时，释放它在历史上记录的映像，氧化铁是可以记录画面的，据说国外的科学家已经根据这个原理，用带磁性的铁氧化合物小颗粒发明了叫作“录像带”的记录设备。

邵胜利知道自己没文化，专家说啥那就是啥了，毕竟当他还是十七八岁的新兵蛋子时，部队里的专家就说过钢铁造的大船可以浮在海面上，他一度觉得钢铁这么沉重的东西能浮在水面上是很不可思议的事情，觉得专家在瞎扯淡，直到那年他亲眼看到巨大的轮船，才不得不相信这世上竟然会有钢铁做成的东西浮在水面上。

但别说是1961年，就算是半个世纪之后的2018年，也没有哪个专家知道这是远古外星人四亿年前毁灭地球生物圈的奥陶纪物种大灭绝，残留在柴达木戈壁滩中的余光。

处变不惊，是邵胜利作为一名百战老兵的优秀素质，他曾经顶着敌人的空袭，沉着冷静地朝着目标前进，跟今晚相似的异常光波辐射他经历过好几次，从来没有影响到他手中的活，他发现了一只野兔，在亮如晨曦的异常光波辐射中穷追不舍，很快就有了收获。

光芒黯淡了下去，星空下出现了平坦笔直的公路，比邵胜利这辈子见过的任何公路都要平坦、都要直，他弯腰，用手敲敲公路，结实的水泥路面。

他吃惊地看着延伸到天边的公路，心想在老基地不惜血本也只能用夯土筑造房屋的这个时代，谁那么奢侈，能找到这么多的水泥铺设这么长一条水泥公路？

背后是什么声音？邵胜利慢慢转身，看见高架在沙丘之上的铁路，白色的列车在星空下飞驰，铁路和列车慢慢地消失，出现在他面前的是数不清的巨型金属风车，在夜空中慢慢转动。

这是在他梦中出现过的景象！他记得梦中有声音对他说过，这是未来的冷湖地区，巨大的风力发电场。

邵胜利朝着风车慢慢走去，走到风车面前，才发现它比看起来的还要巨大，几十米长的扇叶在空中慢慢转动，风车的基座粗大得三四个人都环抱不过来。

他伸手触摸巨大的风车，却发现风车像幻影一样被他的手掌穿透，风车慢慢消失了，出现在眼前的是冷湖公墓，雪白的纪念碑，寂静的坟茔，沉默的墓碑上刻着一个个名字，有他不认识的人，也有他认识的朋友、同事。

邵胜利发现了他自己的墓碑，他识字不多，但自己的名字还是认识的，他伸手去摸那名字，墓碑仍然只是个幻象，手指碰触之处，就像是触摸到了空气。

"爷爷，我们终于见面了。"一个声音从邵胜利面前传来，他抬头，看见邵箐颖。

她是谁？她那身衣着打扮是他从没见过的，邵胜利疑惑地看着她，他今年二十九岁，她看起来最多十八九岁，爷爷？他一个字都不信！他只知道身后那座冷湖基地，关系到大家的梦想和未来的工业建设，在这个时代，"谨防敌特破坏"几个字深深地刻在他的脑海里。

他抬起猎枪，慢慢指向她。

回到历史，有时候是非常危险的事，你知道他是你的亲人，他却不认识你。

箐颖看着黑洞洞的枪口，整个人吓傻了，她手腕上戴着红荧的手环，讷讷地说："爷……爷爷，我还不是太懂控制这手环，不知道该怎样操纵这时空紊流……"

周围的画面骤变，邵胜利看见了荒凉的火星上拔地而起的小镇，坚固的防护罩外狂风萧萧，赤红的风沙在同样赤红的火星雅丹地貌山脉间肆虐。

邵胜利问箐颖："这是什么地方？"

箐颖结结巴巴地说："大……大概是，2105 年的火星基地吧？我也不知道，手环上的时间是这样显示的。"

邵胜利抬头看着天空，看着数不清的飞船在火星基地附近起降，火星的大气层远比地球薄，哪怕是白天，薄薄的大气层无法散射足够多的阳光，明亮得刺目的太阳像一颗特别大特别亮的星星，天空中远离太阳的区域仍是暗淡的黑夜，星星点点的星光点缀在白天的夜幕中。

箐颖不停地折腾手环，想把时间年代校准，画面一转，出现了新的城镇，大地仍然是火星般的苍茫荒凉，但从天空的蔚蓝和云朵的纯白，可以判断这是地球上的环境，跟火星上同样布局的城镇，在这里却没有巨大的防护罩，城镇外同样有飞船起降。

邵胜利问："这里是……"

箐颖紧张地说："看手环显示的年代，是2103年的地球。"

她不停地调整手环，周围的景象宛若时间倒退，从22世纪初倒退回21世纪末，再倒退回21世纪中叶……邵胜利看见了这座火星小镇是如何一步步从一所所有的无人区，逐渐变成喧闹的石油小镇，又如何因为石油枯竭而衰落，然后又怎样随着太空探索的兴起而浴火重生。

"冷湖火星小镇……"邵胜利看着周围不停变换的景象，自言自语。

箐颖说："为了在火星上建设城市而做适应性训练的火星小镇，我第一次知道这事时，也很震惊。"

邵胜利慢慢地放下猎枪，他相信了箐颖所说的一切，说："看到你们这么争气，我算是死也瞑目了。"

他并不显得太吃惊，毕竟当他还是士兵时，就见过远比他在山沟沟时能够接触到的一切都要先进的敌人，见过各种他做梦都没想到的高科技武器，眼前这些景象和曾经面对过的敌人谁更厉害，文化程度不高的他也无法判断。

箐颖睁大眼睛，摇头说："不，爷爷，我回来不是告诉你未来世界是什么样的，我是想告诉你，别去打猎了！很危险的！"

邵胜利突然举起枪，朝着箐颖身后开枪，子弹破空的风从箐颖长发边划过，野兽濒死的嚎叫声从她身后传来，不知什么时候，她身后竟然伏着一头作势待扑的狼，身躯足足有牛犊大小。

箐颖看着垂死挣扎的狼，发出一阵惊恐的尖叫，凭着这声尖叫，我们终于在这根本找不到可以辨识位置的戈壁滩上找到了箐颖的去向，我们发现了更多的狼，正从四面八方向他们涌去。

狼群！邵胜利看见黑夜中出现了很多绿幽幽的眼睛，大声对箐颖说：“你赶紧躲我身后！”

狼群扑了过来，邵胜利知道在这种时候，只能多活一秒算一秒，天空突然传来机枪的突突声，狼群像割草般被一片片扫倒，邵胜利抬头，只看见天空悬浮着一个奇怪的机器，它下方挂载的机枪正在喷吐着火舌。

“幸好及时赶到！快上车！”我打开越野车的车门大声对他们说。

邵胜利看着这陌生的越野车外形，好像被触动心底什么回忆，他的枪口又抬起来了，我大声吼道：“放下你的枪！给我看清楚车标！是不是敌人自己心中没点数吗！”

十万火急的关头，红荧比我还暴躁，她将邵胜利一脚踹进车里，再把箐颖塞进去，大声说：“快开车！”我猛踩油门，越野车撞翻几头狼，突破重围，身后的机枪声刺痛着耳膜，纵使这死神寒芒般的机枪喷吐着火舌，也无法阻止狼群前赴后继地涌来，它们也是在设法活着，在饿死和被打死的抉择中试图寻找猎物填饱肚子。

而我们，绝没有牺牲自己给它们充饥的道理。

8. 那些无法拯救的牺牲

“你没办法改变历史，你只是一滴回到过去的水花，纵使倾尽全力，也无法改变历史长河滚滚洪流的方向。”

“我不想改变历史，我只想拯救我爷爷。”

晨曦初露的大戈壁，火红的朝霞映得大地如金沙般绚烂，远方的雅丹地貌橙黄交错，宛若一座座兀立的金山，红荧坐在越野车顶上，试图劝说箐颖，箐颖低头看着轮胎上的狼血，她倔强的性子不是那么容易被说服的。

我和邵胜利在聊男人的话题，十年前那些战场上的日子，他像是不愿提起，但又很矛盾地忍不住提起，铁汉子的荣耀和泪水，有时候就像硬币的两面一体，无法分割。

远征的舰队是男人的浪漫，手机屏幕上，我给邵胜利看了地球联合舰队离开火星基地，前往更遥远的星空的视频，邵胜利问：“这是你们的时代?”

我说：“这是我的孙女从更遥远的未来带回来的视频。”

“你们在害怕某样东西。”邵胜利虽然没读过什么书，但老兵的敏锐直觉让他做出了判断。

红荧颇为诧异地看着邵胜利，她不敢相信没什么文化的邵胜利竟然能做出这么准确的判断，他们的确有很害怕的事情。

邵胜利问红荧：“你们这是想去对付谁?”

红荧从箐颖手腕上解下手环，按下一个按钮，四周出现了远古的奥陶纪幻象，邵胜利看见了远古外星人的探测器，看到了奥陶纪的毁灭……

“你们怕这样的事情再重演?”邵胜利问她。

红荧说：“我们的远航舰队在不少星球上发现了远古外星人留下的爆炸坑，他们利用这种爆炸制造出的弧形反射面收集星球反射的光芒，分析判断星球环境是否适合他们生存。”

邵胜利问：“他们调查了那么多星球，结果4亿年了，却什么都没做?”

红荧看了一眼箐颖，说：“如果真发现外星人，不管他们比我们先进多少年、强大多少倍，都不是我最害怕的事；但是至今为止我们发现了不少他们存在过的痕迹，却始终找不到活着的外星人。”

我问：“哪些痕迹……”

红荧接过我的话茬回答说：“最‘年轻’的都有四亿年的历史。”

宇宙的年龄在一百亿岁以上，宇宙中第一批恒星的光芒在九十五亿年前亮起，地球也有五十亿年的岁数，一个文明早诞生四亿年还是晚诞生四亿年，对漫长的宇宙时间尺度来说就像是一个婴儿早出生几小时还是晚出生几小时的区别罢了，但对两个不同的太空文明来说，却很可能是君生我未生，我生君已逝。

邵胜利皱眉说：“如果找不到活着的外星文明，只怕才是最可怕的事。”

箐颖不解地问：“为什么？”

红荧说：“老祖宗说得对，如果找不到活着的外星文明，那就意味着他们已经灭亡了，宇宙是很危险的地方，在历史中，我见过很多次超新星爆发，每一次照亮整个夜空的爆发，就意味着有一颗恒星走向死亡，超新星爆发时的伽马风暴可以抹去方圆十几个光年，甚至更大范围的一切生命，那些被抹去的外星文明中，并不乏比我们还先进的文明。”

邵胜利默默地站起身，拿起猎枪，朝着戈壁滩的深处走去，箐颖紧张地问他：“爷爷！你去哪里？”

“去打猎。”邵胜利回答得理所当然。

箐颖大声说：“不要去！周瀚云爷爷告诉过我，1961 年，你有一次去打猎，再也没能活着回来！”

邵胜利回头看了箐颖一眼，说：“人都是会死的，要么饿死，要么被野兽咬死，我不去打猎，大家吃什么？今天知道你们这么有出息，我也得努力给你们打个基础。”

邵胜利的身影远去，红颖撒腿就追，红荧紧拉住箐颖说：“他都下定决心了，咱们能救他这次，那下次呢？你能救他多少次？”

箐颖红着眼睛流着泪说：“你懂什么！那是我爷爷！又不是你爷爷！”

红荧说：“2095 年，时空实验失控，我奶奶把所有的学者关在防爆门外，对他们说：‘我已经九十六岁，没几年好活了，你们冒死去关反应器，也不过是让我白发人送黑发人，怎么对你们的父母交待？’我小时候，一直不明白奶奶为什么做出这样的决定，直到见到了邵胜利，我才明白，原来长辈是会为了儿孙辈的幸福去牺牲的，哪怕你试图拯救，他仍然会义无反顾地面对危险，把你护在身后。”

箐颖大声咆哮：“别提你奶奶行不行！我又不知道她是谁！”

红荧紧紧抱着箐颖，在她耳边说："我奶奶的名字叫：邵箐颖。"

我们并不能改变历史，也无法真正去拯救谁，回到2018年，邵胜利的墓碑仍然在冷湖公墓里，陪伴着他的朋友们，静静地矗立着。

我的越野车停在公墓门口，箐颖站在爷爷的墓碑前，似是有说不完的话要倾诉，有些人，你救过他一次，他为了后世子孙的幸福，还是会再次慷慨赴死。

我站在车边，红荧坐在车顶，对我说："我回到2018年，也就是想见见你们，并没有想过要改变些什么，你不会以为我缺心眼到只见爷爷不去见奶奶吧？"

天青苍，沙海茫，我听着风在耳边响，我听着红荧诉说我和箐颖未来的故事，看着冷湖的未来，这冷湖是否真有外星人留下的遗迹，其实已经不重要了。

如果这世上真有外星人，他们是敌是友仍然是未知数，我们必需足够强大才能抵御未知的风险；如果外星人已经不在，那就意味着宇宙中本身存在比外星人入侵更危险的自然灾难，我们也需要更强大才能求得一线生机。

我们该怎么做？我们的爷爷辈已经告诉了答案，冷湖是我的爷爷辈们在那个艰苦的年代梦想起航的地方，冷湖为了变得强大的梦想寻找石油而兴起，也因石油枯竭而衰落。

但爷爷辈们的奋斗只是梦想起航的第一步，在红荧的记忆中，通向更广袤的无尽星海的冷湖火星小镇，现在才刚刚萌芽。

（本文获得冷湖奖优胜奖）

★ LENGHU STORIES

冷湖之夜

王诺诺

/ 作者简介

王诺诺，剑桥大学土地经济系硕士，新人科幻作者。主要作品有《风雪夜归人》《地球无应答》《改良人类》等。现于腾讯担任研究员。

/ 颁 奖 词

这是一篇如同舞台剧一般精致的小说，形形色色的人物，在刻意调度的单一场景中狭路相逢，极强的戏剧性如同洪水暴发。精心设计的细节或让人会心一笑，或让人颔首沉思。冷湖需要这样的文学，将冷湖的过去、现在与未来，将所有冷湖人的命运，牢牢地交织在一起。

青稞酒，多少年没这么喝了？

冯时晃晃悠悠地从招待所出来，边走边想。自从十五岁离开冷湖，就再没好好见过大漠孤烟；当二十岁离开青海，就再没好好喝过青稞酒。

他把生意做到了上海、中国香港、新加坡和伦敦，在相隔万里的酒桌上喝过啤酒、红酒、白酒、洋酒、鸡尾酒，有的一口闷，有的细细品。但没有一种酒像家乡的青稞酒，浑浊灰白，有苦有甜，不知不觉间就能把他带回童年。

他扶着门框松解领扣，抬头看见月亮，索性就借着月光和酒劲儿出门，把屋里的一桌人抛到脑后。

街上没有人，影子就是唯一的同伴，但冯时记忆里的冷湖不是这样的。在他小时候，镇上住着近十万人，工会隔三差五的组织看电影，孩子们玩斗鸡，抓羊脚骨，好不热闹。现在，这里只剩区区几百户。就在今天上午，他回了趟学校，看了曾住过的校舍，因太久无人使用，屋顶塌了一半，连带他的课桌、他的青春一起埋在了那片土黄色里。

街上只剩下风了，越来越大的风，唯独这风他熟悉，夹杂着细碎的富含钾元素的粉末扑面而来，是咸的。

二十世纪六十年代，柴达木油田年产原油近三十万吨，占全国总量的百分之十二。因此，一座石油城就在这无人区生生地冒了出来。但自从 1978 年地中四井停止产油，小镇便萧条下去。工人多被抽调到大庆油田、胜利油田支援建设，还有人为了营生各奔东西，就像这里的沙砾一般，风一吹，就消散在岁月深处，无踪可觅了。

冯时是在九十年代离开冷湖的，他很有商业头脑，下海创业后，将青海的钾肥卖到了全球各地。如今，作为成功民营企业家，他受邀回到故乡——能源型小镇因为能源枯竭，于是谋求发展第三产业，希望他能牵头投资几个项目。

但冯时也是一个精明的商人，他比谁都清楚，冷湖地理位置特殊，向北驾车到敦煌四个小时，向东驾车到德令哈要六个小时，而在这十个小时的路途中，有高大齐整的风车农场，有连绵起伏的山脉，也有亘古不变的沙海，唯一缺少的便是人烟。走几个小时愣是见不到人影，这样的地方，在中国还真是不多见！他在心里掂量了一下项目的难度、投入和预期的回报，不由得打起了退堂鼓。

刮来的风渐渐大了起来，逆风行走开始变得困难。冯时再一抬头，刚才明朗的月亮不知何时已被云翳遮蔽，根据以前的经验，冯时判断可能有一场沙尘暴要来了。

他想原路折返，但招待所的灯光却看不见了。脚底的触感变得粗粝而不规整，也许自己已经偏离了马路。一阵狂风袭来，冯时猫起腰想抵御气流对躯干的冲击，口鼻还吸入好多沙子，迷了眼，不住地流泪。

等他再睁开眼睛，发现前方的一片混沌中隐隐有一幢小楼。显然不是招待所。为了迎接贵客，招待所向来是灯火通明。而这幢小楼却只在窗边点起一盏豆灯，不像日光灯，也不像白炽灯，幽暗得仿佛一口气便能吹灭，但身处几百米风沙以外的冯时却看得一清二楚。

冯时顿时觉得十分诡异。但他明白，戈壁上的黑风暴移动速度可达十八米每秒，在原地干耗显然不是最优解，只得硬着头皮向前走。

黄沙把人的视野糊成一片灰黄色，即使挨得很近，也看不清那幢小楼的全貌。它的大门倒是令人印象深刻，冯时的掌心刚碰到门的边缘，就感到一阵细微的电流。他迅速缩回手来，看见自己的掌纹在刚刚触摸的地方闪烁了一下，门咔的一声，开了。电子合成的机械男声响起：

“冯老板，欢迎回来，我们在此恭候多时。”

冯时听完不禁皱眉，老板？谁是你老板？这还没说要投资呢，怎么语音系统就被设置成了这样……难不成，连电子锁都学会维护投资人关系了？

他环顾四周，尽管门禁系统很先进，小楼内部却简陋异常。进了玄关只见一间庭室，除了四把椅子、一张桌子，还有桌上的零散茶具纸笔外，空无一物，实在不像有人居住。

怪了，没人住，这屋子怎么又亮着灯呢？

正这么想着，门从外侧被推开了。

风沙里站着的身影显得格外单薄，来人穿着少见的宽袍大袖，摘下披盖，居然还是个光头。

“叨扰了，小僧乐傅路过此地，苦于风沙太大无法前行，能否入内一避？”

“竟然是个和尚，怪不得穿成这样……”冯时小声嘀咕了一句才招呼道，“其实我也是在这儿躲沙尘暴的，快进来坐吧，等风停了再说！”

“多谢施主。”和尚走进房内，看那几把木头椅子，仿佛是在端详什么新鲜玩意儿，好一会儿才学冯时那般坐下。

冯时顿生疑惑，据他所知，冷湖附近并没有寺庙，飞沙走石的此刻，在这种地方居然遇到一个和尚——该不会是假和尚吧？

然而和尚并没有主动搭讪，眉目和善清秀的他只是微微笑着，闭目养神。倒是冯时被突然的沉默弄得有些尴尬，当他正准备说点儿什么缓解尴尬的时候，门外又传来一阵急促的脚步声。

“可算是有救了！屋里有人吗?!”是个大嗓门，话音刚落，门就被粗暴地推开，寒冷的狂风猛地灌进来。冯时起身，目光对上门外一个高大男人。

男人的穿着和冯时的西装革履形成鲜明对比：一双解放鞋，背着个帆布大包，脸上的胡茬让人猜不出年龄，身上的军绿色风衣似乎长时间没有洗过，裤脚和袖口都有着油腻的污渍。

“老乡！我能进来躲躲吗？风实在太大了！”他喊道，声音竟盖过了风声。

“进来吧。”

冯时心想，估计这就是个流浪汉，或者是被人骗了的驴友吧。现在屋子里有三个人了。

刚进屋的人很健谈：“诶！跟大部队走散了，又赶上沙尘暴，幸好遇见你们。哦，还没自我介绍！”他清清嗓子，摘下手套向冯时伸出手，握了一握，冯时几乎立刻察觉到他手上有厚厚一层茧子，“我叫杨献，青海石油地质普查大队的，到这儿来是为了完成测量勘探任务。这位同志，这里可是无人区，你待在这里……应该也有组织布置的光荣任务吧?”

冯时心里冷笑一声，这人穿得如此寒酸，语气却拿腔拿调的。他又看了一眼那和尚，果然，和尚也是一愣，显然不适应他说话的方式，但出家人的那股云淡风轻很快又占了上风：

“沙门乐僔，来此地也是机缘，风沙正紧，多谢这位施主收留我暂避。”他朝冯时和杨献分别颔首。

“我叫冯时，就是冷湖本地人，在这儿长大的。你俩不用担心，这种程度的沙尘暴不算稀奇，估摸着后半夜就能停了。”

“嗯？冷湖本地人?”杨献疑惑地问，“你是说……这儿叫冷湖?”

“是啊。”

“不对啊……海西柴达木腹地，自古以来就是无人区，哪儿来的名字？又哪儿来的本地人?”杨献狐疑地挑起眉毛。

没等冯时解释，门又开了。迎着灯光，三人看清了门外的陌生人，他的五官格外立体，衣料上的纤维好像带着静电，四下炸开。看到屋内的人，陌生人似乎也吃了一惊，随即自言自语道：“糟了糟了糟了，地球上居然真的有人？难道跃迁引擎这次……把我送到未来的地球了?!”

陌生人边自言自语边往屋里走，没有征求任何人的意见，径自坐下。现在，房间内的四把椅子都坐上了人。

“抱歉，三位，我的计时器和定位装置都出故障了。想问一下，这儿是哪里？”

“海西冷湖镇。”冯时说。

“柴达木盆地北部的无人区。”杨献说。

“大凉沙州。”乐傅和尚道。

三张嘴同时说话，给出的答案却完全不同，三人听闻也面面相觑。

新来的人继续问：“那么……现在是哪一年？”

“1954 年。”

“2018 年。”

“建元二年。”

“哎……看来跃迁引擎启动的时候，还是造成时空扭曲了！”陌生人抬手揉了揉太阳穴，一副头疼的样子，“抱歉，各位，我来自火星。准确地说，在你们的概念里，是远古时代的火星。我的跃迁引擎出了一点问题，似乎引起了时空涡流……”

“火星？”乐傅和尚问。

“就是这一颗。”刚进来的人衣服上的纤维忽然变得服帖柔顺，布料变换了颜色，成为一块屏幕，清晰显示出火星的样貌和它在天空中的位置。

“哦……那便是荧惑。荧荧火光，离离乱惑。不曾想，星辰之上也是仙人的所在。”乐傅淡然道。

“我可不是什么仙人，和你们一样，是人。”他想了一下，又改口道，“不过，我生活在你们的过去，算是你们的祖先，而且火星文明确实远超地球文明的水平。所以，称我为仙人……似乎也没什么错。”

冯时不禁嗤之以鼻，“火星人？兄弟，你是在演戏吗？这剧本也太烂了，破绽百出，你不是计时器坏了吗？那你怎么知道我们是在你时代之后的人类？”

“因为这显而易见啊。自从我们第一次用望远镜观测地球，这里就一直是一片荒芜。即便后来向地球发射了登陆车，采回的土壤样本里也没有生命存在过的迹象。而现在，你们出现在地球上，还跟我长得一样……唯一的合理解释，就是在未来，生命播种计划取得了成功，地球沿着火星的进化之路诞生了新的文明。”仙人对冯时说道，语气就像是在解释一加一等于二。

“等等等等……你们播种了地球？你的意思是，最早的生命起源于火星？”

“是啊。火星与太阳的距离适中，公转一周六百八十七天，四季分明，矿产丰富，生命就起源于全太阳系海拔最高的奥林匹斯山脚下。至于地球……虽然有着和火星差不多的自转周期和自转轴倾斜角，但这儿没有液态水，飞沙走石，不像火星处处鸟语花香。”

“火星鸟语花香？地球飞沙走石？怎么跟我的常识刚好相反……”

“这儿不就是飞沙走石吗？”仙人指指窗外，隐隐能看到巨型雅丹群的轮廓，风从天然形成的土堡间呼啸穿过。

冯时反驳道：“冷湖是个特例，地球可不是到处都这样的！事实上，火星才是不适宜生命生存的地方，近地大气只有地球大气百分之一的密度，而且饱含二氧化碳，昼夜温差巨大……”

面对这个夜晚发生的种种诡异事件，冯时感到烦躁不安，习惯性地把手伸向西装内兜，摸出一包烟来，但发现自己的打火机忘在了招待所。

“乐僔师傅，有火吗？”冯时把烟叼在嘴里问。

“小僧云游四方，难免风餐露宿，自然是备着的。”和尚说着从袖中掏出一块扁形的物件递过来。冯时被冰凉的触感一惊，连忙接过来在手中端详，那是一把朴素的火镰，仅在一块长形金属的两端锻造了个环形，拴着粗糙的皮夹以贮存火石和艾绒。

这哪儿像二十一世纪的工业化产品！

这时，只听勘探队员杨献对他俩厉声道：“不要胡闹！这一片的地下构造尚未探明！我们很可能就坐在天然气和石油田上面，在这里点火，是想找死吗?”

杨献近乎歇斯底里的呵斥，一点没有开玩笑的样子，冯时又瞥了一眼手中明显来自古代的火镰，终于无可奈何地掐了烟，一副缴械投降的样子，向“仙人”问道：

“好好好，就算你是火星人，就算你是我们的祖先。能跟我们说说？为什么我们会遇见？你刚刚说的那个跃迁引擎又是怎么回事儿?”

“在我生活的时代，火星的开发已经饱和，我们不得不向深空进发。跃迁引擎就是一项太空航行的划时代发明。引擎启动的三个步骤看似特别简单——压缩空间、制作虫洞、穿越虫洞，但是虫洞的存在极不稳定，这次穿越它时，就引发了时空涡流。我连带着机器一起，抵达了地球上某个不稳定的时空中。至于你们……你们三个正好出现在冷湖小镇附近，就被牵连进来了。不过，不用担心！依照我过往的经验这只是暂时的，过一阵子就会恢复正常。”

杨献忙问：“一阵子？那是多久?”

“快的话可能就一会儿，慢的话……”仙人面露难色，身上的衣服也随着他情绪的波动变成了忧郁的深蓝，“慢的话……那就不好说了。”

“那怎么行?!”杨献一把将棉线劳保手套甩到桌上，“再这样拖拖拉拉下去，我们632地质队的任务岂不是要耽误了!”

“等等，你说你是632地质队的?”冯时打断道。

“对，我是632大队的。”杨献自报家门，脸上露出自豪的神色，“为了适应工业建设的需要，经毛主席亲自签发命令，我们解放军第19军第57师改为石油工程第一师。战友们脱下军装，穿上工装，放下钢枪，拿起铁锹，632大队就是其中最光荣的一支队伍。”

从小在冷湖长大的冯时，对632这个编号实在是再熟悉不过了。当初正是这支队伍在冷湖发现了含油的地质构造带，才有了后来数万石油人进驻荒漠深处的壮举。

“你……不用那么着急，石油就在那里，又不会跑。”

“话可不能这么说。仗才刚打完，帝国主义就虎视眈眈，蒋介石政府的特务也蠢蠢欲动，只有造出汽车大炮，才能获得下一阶段斗争的胜利。而发展工业，不能没有石油！可直到现在，我们还没找到具备开掘潜质的地质构造带……今天又被困在这里，如果因为我耽误了勘探任务，这该怎么办?”

乐僔和尚微微欠了欠身，“小僧见识粗鄙，不知诸位所言‘石油’乃何物，但因以身事佛，有一事却格外明了：有所求，求而不得，乃八苦之一。你我皆肉体凡胎，莫说所求之物落在大漠黄沙间，即便近在咫尺，若无缘亦是求不得。我曾遇见一位龟兹高僧，名曰罗什，他所译《金刚经》有云，一切有为法，如梦幻泡影，如露亦如电，应作如是观。如此，施主不必太过介怀。”

“你一个出家人，超脱三界外，不在五行中。操心的事无非是经文佛法，修为够了就成佛成菩萨，怎么可能明白!”

乐僔神色一暗，似被戳中心事，“我自三岁出家为沙弥，二十岁受足二百五十戒，成为一名比丘，本想以一生修习佛法，暮鼓晨钟也就罢了……谁知，乱世之中，佛堂亦非清静之地。”

他站起身，面对窗外的狂风，缓缓道：“赵国国灭十二载有余，辽东慕容氏、河西张氏、吉林高氏，分镳起乱，北方再无宁日。南方又有晋朝廷，昏懦无能。一时哀鸿遍野，饿殍载道。流民拥入寺庙，奉上祭献长跪至天明，但到头来……”乐僔垂下脑袋，“求家人团聚的，落得卖儿鬻女；求乱世保身的，落得颠沛流离，唯有……佛龛香火缭绕如旧。佛说，西方佛土无有众苦，但受诸乐，故名极乐。如此，何故又有这秽土，令苍生受苦?!小僧愚钝，这一事竟无法参透，故拜别师父，湖海云游，以期寻找到现世的净土。”

杨献点头，向乐僔问道：“哦……所以那个净土，你找到了吗?”

“不曾找到。我四处拜访高僧大德，听禅讲经。曾在太行山遇见慧远，他将希望寄托于往生；在襄垣见过法显，他将成文律藏视为求解世间万难的法门。但这些都无法回答我的问题——现世究竟是否存在净土？如何才能在世间获得善果与快乐?”

乐僔和尚的问题一时无人能答，静默中，时间仿佛凝滞的胶体，压抑得众人呼吸凝重。

好在屋内灯光是温情的，火星仙人拿起桌上的壶，又倒了四杯茶，分别递给在座的每一位，长叹道：

“太难了！如何让所有人获得快乐……这个问题即使在火星，我们也没有答案。所以我劝你啊，还是别找了！”

乐僔苦笑着摇头，呷了一口杯中的茶水。

冯时对仙人疑惑地说：“嗯？你不是说火星科技远超地球，你们还有什么可烦恼的呢？”

“正因科技发达，才知道自己的渺小，正因文明成熟，才在宇宙中感到寂寞。除了在地球进行播种之外，我们还想向太阳系外扩散。每一艘载有跃迁引擎的飞船上只配备一人，但跃迁引擎很难确定虫洞那一端连接的时空，我们面对的，是一次又一次像今天这样的失败，这种孤独感是无法言喻的。”

“一个人？都说团结力量大，为什么每艘船只有一个人？”杨献问道。

“这样可以降低探索成本，让文明有更多扩散的机会。一旦找到适宜的星球就培育胚胎，利用飞船搭载的物资改造环境。但这谈何容易呢？谁也没法保证我们能找到这样的星球。多想有人可以告诉我们，这样一次次的尝试究竟是不是徒劳……”

“不是徒劳。”乐僔坚定地说道。

“嗯？”仙人一愣，“你也懂星际航行？”

乐僔摇摇头，“小僧不懂，只是想那星辰之间，必是极为宽广，极为荒凉。而我所知道最为荒凉的所在，是白龙堆沙海。玉门以西，广袤五百里，白沙如雪，荒无人烟，是去往龟兹途的必经之地。我曾独自路过白龙堆，那里沙质极轻，狂风吹过，沙砾遮天蔽日。偏那一次又遇上羊角风，本以为命不久矣……”

“白龙堆沙海？”杨献惊道，“乐僔同志，难道你一个人穿越了罗布泊？”

乐僔点头，“小僧想着，一粒沙虽小，可立于指尖，亦可千万粒聚合成沙海；脚下一步虽短，但只要方向确定，千千万万步终能把我带出沙海。果不其然，我不但走出了沙海，还在今晚遇到了诸位。”

“千千万万步……你们这种程度的文明能有这样的见解……虽然感觉挺笨的，但……”仙人若有所思，身上的衣服变成了一张浩瀚星海的图案。

杨献说：“乐僔同志，你说得确实有道理。我们响应时代和祖国的号召，来戈壁勘探小半年了，一队骆驼两条腿，难道还怕苦吗？哪怕凭着罗盘加榔头，把沙漠翻个底朝天，我们也要找到石油！”

“呃……其实，我知道石油在哪里。”冯时突然说。

是的，冯时实在太清楚了，年幼时他就坐在工程师父亲的肩头看过油田。那时，冷湖五号地中四井一片热火朝天，“磕头机”有规律地在盐碱地上打着拍子，将石油源源不断从地底抽出。而油田的远处停放着油罐车，它们静待把抽出的原油运到玉门、兰州进行炼制。

“什么？你知道石油在哪里?!”

“我知道。但我也希望你明白……虽然冷湖油田曾有日喷原油八百吨的盛况，但到了我生活的时代，原油还是被开采完了，到最后小镇日渐荒凉……”

“你说什么？井喷？日产高达八百吨?!”

“是的，三天三夜的井喷之后，工人在地中四井周围筑堤储油，原油在戈壁上汇集成湖。一群路过的野鸭还误以为那是淡水湖，想落下歇脚，结果统统被原油粘住了翅膀。只是那样的光景没持续太久……三十年后，资源枯竭，油井纷纷废弃，冷湖镇又重归萧寂。如果早知耗费毕生心血建造起的城市和油井短短数十载就化为黄土，还有谁愿意去大漠深处奉献一生呢？”

虽然冯时说得很感慨，可杨献似乎根本没有听进去，依旧沉浸在兴奋之中，“快告诉我，那个地中四井在哪里？我出发之前，曾与战友们共同宣誓：志在戈壁与祁连同在，献身石油与昆仑并存。找不到石油，我们绝不回去！”

冯时听到这誓言微微一怔。因为他清楚记得，在冷湖四号的东南角有一块墓地，埋葬着勘探和挖掘石油时死去的人，四百多块墓碑，全都向着东方的故乡。小时候，他常与同伴在墓地里探险，他的手指曾细细触摸过墓碑上的一句句墓志铭，虽然刻痕被风沙剥蚀，但不知怎的，那成了冯时童年最深刻的记忆……

“你刚刚说，你叫杨献？是羡慕的羡，还是宪法的宪？”

“奉献的献。”

冯时不自觉念出声来：“‘杨献，1919－1955，志在戈壁与祁连同在，献身石油与昆仑并存’——那墓志铭竟然是……”

他心底泛酸，眼前健壮的青年，竟然已有既定的命运等待着他。

杨献丝毫不明白冯时在感伤什么，只是自顾自地说：“原油总有枯竭的一天，人也有死去的一天，最重要的是在他活着的时候，为理想奋斗。冯时同志，我能想到最崇高的事情，就是为祖国的石油工业建设献出一份力量！只有这样度过我的一生，才能做到像奥斯特洛夫斯基说过的‘当回忆往事的时候，不会因为虚度年华而悔恨，也不会因为碌碌无为而羞愧’！”

杨献身上有一种存在于过去时代的东西，冯时曾经在他父辈那里见过的东西。他思考了一会儿，拿起桌上的纸和笔，边画边解释道：

“当金山以南有一个半咸水湖，游牧的蒙古人叫它‘奎屯诺尔’，意思是冰冷的湖。见到湖，再往东南十多公里，在这里，你们可以打出丰产油井——地中四井。除此之外，从冷湖湖畔开始，有连成片的可开采地质构造带，自北向南分别是冷湖一号、二号、三号……七号……”

杨献接过那张地图草稿，凝视良久，随即又将它叠起，如对待珍宝般小心翼翼地塞进风衣内袋里。

“祝贺杨施主，得偿所愿。”乐傅笑道。

杨献向乐傅勉励道：“谢谢！乐傅同志，你也要向着目标努力啊！对了，至于你刚刚提到的那个净土……我不知道什么是净土，也不知道什么是世人的安稳快乐。我是个石油工人，只知道最大的宝藏、最大的奥妙就在地壳下，就在石头里！只要我们找准地方打个洞，一直向里挖，宝藏自然就会出现，人民就会获得快乐的生活！要不……你也试试?”

这番喜悦中带着些傻气的话把冯时逗笑了，乐傅和尚却听得入了神，自言自语道：

“奥妙就在石头里……打个洞深挖，世人就会获得……快乐?!”

夜越来越深，温度也下降至冰点，屋内却交谈甚欢，仿佛这一隅方寸独立于寒冷与狂风之外。四个陌生人围着一团灯光，身份迥然不同，心怀相去甚远的夙愿，但这场沙尘暴便是连接他们各自故事的纽带，是时空巧妙而又柔软地打出的一个结。

就在屋内的人语逐渐高昂的时候，一道光亮在天边闪过。窗外一阵亮红，眩光令四人一愣。

“怎么回事?”仙人边说边推开门往外跑，“这是……时空快要恢复正常了!”其余三人听闻，紧紧跟了出去。

门外的风沙已经停下了，映着微弱的曦光，冯时看清近处横着一个一层楼高的纺锤体，外立面和仙人的服装材质十分相似，估计这就是搭载跃迁引擎的旅行装置了。昨晚的沙尘暴并没有令它的表面沾上一粒黄沙。

“看着很有科技感，但这实在不像会飞的样子……”冯时咕哝着。

仙人将自己衣服的一角与纺锤体相连，转眼就与它融为一体，整个外立面变成了屏幕，飞快跳闪着各种数据。

冯时猜想这也许就是火星人读取数据、维修装置，乃至处理人机连接的方式。屏幕最后定格在一串数字上：1018324。火星仙人急匆匆与纺锤体断开了连接，向远观着的三个人跑来。

“怎么了？时空能恢复正常吗？”

“能。一会儿我们四个就会回到各自的时空里。”仙人皱着眉说。

“那你怎么一脸不高兴？都是大老爷儿们，还不舍得了？”杨献打趣道。

“因为我的计时器修好了。没想到我的猜测是错的！你们生活的时空不在我之后，而是在我之前！一百万个火星年，也就是两百万个地球年之前！这也就意味着……”

冯时接道：“这意味着……你根本不是我们的祖先；相反，是地球人改造了火星，播种了火星，让火星沿地球的生命之路加速走了一遍！”

仙人极不情愿地点了点头，“是的。但无论如何……火星上的我们从未观察到地球上存在智慧生命，地球也变成了不适宜居住、一切生命痕迹都不存在的地方……这究竟是为什么呢？”

“此间生灭，有‘成住坏空’四劫。”乐僔合掌闭目道。

“乐僔师傅的意思是……在播种火星后，地球上发生了灾难？灾难大到彻底改变了地球的生态，抹去了一切人类存在的证据？”

“能够彻底消灭地球文明的力量……究竟会是什么呢？”冯时不禁有些感伤，自己生长的家园，不仅是冷湖，就连地球，也难逃昙花一现的命运。

“不论那力量是什么，它正是我们需要进行文明播种的原因！生命太过脆弱，只有开拓边疆，备份文明，才能够让人类在宇宙中存续下去……”

“所以，只有我们地球人的后代播种了火星，文明才能逃过一劫么……”冯时喃喃道。

“是的，而且只有我们火星人播种了其他星球，人类文明才有未来。”火星仙人好像突然想起了什么，对乐僔说道：“谢谢你的启发，沙砾和沙漠的比喻，我记住了，你能独自走过白龙堆沙海，那么我也能一个人找到适合播种文明的星球。”

乐僔听罢，道：“而我要感谢杨献施主。”

“我？”杨献不解。

“你说世上的奥秘和世人的快乐就在石头里，找准地方打个洞向深处挖掘，就一定能找到。此乃小僧听过最玄妙的禅机。般若原不在外物，明心见性有悟，那双目所及，双手所造，皆是净土。我既见众生苦，那便觅一处山岩，凿出千千万万个洞，洞内塑出千千万万座佛像，洞壁以矿石颜料绘出净土之景象，将极乐以经变示以众人。画像务求华美动人，让世人看后心情愉悦，也让后人永远铭记，无论是盛世、乱世，只要内心平静，那便身处净土。”

杨献对乐僔的话一知半解，“乐僔同志，你可别谢我，我就说了几句俗话，也没做什么。不过我要感激冯时同志！多亏你告诉了我油苗在哪里，我们石油工业的胜利指日可待了！”

“那是应该的……”冯时草草答应道，“我是一个商人，今夜经历的一切都不符合商业逻辑，也不符合客观规律。但多亏你这个火星人，我也找到了答案，关于人类文明的答案。我决定要在冷湖建一座航天城市，虽然这将是一项长达数代人的大工程，但在未来，它将是地球向火星进发的基地，嗯，名字已经想好了，就叫‘冷湖火星小镇’。它将成为地球向火星播种的第一步，也是我们向宇宙备份扩散的第一步。”

“火星小镇？”

“对，冷湖火星小镇。”

“你转过身看看。”杨献指向冯时的身后。

冯时转身，此时天已亮了大半，晨光里的一切都像是被浸润在金色的液体中，因为土壤含盐量过高，太阳倾斜照射时，地面析出的盐结晶反射着一片广阔又灵动的闪光。

而在这一片美好的底板上，是一座小镇。

它不大，建筑也不算华丽，但它却实实在在伫立在戈壁滩上，像一个守望火星的孩童。

“是叫你抬头看！”杨献又道。

冯时应声抬起头，在小镇的入口处，也就是他们待了一夜的那幢小楼的门楣上，挂着一块不大的招牌：

冷湖火星小镇欢迎你

“火星仙人，快帮我看一下！现在……不，我们四个待了一夜的这个时空是哪一年？”冯时的目光依然停在招牌上无法移开。

“地球历吗？”

“对对！”

“公元2022年。9月，9月15日。”

这时，天际间一道似曾相识的红光再次闪过。紧随其后，又有红光从一个小点晕开，在整个天边慢慢扩散。

“时空涡流要消失了……我们都要回到正常时空里了！”

杨献向众人挥一挥手，只留下一个背影，“这光我眼熟！油气苗露头着火了，远看就是这样，好兆头啊！我要带上战友们照着你给的地图去一探究竟！”

乐僔合掌微微躬身，“在小僧眼里，那光便是万丈佛光。光的方向似是西北边的敦煌……我要去那里开凿佛窟，塑画佛身，为世人打造尘世净土，再莫有更高的追求了。”

“等这光消失之后，我就要进行下一次跃迁了。”仙人顿了顿，“我也得快点找到靠谱的星球，人类文明的未来，说不定还在我的肩膀上呢。”

然后，光就消失了，一同消失的，还有那座火星小镇。冯时来不及记下小镇的细节面貌，却记得在它消失的那一刻，小屋里又传来一句机械合成的男声：“冯老板，一路平安。我们将在此继续恭候您！”

老板？冯时心里默念了一下，霎时全都明白了。果然，面对无尽时间与无尽空间里的所有困惑，只有人类自己能够给自己满意的答案。

小镇消失后，冯时发现自己处于一片雅丹之中。雅丹本是湖底的沉积，湖床干涸外露地面后，被风和流水侵蚀，形成了无数的巨型黄色土像，绝对静默地等候在岁月的边际。

它们又在等着些什么呢？

冯时一边想着，一边沿原路回到了招待所。

投资人在酒席上离开，又赶上夜里的沙尘暴，镇上几乎大部分成年人都出去找了一夜。但这一夜，冯总就如同凭空消失一样，在夜色和风沙里不见踪影。

早上太阳升起的时候，精疲力竭的人们纷纷回到招待所，却看见了令他们难忘的一幕——

昨晚的残席还没来得及收拾，冯时坐在餐桌一角，手中翻着一份新打印出来的合同。晨光照在他的脸上，脸色好得完全不像一个一夜未宿之人，反而像是对即将展开的项目充满期待。

“冯总，原来您在这儿！昨晚您去哪儿了？”

“冷湖的开发项目，我决定注资。只是……我看了一下合同，有个地方需要做一些修改：一期建筑的工期结束时间，能不能放在2022年9月15日以前？”

“2022年9月15日？这是为什么？”

“因为那天，我要在这儿招待几个朋友！”冯时笑道，他随手抄起一个杯子，给自己倒了一杯酒，一饮而尽：

“诶！青稞酒，是多少年没这么好好地喝了！”

（本文获得冷湖奖一等奖）

央 金

赵海虹

/ 作者简介

赵海虹，科幻作家、翻译，高校教师，中国作家协会会员，中国美术学院艺术史博士，国家精品视频公开课《诗画中国——中国山水画史英文专题讲座》主讲。1996 年开始涉猎科幻小说创作，持续创作发表至今，中短篇小说主要发表在《科幻世界》《少年文艺》等杂志，出版长篇小说一部、个人小说集四部，并有多部译著与科幻研究论文发表。历获科幻银河奖（共 6 届）、宋庆龄儿童文学奖、全国优秀儿童奖、浙江省“青年文学之星”等文学奖项共 14 次，其中，《伊俄卡斯达》获 1999 年“银河奖”特等奖。作品曾被译为英文、韩文发表，两篇英文小说（自译）在美国 *LCRW* 杂志发表。

他深深地吸了一口气，这仍是地球的空气，虽然混合着砂粒与尘土，依然含有丰富的氮与适量的氧，少量的氩和二氧化碳。

大风在山谷中呼号，他似乎看到风神在空中飞舞的身姿，那面孔有几分熟悉。啊，想起来了，那是波蒂切利的《维纳斯之诞生》中描绘的画面，在女神波浪般翻涌的金发左上方，那个撅着嘴、鼓起腮，吹起西风的男人。看见这幅画已经是很多年前的事了，现在想来仿若隔世。

如果当初将登陆点选在意大利，在那靴子形的半岛上找个落脚之处，那就不会有后来所有的故事，也不会遇到央金。

这会儿如果央金在这里，一定会说，“好大的妖风啊，就像是黑风老妖来了。”他似乎能看到她兴奋的眼神，还有她本来就带着一抹高原赭、激动时像熟透的红苹果般的双颊。顿时，他头脑中某处像被锥子扎了一下。

远远的，他看到了他们的车队已经驶入了俄博梁雅丹，他们还没有进入沙暴的中心，但已接近了边缘地带。忽然他们停下了，下车步行在周边查看地形，兴奋地拍照。大风还没有让他们警惕。但是快了，快了，他们很快就会发现这片土地不欢迎他们，然后狼狈地撤离。

他真想靠近一些，听听他们说了什么。他们也许会抱怨自己的运气，也许会感叹为什么之前的几个小队没有享受同样的沙暴待遇。

那是因为他不敢冒这个险，他不敢让这群人深入腹地，在这里安营扎寨，看到夜晚的星空。

他不敢，他怕他们会发现那个秘密。

因为这群人，是科幻作家。

来去匆匆的沙尘暴将车队赶出了雅丹。一路上，那群采风的作家们却兴致勃勃地讨论起来，关于这片土地的过去与未来，关于这场沙暴的起因和遗憾。他们回到一百多公里外的冷湖镇，把整个俄博梁雅丹留给了他。

风暴停歇，但漫天的沙尘遮蔽了星光。这荒凉的世界原本于他是多么亲切的所在，忽然寂寞就如之前席卷一切的狂风，扑了上来将他完全包裹，这由于你的离去而更加荒凉的夜。

一切开始于地球纪元1959年9月14日22时02分24秒，“月球2号”撞上了月面。这是地球人类大国前苏联发射的无人登月器，也是登上地外星体的第一个人造物体。

地球上的科学家为之欢呼，他们没有想到，有其他智慧生命比他们更早获得了这次降落的消息——常年在月球开发氦-3资源的火星人。而火星人不但如临大敌，而且立刻进入了紧急状态，通知火星本土的人民，尽快找出对策，以防地球人将他们的文明圈扩大到月球、乃至火星。

虽然地球人现有的科技还无法对火星人造成巨大的威胁，但一旦他们大量移民月球和火星，势必对后者宁静的生活造成巨大的冲击。何况几千年，来火星人曾多次小规模考察过地球人类文明，对这个种族的各种劣根性非常清醒。他们完全不期待地球人能处理好星际文明之间的关系，看看他们现在国与国之间的关系吧。

按照地球人的标准，火星人当算爱好和平的种族。这其实是因为，他们对现在的生存状况非常满意。

火星也曾有过与地球晚近时候相似的大气层，而且在同一个彗星撞击特别频繁的时期，与地球接受了同一批外星生命的洗礼。

"胚种论"——这是地球科学家的生命起源假设，虽然并非一致公论，但它其实是真实发生过的历史。证据就是，火星人这些12光分之外的邻居，与地球人源自同一批四十亿年前的宇宙微生物。它们搭乘彗星"飞船"，伴随陨石雨点般降落到早期的火星，并在这颗星球还享有丰富的大气与表层水资源的古老时代，催生了各种生命形态，包括火星人的祖先。

先代火星人身材轻盈而颀长，相当于五分之二地球引力的火星重力使得他们先辈们的身高远远超越了地球智人。他们还有一种智人无法企及的能力，得以直接进行思维的沟通，通过接对方的脑电思维波，完成几乎所有的交流需要。进化依然为他们保留了一些原始的发声功能，用来应对一些他们不愿意使用脑力应对的情况。比如火星昆虫和鸟类，它们过于简单的大脑结构对于一般的脑电指令无动于衷，只有"警报"级的脑电释放才能使它们有所反应，但即使对火星人来说，这也属于不必要的大脑消耗，远不如使用直接发声来得简便。但他们的身体为此保留的声带功能甚为简单，对精微的声音表达无能为力。这也成为之后火星人几次地球探险时，遭遇的最大困难。

距今四百多万火星年之前，火星进入最近的一次冰封期，整个星球坠入酷寒。但其实，早在此前的很多代，因为太阳风导致的大气流失，火星人已早早地转入地下世界生活。在火星浅表地层的巨大空洞里，营造出有正常空气与压力的世界。通过从月球采集的氦-3转换的核聚变能源，在巨大的地层空洞中，他们建造了人造太阳，以它的光照维持了一个中等的植物系统。同时，表层一片荒凉的火星，在地下世界却有丰富的河流与湖泊，滋润着生命繁茂生长。

火星人虽然曾经多次考察过地球环境，但却并未起意大规模移民地球。在这个问题上，他们很早就取得了一致。

由于火星取得文明的进程远远早于智人，他们亲眼见证了地球生命在几次重大灾难时，几近灭绝的惨痛遭遇。相比之下，火星的巨穴比地球的地表生活要安全得多。而相当于2.5倍火星重力的沉重地球现实会让他们轻盈的身躯变得滞重无力，原本美妙的步态则笨拙不堪。地球人眼中美丽的家园，对于火星人来说并无多少吸引力。

直到月球2号的惊天一撞。

其实那只是一次微不足道的撞击，比起月球日常承受的陨石和彗星的亲密接触，仅勉强算得上一个轻吻。但常年将月球当成能源仓库的火星人，此刻陡然警醒。更重要的是，他们看到了地球人类冲出母星，探索、登陆周边行星，甚至向月球与火星移民的可能性。

防患于未然，火星人大会在三个火星日后召开，几乎所有在火星地层中保持活动的成年火星人都加入了这场浩大的思维讨论。最后，大会决议，尽快派遣火星人潜入地球，在地球开发中转站和移民据点，未来小批量移民地球。

但移民本身并不是目的，火星人依旧对地球不感兴趣，但他们已经意识到，要保护自身的生活形态不受干扰，就必须掌握地球人行星拓展计划的各项进程，想办法干扰、甚至中断他们的计划。

由于地球文明已迈入新阶段，潜入地球而不被发现的难度已不比当年，需要做更多的准备，比如了解地球文明、接受地球语言训练，并为掩盖火星穴居人白得发蓝的肤色，用人造阳光进行皮肤黑化处理。

第一批飞船进入地球大气层后，释放了十三只单人飞艇到人迹罕至之处，开始实施火星保卫战的第一步。

这第一批登陆者，只是“先遣队”，在落地后尽量打探当地的地理人文状况，找到潜入当地社会、长期潜伏的合理方法。但这第一批冒险者们对地球全无直观知识，所有信息来自火星人与古代人类的几次交往和截获的地球电波中发送的人类信息，主要是广播、电视中承载的信息。因此，他们与现代地球人的第一次接触并不顺利，他们的伪装也从一开始就破绽百出。而火星人在制订行动计划时早就预见到了这一点，将先遣队的停留时间预设为四分之一个火星年，大约相当于 172 个地球日。如遇危险还可以提前结束任务。

“德吉”赶到地球时，接替的就是这样一位提前撤离的先遣队员。

他们在东经 93 度 18′31″，北纬 38 度 43′32″的荒漠上接头，四面是粗粝而蛮荒的风蚀土林群，也即“陡峭的土丘”群——雅丹。它形成于两亿年前青藏高原的隆起，历经远古海床干涸后的持续风蚀，将海床或极度干旱的湖床因干旱出现的裂缝越吹越大，形成错落的千姿百态的土丘。

“德吉”停下飞船，设置好隐蔽系统，于是飞船收拢机翼，外形酷似一座中等高度的土丘，模拟器瞬间将飞船外壳切换成与邻近土丘一模一样的土黄色，表层还呈现出砂砾般凹凸不平的质感。此时，即使有人偶然撞进这里，也很难发现飞船的存在。

约定的时间到了，先遣队员仍未赶来。“德吉”在观测窗里观望许久。黄沙漫天，也许是这沙尘暴拖延了对方的行程。这无声的风暴让他感到亲切，眼前的一切都如此酷似火星。

在出发前，所有“遣地使”都接受了关于地球人类文明的基本学习，对地球智人的历史、科学、哲学、文学、艺术、音乐、医学都有了简约的通盘了解。虽然学习时间不长，但由于得以与老师直接进行思维交流，他们对知识的领会速度颇为可观。每位遣地使都可以在学习的基础上，从几十个备选地区中，挑选自己想要潜伏的人类社会。当然每一个目的地都是人烟稀少之处，以尽量避免被当地人类目击飞船降落的情景，惹出麻烦。但每一个目的地背后，依然有着不同的人类文化：“德吉”曾经被意大利的艺术深深吸引，也对美国的航天技术发展情况颇为好奇——虽然苏联在许多宇航项目上放了头炮，可美国在这一领域的实力更加强劲。作为火星人，非常明白这个事实。

但是，那个位于中国青海冷湖地区的备选登陆地图像深深地吸引了他——那里太像火星了！

作为已在地下穴居无数个世代的火星人，每次登上火星表面都需要穿戴能提供可呼吸气体、调节气压的“登陆服”，或是驾驶封闭的登陆车，才能在他们赭红色的母星地表，观看一次蓝色的日出。

稀薄的火星大气中，粗粝的大颗粒尘埃散射了波长较长的红光，让辽阔的天宇变成深深浅浅的蓝色，而那东升西落的太阳如一只亮白色的卵，像刚刚出生的火星婴儿，那是光，那是生命，那是希望……

于是“德吉”选择了那里。

那个冷湖市附近俄博梁雅丹的登陆点，酷似火星，却可以让他不穿登陆服，就用自己的双足去踩踏、用双手去触摸、用鼻孔直接呼吸！

这里是地球的高海拔地区，氧气稀薄，平地空气21%的含氧量在这里下降了三到四成，比火星地穴中17%的氧气相比要差一些，但也可以直接呼吸了。气压依然比地穴要高，但是经历了亿万年演化的火星人，在从地上转入穴居的漫长繁衍中，进化出对气压变化的高度适应能力。他们真的可以不穿登陆服就可以直接在地表生活。只不过，对于大多数火星人来说，这并不是值得羡慕的生活，他们看到了这种生活的脆弱，主宰地球的几代生物如恐龙的灭绝就是例证。

然而，在所有思维可以被对方一览无余的火星地穴，依然有一部分穴居火星人，期望走出地穴，即使要穿登陆服，或者不能脱离火星车营造的安全小环境，也希望能在火星地表漫游，看日出日落，看漫天星光。他们在火星人群体中也许只占不到百分之一，可“遣地使”中的大多数人，都是这样的“穴外旅行爱好者”。

于是，“德吉”选择了地球上的冷湖市长期潜伏。他穴居多年最大的梦想，可以用这种婉转的方式来实现。

"德吉"的前任先遣员不到60个地球日就提前撤退了。他发出的求救信号称，冷湖现在所在的国家，对于身份的查证非常严格，没有任何"群众基础"的他无力再隐藏下去了。

总部对于何为"群众基础"不明所以，他也觉得这个词高深莫测，好像隐藏着巨大的风险。但出于对冷湖火星地貌的热爱，他依然要求在此着陆，与撤离的先遣队员接头。

黄沙漫漫中，一个模糊的身影越来越近，他手中握着信号仪，与飞船控制台呼应。"德吉"兴奋地跃下控制台，为安全起见，还是先穿上了登陆服，出舱迎接他的同事。

一落地，"德吉"的身体陡然滞重，提醒他一个事实——这里虽然酷似红火星的表面，但仍然是另一颗行星的地表。黄沙中影影绰绰的土丘是如此亲切，让他情不自禁地释放出兴奋的思维波，如水流般荡漾的欢乐。而对方的思绪却像喷射般猛烈，带着得救的狂喜与归家的急切。

几个地球秒的时间内，他们已经交换了主要的信息。"德吉"摘下了登陆服的头盔，深吸了一口气，风沙扑面而来，沙砾混在地球空气中钻进他的鼻孔，让他几乎睁不开眼睛。他只好再次戴上头盔。虽然时间短暂，他已感到地球空气与火星地穴的空气成分有别，但依然足以维持火星人的基本生存。未来大规模移民地球是可能的。

先遣员带来的信息却并不乐观。当地人的生存方式与生活状态，让他难以适应。更糟糕的是，火星人的外貌与地球人有一定的差异，由于在低重力环境下养成的肢体特别纤长，眼睛更大，皮肤通过出行前的黑化处理虽有一定改善，但其整体面貌在多移民、多种族混杂居住的欧美地区相对便于隐蔽，却很难在黄种人、黑种人为主体生存的区域融入芸芸众生。因此先遣员进入这一区域遭遇了极大的困难，虽然他勉强生活了一段时间，并尽最大可能为继任者搜集了可用的信息，但他的建议是：更换一个登陆点更加明智。技术上这也很简单，冷湖先遣员驾先遣飞船返回还在地球轨道上的母舰，"德吉”则驾自己的飞船改去一个北美登陆点。

“德吉”犹豫了片刻，拒绝了先遣员的提议。

遣地使之所以需要先遣员，正是为后来者铺路。火星人拥有被地球人称之为“读心术”的能力。由于地球人大脑的细微构造与火星人并不一致，理解地球人的思想比火星人之间的直接思维沟通要困难得多，但是，接受他们的即时思维活动比较容易。火星人的语言能力很弱，要开口直接说话，不论是哪一种地球语言，都表达得不够流畅，只能借助刺探对方所思所想，提供暗示性的话语，来获取对方的信任。对于某一些容易受到心理暗示的地球人，火星人还能发出特殊的思维波，直接在对方的大脑层面发声。这种做法会引起一部分地球人的警惕，因此不能随意使用，必须谨慎地挑选合适的对象。冷湖先遣员的行动并没有失败，因为他已经为“德吉”积累了大量与地球人交往的第一手资料，并且对渗透该地区的方式做出了合理建议。

必须拥有“群众基础”。先遣员反复提醒。他为“德吉”列出了几个容易接受火星人思维投射诱导的人选，建议他通过这些人，为自己建立一个初步的人际关系网络，获取合法的身份。想伪装成中国人并不容易，因为地球公元 1958 年之后，全中国开始实行户口制度，每一个中国公民，无论城乡，都有对应的户口，自由迁移受到严格的控制。火星科技虽然先进，要伪造一份户籍证明却没有那么容易，而且即使解决了户籍问题，但一份户籍还会产生大量形式上的乡里乡亲，这些人中的每一个都可能戳穿“遣地使”的伪装。但不能解决好户籍和相关问题，要在这里长期潜伏几乎是不可能的。

所以先遣员的建议是，以一个容易被诱导的地球人为突破口，诱导他或她相信“德吉”是其亲朋好友，同时“德吉”还要准备合理的解释，为何没有携带当地公函就离开了户籍地，这样才可能找到在冷湖合法居留的途径。相对于一般的中国城镇，冷湖市有很大的特殊性。1954 年，地质勘探队在柴达木盆地发现了可能的石油构造，来自五湖四海的中国人涌入柴达木。地处盆地深处的冷湖地区1955年开始勘探，1958年9月，五号构造的地中四井出现井喷，好消息让青海石油人齐聚冷湖，找到多处石油构造，揭起了一轮石油大会战。1959年冷湖建市，先遣员正是在1960年7月进入冷湖市的。这个戈壁上的新兴工业城市人口流动量大，人员来源丰富，一定程度上易于隐蔽。不过轰轰烈烈的“大会战”刚刚结束，冷湖的开发趋于平缓，先遣员就是趁着他们精简人员时悄悄离开的。

你为什么要提前离开呢？“德吉”很奇怪。

因为一开始没有选对合适的“关系人”。先遣员很是遗憾。

先遣员选择的关系人在心理诱导之下，将他认成了老乡，并热心地为他提供居留当地的帮助，但先遣员无法提供离开户口地时应当持有的介绍信，而且不能对此作出合理解释。虽然借助读心术，他在单位主管部门的几次盘查下一拖再拖，但单位终于向他自称的户籍地发函调查。他自知难以敷衍，就借矿场收缩战线，精简人员的关头，匆匆申请离职了。

如果可以重来一次，我会选择央金。先遣员如是推荐。

这次碰头后，“德吉”又在俄博梁雅丹地区停留了一周时间。根据先遣员的建议，将自己直接暴露在高海拔的地球表面，接受紫外线的洗礼。期间发生过多次沙尘暴，他稍加躲避，只要能够勉强呼吸，就会走出飞船，在饱含沙砾的大风中，感受近似火星表面的自然环境。

效果非常明显。“德吉”在火星地穴经过人工阳光黑化照射的皮肤原本过于光滑，黑得不太自然。经过这七日，皮肤表面晒伤、脱皮，经治疗后恢复，再晒、再脱，略微接近本地人常年受高强度紫外线照射的皮肤效果。虽然是新晒的皮肤，晒伤严重，但一般人看到这样一张脸，是不敢细看的。

先遣员的背包里，给他带来不少隐蔽需要的装备。比如一件他费尽周折才搞到的藏袍，一件冷湖油田中最常见的工作服和里面穿的布裤头。经过深层沟通，他们确定了“德吉”进入冷湖市的路径，如何融入人类社会，以及与央金建立关系的方式。

央金是乌兰县藏族牧民的女儿，也是当地藏民中少有的读过中专的女孩儿，护校毕业后她在德令哈的一家卫生所当护士，50 年代末调到冷湖的卫生所。她父母双亡，只有一个哥哥留在老家放牧，现在不知所终，很可能是在 1958 年当地牧区的暴力事件中丧身了。那次事件以后，牧区的人口信息混乱，还未能彻底清理。央金去过几次信，回过一趟老家，却一直没有得到她哥哥的准确消息。先遣员建议“德吉”以央金为联系人，让她相信这位火星遣地使是她哥哥的朋友。

——那如果她真的哥哥出现了怎么办？

——根据现在掌握的事实，我判断她的哥哥已经死了。只是没有完全确定之前，她拒绝相信。也是一种心理上的自我保护吧。

——那为什么不直接冒充她的哥哥呢？

——我其实也考虑过。本来这想法不错，冒充一个死人，而且认识他的老家人都是本地的牧民，基本不会到冷湖来。但是地球人的人际关系不是我们可以轻易理解的。兄妹关系太亲近，即使央金是个容易接受心理暗示的人，会被你的思维波直接引导，但要说这样就能让她把你当成哥哥……可不能这么冒险！

好像央金的哥哥也曾经在州里上过学，还在工地里误打误撞地学过开拖拉机，曾经在牧区借过别人的卡车开。这些信息你都可以在和她搭话时提到，证明你真的认识她哥，甚至和他哥一起开过车。

我来做给你做个设计程序。你在飞船模拟器上学开车。和实际驾驶还有些距离，但只要上手就能很快适应。如果能开车，你就可能找到合适的工作，也才能长期留下来。再说，你的工作必须有一定的活动自由还不引起怀疑，司机这工作合适。

不过，首先你要补学一点藏语。

从那一天起，火星派驻地球冷湖地区的第一位遣地使就成了“德吉”。在先遣员的建议下，他做好了所有关于这个身份的背景了解，还在控制台的模拟程序上学习了驾驶。然后他穿上先遣员为他准备的袍子和靴子，带上了干粮和一壶军用水壶的饮用水和微型信号接收器，步行出发了。接收器可以收到飞船为他发送的指引信息。而先遣员驾驶他两个多月前着陆时的那艘“探路号”飞船，回到停留在地球轨道上的火星母舰。再过几个月，所有回返的先遣员到齐之后，母舰将把他们一起送回火星，向火星大会直接汇报所有的情况。

下一轮的遣地使预计在一个火星年后抵达，具体计划会根据所有遣地使发回的情报进行综合判断，也可能延期。但有一点是肯定的，他们不会孤单，还会有越来越多的火星人进入地球，在“德吉”们的接应下，悄无声息地潜入人类社会。

从这里到冷湖市，要穿越茫茫戈壁，步行危险重重，地球人一般需要骑骆驼来辅助交通。火星人对气压变化与干旱的耐受性远远高于一般地球生物，又有信号仪为他提供精确的导航，因此能独自在戈壁沙漠长途步行。但“德吉”尚未适应地球的重力，那又是另一种艰苦。

意识恍惚中，“德吉”仍在反复咀嚼着先遣员提供的信息——那是他冒着危险在冷湖人类生活区停留 100 多个地球日获得的宝贵信息。其中最重要的，是与地球人的交往方式。

身体，好像已经不是自己的了，那么的沉重，重得要沉入脚下的戈壁滩，重得让他不愿挪动，想要坐下来，变成这大地上的一块石头。

今天早晨的一场沙暴已经平息，空气中依然浮着未完全沉降的沙尘，远方的冷湖市就是在这样的背景下渐渐呈现出来。已经走出了俄博梁雅丹，视线所及，是黄色的荒漠和赛什腾山上白色的雪峰。这些图景在“德吉”的眼前渐渐扭曲，在酷烈的阳光下随着空气的蒸腾微微颤动。

他脑海中浮现出先遣员曾经熟悉的冷湖市，几年前那里还是一片荒无人烟的戈壁，却因为发现了石油，迅速涌入了几万工业人口。刚建起几年的油井、厂房和几次石油大会战时建起的一排排干打垒平房和帐篷群与其说像一个城市，不如说是个巨大的油田与加工厂。这荒滩上的新世界让他暗自惊叹，地球人类是多么顽强，才能在寸草不生的荒滩上建起这样热火朝天的工厂。

近了，更近了，他看到了油田的一排排井架，在高温的空气中微微晃动的井架与先遣员大脑中的图像重合，这就是他要找的冷湖市！他高兴极了，情不自禁地释放出喜悦的思维波，口中念叨着几天来一直在操练的几句藏语和汉语的词句，在兴奋中把它们全混到了一起。

但就在这时，多日的艰辛与干渴冲破了他身体的极限。他突然失去了意识。

最先钻入脑海的，是一片混乱的思维波。地球人会不自觉地释放思维波，但却没有解读它的能力。

一般情况下，思维的解读不需要语言的帮助。

然后他听到了他们的语言，带着各自不同的口音的汉语，与他学习的版本不同，并不容易听懂。

不管他们在说的是什么，“德吉”已经通过他们的思维波，知道他们正在向一位医务人员解释是如何发现了自己。由于他晒伤的面孔和身上的藏袍，他们已经把他当成一个附近的藏族牧民，不知为了什么缘故，跑到这里来了。

其中有一组思维波显然来自于医务人员，他正打算用听诊器为“德吉”做初步诊断。

“水……水。”“德吉”颤抖着吐出了两个词。第一个“水”是藏语，第二个水是汉语。这是深思熟虑的结果。谁知这现场有没有会藏语的人呢。他从此刻开始，扮演两年多前在海西州牧区失踪的藏族牧民德吉才让。

“给他水，他醒了！”

“我说嘛，就是累的嘛。给杯水，给点吃的，管好。”

“看样子是海西来的藏民，谁去通知一下派出所的同志？”

身边的几个地球人七嘴八舌地说着，“德吉”已经完全清醒了，他凝神静气，控制自己的血压和心跳——火星人可以用意志小范围调节自己的血压和心跳，让它们靠近人类的正常指标。

“血压有点低，估计是饿的，心跳68，慢了一点。你一直这样吗？”卫生员一边收拾听诊器和血压计，一边问。

“德吉”探测到了他的思维波：*高原地区心率高，他怎么还是平原的心跳？看样子有点像牧民，大概已经习惯了。要不是常年放牧，运动量很大，和运动员一样心跳偏低？*

高原地带地球人的心率更高。我忘了这一条差点弄巧成拙。“我以前放羊……放羊！”“德吉”斟酌着吐出这几句汉语。表达和音调的生涩在周围的汉人听来恰是藏族人不熟悉汉话的表现。

“那就对了！”医生的猜测得到了印证，满意地点点头。

这就是先遣员教授给“德吉”的方法，地球人大多主观，顺着他们自己的猜测说话，可以取得事半功倍的效果。

刚才搭救他的热心人们已经送来了满满一大搪瓷缸的水，“德吉”觉得自己应当大口大口地喝，才能贴近角色，于是猛灌了一口，却发现味道怪异，“噗”地喷出了一大半。

太可惜了，特地给他加了那么多白糖呢！

接收到了对方的思维波，“德吉”才意识到水中怪味的原因。这是他第一次尝到甜味。但他不能表现出来，于是马上大声咳嗽起来，好让人们以为他吐水的原因是喝得太猛，呛到的缘故。

“不好喝吗？”那人问。

“好甜，好甜！”“德吉”连连点头，露出感激的表情。

“脱水情况下不能给病人喝糖水，”医生皱起眉头，“这个同志，你是好心办坏事。”

“德吉”还是一直笑着点头。他偷偷观察这些地球人的表情。一直用思维交流的火星人不需要表情。为了能做出笑容等各种地球人的特有表情，他已经在前期准备时做了大量练习，但现在做来，还是僵硬而不自然。幸亏这些地球人好像一直回避直视他的面孔，因此并未留意。

“保卫科的同志来了！”

旁边有人喊了一声。冷湖市是荒滩上建起的工厂城市，工厂的保卫科和人事科就能处理大部分派出所管理的问题。

一个穿着制服的地球人走进了卫生所。

“德吉”在脑海中搜寻到了先遣员的记忆，立刻警惕地坐直身子。

乌兰来的，得好好问问。

“德吉”搜到了来人的想法。

“同志，你叫什么名字？从哪里来？有介绍信吗？”保卫科副科长老李表情温和地问。*面对少数民族兄弟，态度要和蔼。*

“德吉。德吉才让。我从乌兰来。”“德吉”慢慢地用汉语吐字，所幸他说得慢并不会引起怀疑。“我是两年前，乱的时候，逃出来的，没有，没有介绍信。”

乌兰县前两年的情况很复杂，要问清楚。“两年前，具体是什么时候？你这些年又在哪里？”老李拿出一个小本子和一支圆珠笔，打开做起了记录。

“两年前，那个事件……”“德吉”小心翼翼地说，一边说一边刺探对方的想法。

“我很害怕，就逃了……到处停停，走走。给人做点工。后来工，没了。想起有老乡……在冷湖。我来找。路不好走。迷路了，差点不出来。”

*是出不来吧。这倒说得通。*老李点点头，“你老乡叫什么名字，在哪个单位工作？”

“叫央金卓玛，是个护士。”

“央金，哦，就是杨金啊，我知道她。”老李啪地合上小本。*倒是听说她有个哥哥在海西乌兰的牧场，好像两年前就生死不明了。*

现在又冒出来个老乡。

老李的笑容更深了，“德吉才让同志，我这就带你去找她。”

没想到央金就在这个医疗站。

这里都是连成一排的干打垒的土房，“德吉”扶着土墙，脚步轻飘地跨出门，老李指着出门左手第三间房说：“她就在这儿。”他扬声喊：“杨金，有老乡找你！”

屋里一阵风似的冲出来一个姑娘。她穿着白色的工作服。“德吉”隐约记起那是护士服。

姑娘中等个子，圆圆的脸，脸色有点发棕，受高原紫外线照射格外厉害的两颊带着两抹赭红色。她的眼睛按地球人的标准非常大，简直有点接近火星人的比例，乌溜溜的眼珠一转，目光已经把“德吉”从头到脚扫了一遍。*老李带来的这个人好奇怪。明明穿着藏袍，可是不像是藏族！*

“德吉”一凛，出乎意外，先遣员推荐的联系人居然不好对付。他有些慌了神。

可是，我好像在哪里见过他？

德吉陡然明白，央金见过的人其实是先遣员。虽然自己经过了柴达木的日光与沙尘的洗礼，换来了一张晒伤严重的脸，但他与先遣员属于同一种群的生命，而火星穴人经过百万年演化后的外形相似度很高，不像智人有不同人种的差别。

——*我在老家见过他？*

央金直勾勾地望着“德吉”。让他一阵阵地发虚。旁边的老李已经开始生疑。

——桑吉。

德吉慌乱中向她发出思维波。

——除了我告诉你的这几个人，千万不要轻易对别人使用思维波。探测是一回事，影响又是另一回事。比如说派出所老李这样的人吧，如果你对他发射思维波，是不会影响他的判断的，他不会接受突然出现在自己脑海里的另一个声音，会非常排斥。最终的结果你可能会影响他，但更可能让他相信自己得了精神病。

——子不语怪力乱神。

——有点那个意思，他会非常排斥超自然的东西。

——那什么人会比较接受？

——比如央金。她生活在草原，7 岁时新中国才建立，她童年时没有接触过唯物主义。相反，她的父亲还曾是草原有名的说唱《格萨尔王》的艺人。我相信童年的印记，会让她不排斥脑海里的声音。

央金的眼睛瞪得更大了。

德吉知道自己犯了大错。桑吉是央金哥哥的名字，他应当发的信息是："桑吉的朋友。"要弥补还不算晚，但这时，他感受到了央金巨大的情绪变化。

——*桑吉？他难道是桑吉？桑吉没有死！我就知道桑吉没有死！*

央金的脑海中浮现出哥哥的样子，和他对她亲切的呼唤，一遍又一遍。

"德吉"愣住了，还未适应她巨大的心理转变。

——根据现在掌握的事实，我判断她的哥哥已经死了。只是没有完全确定之前，她拒绝相信。也是一种心理上的自我保护吧。

是因为这个原因吗？是因为她自我保护的心理才让如此轻微的试探引起了她如此强烈的反应？当他被介绍成老乡时她如此警惕，脑海中的一声"桑吉"却让她陡然投入一个夸张得多的假想。而且，对于思维波投射到她脑海中的名字，她在激动之下，居然没有意识到它并非自己本身的想法，就直接接受了。

"央金……""德吉"试着模仿她记忆中哥哥的语调呼唤了

一声。

央金的大眼睛里噼里啪啦掉下了一串串泪珠子，她张开嘴，却什么也没说。

“杨金，这位老乡你应该是认识的?”老李看出点端倪，但派出所登记可是要句准话的。

正在这时，忽然传来大卡车在泥地上急行的轰轰声，一部运送物资的苏制吉斯150颠簸而来，猛地停在了医疗所前。车上跳下来四个黑漆漆的油人，七手八脚地前后抬下五位伤员。

带头的“黑人”说：“14井射孔求产，压力太大，高压气流冲出井口，有好几位同志受伤了。有一位重伤员!”

央金一抬手，把眼泪抹了，回头高喊一声：“吴医生，有重伤员!”一边先扑到重伤员身边听他的心跳。鲜血不停地从他的胸口涌出来，和黑色的黏糊糊的石油混在一起，令人心悸。这是“德吉”第一次亲眼见到人类的鲜血，颜色居然与火星人的体液如此相似。

——也许地球生命与火星生命之间，差别并没有那么巨大。德吉心中一动。他的目光一路追随着她，看着她和医生用担架将重伤员转移进干打垒的病房。站在门外，透过并不密封的门窗，他仍然可以探测到她激烈的思想活动，与其他医务人员的想法混在一起。在她再度开始自我怀疑时继续追加影响。

——*我在想什么？我刚才居然以为他是桑吉。*

——他是桑吉。

——*我不能再胡思乱想了。清洗消毒！这么多油没法做手术！剪刀！*

——这不是胡思乱想。

——*钳子。我哥哥已经死了，我不能见到一个穿藏袍的男人就叫哥哥。*

——哥哥。

——*纱布。不行，还要更多更多的纱布！*

——央金。

——天哪，可是他叫我的语调！剪刀！

——央金。

——只有哥哥会那样叫我！就算声音变了，声音是多么容易变啊，咽炎、感冒、声带损伤，可声调不会……手术刀！

——央金。

——不行了，我醒醒吧，我听到桑吉的声音不断在我的头里面叫。外头来的声音。不是我想出来的。不，可能就是我想出来的，我想他活都要想发疯了。我还戴着他送给我的手珠，可他再也不会回来了，他在乌兰的一个山窪窪里被杀他的人埋了。扎西告诉我的，可扎西也没见过，是次仁和他说的，可次仁自己也死了。盘子！

——央金。

——啊，那个声音又叫我了。我该不是想他想疯了吧。纱布，得快点把血吸干。

——桑吉还活着。

——我不相信。我多希望我能相信。不，其实我想相信的。更多的纱布！

——桑吉还活着。

——真的？真的吗？找到出血点了！吴医生真厉害！

——桑吉还活着。

——伤员有救了！太好了！针线来了！

——桑吉还活着！

——为什么这个声音还停不下来？

——央金。

——桑吉还活着。天哪，桑吉还活着！阿爸阿妈，哥哥还活着！

央金再次推门走出来的时候，跟在医生的身后，似乎要把自己的面容都隐藏起来。吴医生挥挥手，向门外焦急的工友们说：“已经抢救过来了，再观察一段时间。”他疲惫的脸上露出了微笑。

手术期间一直消失的老李又闻风而来。“杨金同志，辛苦了，记录还没做完，你是不是了解这位老乡的情况啊?”

央金斜着迈出一步，之前的爽利性儿忽然无影无踪，像是换了一个人。她抬起泪汪汪的眼睛看着“德吉”，还是不说话。火星人这次反复尝试，却感觉不到她任何即时思维活动。

——我们对地球人的了解还是太简单。我们自以为可以读到他们的想法，而且除非我们刻意要把思维波传递给他们，地球人根本看不透我们。但是，真的有这么容易吗？很多时候他们什么都不想。我们可以轻易了解的都是他们呈现在外部的思考，有时甚至是他们在心里对自己说的话。可是地球人也会欺骗自己，更多时候，他们根本不了解自己真正的内心。连他们自己都搞不清的事情，我们真的有把握知道吗?

——那你的建议是?

——两个地球月，还不足以让我想明白这么难的问题。

“央金，我送你的手珠还在吗?”“德吉”一横心，张口问出这一句。之前的思维拉扯简直比戈壁的行程更令他疲累。如果这次还不奏效，他的潜伏计划大约也就不会长久了。

央金像是被定住了，嘴却越张越大，大到可以看到里面的两粒坏牙，然后她嗷呜地哭叫了一声，扑到火星人身边，抱住他大哭起来。

“桑吉！桑吉啊!”

“杨金，这到底是怎么回事啊?”老李有些着急地问。

“这是我哥哥——”央金呜咽着答。

*明明是哥哥，为什么之前他只说是老乡呢？*老李脑子里转了个圈。*啊，是了，他是在乌兰县出事的时候逃出来的，怕连累妹妹呢，也不知道她方不方便认他，所以先说是老乡嘞。*“你哥哥的事记得县

里给你写过证明哪。”

“是的，证明哥哥没有参与暴动，都是被别人连累的呢。”央金抬起泪眼说，边说边笑了起来，然后看一眼身边这个男人的脸。那一刻，桑吉，是的，此刻起他就成了桑吉，他感到一种阴郁的思维波的起伏，但却抓不到姑娘任何具体的想法。——那并不是她哥哥的脸，她理智的那个部分还是明白的吧？

“那你呢，刚才为什么不说是妹妹，还支吾说是老乡？”老李转问桑吉。

“我，我怕连累她嘛。”桑吉嗫嗫。

“啪”。老李满意地合上笔记本，把钢笔别在本子上，连着本子插进衣服口袋里，“这件事就先到这儿。你哥哥的情况有点特殊，你们先跟我去开个证明，也好找个临时的住处。”

半个月以后，桑吉就开上了吉斯150，在矿上往来运输。因为石油工业部组织的大庆会战，冷湖油田刚刚抽调了大批精兵强将和优良设备参加大庆会战，桑吉稍加熟悉，就把63格士、51格士和吉斯150开得非常顺溜，朝鲜战场缴获的大道奇客车也能开，矿上来了一批长春一汽新出厂的解放牌卡车，司机里头也属他上手快。

因为是少数民族兄弟，矿上没有让他住帐篷，而是和另外几个职工合住一间干打垒的宿舍。他换衣时尽量避人，同屋的其他人也不在意。

柴达木寸草不生，食物大多从内地长途转运而来，最近的也要从兰州火车站运来。生活用水和饮用水也基本依靠外运，洗澡的机会很少，公共澡堂这样的地方，本来最容易暴露火星穴人的异常之处，却因为油田条件艰苦，大家都享受不了这样的待遇，让他潜伏的最大难关得以轻易度过。

20世纪50年代末至60年代初，中国的国民经济正处于高度困难的时期，物资副食品匮乏，全中国人都在挨饿。生活物资依赖外界的冷湖地区就更为匮乏。先遣员出逃时，油田一线职工的粮食定量已经从45斤降到了30斤，蔬菜、油和肉基本停供。先遣员待不下去的原因，和极度艰苦的物质环境也有关系。

桑吉在油田生活的时间越长，就越能理解先遣员的许多想法。其实火星来客是不怕挨饿的。他们随身带了浓缩营养丸，保证6个月到1年的核心营养没有问题，单纯能量补给略低对健康的影响不大。但长时间在地球人类的思维中生活，多少产生了带入感，这种感同身受，使他看到日益消瘦、因为营养不良而身体浮肿的同事们，会产生负疚感。

——有时候，在他们中间，我会忘了自己是谁，甚至觉得自己是他们的一份子。当我再想到现实，想到我对他们而言其实是间谍一样的人物，就感到深深的难过。这样的日子，我不想再过下去了。

幸运的是，桑吉来到的时候，冷湖的物质供应开始改善。青海石油管理局抽调了1000多名职工去周边省份开荒办农场，组织打猎队到昆仑山打猎，捕鱼队到青海湖捉鱼，周边还有海西州调来的羊、大庆拨来的大米，支援了柴达木盆地的生活。

不过，物质条件依然艰苦。桑吉有时想，在所有登陆地中，冷湖也许是生存难度最高的地方。“南昆仑，北祁连，山下瀚海八百里，八百里瀚海无人烟。天山不飞鸟，地上不长草，风吹石头跑……”虽然有可以呼吸的空气与适度的气压，但这里也像火星表面一样不适宜生命生存。

但他却总看到人们的笑脸。那一张张黑乎乎沾满油斑的脸膛，由内而外透出的光亮。在油田的钻井台上，在井架下的帐篷里，在运输车队的搬运现场。他们仿佛都不害怕困难，总相信以后的日子会好起来。每次打出一口新钻井，出油的时候简直就是工人们的节日。他被他们喷涌的思维波裹挟，和他们一起真诚地欢乐、感动，和他们一起欢呼，甚至放声高唱。

——听，这哗哗的油气流在歌唱。

大家都知道桑吉是央金的哥哥。这让桑吉很容易就获得了人们的好感。后来他意识到，整个冷湖的女同志少而又少。这里有58年后石油会战转来的复员转业军人、有高校石油专业的大学毕业生、有附近州县招工来的青壮年；大多数都是男性。医疗站里的女护士们在工人们眼里，可都是稀罕的戈壁滩上的花朵。

桑吉隔三差五去一次医疗站，每次都能收获同事们羡慕的表情。央金大多很忙，偶尔能和他一起吃饭。他一点点从她的头脑里探测到更多桑吉的生活习惯和过往故事。也反过来用这些信息一点点向她印证自己这个哥哥身份的真实性。

愧疚一日日加深。他很少再直接向她发射思维波。但他也知道自己的地位并不安全。他在外界获得的所有身份保障，不管多么妥帖，其实都来自于这个地球女孩与他之间的单线关系。一旦她不承认自己是她哥哥，那么他这惊险的走钢索式的潜伏也就到了头。

有时他甚至会产生非常邪恶的想法。只要她出了事，自己就安全了。他会作为央金的哥哥被社会同情、接纳。只要唯一可能质疑他的“妹妹”不再存在。

这样的想法令他产生极大的自我怀疑。火星穴人面对地球智人的黑暗历史时，曾经有过的那种道德优势都荡然无存。

——可这不是为了我自己。是为了整个遣地使计划。

不，这就是为了你自己，为了你自己的安全和方便。

他在自责中深深愧疚。

但是他时常会不寒而栗，想起自己现在的所有其实都建筑在沙堡之上，寄希望于一个有心理问题的女孩把他当成自己的哥哥来回避强大的悲伤。

她的理智总有一天会觉醒。而每一天都可能是那一天。

他总是这样痛苦地挣扎，直到那日——

桑吉带央金去了冷湖，不是冷湖市，而是阿尔金山的雪山融水在这戈壁荒滩上汇成的湖泊，蒙古语叫作“奎屯诺尔”——寒冷的湖泊。这正是冷湖油田和整个地区的得名。

央金和他说过，虽然在冷湖工作，她却连个水洼都没有见过，只见过黑色的油洼。

——*好想去看看“奎屯诺尔”啊！*

于是桑吉记住了。他也说不清楚，自己带她来到这片沼泽遍布的湿地湖泊，是真想满足她的愿望，还是想乘机让她永远消失。

一路走了两个多小时，又渴又累，他们终于见到了传说中的奎屯诺尔。

那是一片草地沼泽中围绕的湖泊，碧绿的湖水波光粼粼，芦苇摇曳。赤麻鸭、灰鹤与白鹭在湖上栖息、时而会腾起鸟儿展翅飞翔的影子。远远的湿地草丛中有几个身影闪动。“是黄羊！”央金脱口而出。

桑吉无法表达内心的震撼。他洋溢的思维波自由倾泻而出，如波涛般在四周翻滚、震荡，在湖面上空追随着飞鸟、在草场深处，追逐着黄羊。可是却没有能与他回应的人。

这一刻他寂寞极了。他强烈思念自己的火星同胞。

——*真想让他们看一看，在生命禁区的戈壁滩上，居然有这样充满生命的湖泊！*

是的，这也是他第一次，亲眼见到地面上的湖泊。

然后他感到了央金的幸福。

她的幸福平静、舒缓，好像终于放下了一个背负已久的重担。

回转头，她在流泪微笑。她的目光穿过了他的身体，望向不远处的湖泊和飞鸟。

——*桑吉。桑吉。*

他突然洞若观火。她一直都明白。此刻，她已经放下。

他沉静地等待她的审判。

——*是谁把你送来安慰我的？是菩萨吗？你明明不是桑吉，却知道他所有的事。*

央金默默地抬头望着他，黑色的大眼睛如两个深不见底的湖，瞳仁里荡漾着他微缩的影子。她伸手轻轻去触摸他的脸。指尖碰到他皮肤的刹那，他感觉像触电一般，一个激灵。

——*谢谢*。“谢谢。”她说。

桑吉想起自己曾经打算做的事情。他愧疚得不能自拔。此刻，如果有其他火星穴人在，就会感受到他喷涌而出的羞惭像晚霞般染红了湖上的天空。

自那以后，桑吉在冷湖一直生活了下去，很久，很久。两年多后他接到了进入冷湖的第二位遣地使，并想尽办法为他安排了一个合理的身份。

央金一直没有结婚。他们时常见面。像兄妹那样一起吃饭，谈天。他在她脸上和头脑中越来越多地读到幸福。他知道，她喜欢和他在一起。但是慢慢地，有一些更深的东西，他读不到，也摸索不到了。

60 年代末，开始有更多家属进入冷湖。火星派来了一位女性遣地使，作为桑吉的妻子。火星人不能与地球人通婚，太容易暴露。但如果一直不结婚，在当年又显得过于引人注目。与自己人结婚，是最好的隐蔽方法。

桑吉对这个指派来的妻子并不排斥，自从接受了遣地使的重任，他就明白自己的生命已无多少自由可言。而且有一个可以用火星方式直接交流的伴侣，对在人类世界封闭已久的他来说是一种巨大的解放。

表面上看，央金对这个消息没有什么反应。她温和地接受，礼貌地恭喜，一切都是这么合情合理。——*桑吉要结婚了！桑吉要结婚了！桑吉要结婚了！*

他在她头脑的浅层思维中，只读到这样不断反复的信息。然后，在那他一直难以突破的人类头脑的深处，忽然像地震般裂开一条血红的缝隙，涌出岩浆般滚烫的情绪：——*他要结婚了！他要结婚了！他要结婚了！*

桑吉浑身颤抖。这是怎么一回事？不，他知道这是怎么一回事。

他其实一直知道。

——央金。时隔多年，他再次直接向她的大脑发声，将他在现实中无法表达的情绪，用思维波传递给她。——央金。

那思维波温柔而缠绵，像奎屯诺尔湖上的波光和涟漪。他从不来敢用这样的语调和她说话。可现在他却毫无阻隔地、用中等强度的思维波，刻意穿透了她的头脑，把他所有的情感释放出来。

如此而已。

当央金满脸震惊地仰头望向他，他却扭头避开了她的眼神。

他知道，地球人把这种人，叫作懦夫。

他感到央金的情绪越来越冷。然后，他听到她说："恭喜你啊。"话音未落，她已扭头走了。

央金依然来参加了桑吉的婚礼。仪式简单热闹，车队领导和两方家属发言，吃了顿晚饭发了些糖，两个新人一起住进一间新分的干打垒平房，就算礼成。都是新社会了，不必依旧俗，藏俗汉俗都不需要。但央金还是为新娘做了一块藏式的帮典（围裙），还包裹了几样父母留下的首饰，并不昂贵，仅为纪念。

没过几个月，央金就调走了。听说是她主动要求的。以前不走是为了照料哥哥。哥哥结了婚，她的心事已了，也就可以离开了。

她为桑吉留下了哥哥送他的手珠，一粒粒经常被抚摸的木珠光滑圆润，还带着她身上的气息。

央金离去之后，越来越多的遣地使进入了冷湖。70 年代末到 80 年代初，这里经历了多次大发展，城市人口一度扩充到十万人。改革开放后，全中国的人口流动加大，解决新来火星人的身份问题也越来越容易。以冷湖为起点，已经有上百名遣地使进入中国。

但是用飞船运送的方式还是太慢了。火星穴人在这几十年间，集中开发了"星际之门"技术，计划以俄伯梁雅丹常规登陆点为中心，借用核聚变动力，建立小范围的超空间路径——一道"星际之门”，直接向地球运送火星移民者。而此时，冷湖地区体量巨大的油矿与工厂和十万人口，反而又成了可能的阻碍。因此遣地使们使用高能动力源，深入冷湖地区的地下石油构造，以貌似轻度地震的方式，破坏了地层中储存的石油，使之流向更加遥远的花土沟一带。90 年代开始，因油而兴的冷湖在青海石油管理局搬迁、大量人口净流出之后，老基地、四号、五号基地相继被弃，已经撤市的冷湖镇再次沉静下来，渐渐远离了世人的目光。而冷湖，则悄无声息地变成了真正意义上的火星小镇，成为火星人进入地球的第一站。

终于又回到了这里，虽然已是衰老之躯。

桑吉的背脊依然挺直，但第一次在这里登陆至今，已经过了近 58 个地球年了。

黄沙漫漫的俄博梁总能安抚他思乡的心情，回到这里，就像是回家了。

在这片三面被雅丹林环绕的平原地带，高压硼化温泉潺潺流过。这是 2008 年，石油地质队在这个地区做的最后一次探油尝试。探井钻入地下 1700 米的深处，没有找到石油，却打出了一口高压硼化温泉，成了这极旱之地难得的蜿蜒水景。

这千奇百怪的风蚀土丘中其实有许多是隐蔽状态的火星飞船。两座面面相对的“山丘飞船”共同构成“星际之门”的基座。半月前开始测试时，溢出的超强光波冲出了大气层，引起了天文观测者的警觉。两个天文台台长据说都赶到了冷湖。桑吉多次调试了设置，终于能够让这道直通火星与地球的空间通道，几乎悄无声息地进入运行。只要离开这个雅丹中的平原，完全不可能察觉。所以那两位在附近山顶上观测的天文台长，只能看到壮美的星空，却不会发现任何的异样。

没想到，却有文化公司组织了一群科幻作家，浩浩荡荡地冲进来考察。桑吉对他们有几分兴趣，但却不能冒险让他们留在这里。因为越过几乎透明的星际之门，他们就可能毫无防护地从地球上的冷湖地区一脚跨进严寒、低压、大气极度稀薄的火星表面。

而且从一个特定的角度，还能在这平原上直接观测到火星的夜空，那些星星的坐标会泄露这个巨大的秘密。

启动的星际之门，无法临时关闭，因为每次启动都需要相当长的运行时间才能安全地进行穿越。而第一批直接通过星际之门进入的火星人，今晚就要来临。

桑吉使用其他隐蔽飞船中的装备，制造了一场雅丹地区的小型沙尘暴，将采风队赶出了自己的领地。这才放下心来，准备迎接新一批同胞的到来。

天色渐暗。无边无际的山丘，绵延在火星表面。

然后透过星际之门，他忽然看到了一片蓝色的苍穹，看到火星人出生时的卵膜那样明亮的火星落日。

米玛。

他听到自己轻轻地说。

那是五十多年前，他和一位叫央金的地球姑娘，一起眺望星空时，她教给他的词。自从她离开了冷湖，他就再也没有见过她。

当他望着浩瀚星海和那条扑面而来的银河，感动得不能呼吸时，央金忽然指着那个室女座边上明亮的星对他说：“米玛。”

他这才发现，自己刚才不知不觉间，释放了过于强大的思维波，呼唤自己的火星家园，这并不是能进入地球人大脑发声的波型。但是不知为何，她好像感应到了。

米玛。她指着那颗星星对他说，双眼莹莹。

她早已离开了他，但她好像又一直还在他的头脑里。就像她留给他的手珠，一直戴在他的手腕上。

忽然，空气中的星际之门微光闪烁，火星的山丘中打开一扇门，从中走出一群穿着防护的火星穴人。他们向他走来了，越来越近。

他迎向他们，释放出欢乐的思维波，像歌曲般欢快地跳跃。如果是地球人，会听出那是一首叫作《我为祖国献石油》的歌，可他本人，其实毫无知觉。

——米玛！米玛！

他向同胞们张开双臂，脸上露出了不再生硬的地球人的笑容。

米玛，就是“火星”。

（本文获得冷湖奖优胜奖）

远去的星光

焦 策

/ 作者简介

焦策，科幻作者，记者。2013年在《新科幻》杂志发表处女作《接线员》。之后在《小科幻》APP陆续发表《燕星者》《三千河》《流浪星球》、*Stand By Me*、《冰冷的救赎》等短篇科幻小说。2016年于《科幻世界》杂志发表短篇科幻《黎明》《冥王星上的雪》。2017年5月，《黎明》被选入北京西城区中考语文试卷作为阅读理解试题。2017年凭借短篇科幻《冰阳》获得第二届水滴奖最佳短篇小说二等奖。

/ 颁 奖 词

他以纤毫毕现、缜密细致的如椽之笔，以精确翔实、洞幽烛微的技术描摹，为我们展现了智慧生命必将与宇宙融合的终极宿命。这是一场“硬科幻”加“技术冒险”的饕餮盛宴，也是一曲理想主义的辉煌乐章。《远去的星光》告诉我们：有些“星光”，永远不会远去。

吉普车在戈壁上向西南方向滑行，远处的阿尔金山余脉若隐若现。在阿克塞哈萨克自治县附近，芨芨草、骆驼刺繁茂起来，感觉戈壁滩绿了许多，草窠也不似先前稀疏。

公路两旁柳树成荫，不远处还有一座柳园，与华北平原的垂柳不同，在柳园里看到的都是些高大的红柳，这是真正的柳树。公路左前方有几只羊沿着一条旱河走，旱河两侧的碎石泛白，像两条柔顺的哈达铺在河两岸，不时间就有巨石突兀出现。据说这里是哈萨克人的牧场，但我感觉远没有想象中那样清新、碧绿，草场有沙化和人为破坏的严重迹象。

再往前走，就是连接阿尔金山与祁连山的当金山口，翻过山口就离冷湖不远了。车中的定位仪显示海拔 3016 米，外面气温很低，我拽出了预先准备好的拉绒外套。

开始爬坡了，窗外的阳光被高山阻挡，一会儿让大山披着金黄色的斑斓，一会儿又左腾右挪，钻进曙光初现的朦胧谷底。旁边一辆接着一辆的军车轰鸣驰过，“冷湖大军”的机械化部队就这样浩浩荡荡地沿着崎岖山路，穿越着当金山。

“翻过垭口就真正进入青海大地了。”作为临时向导的老匡喃喃地说，“跟甘肃道别吧。”

也不知是他严肃的声音，还是我的高原反应，只觉得耳膜有微微的压迫感，脑袋也闷闷的。

“我倒是有点想来碗牛肉面。”我微闭双眼，回答道。远处的路牌上标着“苏干湖，3km”。

我在昏沉的脑海中逐一拾起片段的思绪，此次去冷湖是为了完成一项重大任务。国家对于“人体远距离传真”技术已研究了八年，封闭实验也已进行三年多。在这八年里，世界各地都纷纷建起了实验基地，以美国为首的西方，在荒凉的阿塔卡玛沙漠上，建起欧南空间传真实验室，那巨型的信号接收天线能够覆盖南天球百分之八十六的空域。

“不能让西方独霸天空。”这句口号在我们这些工程师的心中燃烧着，那力量就像是沉睡在古老岩层下等待喷涌而出的石油。

两万人的大军，一百天的筹备，我们带足了设备和干粮，浩浩荡荡地走出了嘉峪关。

关外的山里冷风飕飕，有些山头还顶着白雪，想着进山前掩在骆驼刺和野草间的碎石块，看着进山后破碎的岩体，听着寒风在山涧呼号，就不由得对这支正在翻越当金山的队伍肃然起敬，那份为了增强国力的无畏与豪迈，被他们一步一步地印刻在崎岖的山道中。

二十多公里的山路很短，我还没有将两旁的大山看够就出山了。路边出现了一条很奇特的山丘。这些山丘上部是黑色的岩石，底部和山谷则是灰白色的沙状沉积物，远远看去，就像是一幅水墨画。

过了这些奇山，又开了几十公里，前面涌现出一大片平房废墟，我知道，废弃的冷湖老基地到了。此时已是中午，我们在冷湖汽车站旁边的一家拉面馆吃了一碗牛肉拉面，就开始往东行驶，那是柴达木北缘的冷湖新基地，也是这次行程的终点站。

在冷湖镇边的荒漠中，我看到了几台分散的采油机，老匡管这个叫“磕头机”。它们孤零零地矗立在荒漠上，就像是来迎接我们的主人。

在我和老匡的原计划中，是要去一下冷湖的雅丹林的。那里有地球上最大的雅丹地区，总面积达二点一万平方公里。可是由于这次时间比较紧，而雅丹林的面积又大，我们不敢单车前往，因为一旦在里面迷失方向，就会给整个计划增加许多不必要的麻烦。所以，我们吃完饭重新上车以后，就径直往冷湖新基地驶去。

就在这段路上，路障和安全检查站逐渐多了起来。一个个都是由武警把守，格外的严。看来为了能够保障此次实验的安全，当地政府和驻军都下了不少力气。

刚过检查站，就看到前方的地平线上竖着一座高大的塔型天线，这是专门用于人体传真信号发射的天线。与西方的矩阵式天线不同，塔型天线更有利于信号的集中传输，是我国自主研发的最新式设备。

吉普车停在一排平房前，这也是刚刚建成的，供我们日常生活使用。一路的颠簸让我有些疲惫，可是这会儿却顾不上休整，我们俩赶紧七手八脚地从车里往下搬东西。

我正鼓着劲儿收拾的时候，忽然间，老匡身上的对讲机响了起来。他连忙放下手中的活儿，把对讲机拿在手里，打开了开关。我离得远没有听太清楚，就见老匡听完对话内容后一皱眉。

“怎么了?”我问。

老匡揣好对讲机，严肃地说：“指挥部刚才下发通知了，说首次实验时间定在三天以后。”

“三天?！这么急?”我惊诧地问道。

“嗯，部里已经调试好大部分发射设备，就剩咱们接收单元的检测了。”

“我不懂，为什么不能等几天，调试好之后再开始啊?”

“他们已经等了好几天了吧。”老匡背起一个大包裹，一边往屋里走一边说。

“这不是都才刚到吗?”

“你来之前他们就已经来了。”老匡说，“那天线建着的时候，就开始调试了。营房、基站这些设施盖起来很快，主要是核心部分还得需要你们，所以就留到最后。现在前后场加起来一共六千多人，没日没夜地干，那情景一点不亚于二十世纪五十年代的石油大会战。”

老匡说着，递过来一个无线电对讲机。

“拿好了，咱们这边无线电管控，只有两个固定频段，一个上行，一个下行。没事儿别乱用，下行有固定频段，上行不固定，每天会公布两次频段，你注意着点，别漏了啥事。”他说完便要往外走。

“你去哪儿？咱们不是一个组吗？”

老匡回过头看着我笑了笑，说：“是一个组，不过我住镇上那边儿，这儿房子太新，我睡不惯，还是回我那老房子睡吧。”

我点了点头没有再说话。虽然老匡是跟我一起负责调试接收单元，但是他跟我不一样，从实验初期阶段我就在了，而老匡是“冷湖计划”开始后才加进来的。听领导的意思，他也只是提供一下冷湖周边的实验环境数据和部分边缘工作。这些对于老匡这个“当地人”而言并不难，都属于分内之事。

我忽然想起来之前，我的老师魏玲教授跟我说的话，她说：“科学事业就是一种牺牲、一种奉献，你钻得越深，成果就越明显，然而牺牲也越大，所以并不是所有人都能成为科学家。”

就我而言，我是接受这种牺牲的，但是我却不能把它强加给别人。我花了好长时间才想通这个道理，就好像我有充分的理由来解释奉献，而其他人也有顺理成章的借口来逃避一样。

我展开四肢仰躺在硬邦邦的木板床上，低气压使我的脑袋昏沉沉的，我扯过被子，就在这冰冷的屋子里睡了过去。

第二天，在冷湖新基地的大广场上，召开了关于贯彻“中央号召开展高密度传真发射任务”的誓师大会。这是整个冷湖基地的航天人聚得最全的一次会议，全体冷湖航天人为确保后续传真发射任务成功，大声叫响“牢记嘱托拼到底，誓夺任务满堂红”的口号。

声音伴随着高亢的情绪一起迸发出来，在安静的山谷中久久回荡着，就连高空中的雄鹰都仿佛畏惧了这呐喊而迅速地飞散开。

其实，作为空间探测技术，人体远距离传真走得并没有想象中那么远。它仍然依赖现有的常规航天技术作为基础支撑。整个过程大致分为三步：1. 常规发射；2. 建立基站；3. 空间传真。

在这里面，常规发射和建立基站是最繁琐的，也是耗资巨大的活动。一旦建立起传真基站，后续的发射任务就简单多了，那便捷程度甚至可以用“殖民”来形容。

美欧等西方大国曾尝试过使用一次性小型空间探测器来搭载传真基站，但最终失败了，因为那实在太简陋，根本支持不了大规模的发射任务。

然而俄国人却反其道而行之，它们直接在近地轨道建造超大型空间站，然后采取一步接一步的方式，一边进行着空间传真，一边向着目标飞行。那阵式活像是在宇宙中展开冲锋的装甲部队集群。

不过后来他们也失败了，原因很简单，就是补给跟不上，那么大的空间站在宇宙中不停地前进，所耗费的能源是一个外空间传真基站的两三个数量级。

“我们可以走他们的老路，但是不能犯他们的老错误。”这是中央首长对于中国人体远距离传真任务的最高指示。

然而，我们实在想不出还有什么更加便捷的措施来改变这个三步走的循环。而且我们最远的传真实验距离也仅仅是到达火星。大宇宙航行的时代离我们还很遥远，我们新时代航天人的命运，在茫茫宇宙的面前就如同那传真信号一般脆弱，所面临的困境也不止航天那么简单。

大会虽然热烈但很快便结束了，毕竟时间紧迫，保障发射成功才是首要任务。我拿着各种仪器刚要去往工作地点，迎面正好碰到老匡走了过来。刚才开会的时候没看见他，不知道这会儿他从哪里来。

“你开会没有？”我问他。

“先别说这个。”老匡并没有正面回答我，“你看今早的新闻了吗？美国那边出事了。”

“出啥事？”

老匡麻利地接过我手中的仪器，继续说：“是欧南实验室那边儿，你猜怎么地？”

我狐疑地看着老匡神神秘秘的样子，不知道他又得到了什么大新闻。

“我又没看新闻，你快说。”我催促道。

“欧南实验室昨晚爆掉了，炸成一朵花！”他的手比成了一朵蘑菇云的形状。

“怎么会爆掉？人为的吗？”

“不知道，都没说。现在不清楚是人为原因还是技术故障。总之他们那边的传真基站算是废了。我来的时候路上听广播里说，不光是欧南实验室的地面基站，就连月球基站也受到波及，有天文爱好者用望远镜亲眼看到月球的传真接收天线发出奇异闪光。”

我心里一阵惊恐，在宇宙中的传真基站都是暴露在太空环境中的，如果发生闪光之类的现象，那肯定就是比较严重的事故了，最大的可能就是融毁。而一旦发生基站或天线融毁事故，传真信号基本没得救。

“人有没有事？”我快步跟上老匡。

“啥人？地面的人啊？”

“哎，我是说人体传真信号。当时基站有在运作吗？”

“那哪知道。”老匡撇了撇嘴，连看都不看我一眼。

我们一边交谈，一边往工作间走。早上冷湖的气温还是比较低，这里的海拔将近三千米，气候寒冷而干燥，昼夜温差能达到十几度。就是这片干涸得如同火星表面的不毛之地，却曾经蕴藏着非常丰富的石油资源。虽然现在石油抽干了，冷湖的老基地荒了，但是冷湖航天梦的开始与延续，又给这片高原带来了新的希望。

我们刚来到工区的大门口，就见一名武警战士急匆匆地跑了过来。

“你是沈峰博士吧？”武警战士的声音很洪亮。

“啊，我是，有事吗？”我稍稍一愣，回答道。

“沈峰博士，首长请你过去参加会议，在总指挥部二楼会议室。”

“首长？哪个首长？”我有些搞不明白，在这里我除了几个比较熟悉的同事，还从未接触过部队上的人，更何况什么首长。

武警战士眼神坚定而急切，大声地说：“冷湖空间传真工程发射场系统总指挥，姜剑云大校。”

“姜剑云?”我咀嚼着这个名字，之前略有耳闻，但是由于跟我的日常工作没什么关系，所以也就没怎么留心。我还想再打听一下这个首长，可是武警战士却催促我立刻过去。我是一个搞技术的，平时最头疼和领导打交道，更何况还是整个冷湖基地的总指挥。也不知道这是出了什么事，我才来冷湖第二天，就已经要去见领导了，心里一时间翻腾起来。

还是老匡见得比较多，他刚才没等战士说完，就赶紧从随身的包里抽出一沓资料塞给我，然后知趣儿地走开了。而我则硬着头皮跟武警战士去见首长。

我们一路小跑来到指挥部，这里的会议室不大，可此时里面已经坐满了人。会议正在进行中，主持会议的是一个四十多岁的军人，身着棕绿色的军官制服，松枝绿色肩章底版上，缀有两条金色细杠和四枚星徽。

我找了个位置悄悄坐下，想静静地听一会儿，可是这时讲话的那名军官却停了下来。

“跟大家介绍一下，这位刚到的同志是中科院空间传真实验室的沈峰博士，你好，沈博士!”他冲我微笑着点点头，我连忙站起身同大伙儿打招呼，此时的心脏咚咚咚地激烈跳动。

“好，我继续说。”军官介绍完我，又继续他的讲话。

“刚才说到咱们这个基地是由许多单位共同组建，大家互相之间有的熟悉，有的不熟悉。但是有一点，我们的目标是一致的，我们的工作是一致的，我们全体指战员也要像兄弟姐妹一样紧密团结在一起。阳奉阴违、懈怠工作这种丑恶现象决不允许在我们内部存在。这是我们冷湖基地第一次指挥会议，我希望在座的各位都能够牢记这一点。

接下来，跟大家通报一个消息。北京时间昨天傍晚六点四十二分，美国位于欧南天文台的空间传真实验室发生特大事故，两座主发射天线融毁，由此而释放出来的高能传真信号，先后将月球、火星、木卫一的美、欧、日传真基站彻底瘫痪。中国的海卫一空间站，咱们的‘那曲号’，曾尝试拦截高能信号，但结果不容乐观。官方预计将造成八千多人失联，生死不明。”

他说着坐了下来，两只手交叉抱在胸口。屋子里静的就连掉根针都能听见，大伙神态各异地望着椅子上的军官，谁都没有说话。

“据内部消息，事故是因为一名地面接线站的工作人员的疏忽引发的。”

大家依然沉默着，这种感觉就好像是正在大踏步前进的部队，忽然停止了步伐，在等待下一个指令的到来。

军官往前欠了欠身，双手放在桌子上，手指交叉在一起。他微笑着扫视在座的众人，气氛仿佛有些缓和。

“大伙对这件事有什么看法?”军官缓缓地说。

“到底拦截成功没有?”有人问。

军官摇摇头，说：“至今不明。”

“那就是说，这八千多人全都死了吧，对不对?”又有人小声地说。

“肯定是没救了，发射到宇宙空间，无法接收，无法解析。”还有人附和着。

军官轻咳了一声，忽然转向我，问道：“沈博士，你怎么看?”

我皱了皱眉，认真思考着这件事，随后回答：“我觉得可能是超导电池的问题。”

军官眼睛一亮，抬手示意我继续说。

“融毁事故是发生在地面基站，只可能是传真信号内存和能量电池出现的问题，这就不是解析单元的故障。然而能将发射天线都融毁，却不是将内存击穿，可见能量是被迫释放出来的，并且还伴有超高的能量等级。所以综合这些因素，我认为极有可能是超导电池部分由于不知名的原因短路，之后为了保护部分未解析的信号，所以才将超能信号从内存释放。但是这种释放属于破坏性发射，以至于外层空间的接收基站都瘫痪了吧。”

“如果是破坏性发射，那为什么还要发射?”军官的问话一针见血。

我抬头环视了一下四周，大家都认真地听我在分析，突然间我胆子大了起来，因为毕竟这是属于我的研究领域。

我清了清嗓子，告诉他们为什么要被迫发射信号。其实原因很简单，这就是一个选择题，如果当时不发射，那结果就是高能信号将内存击穿，从而让所有已解析和待解析的人体传真信号全部消失掉。但如果选择发射，那么只要高能信号减弱后，依然有被解析的可能。剩下的任务就是选择一个当时接收窗口最多的空域，把信号释放出去就可以了。从存活概率来看，后者显然有比较高的获救成功率。

还有人问我，怎么就敢肯定高能信号一定会减弱。我感觉这就好像是在给中学生上物理课，根本不想再去解释这些基础问题。可是无奈在座的大都是领导，我只得硬着头皮又给他们普及了一下电磁传播理论。

那名军官倒是没有再问我什么，只是又说了些别的事情，重新强调安全操作，之后就宣布散会了。

我站起身，正要随着人群往外走，忽然，那名军官叫住了我。

“沈博士，你说得很好。”他一边说着，一边朝我走来，我这才看到，他的身材十分魁梧。

“很抱歉，刚才开会时候没有自我介绍，我叫姜剑云。”他伸出手来同我握手。

我显得有些慌张，他一定能够感觉到我手臂正在颤抖。为了掩饰自己，我故意用了很大的力气握回去，但是我发现竟然握不动他的手。并不是因为他也用了力气，那种感觉就好像是他怕握得重了，而故意控制好力道，来得坚实而又游刃有余。

“别被这身军装误导了，沈博士。”他撤回手，微笑着说，“我之前是国防生，一直读完硕士才来到部队上，我比那些带兵打仗的更‘文气’。”

我尴尬地笑了笑，连忙把手收回来揣进衣兜里。

“沈博士刚才的哲学推理很不错!”

“呵，那不是哲学，是数学。哲学是事物发展的元理论，数学才是用现实来描述哲学世界的学科。”

“哦?”姜剑云一愣，“描述世界不应该用物理学吗?”

我看着他一本正经的样子，觉得有些好笑，解释道:“物理学不行，它描述的世界不够完美，只能存在于人类眼中。只有用数学来描述的世界才可能存在上帝。”

“物理学里没有上帝吗?”

“没有，数学才有。”

我摇着头回答姜剑云的疑问，不知为什么，我的脑海里忽然浮现出歌剧《费加罗的婚礼》中，那个小木匠用直尺一点一点丈量房间的画面。如果说整个数学是间大屋，那我就好像是个小木匠，把自己全部的时间都用来一寸一寸地丈量那个世界。然而现在，我又要带着这把尺子丈量人体远距离传真事业了。

姜剑云若有所思地看着我，看得出他在认真咀嚼我刚才说的话。

气氛一时有些尴尬，于是我问道:“姜首长是学什么的?”

“无线电通信。”

“哦，物理学。”

姜剑云忽然笑起来，说：“是啊，所以我的世界里不允许有上帝。”

我也乐了，开玩笑说:“但是可以允许有外星人。”

姜剑云又同我聊了一些细节上的事情，最后临走的时候，他郑重地告诉我，鉴于一直以来我对于人体远距离传真技术的研究，组织上决定让我担任“冷湖计划”的特别技术顾问。我听完非常诧异，一方面我觉得自己并不是很专业，特别是比起那些外国专家。另一方面，我也不喜欢做抛头露脸的事。技术顾问嘛，总是要经常给众人汇报一些事情，因此我更喜欢和数据打交道。

但是姜剑云却说，我这个技术顾问只需要向他汇报即可，不然怎么突出“特别”二字。

“放心吧，你不会让我失望的。”姜剑云说着拍了拍我的肩膀。

我听完默默地接受了。

从会议室回到工区，老匡已经在那儿调试传真设备了。他见我一脸茫然，就问道：“怎么，挨批啦?”

我摇摇头。

“那就是升官了!”

“你怎么知道?”我睁大了眼睛。

“哎，不是坏事就是好事，大领导有请，那还能是小事儿?”

有时候确实佩服老匡这种人，他们对于职场的各种信息都很敏感，而我却像个书呆子一样，随波逐流。

后来听老匡说，姜剑云这个人很不得了，他是现如今整个人体传真事业里面唯一的一个以陆军身份加入进来的军官，这里大部分都是空军，也有一部分海军，但陆军的指挥官却只有他一个。而且他学习的经历也比较突出，要知道国防生能够留在部队的比例只有区区的百分之二，更何况他还挂上了校级军衔。

老匡说得头头是道，但我却很不以为然。不敏感，所以就不觉得有什么特别。

就这样，在许多人的共同努力之下，我们全面做好了第一次人体远距离传真正式发射的准备。

“冷湖计划”是整个人体远距离传真规划的一个重要部分，也是标志着空间传真技术从实验阶段到实用阶段的关键性转变。它包括从人体实载传真的单体发射，到高密度、远距离传真的压力发射的全部过程。

如果从时间上看，美欧在两个月前已经完成他们的压力发射测试，而我们虽然在时间上落后，但是一步一步走得很稳。这次美国的传真发射事故，也从侧面证明了我们之前花时间来准备的必要性。

不过必要归必要，美国的事故还是让大伙儿都绷紧了神经。

发射工作进入倒计时状态，我们全都聚集在测控室里。老匡特地戴上一顶卷边的毡帽，他说这是为了讨一个好兆头。而在我看来，他现在活脱儿一个在草甸里放牧的藏族同胞，那黑油油的脸上胡子拉碴的，仿佛都能够扎进眼前的屏幕里。

倒计时 1 小时，毫米波雷达开启，通讯测试；

倒计时 50 分钟，收到火星接线站回传信号；

倒计时 45 分钟，超导电池组电压测试；

倒计时 42 分钟，空间传真天线展开，方向校准；

倒计时 36 分钟，在大气层 22000 米高度发现一个“衰减峰”；

倒计时 28 分钟，“衰减峰”消失，大气状况良好；

倒计时 12 分钟，传真测试员就位；

倒计时 7 分钟，导向雷达关闭，准备进入发射“窗口期”；

倒计时 5 分钟，所有无线电通讯关闭；

倒计时 3 分钟，超导电池组加压；

倒计时 1 分钟，数字信号池关闭，传真内存开始加载……

还有一分钟就要发射了，我的心脏嘭嘭嘭地跳着。透过发射塔监视器可以看到，这会儿正在塔的顶端聚集起一阵高能反应，塔周围半径十米之内的空气瞬间被电离，噼噼啪啪地产生了阵阵闪电。

如果此时从远处望过去，戈壁的一端就仿佛被施了魔法，电离的空气以发射塔为圆心呈半球状笼罩着大地，不时地有闪电击中地面，就像一群触手在那里肆意地狂舞着。

涌动的能量变幻着色彩，在发射塔的顶端游走。忽然，一阵炫目的白光闪过，一号内存释放了。人体传真信号通过陆基天线，被发射到天空之中。

测控室里陷入死一般的沉寂，这儿的空气仿佛被一下子都抽干，静得连呼吸声都听不到。大屏幕上，数字倒计时以负数的形式坚定地走着。深邃的宇宙此时仿佛变成了一个巨型表盘，那束携带着人体传真信号的能量指针，正一点点地向着火星疾驰而去。

老匡把毡帽摘掉，用手捋了捋耳边的头发，两眼死死地盯住大屏幕。而其他人也跟他一样，全都屏息凝神望着显示屏。

姜剑云坐在测控室的最前排，从刚才开始，他就一直保持着双手抱肩的状态，不跟任何人搭话。

时间一分一秒的过去了，仍未收到火星接线站的信号。按照预定计划，由于这时的火星和地球位于太阳的两侧，传真信号大概需要八分钟的时间才能够走完全程。而等我们收到信号，起码也得十多分钟的时间。

人们的心像是在被岩浆炙烤一般焦灼，互相之间虽然没有交流，但可以肯定，大多数人都想起了美国传真失败的事故。这种死寂的情绪在人群中蔓延，表面上看不到，却能够从每个人脸颊渗出的汗珠中读懂。

就在这时，坐在前排的姜剑云突然站了起来，他第一个发现了屏幕上左下角的“橙色”信号，那是接收成功的标志。

“快看，橙色！”大家还没有反应过来，忽然有人大叫道。就在这转瞬之间，人群彻底沸腾了。

回传的通讯数据显示，三个人体传真信号全部接收并解析完毕，传真测试员已经下地，感觉良好。

“我们成功了！”

姜剑云转过身来，冲着大家高声喊道。

“他们已经下地！”

姜剑云脸上洋溢着微笑，大家热烈地鼓掌。

“踏上的是火星的土地！”

掌声，经久而不息。

我抹了一把额头上的汗水，连忙把各项参数记录下来。其实会有专门的数据组来处理这些事，但我还是习惯自己干。这次发射的成功让我们自主研发的许多设备都通过了实战考验，也预示着中国人体远距离传真技术步入国际先进水平。我心里自然是很欢喜。

从发射场出来以后，我决定跟大伙去喝两杯，庆贺一下。可是老匡却要回镇上。我没有心思管他，毕竟有些人把厂区当家，也有人的家不在这儿。

那一晚大家都喝高了，一个个兴高采烈地唱起了歌。期间姜剑云加了进来，我以为大伙会安分一点儿，可没想到，姜剑云早就和他们打成一片，勾肩搭背地吆喝起来。

从餐厅里出来的时候，已经是深夜了。在这荒无人迹的戈壁滩上，头顶的星星格外明亮。

“你觉得什么时候我们才能去看看那些星星?”不知什么时候，姜剑云来到我身边。

我一扬脖儿，灌了一口酒，说：“很快，很快。剩下的事儿就是挨个儿架‘电线杆’。”

我的手依次划过头顶的那些星星，仿佛它们近在咫尺。

我俩仰着头，拎着酒瓶，站在冷湖黝黑而又寒冷的夜里，只是心中像燃着火，一点儿都不感觉冷。

接下来这几天我在忙着整理数据，而老匡却神神秘秘地时隐时现。我实在挨不过好奇，就逮住他问起来。可他倒好，我越是问，他就越遮掩。

“你再不说，我就去找姜剑云告状了。”我用略带玩笑的口气说道。

“哟呵，能耐啦!”老匡一脸不屑，“这没当几天官，威风倒不小啊!”

“别扯淡，快说，你这整天神神叨叨的干啥呢?”

老匡见拗不过我，一屁股坐到椅子上，四仰八叉地，腿翘老高。

“这个见过没?”老匡伸手递给我一个黑乎乎的东西。

我放下包，转身接过那个东西，手感冰凉，而且还很沉。

“这是什么?”

“你猜猜。”老匡狡黠地笑着。

我仔细地端详，这仿佛是一块岩石，它个头不大，只有手掌大小，表面有一层釉质，而在釉质下面则是星星点点的金色斑点。

“这不是普通的岩石。”我心想，因为按照这个体积，份量有点大，可见它的密度不一般。

“陨石?”我猜测道。

“厉害啊!”老匡说：“一眼就看出来了。这是刚从戈壁滩上捡来的。”

我早在欧洲留学的时候，就听说过“沙漠陨石”这回事。而且学校里还有个陨石协会，他们经常会去澳大利亚和美国的新墨西哥沙漠寻找陨石。一般这种陨石都会在地层的古老岩石分布区，如果该地区属于非沉积沉降区，陨石就可以长时间的积累，达到高度富集。但是冷湖位于柴达木盆地西北边缘，它整体由青藏高原向东南剧烈沉降，又属于冲积地带，所以在这个地区发现完整的陨石还是比较困难的。可见老匡在这件事上花了不少时间。

“你还好这口啊?”我把陨石递还给老匡，拍了拍手。

老匡低着头一边把玩，一边说：“一个人久了，这点儿爱好能算啥。”

“你来冷湖多长时间了?”我问。

“十二年。”他说。

“一直是一个人?”

老匡点点头，他举起陨石对着窗户照来照去。

“这么久，不孤独吗?”

他把手放了下来，但是眼睛依然望着窗外，说：“不孤独，对于我这类人，人越多越孤独。”

他的话触动了我内心的某些记忆，这些年我一门心思钻入人体远距离传真的研发中，也根本没有觉得有多孤独。偶尔也会和家人相聚，但是总感觉那儿不是家。有些时候心里会空落落的，但只要一到接线站开始研究，就啥感觉都没了。

所以我就像一个大麻上瘾的病人一般，时刻不能停下来。

后来老匡告诉我说，其实并不是不能停，而是我根本不敢。因为停下来的日子，我压根儿不知道会发生什么。

“那咋办？”这仿佛是我内心深处的声音。

老匡拿着陨石，把它放到耳边。

“你听，这石头还有声儿呢。”

我先是一愣，看着老匡的笑容里面仿佛夹杂着一些别的东西，显得有点诡异。

眼瞅着时间已经接近中午了，我打算先去餐厅再去厂区转转。就在这时，门外进来俩人。一个是那名武警战士，他已然成为我这儿的警卫员了。另一个人不认识，是个年轻的小伙子。

“沈博士，这个人说无论如何也要见咱这儿的领导，说有重要的技术问题反映，我就先带来……”

没等武警战士说完话，小伙子紧走几步上前来，急切地说：“你是这里的头儿吗？”

我摇摇头，而后又用力点点头。

“那你到底是不是？！”小伙子很着急。

“是、是，你有啥事？”

小伙子二话没说，快速把背包解下来，从里面掏出几页纸。

“你看看这个吧。”

我接过来一瞅，这是一张无线电信号的监测记录，从波型上看，像是加了密。我一页页地翻下去，上面各种参数和推断写得很详细，可见记录人下了不少工夫。

“你是做什么的？”我问他。

“我只是一个无线电爱好者，你别管这些，直接看最后一页。”

我翻着眼睛瞥了这个没礼貌的小伙子一眼，随后按他说的，直接翻到最后一页，在这页纸的最后部分，一段破译好的文字引起了我的注意：火星、坠毁、救援、能源。

“火星、坠毁、救援、能源……”我自言自语着，琢磨着这几个词组的含义。

"这是什么?!"我低着头问道。

小伙子咽了一口唾沫，润了润喉咙，说："是这么回事，我是兰州大学信工学院的学生，最近我们在冷湖这边做课题，然后一个很偶然的机会就监测到这段无线电码。起初我们觉得这段代码加密的方式很特别，就想破译试试，可结果把我们吓一跳。我们觉得这也许是恶作剧，就想把它找出来，但是我们的设备不行，只能定位到十公里的范围，这几天我们一直在这附近找，后来就到这儿了，心想着，也许跟你们有关系。"

我看着那段信号的波形，就好像是心电图。

"出现多久了?"

"整七天。"

"全天有吗?"

"不是，只在每天上午十点到十一点半之间。"小伙子说着擦了擦额头上的汗。

在他们划定的这个十公里的圆圈上，只有冷湖镇的一角在里面，新基地最近处也有六公里远，其他的大部分区域都是空旷的戈壁滩。

我心里一阵狐疑，因为新基地有无线电管制，不可能发出这种信号。而在戈壁滩上出现这种恶作剧的可能也几乎为零。所以，我的第一反应是有人故意捣乱。

"莫不是间谍?"我猜测着。

那段信号越看越诡异，我决定向组织汇报。于是，就让老匡陪着小伙子在这里等，而我一个人前去找姜剑云。

这时指挥部里正在开会，门虚掩着，我悄悄地推开门走了进去。姜剑云看我进来，伸手指了指，示意我坐到后排。

会议大概内容是关于中央对高密度发射的指示，现在国际社会对我们发射成功这件事持观望态度，虽然有一些集中报道，但也没有大范围的舆论。因为毕竟人体传真技术并不是什么新鲜事，各个国家有所突破也很正常。可是，从战略角度来看，为了防止美、欧、俄等大国后续的大规模发射所带来的战略失衡，我们必须要加快步伐追上去。

所以，中央采取的是“外松内紧”的战略，表面上各个国家都相安无事，但实际上却在暗暗地角力。

我听了一半，就明白了大概的意思。正当大家开始讨论的时候，姜剑云大校走了过来。

“找我有事？”

“嗯，你看看这个。”我把那几页纸递给他。

姜剑云不愧是有底子的人，迅速浏览完这几页纸之后，就立刻了解到事情的紧迫性。他把我拽到一边，压低声音告诉我，这件事情不能声张，但是一定要查清楚。目前知道这件事的只有我、老匡、武警战士和那几个大学生，而学生肯定不能参与进来，所以先把他们隔离看护。剩下我们仨就来完成这项任务。至于我们现在的工作，就先由其他人来替代，抓紧时间查出真相来。

我领了任务就赶紧从会议室出来了，回营房的路上我想了很多。如果是有间谍窃取情报那倒没什么，核心技术他们绝对得不到，进展状况对于其他组织而言也没有太大用处，而且在冷湖这个荒山野岭，想抓住他也不是什么困难的事。

“但是有没有另外的可能……”我自言自语着，从那段破译出的代码上看，这几个词组连在一起就是一个求救信号。会是谁发的呢？我心中不安起来。

就这样，我们三人小组在第二天的清晨就驱车出发了。武警战士小刘负责开车，老匡坐在副驾驶负责观测，我在吉普车后排来操作无线电测向仪。

从基地所在的山谷中出来，就是茫茫的戈壁滩，滩上的特产就是砂岩和碎石。这里被誉为地球第三极——生命禁区，不光是因为高海拔、低氧、低气压的恶劣环境，还因为这是地球上最大的雅丹地貌。那些岩山远远地看过去，让人感觉一点都不像是在地球。

表针逐渐指向十点钟，在那个大学生口中，这是奇异信号出现的时刻。我们刚刚做好心理准备，就见测向仪上的数字发生了变化。

一束奇异的电磁波被测向仪捉住了。

武警小刘在我的指示下，迅速做“之”字形机动驾驶，老匡也拿起了望远镜，向远处搜寻着。

我用的是基地里最好的设备，它能够对分米以下波段的信号做精准定位。可是戈壁上面空旷如野，半点人为的迹象都没有。

我紧紧盯着测向仪和场强表的变化，右手飞速地在地图上标定着锚点。但是我发现这个信号的波长实在是太诡异，无论我们朝哪个方向走，都不能准确测定它的发射点。如果是跳频的话，从波形上看又不太像。难道它是移动的?!

吉普车在戈壁滩上兜着圈儿，测向仪一直在五公里范围内摇摆不定。这就像是在旋风之中放风筝一样，我们被一根极细的线牢牢牵住，但是却又不知道朝哪个方向飞。时间刚刚划过十一点三十分，信号立刻就消失不见了。我无奈地看着场强表上面的数字归零，却没有任何办法。

回到基地以后，我并没有马上把这个结果向姜剑云报告，而是闷在屋子里认真地分析着今天的数据。武警小刘给我们打饭回来，老匡凑合着吃了点，我却一口没吃。这事一时半会儿落不了地，我也没啥胃口。

毫不夸张地说，这是我见过最为诡异的信号了。我虽然没有见过军方演习时所形成的波形，但是从示波器演化出来的形状来看，如果这段信号携带着加密信息，那就肯定不是普通无线电爱好者发出来的。

“要不然……咱们拿给姜剑云看看?”老匡在一旁试探着问我。

“不。”我斩钉截铁地回答，“明天我们再试试。”

一夜无话，第二天我们又早早地来到戈壁滩上。按照昨天所标的几个锚点，我们要采取“串糖葫芦”的方式来定位。

十点到了，奇异信号准时出现在测向仪上。我们连忙发动引擎，又是一阵漫无目的地追逐。可到了十一点三十分，信号又准时消失了。我们仍然是无功而返。

在指挥部的会议室里，姜剑云拿着我们这两天的资料，详细地揣摩着。这一个多月来我从没有看见他像现在这样皱着眉头。

“你有什么想法？”我小心翼翼地问姜剑云。

“你们需要更精准的测向仪。”

“要多精准？”

“从毫米波到米波，全覆盖。”

“基地没有这设备。”

“从外面借。”

“据我了解，那应该是军用级别的设备，不好借吧？”

“从哪借，怎么借，是我的问题。”姜剑云说这话的时候没有一丝犹豫，“我保证三天后你们能用上，然后一天定位，这件事情在五天之内必须全部解决。”

“五天之后会怎样？”

姜剑云默不作声，他把资料放到桌子上，两手抱肩放在胸前，双眼直直盯着桌角。他这个姿势大约保持了五分钟，不过后来据老匡回忆，也就三十多秒。随后，他把资料整理了一下，交给我，然后径直走了出去。

我和老匡面面相觑，都不知道他心里是怎么想的。

不过话说回来，如果能有更好的测向仪，那找出这个信号源也是分分钟的事情。现在猜测再多都没有用，一切有价值的信息都会在测向仪运过来之后见分晓。

三天后，青海海西蒙古族藏族自治州，格尔木军用机场。

巨大的运输机降落在格尔木军用机场，这是一架改良型的“运

-20”，它的货仓可以装下整整十六个集装箱，并且它的机背也是同类运输机中最宽大的，上面甚至还能搭载航天飞机，因此“运-20”自然就成为目前国内最大的空中运输堡垒。这次它专程从北京飞过来，执行一个神秘而艰巨的护送任务。

机场位于昆仑山南山口的一片凹地里，此处的风很大，狂风夹杂着雪絮和石块横行而过，听说就连拳头大的卵石都能够被刮到半空中，景象十分的可怕。

老匡告诉我，他曾经在早先执行勘测任务的时候，遇到过那样的情景。当时，他随一个车队从格尔木出发，经昆仑山口去往可可西里运送物资。刚到达这里，就碰上了沙暴天气。天和地弥漫在猛烈的风沙中，早已经分不清楚了，远近一米之内什么都看不见。所有车窗玻璃全被飞起来的石块打碎，就连车底盘下的水箱都被石子打得净是窟窿。

同行的一共有七辆车，见风沙来了，赶紧围成一个圈，然后所有人集中在中间的车上，趴到后厢里，这才算是躲过此劫。等事后他们把车开到了目的地验损，惊人地发现所有车的车漆全都掉了，而后斗的木车皮也被硬生生消磨下去一大截。

所以，在昆仑山口这儿，狂风是出了名的狠。

可是今天，却大大出乎人的意料。

就在运输机降落之后，风竟然毫无预兆地停了。

随着机上下来一队解放军战士，设备交接仪式很快便开始。站在最前面的是一个少校军官，高高的个子，清瘦的身躯，脸上拥有着典型军人的坚毅。在他的身后，是一队全副武装的解放军战士，一个个身着军装，站得笔挺。

我和老匡就站在队伍的不远处，这阵仗也是很少见过。此时已接近中午，但是山口的温度还是相当低。我们这边负责接收的是冷湖基地部队的雷达连，还有冷湖行委的几名政府人员，他们有的人已经被冻得瑟瑟发抖，抱着肩不断地跺脚来取暖。也只有军人们能够抵抗这么恶劣的天气，虽然我们的睫毛上都已经结了霜，但战士们一个个仍精神抖擞地站在原地，仿佛雕塑一般。

很快，从飞机上运下来一个铁箱子，由六名战士抬着，看样子不轻。这六个人小心翼翼地抬着铁箱子，然后轻轻地放在两方队伍的正中间。

少校拿出笔，飞快地在一个单子上签字，然后递给雷达连的战士。战士接过单子，低头看了看，随手把它夹在腋下，一个标准的军礼。

少校啪地并拢双脚，向战士回礼。两队解放军同时向后转身、迈步，整个过程就好像已经演练过许多遍一样默契。

交接任务顺利完成。看似很简单的一个程序，但双方自始至终都没有说一句话。肃杀的气氛一直笼罩着四周。

老匡搓着冻得通红的手，凑到我跟前来，不停地吸着鼻子。

“这测向仪很专业吗？”

我跺了跺冻僵的双脚，说：“军用级别，专门用来捉隐形战机雷达的。”

“那他从哪儿搞来的？”

“谁知道。”我摇着头说。

雷达连的战士们齐心协力地把测向仪装上车，在一声长长的鸣笛之后，我们开始返回。

就在回去的路上，老匡问了我两遍这个设备到底行不行。其实行不行我也没把握，如果只是波长的问题导致的定位不准，那这个测向仪就一定行，它能把任何频段的发射源定位在十厘米之内。可如果不是波长的问题，那就很难说了。

我同老匡讨论了一路，不知不觉已经回到了基地。我们正计划着如何揪出那个奇异信号的时候，刚一进大门，就看到所有人全都忙碌起来，在基地里快速地穿行着。

“发生什么事了？”我随便拽住一个人问道。

“你们没听通知吗？”他瞅了瞅我腰上的对讲机，“美国刚刚宣布了。”

我扭过头看了看老匡，他也正好望向这边，我俩同样都是迷茫的眼神。

“美国宣布什么了?”我急切地问。

老匡连忙打开了对讲机，里面上行下行混成一片，十分嘈杂。

那个人上下打量了我一番，随后说：“两个小时前，美国宣布正式开启星际殖民计划，他们已经全部准备好了。”

“这不可能!”我不假思索地说，“他们刚刚才发生了事故，怎么会这么快?”

老匡这时已经调整好了对讲机，从上行的各种对话中我们获得了消息。原来就在我们离开的这半天，美国单方面宣布开启星际大殖民时代，他们称已经掌握了便携式接线站的关键技术，而且在太阳系内大部分适于人类生存的行星和卫星上，都已建好了陆基接线站。

更可气的是，前段时间的发射事故并不是一次失败的操作，那只是一个幌子而已。他们的高能人体传真信号已经按照预定计划抵达奥尔特云①的秘密接线站，同时还利用那股信号的超高能量，融毁了一大部分其他国家的接线站。现如今在太阳系里，除了美国的接线站，其他国家已经不具备大规模人体传真的可能。

而且，美国人还表示，他们会在美国的接线站或接线员到达的地方插上美国国旗，所有这些地方都将会是美国的领土。一切未经同意的人体传真和侵入都会被美国视为“不友好”行为，从而采取反制措施。

没等听完，我一把扯过对讲机，用力地掷在地上，对讲机被摔得粉碎。

也顾不得去想测向仪的事情，我一路小跑到了指挥部。会议室里这会儿挤满了人，一个个都在紧张地忙碌着，可唯独不见姜剑云

① 位于太阳系边缘的球体云团。

大校的影子。

“他人呢？”我问门口的警卫员。

警卫员一看是我，连忙说：“首长去测控室了，他说你回来后马上到测控室找他。”

“他这是要做什么？”我心里一边想着，一边快速跑下楼。

测控室里这会儿也是人声鼎沸，我过去的时候姜剑云正在同几个工程师说话，看到我进来了，他立刻大步走过来。

“什么时候能够再次发射？”他的开门见山让我有些不知所措。

或许是我刚才跑得有些剧烈，稀薄的氧气让我的头一阵阵地犯晕，我扶着桌子喘粗气。

“单体发射随时可以。”我尽力地平稳呼吸。

“我指的是高密度发射。”

“一个月……不……二十天。”

“不行，时间太长。”他斩钉截铁，“有没有别的办法？”

“没有……最快最快也得两周多。”

“我要三天完成。”

“那不可能……”

“破坏式发射呢？”

“你是说……”

“是的。”

“那方法不行……”

“为什么不行？”

“不具备条件。”

“什么条件？”

姜剑云的提问像是连珠炮，一点儿都不给我留反应的时间。但我已经猜到姜剑云所指的破坏性发射是怎么回事，他是想效仿美国欧南空间传真实验室的那次“事故”，用超高能量传真信号来进行发射，从而跟美国抢占先机。

我心里的真实想法是：那绝不可能。先不说这种一次性发射对于传真设备的破坏程度，单单是高能传真信号本身我们就无法解析。美国人很聪明，他们上次的发射是经过精心设计的，能够让海王星的磁场充分发挥作用，使得信号本身的能级减弱。但是我们现在各方面的条件都不具备，贸然发射的话，只能以失败告终。

而且，还有最致命的一个弱点，那就是迄今为止，我们也只有火星和海卫一两座接线站。

姜剑云听了我的想法后，陷入了深深的思考之中。我十分能够理解他此时对于人体远距离传真迫切的愿望，可惜现实就是这样，美国人没有给我们一丁点儿翻身的余地。

过了好一会儿，姜剑云才回过神。他在思考后最终做了三个决定：第一，高密度发射必须尽快进行，无论用什么方法。第二，由于搭建额外的外层空间接线站已不现实，所以要立刻扩建位于火星和海卫一的接线站，并且改建月球基地的陆基接收天线，使其具备接线功能。第三，冷湖基地所有人员工种等级在原基础上提升一级，助理工程师升项目负责人，普通技术工人升技术骨干，普通技术岗由后勤人员接手，所有行政部门取消，余出的人统统去支援后勤。

这个决定让基地的所有人都吃了一惊，就好像一枚炮弹似的在人群之中爆炸了。大伙儿纷纷猜测，这么做肯定会乱套，让现有的局面更是雪上加霜。

但姜剑云果然名不虚传，他在每一个重要岗位都安排上自己信得过的人去充当联络员，所有解决不了的问题都会由联络员汇总，然后按照轻重缓急的程度，分批次报给临时成立的一个技术智囊团，等解决方案拿出之后，再经过联络员分发给相关的项目小组。处理流程一下子简便许多，联络员就好像“经脉”一样把各个打散了的“器官”重新组合在一起，彻底实现了扁平化管理。

按照这种方法，冷湖基地竟然有条不紊地开始了超高效的运作。我心里暗暗地佩服起了姜剑云，他的指挥才能在这件事上发挥得淋漓尽致，把一个略微松散的团队，瞬间凝聚成准军事化的作战部队。

同时，在这样高效的工作状态下，大家的战斗意志重新被激励起来，一个个摩拳擦掌要与美国展开最终决战。

不过这样做并不全都是好事，因为我亲眼看到了几个原处室的中层领导，现在都去食堂擦桌子了。他们死盯姜剑云的时候，眼神里仿佛都冒着熊熊烈火。

在吃饭时，我饶有兴趣地把这件事告诉了姜剑云，他苦笑了一下对我说，这也纯属无奈之举。因为当一个部队进行突击的时候，没有哪个人可以轻松走入战场。

饭后，在跟姜剑云回指挥部的路上，我就问他："我们这么拼，究竟是为了移民扩张，还是为了探索宇宙？"

忽然，他站定了脚步。望着东方地平线上冉冉升起的火星，他小声地说："二者皆有吧。"

夜风呼啦啦地刮起他军装的衣角，就像是一面旗帜，在风中猎猎飞舞。

在发射方案制定好之前，我又同姜剑云汇报了一下奇异信号的事。现在这件事已经显得没那么重要了，所以我俩经过商量决定，让那几个还在营房拘着的大学生去完成这个课题，除非遇到攻克不了的困难，否则就直接把定位奇异信号的事情推给他们。

难得能够跟他的考虑方向一致，我曾认为姜剑云只是一个靠着职场技巧而生存下来的"花瓶"，可就最近这几件事来看，他的判断都很准确。

在把我解放出来之后，我彻底投入到实现高密度传真的任务当中。其实就像姜剑云说的那样，方法不是没有。只要我们认真地去分析每一条线索，总能得到一些启示。

我按照姜剑云的思维方式寻找下去，还真的发现了一丝机会。那就是可以通过一种叫"流星余迹"的物理现象来达到衰减传真信号的目的。所运用的原理很简单，流星在掠过空中时会发出大量的光和热，它会使周围的气体电离，并很快扩散形成以流星轨迹为中心的柱状电离云，这种电离云具有散射和吸收能量的特性。这就是所谓的"流星余迹"。

我又观测了火星和海卫一的大气状况，两者都有不同程度的流星余迹反应。这是一个绝佳的机会！

在测算完毕之后，我马上就拿给姜剑云看，还附着一张信号衰减的对比图。

“干吧。”姜剑云把资料牢牢地按在桌子上，“这是最后的机会了。”

就这样，我们开始了与高密度传真发射的最终决战。

时间一分一秒地流逝，转眼之间两天过去了。在这紧张的两天中发生了许多事情。最重要的有两件：

第一，由于美国的单方面公告，使得其他各国采取了紧急沟通措施，最后决定利用各自现有的太空力量，联合起来进行远距离传真，以达到共同开发和殖民的目的。

这是一个好兆头，毕竟大家联合起来的力量要比自己单干强得多。中央在取得了各国的信任之后，迅速成立了一个协调组，来专门对接这件事。用不了多久，我们就能够利用其他国家的接线站来进行远距离传真了。当然，我们的传真任务也要把其他国家的人员纳入进来。

第二，老匡被抓起来了。

刚得到这个消息的时候我着实吃了一惊，因为就在那几个大学生开启了精准测向仪之后，他们把奇异信号的发射源不偏不倚地定位在位于冷湖镇的老匡的旧房子里。

等我驱车赶过去的时候，他的屋子已经被翻得乱七八糟，警卫人员一寸一寸地搜寻着发报机之类的仪器，但最终却一无所获。我没有去临时牢房里见老匡，因为我始终不相信他能够干这种事，特别还是在众人的眼皮底下，偷偷地搞破坏活动。

姜剑云只是冷冷地批捕了老匡，之后再也没有跟我谈论关于他的事情。我们的心思全部都在这最重要的任务上。

外国的专家和接线人员这两天络绎不绝地来到了冷湖，他们所有人看到这里的环境的时候，无不惊叹中国人的智慧和毅力。

借用一个外国专家的话来说："我们到冷湖之前，从不相信中国人能在人体传真技术这条路上走多远。就像我们没到长城之前，也从未相信过那样的一个个城堡可以蜿蜒万里之遥。"

然而事实上，在我们中国人心中，万里长城只是区区的一小步。浩瀚的宇宙空间才是中华民族不屈精神的最终归宿。

看着基地里川流不息的人群，我悬起来的心终于能够安定下来了。这一场关于人体传真的竞技赛，我们正要以最饱满的状态和高昂的热情，站到大宇宙时代的起跑线上。

高密度发射的头天晚上，姜剑云破天荒地拎来两瓶酒找我共饮。我接过瓶来一看，三十年窖藏的老茅台。

"好酒啊！"我起开瓶盖，灌了一大口下去，浓烈的酒香瞬间从胃部沿着喉管直冲头顶。

"明天的这个时候，我们就能在电视上看到咱们的接线员在火星上喝酒了。"

姜剑云喝酒的方式很可怕，他一手托着瓶底，然后直接对着嘴倒入口中。

"也不知道能不能带酒过去。"我边说着，边喷着酒气。

"酒还用带吗？"他又是一大口。

"怎么讲？"

姜剑云擦了擦嘴角流下来的琼浆，笑着说："他们第一代接线员上去以后，就已经开始酿酒了，用纯粮食。"

我惊诧中带着骄傲，这果然是中华民族特有的庆祝方式，让酒香飘满宇宙，让星光洒下一路。

"来，干！"

我们两个人的酒瓶撞在一起，那清脆的声音在冷湖的夜里，在冰冷广袤的宇宙里，传得很远很远……

第二天，在冷湖基地的发射场上，到处人头攒动。不仅仅是多了外国的友人，还有许多媒体也应邀前来采访。其实到这个时候，已经不是“弯道超车”那么简单的事情了，为了扩大发射的声势，让全世界都看一看我们的行动，是十分必要的事情。

由于前期调度得很合理，我们可以说是以最好的状态来进行这次发射。

随着时间的推移，火星与海卫一、木星卫星、土星极地空间站的发射窗口逐次打开。

大气观测卫星和其他行星探测器的眼睛牢牢盯死了各个外层空间接线站附近的流星余迹，发射场的各种仪器同时开启，冷湖基地严阵以待。

“倒计时五、四、三……”姜剑云大校亲自开始倒计时。

“发射!”

一声令下，只见发射塔顶端又重新聚起了高能量反应，只是这一次的壮观程度比之前的都要宏大。

耀眼的闪光伴随着超导电池组巨大的轰鸣声，在山谷里持续地回荡着，那感觉就像是一个巨人手里的电焊枪直直地朝着天空喷射。

在又一阵的强闪光之后，传真信号发射了。发射塔的顶端像糖稀一般淌了下来。

热烈的掌声响起来，人群鱼跃着、沸腾着，周围的人两两拥抱在一起，用自己的肢体来表达对于这场伟大盛事的感慨。

我激动得流下了泪水，正要伸手从裤兜里掏出手绢来擦拭。忽然，旁边有人挤到我的近前。

我抬头一看，原来是兰州大学的那几名学生。我连忙用手拭干了眼角的泪滴。

“发射了!”我激动地对他们说。

“是的，沈峰博士。”领头的那名小伙子回答。

“你们也看见了吧，咱们发射成功了。”我情绪还未降下来，有些语无伦次。

小伙子皱了皱眉头，说：“看到了，祝贺你啊，沈博士。”

“你们找我有事吗？”我稍稍平静了一下，问道。

“是这样的，非常抱歉这会儿打扰您。可是有件事情必须要让您知道。”

“什么事？”

“你来了就知道了。”

小伙子领路，几个大学生簇拥着我往人群边缘走去。

没多远就来到了他们几个暂住的营房，推开门进去，那台测向仪正在屋子的正中央运行着。在它的显示屏上，几段监测代码飞速跳动着。

“这是什么？”我一边查看，一边问。

“是这样的，本来我们前两天已经打算离开了，可是大家都很好奇这台测向仪，所以就偷偷地开启它使用了一下。可是……”

“可是什么？”

小伙子脸上露出十分为难的表情，其他几个人催促着他赶紧说。

“可是……我们又监测到了那个奇异信号。”

“什么?!”我吓了一跳。因为老匡已经被抓起来了，他的房间也已经搜查了个底朝天，怎么还会出现？

“你们定位了吗？”

“定位了，你看，就在这儿。”

小伙子用手指了指旁边的地图，当我反应过来的时候，一滴汗从我的鬓角滑了下来。

那个位置仍然在老匡的旧房子里，没有变化。

我顾不上猜测，立刻启动吉普车，拉着几个学生，径直朝那个地点疾驰而去。在路上，我把场强表交给那个小伙子。

很快我们就赶到现场，场强表开启之后，滴滴答答的声音不绝于耳。奇异信号此刻正在发射。

我们一阵的翻箱倒柜，就在信号马上要减弱的时候，场强表把矛头指向了一个东西。

那是一颗黑乎乎的拳头大小的铁陨石，此时正在老匡的床下面静静地沉睡着。

我小心翼翼地捧起陨石，把它放在示波器的旁边，然后连忙让大学生们把翻译机接上去，就这样一台简易的信号破译器做好了。我按下开关，一串熟悉的文字出现在显示屏幕上。

“火星、坠毁、救援、能源”

我怀疑自己的判断出了问题，索性把陨石捧走，示波器上的波动减弱。又捧回来，示波器欢快地继续跳动。

“这是怎么回事，沈博士？”小伙子问我。

我呆呆地看着示波器，摇了摇头。

“不知道，我没见过……”

“能应答吗？”一个女大学生说道。

她的话像一席冷水激醒了我，于是连忙将腰上的对讲机解下，把频率调到和奇异信号一致。然后小心翼翼地按下了通话按钮。

我对着对讲机说了第一句话，没有抱任何得到回应的期盼，语气中只有满满的惊恐。

“你是……什么……？”

屋子里十分安静，就连掉一根针都能听见。

忽然示波器跳动了一下，随即在翻译器的显示屏上又出现一行新字。

“这是哪里？”

“地球。”我的汗像雨滴般落在床沿，“你是谁？”

“我叫……”忽然示波器像是被干扰了，剧烈地抖动起来。

“你是什么？”我又问了一遍，眼看着时间指向了十一点三十分。

就在这时，翻译器打出了长长的一句话：

“我叫……坠毁火星……我是……”

当我看到末尾的两个字之后，我清楚地感觉到，自己用了二十多年所构建的物理学大厦轰然倒塌。那回答倒不是有多奇怪，而是十分的平常，平常得让我无从适应。

就在示波器上，清楚地写着：我是人类。

信号消失了，屋子里又归于沉寂。只有那几台机器偶尔发出滴滴答答的机械声。身后的几名大学生老老实实地站着，他们一个个都看向我，期待我能给他们一个完美的解释。

但是我却无法找出任何有价值的答案，我们都面面相觑地呆在那儿。

突然，步话机又重新响了起来，下行线路的通知过来了，我连忙调整到正确的频率。

一切都来得太突然，我完全没有任何心理准备。对讲机里面用极其沉静的声音在广播着一件事：高密度发射失败了。五百多接线员全部不知所踪。在所有接线站的接线频段上，橙色信号灯始终没有亮起。

听到这个消息之后，我像一块门板一样重重地摔倒在地上。耳边听到的，仿佛是在遥远的地方有人大叫着“救人”。那声音就像一座大钟，霸气而浑厚的轰响将我彻底震晕了过去。

就在昏睡的时候，我做了一个梦，梦里我仿佛被吊到一个结实的横梁上，脚下是一片黑洞洞的世界，耳边没有声音，只有无边无际的黑暗将我团团围住。而后绳子断了，我坠落了下去，在下坠的过程中我分明看到黑暗里伸出一只只手，它们挥舞着、摇动着，想要把我抓住。而我就在这片无际的黑暗里一直向下跌，直到连我自己的身体都看不清了，滑向宇宙的最深处……

我醒了，眼前是一扇窗子。

虽然外面也是黑夜，但就在这黑夜之中，几颗明亮的星星挂在天上，一眨一眨地，像是在对我说着什么。我的心里顿时平静了许多。战士小刘在房间里坐着，看到我醒了，悄悄地走了过来。

“你醒啦，沈博士。”

我用力地睁开眼睛，脑袋疼得出奇。

“现在几点……？”

“凌晨两点，博士。”

我抬了抬手，一个输液器缠在胳膊上，静静地为我注射着液体。

“姜剑云呢……？”

“首长在指挥部。”

“陨石呢，看到陨石没？”

小刘点点头，说：“都搬过去了，首长他们正在研究。”

“噢，那就好。”我闭上眼，重新定了定神，“扶我起来吧。”

小刘连忙将我搀扶着坐起来，他扯过一个枕头垫在我的腰下。

“首长交待要让您好好休息，您想不想喝点水，要不吃点东西？”

我摇了摇头，脑袋又是一阵眩晕。

“不用了，小刘。”我摆了摆手，“去把我的衣服拿过来，然后咱们去指挥部。”

小刘没有再强迫我休息，他听话地拿来衣服帮我穿好。临走的时候，他还不忘用保温杯给我装了满满的一杯热水，让我揣在怀中。

此时已是深夜，基地里静悄悄的。要是按照前几天的状态，即使在这个时间段，整个基地里也是灯光大亮。

“大概是因为上午的事故吧……”我心里暗自思度着。

如果说万念俱灰的感觉是一种平静，那我此时还要在这种平静之上加几个数量级。我不知道别人是怎么度过这一天的，单单是对于我而言，时间仿佛已经静止。我所有的意志和坚持都被这停止折磨着、敲打着，在失败的面前做着垂死挣扎。

指挥部到了，只有这里还是灯火通明。

姜剑云大校和诸位工程人员用疲惫的眼神瞅着我，缓慢地走入会议室，他们仿佛已经在这儿讨论了很久，只是从他们的脸上，我看不到任何希望。

会议中止了，姜剑云把一叠资料传到我面前，告诉我事情的原委。

上午在传真信号发射之后，外层空间的接线站第一时间做了接收，只是有一个环节出现了问题。由于信号能级过高，导致发射塔没能在集束之前就发生了融毁，发射到宇宙空间的信号过于分散。再经过流星余迹散射之后，各个接线站已经不能从信号里解析出来任何东西。除了一片高能的背景噪声，就什么也没有了。

至于那颗铁陨石，他们回来后又对这个东西进行持续充能加压，已经可以建立起不间断的信息沟通。姜剑云指了指我面前的那叠资料，所有相关的数据都被记录在里面。

我随意翻看着对话记录，简直无法相信自己的眼睛。

陨石自称“池波”，是来自冷湖基地接线站的一名接线员。他说自己是几天前在执行人体远距离传真任务的时候，坠毁到火星的。他现在正在等待救援。

姜剑云当时立刻查阅了前几天的发射资料，在三名执行任务的接线员中，有一个人就是池波。

所有人都不相信这件事，于是立刻连通了火星接线站。当他们听到通讯那头儿传来池波声音的时候，全都傻了眼。

人们一遍遍地核对数据，又一遍遍地向陨石求证。结果得出两个结论：

这个黑乎乎的陨石的确具有接线员池波的一切意识和记忆，而在那些海量的接线数据里面，人们发现了一个信号散射的能量缺失，大约只有百分之二。

再往后的事情，就完全无法解释了。人们为这两件事一筹莫展，全都像瘪了的气球一般瘫坐在椅子上。

我拧开保温杯，喝了一口，嘴唇感觉到水的滚烫。

“我们还能发射吗？”我脸朝着姜剑云，静静地问道。

姜剑云抱着肩膀，低着脑袋不说话。

等了好久，他旁边的一个瘦瘦的工程师开了口。

“沈博士，你没看到我们的主发射塔已经融毁了吗？”

我又喝了一口水，说：“还有备用的发射天线。”

指挥部里弥漫着一股死亡的气息，那感觉就像是生与死的对抗。

这时，又有一个工程师发言，他体型比较大，说话声音很洪亮。

“沈峰，现在不是能不能发射的问题，就算还有备用天线，咱们的人在这种状况下也没谁愿意冒这个险。何况还有一个石头的事儿没解决，你说这要是再出什么差错，那不就……”

“够了!!”姜剑云大校吼了一嗓子，在座的人全都安静下来。

我分明已经感觉到死神正在把它的镰刀挥向我的脖子。的确是这样，没有人能够承担这种责任，更没人愿意再去冒这个险。

我又轻轻咂了一口水，此时我内心的平静就像刚刚从噩梦中苏醒，看到满天星光的感觉。

“没人了，是吗?”我淡定地微笑着。

终于，姜剑云松开了肩膀抬起头，说话了。

“沈峰博士，你有什么想法就说吧。”

我没有立刻回答，因为我知道，接下来的陈述，将会是面对死神所做的最后的遗言。

我静静地喝完了那杯水，然后把它重新拧好，放在桌子上。整个动作都充满了仪式感，因为那是我作为人类这个物种最值得骄傲的部分。

我的目光扫过在座的诸位，最后落在了姜剑云身上。

“大校，你能想象出来的生命形式有哪些?”

姜剑云略一沉思，随后说：“人类、动物、植物、昆虫，还有细菌等等。你问这个做什么?”

我微微一笑，又问：“那你觉得我们对宇宙的探索就这样停止了吗?”

“没有。”姜剑云不假思索地说。

“那好，我们探索宇宙、探索生命，目的是为了不再孤独。但是我们人类自己却只能接受碳基以内的生命形式，而探索活动也仅仅是在人类之中进行的。偌大一个宇宙，怎么可能没有其他形态的生命？又怎么不会有其他形式的探索呢?”

“我们人类的思维方式已经被自身的局限性所束缚住了。”我说完这句话，眼神直指姜剑云。他应该可以感觉到，我想传达给他的所有意思了。

在座的人包括姜剑云都没有说话，而我已经说完了。此时此刻，我把右手高高地举起来，让所有人都看得到。

“我沈峰，愿意再次尝试人体远距离传真，不用接线和解析，把我发射到宇宙中就行了。谁还愿意？”

这句话就像是划开暗夜的一道闪电，它凌厉的身姿即使在千百年后依然能够站立在宇宙的最顶点。

只是，我的话音落了很久，却没有一个人再举起手。

沉闷如滚雷的昼啊，冰冷的夜啊，
你像一声凄厉的啸叫，
狂奔在茫茫戈壁，
追逐着无奈。

默默如哀的山啊，流淌的水啊，
你像一只被咬碎的夕阳，
洒下橘色余晖，
又径自散开。

孤胆的骑士啊，圈养的勇气啊，
披着黑夜的战袍，破败的希望，
走向天边的鱼肚白……

我闭着眼睛，高举着手臂，两行热泪从我的眼眶中涌出来。我不知道前方的路上有什么在等待我，也不知道身后的路上又有什么样的足迹会被留下。我仅仅是不想让这脚步停下来，不想让探索宇宙的热情被冻结。

我没有任何关于归宿的期盼，因为只要我还能够以其他的形式存在于这个宇宙中，那么就能证明一点：人类永远不会孤单。

时间过了很久很久，肃杀的气氛一直笼罩着会议室，人们全都默默不语。现在看来，我或许要一个人独自上路了。

也罢，当初加加林也是一个人，阿姆斯特朗也只有他们几个人。先行者的孤独和骄傲都是相伴而生的，别人没有任何义务来陪我做这件事。

“姜大校，请你向组织表明，这是我的个人意愿，并且准许我做一次这种尝试，所有后果我一个人承担。”

姜剑云望着我，他的眼神里充满了各种复杂的情绪，但是我能够从中读懂一件事：他一定会支持我。

我把手臂放了下来，安静地等待着姜剑云的命令。

就在这时，一阵嘈杂的脚步声响起了，会议室的大门忽然被推开，一个人裹挟着冷风闯了进来。

我回头一看，原来是老匡。他的脸上长出了茂密的胡须，头发乱蓬蓬的，而在脖子的后面，挂着一顶破毡帽。

“你怎么来了？”我惊讶道。

“沈峰博士，我都听说了。这次啊，我陪你一起走，咱俩还是老搭档。”老匡说着，举起了手，“我们冷湖人从来都是四海为家，这次有机会探索宇宙哇，更不能少了我们冷湖的子弟。算我一个，说真的，我也对自己负责。”

姜剑云瞅着这个闯进来的莽汉，又扭头看看我。此时，我的嘴角上闪现出一丝得意的微笑。

正当我们在会议室讨论的时候，忽然之间，外面的灯一盏接一盏亮了起来。大家还没搞懂怎么回事，就见指挥部的楼下已经密密麻麻地聚满了人。他们有的披着大衣，有的裹着棉被，还有的拎着酒瓶子，甚至有人光着膀子。众人似乎都忘记了寒冷，全部都高声叫喊着：

“算我一个！我也是冷湖人！”

“加上我吧，我家在格尔木！”

“西宁人行不行，我西宁人！”

“沈博士，我们是兰州大学的！”

“敦煌人集体请命出征喽！！”

“我来自玉树州……”“俺家果洛的……”“俺们都是青海人，让俺们去吧！”

空旷的戈壁就像是一张牦牛皮做的毯子，沿着它坚实的一角，被这似火的热情所点燃。就连天上洒出冷光的银月，仿佛都畏惧了这呐喊，而不敢露出半点的锋芒。

刚才怒怼我的那名魁梧的工程师，此时也站了起来，他攥紧了拳头挥舞着，用他洪亮的声音说：“沈峰博士，我收回刚才的话，我们冷湖人的字典里从来就没有不敢，就怕没有路。现在你给我们指了路，我啊，铁定走！”

姜剑云缓缓地从椅子上站起来，双手撑着桌面，扫视着眼前发生的一切。

他看着众人，用坚决的口吻下达了命令。

“我批准。但是所有的责任不是由你们，而是由我来承担。”

夜，就在这果决的命令之中结束了。我拿起桌子上的保温杯，拧开，一扬脖喝尽了里面最后一滴水。

两天之后，在冷湖新基地的广场上，两千多人站在寒风之中等待着传真任务的开始。

而在经过我和技术团队详细地研究之后，最终选取了 5 个方向作为此次发射的目标。它们分别是：半人马座 α 星，距离地球 4.2 光年；鲸鱼座 t 星，距离地球 12 光年；天琴座 α 星，距离地球 85 光年；飞马座 HD209458b 星，距离地球 150 光年；船尾座 M93 星团，距离地球 3600 光年。

这五个方向上的星系里，都有可能存在供人类生存的行星。但即使是这样，等我们的传真信号到达那里的时候，也已经很久过去了。这两千人就要用自己的生命来开垦人类的新宇宙。

我和老匡选择了最远的那个地方，船尾座 M93 星团。老匡在选的时候笑着对我说，咱们就要变得长生不老啦！

是啊，等我们真正到达那里的时候，地球上也已经过去三千多年了。看来我们得带着人类的希望，好好睡上一觉了。

姜剑云在发射之前，特地领着我和老匡去了一趟冷湖旧镇。我们见到了为那些曾经开垦过这里的人而竖起的纪念碑。其实，历史上冷湖是没有建制的，蛮荒的地域只是一个地名。只是因为这里有了冷湖人，才得以名扬天下。

然而现在，我们这些新冷湖人和旧冷湖人就要带着这份冷湖精神去开垦宇宙了。没有任何遗憾，也没有任何留恋，只有那远去的星光会让世人见证这份不屈的荣耀。

（本文获得冷湖奖三等奖）

搬　家

顾　适

/ 作者简介

顾适，幻想小说作家，城市规划师。2011 年起在《超好看》《科幻世界》《悬疑世界》《新科幻》等杂志上发表科幻、悬疑小说十余篇。曾获 2017 年第 28 届中国科幻“银河奖”最佳短篇小说奖、2016 年第七届全球华语科幻星云奖最佳中篇金奖、2014 年第五届全球华语科幻星云奖最具潜力新作者银奖。作品《嵌合体》《莫比乌斯时空》《倒影》被翻译成英文，发表于《克拉克世界》(*Clarkes World*) 等电子杂志及出版物上；其中，《嵌合体》入选 2017 年雨果奖最佳中篇长名单。

1

“喂！老爸！这是什么呀?”

我费了好大力气才睁开眼睛，辛怡正举着一个白晃晃的东西。

“什么?”我茫然地说。

“呀，我没看见你睡着了。”她吐了吐舌头，“抱歉。”

骤然惊醒，我一时有些迷糊。现在几点了?——是白天，窗外树影摇曳，透着暖意。我在哪儿?——这屋子像是被人洗劫了，所有的抽屉柜门全敞着，内里的东西全堆在地上。我动了动手指，又挣扎着想从沙发上站起来。

辛怡说：“你别动，我跟你说了，搬家的事儿交给我。”

哦，搬家啊。

有女儿在，确实没什么好担心的。我挪了挪屁股，让身体陷进沙发深处。辛怡蹲下，把两个手肘支在沙发扶手上，于是我终于看清她手里的东西：一个 IPAD。

“你小时候可爱玩 IPAD 了，不记得了?”我问她。

“哎呀，我不是问你这个是什么!”她说着，把屏幕凑到我面前，“我是问你这张照片，你来过火星?”

屏幕上是一片广阔的荒漠，参差伫立着沙土山包，照片里的我正满脸焦急地看向远处：风沙乌压压卷了半边天，显然是要吹过来了。

这又是什么时候的事儿?

——这是哪儿?

辛怡说：“我第一眼还以为是新京城呢，跟我家看出去特别像!”她用手在屏幕上点着，“我跟你说，我们那儿一年里得有四百天是这天气……老爸你这什么表情，你知道火星一年有六百多天吧？”

我终于想起来了，“这不是火星……是冷湖。”

“哦？在哪儿啊？”

“柴达木盆地……靠近敦煌。”

这些地名对辛怡来说，大概和天鹅座的小行星一样遥远。她怔了怔：“地球吗？地球上有这样的地方？”话音未落，又饶有兴致地问，“你怎么去的？那个时候你们用什么交通工具？”

我拨了下屏幕，切换到另一张照片：“开车。”

一辆越野吉普，车身上全是土，几乎看不出原先的颜色。我在敦煌机场租的，不是最好的选择，但也经受住了考验。

“酷！我一直想开车！我浸入过赛车手的记忆，可好玩儿了。”她很兴奋，又用手去点那张图，图片毫无动静。辛怡震惊地看向我，哀叹：“不是吧！没有浸入式记忆就算了——连视频也没有啊？”

我说：“我们没拍。”

她皱了皱鼻子，又开始在屏幕上左拨右拨。我跟着这些照片，终于想起来：因为沙尘暴，我们临时取消了露营计划，可没走多远沙土就追上了我们的车，能见度剩下不到十米。我们只得停下，不知何时才能回到城里。

“你跟谁一起去的呀？这张可不像是自拍。”辛怡指着一张我的照片问。

——谁？

她连珠炮似的说：“你别跟我说你自己去的啊——你又不玩无人机，又不爱背三脚架，肯定是有人给你拍的。”

谁拍了这些照片？

2

我想起一只手。

她的手。她站在路边，伸出一只翘着大拇指的手。她的脸被一条橘色的大围巾严严实实地包裹着，还戴了一副墨镜。我听说过有男人用这种打扮来假装搭顺风车的女人抢钱抢车。但我还是停了下来。

“谢啦！”她问都没问，就打开车门，把巨大的背包往后座上一甩。然后看着我：“你好！我是辛越。”

声音清脆，是个女的。

“那个……你打算去哪儿?”我只好问。

“火星。”辛越回答得格外简洁。她把墨镜摘下来，又开始用围巾擦脸。我很担忧，那围巾看着并不比她的脸干净，这种心情在当时有一个奇怪的形容，叫作“处女座”——这也是辛越后来经常翻着白眼对我说的三个字。

但那几天我们还没有那么熟。她见我没接话，又解释：“我听说冷湖那边有个地方像火星。前阵子他们在那儿发现了异常光波辐射，里面有发给外星人的求救信号。”

“你是说地质公园？我正想去那儿……你还信这种新闻?”

“总要去看看才知道呀！一起去嘛。”她把脸从围巾里抬起来，露出一对大而黑的眼睛。期待的，羞涩的，小心翼翼的，像一只找寻饲主的小奶猫。我心中一动，咽了口唾沫：“好。”想了想，又把自己的计划对她和盘托出，“我计划去冷湖露营。”我听说那儿还有暗夜星空保护区，是拍银河的好地方。

她眼睛一亮，“我背帐篷了——还有相机!”指了指那背包，又抱怨，“可沉了!”

这就算说定了。我换挡给油，车启动的瞬间她松了一口气，把两只手往胸口一抱，终于不再扑腾了。我提醒她：“安全带。”

没反应，再去看她，竟然已经睡着了。我只好在路边停了车，帮她系好。她身上有细微的汗味，但并不难闻。等辛越醒过来，我们离火星地质公园只有不到 15 分钟的路。侧风越来越强，我得用两只手握着方向盘。然而天气看着还算晴朗。

辛越咕哝：“还没到?”

“快了。”我说，“你自己怎么走到那儿的？”

我“捡到”她的地方是在305省道，离敦煌足足一百二十公里，四面看去除了枯山就是戈壁。我刚刚一路开车，一路就在想这个问题：她怎么会在那里拦车呢？

她伸了个懒腰：“我之前搭了另一辆车。”

我十分震惊，“那个司机——就把你放在那儿了？”

辛越说：“我在地图上看到有个湖，他们不想去，我就下车了。”

“那片基本就是无人区！很危险的！”

她被我吼得一哆嗦，然而只是淡淡答道：“哦。”

沉默了三分钟之后，我只好又开口：“你走到湖边了？”

她说：“当然没有。地图上看着近，下了车影子都没有。”

我忍不住又劝她：“所以说，你一个女生，还是不要冒这样的险，风景没看到，万一遇到坏人怎么办！……那种地方，你要是热晕过去，或者没有水了，迷路了，可怎么办啊！”

“可我遇到你了啊。”她侧过脸，对我柔柔一笑，“你可比风景棒多了。”

3

“老爸，你去冷湖是干吗啊？去玩儿吗？”辛怡腾空了我的书柜，装了几个大箱子，累得满头汗，就端了杯水又跑我身边来。

我回答：“算是玩儿……也是为了工作。”

她说：“别卖关子啦，快说。”

“我们当时在做一个保密项目……”

我才开口，就被辛怡打断：“保什么密啊，不就是火星新京城嘛——现在都建完了，你直接说呗。”

我说：“嗯，就是新京城。”那段记忆渐渐清晰起来，“这个项目非常特殊，我们没办法去火星实地踏勘，在做规划的时候，很多情况都只能靠数据和想象。结果初稿的方案，被领导指出很多问题……”

辛怡耸耸肩，“这也正常啊，谁都没有在火星上建过城市。”

我说：“话是这样说。可我们不能把责任推出去，技术的难度又太高。火星建城对我们来说是一个全新的课题，重力的问题怎么解决，安全如何保障，能量的循环如何做到最高效，城市的交通系统怎么构建，工作与生活的空间怎么安排，每一个研究方向都是全新的。然而时间上又太紧张了。太空货运的技术和经济关卡一突破，去火星建城就是一场争分夺秒的国际竞赛。如果我们不尽快提出一个可行的方案，那么美俄就会抢占先机……”

辛怡说：“那就让他们占先机呗，我们是开工最晚的，可现在还是新京城发展得最好啊。”

想起那段日子，我还是忍不住皱眉头，“开工最晚——也就意味着压力最大。每一版方案提上去都有问题。领导同我们说：‘不着急，慢慢来。’我们回来就连夜开会，研究什么样的工作进度叫做‘慢慢来’。”

辛怡大笑，又问我：“有了更多的时间，总能解决技术的偏差吧？”

我摇头，“不，真正的问题不是技术，也不是时间。”

“那是什么？”

“是理念。”直到现在，这个字眼依然带有一种奇异的重量。

辛怡不解，“理念？”

“嗯。”我点点头，“是我们为什么要去火星，我们要去火星做什么。我们在地球以外的第一座新城，要承载什么精神，要向世界展示什么，要把什么带向未来。”

“WOW。”辛怡想了一会儿，“这个题目确实比较大。”

“我们卡在理念上了。我们说火星新城要安全，要生态，要传承中华文化，要生活便捷……专家点评说你们提的都对，然而这些是我们在地球上就在讨论的话题，现在我们要在火星上建新城，它‘新’在哪里？有什么道理，是我们走出地球才能提出来的？不然的话，我们为什么花国家这么多钱，去太空里建一座新城？”

辛怡点头，“也对。”

我说：“所以我请了年假，想去找个地方想想。网上说冷湖是最像火星的地方，我就飞到敦煌，租了辆车……”

辛怡听到这里，笑了，“然后碰到老妈。”

4

“你为什么会来这儿？”我问辛越。

我们才到火星地质公园，沙尘暴就扑了过来，然而躲到车上也能没跑出去多远。外面飞沙走石，什么都看不到。我把车停在路边，打开双闪。黑暗降临，广播里也只剩下乌突突的杂音。我只好又把它关上，让车子陷入沉默。辛越看起来有些紧张，把嘴唇都抿成一条缝。我必须说点什么转移她的注意力。

“什么？”她没听清，外面风在尖叫。

“你为什么会跑到这儿来？”我提高了声调。

“哦……”风忽然安静下来，她又被我的嗓门吓到了，瞪大眼睛看了我半天，忽然就笑起来，“你的样子好傻啊。”

我被她没头没尾的话搞得有点恼火，“从来没有人说我傻。”

所幸她没有接着这个话题跟我讨论，而是回答道：“因为我逃婚了。”看了看时间，又感叹了一句，“十二点了——现在本来应该是婚礼！”

这枚重磅炸弹抛下来，我一时真的“傻了”，半晌才问：“你……今年多大？”

“二十三。”她说。

“还小啊，为什么……”我不由得怀疑起自己先前的判断。我身边凡学历高一些的，都不会这么早成家。可她身上的学生气太足了，更藏了一股子不谙世事的精明：她尚未陷进世俗的评价体系里，只在眼睛里藏着一把自己的刻度尺，随时用来丈量周遭的一切。

她对上我的视线，“别猜了。我读的少年班，两年前就博士毕业了……”我正要感叹说“原来如此”，她却先开口补了一句：“——他是我硕士班的同学，比我大八岁。”

这个“他”的出现，让我一下子有些尴尬，但还是忍不住问：“为什么？”

她说：“他是我见过最聪明的人。”

我咳嗽了一声，问：“我是说，你为什么要逃婚？”

这个问题其实已经有些过分了。但她竟然很认真地思考了一会儿，然后回答道：“他是一个目的性和行动力都很强的人，会把每一件事都做到最好。我一直想要追上他的脚步，变得像他那样毫不犹豫，充满勇气。”

风小了一些，阳光正奋力撕扯着浓云，在混沌的天地中拉出几条金色的细线。她停下来，神色依然透着爱恋和崇拜。我只好问：“但是？”

“但当我真的站到他身边时，才明白我也是他的一个目标。我和一顶博士帽、一份奖学金、一届学生会长、一个高级职称没有什么区别。我是他身边的配角，他完美人生的装饰物。”她看向我，“他告诉我说，他追求我，是因为所有人都认为我和他很般配。”

这种理由让我很难找到安慰她的话语：“可……你们好像也没有什么矛盾？”

“当然有！”她坚定地说，“我以为他是个很有趣的人，但其实他的人生计划，全是为了获得别人的肯定——他只做所有人眼中有用的事情，根本就不知道自己要什么。”

我还是不明白，“那你想要什么？”

“我……”她被我问住了，咬着围巾的一角，试图找到答案，“我只知道我不想跟他在一起了。”

我扶额叹道：“所以你就逃婚，背个帐篷来了一趟说走就走的旅行？你以为人生是闹着玩儿哪！”

她还是太年轻了。这种忽然热血冲上头顶，想要摆脱现实追寻人生意义的行为，在当时也有一个名词，叫作“中二病”。

“我没有闹着玩儿！我走进他的灵魂，发现里面空无一物，这是很可怕的！”她生气了，努力找寻恰当的例子来表达自己的观点，“我们前天大吵一架，是因为火星新城计划！”

“啊？”我没想到她会突然提起这个。

她眼睛亮了，“对，就是火星！你看到那个新闻了吗？我们要在火星上建一座十万人的城市。我特别激动，他却嘲笑了好久，说建这座城完全是劳民伤财，一点用都没有。又问我，中国没地方放这十万人了吗？”

“呃……当然有。”

她说：“那为什么要在火星上建一座新城？”

“因为……我们的技术能够在地外行星建设城市了……”

“如果技术是原因，我很容易就可以找到一万个理由来反对它：为什么要冒那么大的安全风险？为什么花那么多钱？他们说那是人类走向太空的起点，但谁都知道那很有可能也是终点。”

我正被这几个问题纠缠得食不下咽，睡不安寝，再开口时不由得嗓子发干：“那你觉得为什么？”

她的话语清晰而冷静：“文明发展了一万年才让人类有了移民地外行星的能力，今天我们拥有这些技术，是历史赋予我们的责任。火星新城是一座灯塔，它告诉所有人——未来的方向！”

“未来的……方向？”我咀嚼着这两个词。

风沙散开，乌云奔腾而去。远远近近的怪石从暗影中一个个蹦出来，仿若舞台布景一般，再度立在拉开幕布的大地之上。她的面孔映着太阳的暖光，“我们是人类，我们需要生命的目标与意义，我们得冒险，去做一些伟大但或许无用的事。他对这些毫无兴趣，他只能看到娶妻生子、升职加薪。我不想把自己的时间浪费在这种庸俗的‘完美人生’里，我需要有一个人，和我一起向未来远行。”

5

“好浪漫啊……”辛怡眼睛里闪着泪花。

屋子收拾了一半，我左手边空无一物，右手边却还是一片狼藉。辛怡不知道从哪里找到一张银河的照片——远景是灿烂星空，近景是两个人站立在雅丹地貌嶙峋山石之间的剪影。我也随之想起那天我和辛越回到火星地质公园，她跑前跑后无数趟才拍出这张照片。也应该是那个时刻，我悄悄下定了要把她追到手的决心。回北京之后，我们的关系发展虽然有些波折，但万幸她的前任未婚夫是一个骄傲的人，没有再纠缠她。而经过一段时间的相处，辛越也对我有了积极的评价：“你有一个非常突出的优点，就是‘共情’的能力特别强。”

我当时问她说：“这是什么意思？”

她回答：“说明你能够理解别人的感觉和情绪，这在男人里是很罕见的。我从来没有遇到过你这样的人。”

“我平时也不太关心别人的感觉，”我认真地思索了一会儿，“你是例外。”

“好吧。”辛越笑得甜美极了，“那就说明你爱我。”

然而此刻，我却对女儿口中的“浪漫”评价不以为然，一面把自己的视线从银河照片上挪开，一面对她说：“火星没有大气层，你在家每天都能看见银河吧。”

“哎呀，我不是说这个。”辛怡用手背抹了一把脸，“我是说，你们在那个时候，就预知了未来——这是时间维度上的浪漫！”

我说：“未来哪儿是那么容易预知的？你知道我们规划方案改了多少遍吗？”

她坐在我身边，“得，老爷子又要进行革命教育了。我洗耳恭听。”

我本意并没有要讲这一段，但难得她摆出一副乖巧的样子，便说道："火星新城项目开展两年之后，我们才知道，并不只有我们一个团队在做这个项目。领导也给人工智能团队布置了相同的任务。"

辛怡一愣，"他们也能做城市规划？"

"他们要规划的不是城市。事实上，当时上面还没有决定，新京城是给人住的城市，还是给人工智能的实验室。所以让我们背对背各自提方案。"就算到现在，我还能记起得知这个消息时的惊诧，两年多不分昼夜的奋斗，难以计数的研究、分析和图纸，却可能连基石都是错误的——这个项目，或许都不需要规划专业的参与，因为其目标未必是要造一座让人生活的城市！

辛怡说道："只是一个人工智能的实验室？那就真的没有必要去火星上建了吧……"

"实验室是一个太保守的理念，这就意味着哪怕人类有了在火星上生存的能力，也不具备移民太空的勇气——就算是实验，也必须是城市实验，是人的生活方式的实验。不论文明发展到什么地方，人类都应该是文明的主导。这不只包括我们对人工智能的主导权，也包括我们的社会组织形式和生活方式的延续。我们早已在空间站和月球造船厂证明了人类可以在地球以外'生存'，但火星新城应当将目标定在让人们'生活'，甚至是'繁衍'。"我看向辛怡，"这才是未来的方向。"

辛怡叹息道："归根到底，还是一个理念的问题！"

"所幸领导接受了我们的观点，只是让我们以更少的人口来启动新城的建设。"

辛怡问："那么就是成功了？"

"还差得远。虽然上面认可了我们的思路，但还是认为方案太过常规，要求我们结合人工智能团队的技术方法，提出新的方案。"

辛怡十分惊诧，"这怎么结合？你们的出发点都不一样啊！"

"现在回想起来，这个项目的过程就是把各种不可能变为可能。"我苦笑，"在明确联合工作后不久，老板把整个团队都带到冷湖，开始为期一年的'封闭'工作。那里当时已经变成了火星新城建设指挥部。”

“又是冷湖？”

我点点头，“是的，冷湖是一个非常特殊的地方，它与火星有着千丝万缕的联系。”

“我听说过。好像是最早对火星进行地质勘测的时候，先遣队就发现火星奥尔斯库陨坑的地质构造与柴达木盆地十分相似，甚至还找到了地球独有的第三纪泥岩。宇宙物理学家推测这里可能曾经有过一条虫洞，像一扇任意门一样，连通地球和火星。”

“这正是冷湖被命名为火星小镇的原因。”我说，“到冷湖封闭工作之后，我才知道当初新闻里的异常光波辐射，也是新京城选址的缘由。那一年各国都在秘密派队伍勘测火星，有一艘俄罗斯飞船遇到意外，发出的求救信号却在冷湖被接收到了。因为那次事件，人们才发现在柴达木盆地有一条量子信息通道，可以接收到火星奥尔斯库陨坑的所有数据，它或许就是你所说的虫洞坍塌后的残余。后来经过反复试验，确定这是一条双向通道，也就是说，我们只要在指挥部，就可以实现与新京城的实时通讯，而不用等待光从地球到火星的十几分钟时间。”

辛怡问：“地球上只有冷湖可以？”

我回答道：“对。”

辛怡问：“所以我刚在火星的时候，你用远程三维投影陪我玩，都要从北京飞到冷湖来？”

我没有回答她的问题，轻叹道：“也是到了冷湖，我才知道你妈妈在做的项目是什么。”

6

“妈，给宝宝留的奶我都贴了日期，您拿的时候别忘了看一下啊，从最早的开始喂。”辛越洗完澡，还没穿衣服就在浴室里对外面喊。她手忙脚乱地抄起一条黑色内裤，我赶忙阻止：“穿浅色的。”

她愣了一下，才发现我的投影就在旁边，这种远程三维投影技术是浸入式记忆的前身，由于长期异地，我只能用这种方式表达对她和宝宝的关心。

“你放在外面的那条裙子是米色的，”我说，“会透出来。”

辛越翻了个白眼，“处女座。”但还是照我说的做了，到衣帽间“刷”的把连衣裙一套，就开始吹头发。我妈说了句什么，她赶忙关掉了吹风机电源，“怎么了？”

我妈在客厅里说：“你说她每天几点午睡？”

辛越说：“她以前都下午一点睡，三点起。这几天稍微晚一点，您还是别让她太晚了，不然夜里影响您休息。”随后又急急忙忙继续吹头发，“辅食您别加胡萝卜，她不喜欢。”

“好好，知道了。”我妈略有点不耐烦，“你说过两遍了。”

两千多公里外的我，忽然感觉到一阵难以言说的痛苦。我爱上辛越，想要和她在一起，是因为她是个理想主义者，她的渴望超越了生活本身。然而让她远离未来世界，把她拽到眼前这一地鸡毛中的，恰恰又是我们的婚姻。她不再是那个可以“说走就走”的少女了，她是一个有家庭的母亲了——所以，是我折断了她的羽翼吗？

这种划过心尖的战栗和恐惧，大约就是她所说的“共情”，证明我还爱她。

她草草画了眉毛，走到客厅在宝宝脸上亲了一口，然后踩上皮鞋，拎起门口的行李箱，“杨铭，你知道吗，我这次出差是要去……”

“你身份证带了吗？”我问她。

她懊恼地揉了揉头发，又换了拖鞋冲回卧室，从抽屉里翻出证件，嘟囔着：“要赶不上飞机了！”

“没事，我帮你叫了出租车，师傅已经到楼下了。”我安慰她说。

她看了我的投影一眼，“爱你。”然后火急火燎地冲出家门。

我这才想起自己没搞清楚她要去哪里出差。辛越的研究方向是数据建模，然而她具体在做的课题，和我所在的火星项目一样，都是保密的。所以我们很有默契地都不去问对方工作的细节——譬如她一直以为我在冷湖的工作，是负责这里的特色小镇规划。

于是六个小时之后，当我们在冷湖火星镇的会议中心见面时，彼此都在对方的脸上看到了可以称为“震惊”的表情。她看了我五秒钟，又扭头去看会议室里的名牌，才喃喃道：“天哪……你是火星新城的规划师？”

我根本说不出完整的句子，“你是……”

这时指挥部的林主任走进会议室，一拍我肩膀，“杨工，这是辛博士，‘智城’团队的最后杀手锏。把她请来可不容易啊，她家孩子还不到一岁，出这趟差是逼人家断奶呢！你们那方案调整可不能再拖了，上次会议的修改意见赶紧落实一下……”

我简直要爆炸，“这是我老婆！”

林主任怔住，“啊？”

这种故事当然迅速传遍了指挥部，尤其是大家意识到我是规划团队里负责建模的设计师，而辛越博士正是从北京来指导我工作的——一时间，各种消息段子在内部群里轮番轰炸，如果不是要保密，大概当天就会成为全行业的段子了。老板专门给大家开了个微信会议，肯定了我们两口子对彼此的保密工作做得十分到位，要求指挥部里的其他同志都要学习。然而玩笑归玩笑，等到开始工作的时候，我才发现搭档是自己老婆，并不是什么值得欣慰的事情。

“我听说你在改我们的模型？”辛越问。

“你们的模型完全是电脑计算出来的。”我告诉她，“我们当然要做一些设计上的改动。”

“那么你需要改的就是模型的算法和前置条件，还有人工智能的训练计划。”辛越打开她的工作界面，“有一些你们之前提到的内容，比如城市功能的比例、人需要的空间尺度、新的交通模式，我们已经添加到算法里面了……”

她点了一个按钮，一座形状诡异的城市在屏幕上展开，枝叶缠绕，特别科幻。这东西有悖常识，完全没法建。我有点头大，“但我们要的不仅仅是‘完成’。”

她问我：“那你们要什么？”

我轻轻吐了一口气，告诉自己不要和外行计较，然后打开另一张图，拿起绘图笔，飞快地在屏幕上画，“城市的结构与功能有关，空间尺度则与人的需求相关。从大的层面来说，我们需要更清晰的组团感，中央的轴线要清晰，两翼的形态也要有序，在城市的中心需要集中的公共活动场所，科研智造应该和居住在空间上有所混合。在微观层面上，单一组团的规模需要缩小……”

“你说慢一点……”她皱起眉头听我说，等我说完，又想了一会儿，问道，“你提出这些改动的逻辑是什么？”

我震惊地看着她——我的话没有逻辑吗？然后我意识到她说的是计算逻辑，而不是设计逻辑。我得给她补上五年本科三年硕士的规划课程，再给她复述一遍这两年多以来我们开的所有会，才能说明白这里头的“逻辑”。

现在，我只好咬牙对她说道：“经验。”

她也看向我。这个眼神我特别熟悉，和她看见宝宝在沙发上撒尿的时候一模一样。她正在告诉自己，要容忍面前的傻子，心平气和地解决问题。因为宝宝只有一岁，而我是她自己选的男人。

辛越温和地说：“我明白你们规划过很多城市。我记得你跟我说过你对规划行业未来的信心，你说不管人工智能发展到哪一步，城市的规划都需要人来完成，因为城市本身过于复杂，有太多利益的纠缠，每一条政策的导向也不是‘合理计算’能够预测的——只有生活在真实社会中的人，才能理解和解决城市问题。我完全认同你的观点。但你们的经验都是在地球上的，太空中的建设是另一回事。我们面对的是一块完全空白的场地，技术本身的挑战是以前任何项目都无法相提并论的，这不是在图纸上凭经验就能完成的工作，我们需要人工智能的帮助。”

“但你们计算出来的方案总是非常……”我忍了忍，还是不小心吐槽，“奇特。”

“这就是为什么我们得一起来训练人工智能，不管是你说的空间布局，还是水循环，都是你们的专业领域。你把思路和方法给我讲清楚，我再把这些内容转化为算法，让人工智能计算出正确的模型。你的帮助是很重要的，”她顿了顿，“不然我还得自己用两年时间去学。”

“八年。”我说，“城市规划专业至少要学八年，实践经验在这个领域非常重要，我觉得单凭计算很难解决问题。”

她睁大了眼睛——深呼吸，现在把宝宝从沙发上抱走，然后把她尿湿的椅垫拆下来，“嗯，加上你们的实践经验，我还要学更久。所以你希望我们来配合你？”

“我们是联合团队，但我认为应该以规划为核心。”

辛越稍稍提高了声调：“那你希望我们扮演什么角色？是帮助你们做前期分析，还是在你们画好方案之后建模？”

这两者都是我以前跟她提起过的工作内容。她的嘴唇已经危险地抿成一条线，然而工作场所不是可以展示“求生欲”的地方。

“对。”我挺直背脊，坚定地吐出这个字。

辛越把两只手环抱在胸前，“杨铭，我觉得你还没搞清楚状况。如果你们能够解决问题，就不用我大老远飞到这里来了。月球造船厂的设计方案是基于我的博士研究成果，这也是目前规模最大、效率最高的太空设施。你不可能用工业革命时期的规划理念和技术方法，在地外行星上建造出一座可以生活的城市。我不会允许你在我的模型成果上，用你所谓的‘经验’，修改任何一条管线的走向，因为那是不科学的。我需要你拿出一点态度，更积极地配合我的工作。”

她放轻了语气，伸手在我的耳朵上捏了一把，“因为这才是未来的方向。”

7

“和老妈一起工作的感觉是不是很棒啊？”辛怡问。

天色已暗，房间里又多了几个满满当当的纸箱。辛怡打开灯，盘腿坐在箱子上面，身边放着宽胶带和剪刀——看起来马上就要完工了。

一起工作？那段时间我和辛越居然没有离婚，就足以证明我们之间确实是真爱。但我嘴上只回答女儿说：“嗯。”

“我刚去火星那会儿，就经常跟我的朋友说，这座城市是你们俩的作品呢！”

我纠正她：“话不能这么说，我们只是团队里的工作人员……”

“但最后的模型定稿是你们一起完成的呀。”辛怡说，“老妈跟我说过好几次。”

可能回忆总会美化一切过往。我这会儿闭上眼睛去想辛越，竟然是吵完架她脸红扑扑的样子，很可爱。我记得有一天我们一起校正模型，不小心吵了一通宵，嗓子都哑了，辛越忽然问我：“要不要去看日出？”

——这才是她！我毫不犹豫地点头，然后去借了辆车，一路开到湖边。天际的颜色已经渐渐明亮，辛越急慌慌跳下车，拎起裙角就往芦苇丛里扎，活似一只看见鱼的灰鹤。我忙熄了火追上她。拨开最后一丛芦苇那一刹那，恰恰看到一轮红日破空而出。长云横在灰蓝的天上，被东升的红日染成了温柔的橙红，又倒映在水中，变成一幅印象派的油画。真实与虚幻上下交错。我屏住呼吸，握住辛越冰冷的手——这一刻的存在，一定是有宿命吧？

我们都没有说话，只听着彼此的呼吸和远远近近的鸟鸣。它们喧嚣鼓舞，赞叹着自然的光辉。一直等回到温暖的车里，我才轻轻吐出胸口提着的气息。辛越转头对上我的目光，于是我们无声和解，决定彼此信任。

“老爸我跟你说，我人生最早的记忆，就是在冷湖。”辛怡在一旁手舞足蹈地比划着，“奶奶带我坐飞机去的，然后早上你抱着我去看日出。”

我说：“不可能吧……那会儿你才一岁。”

她笑道：“别人大概不行，可我的研究方向是记忆数据化。我读取的第一份记忆，就是自己在幼年的时光。”

这让我很感兴趣，“你还记得什么？”

“不是我‘记得’，是我的大脑里还有一些陈述性记忆的残留画面……”

我一听她这些专业名词，就会觉得头疼，“杨辛怡，说简单点。”

“就是我可以解读出幼时让我印象深刻的记忆。”她说，“虽然很多我根本想不起来，但那些画面在我脑海中是存在的，它们引发的情绪还储存在我的神经元里。当然，不重要的那些早就消失了。”她顿了顿，又说，“后来我开始工作，才发现每个人都会有一些记忆，被我们如同珍宝一般藏在大脑无边的数据海洋里——对你来说，就是冷湖和老妈在一起的日子。”

——她怎么知道的？

我正要问，却见她眉梢悲伤地耷拉起来。这个孩子在火星长大，几乎没有真实世界的朋友，所以总是比同龄人更情绪化。我倒是一点都不意外她会选择这个专业，因为那时候火星没有学校，她只能通过浸入式记忆读书，最大的爱好就是在火星的记忆数据库里体验不同的人生。

她忽然又抬起头，“但是为什么你们会分开？”

我说出那个重复了无数次的理由：“我还要照顾你的爷爷奶奶。”

她还是不满足于我的答案，“你起码可以去火星一趟，去看看我们！”

你们也可以回来——我几乎就要把这句话说出口。然而我只是同她说了真实的原因：“因为我做不到。”

8

林主任悄悄把我叫去指挥部办公室的时候，我还以为是项目出了什么问题，结果他让我去看他的电脑屏幕，上面是一份已批准的申请表——辛越要参加飞行模拟训练课。

这当然不是指开飞机，而是宇航员训练。距离新城方案定稿已经四年，一期建设也已接近尾声，领导亲自拍板，定了“新京城”这个名字，移民招募计划也同时向公众发布。

“这事儿我不能瞒着你。”林主任拍了拍我的肩膀，“辛越是在优先名单上的，上面想让她去火星负责二期施工。”

我对他说：“多谢。”

辛越要参加的飞行模拟训练并不是申请火星移民的第一步。第一步是前庭训练和超重适应性训练，保证我们不会在航天飞机起飞的途中被自己的呕吐物噎死。之前老板安排我去尝试过，第一堂课就被淘汰了。当时教官对我说：“没事儿，好多人都做不到。”我也没太在意，去火星可不是出差，很有可能就意味着抛弃地球上的一切：亲人，爱人，朋友，财产，地位。我既不想抛妻弃子，也不想生离死别。

我早该猜到辛越会去。

然而这又太不可思议了，她三天前还在跟我商量要不要在宝宝上小学之前给她报个奥数班，因为她同事家的孩子都去了。我对此完全不能理解：“辛博士，你有送她去的工夫，自己教不行吗?”

“不行，”她说，“万一教不会，我会觉得我的孩子是傻子。”

可能我真的是傻子。从林主任的办公室出来，我给在北京的辛越打了个电话。

“我们单位今天报名，申请火星移民的名额。”我说。

“你们终于开始报名啦!”她的声音听起来很兴奋，“我之前一直没法跟你说，我们领导非要保密——我早就报了。”

我的心脏漏跳了一拍，“真的？你要去？”

她说：“当然了！我都带着杨辛怡参加好几次训练了。”

“你还要带宝宝？”

“火星上的未来城，我当然要带宝宝去！”她十分得意，“我费了好大力气才给她弄到名额，读书的事情也问清楚了，他们现在有一个新技术，叫浸入式记忆……”

“如果我……”我很艰难地开口，“去不了火星怎么办？”

她愣了一下，本能地回答道：“杨辛怡都能去。”

我说：“我就是问如果。”

她过了好久才开口：“明天宝宝第一天上奥数班，我得去帮她预习功课了。”

放下电话，我的手在发抖。顾左右而言他，这是我能想到的最糟糕的回答。辛越计划的未来里，并不包括“为我留在地球上”这个选项，她根本就不想面对这件事。然而第二天当我打开房门，看到站在那里的辛越时，我想，我还是低估了她。

“有个地方我想带你去看看。”我在她开口之前说道。

不管怎么样，我得试一试。

她很干脆地说：“走。”

于是我们开车去了冷湖镇。我之前来过这里，但当我再次走进这座废弃的石油城市时，心中还是颇为悲凉。我问辛越：“你了解冷湖镇的历史么？”

见她没开口，我便继续说道：“这里曾经是中国第四大油田，十几万人为了开发石油，移居到这里。它也曾经承载人们的梦想，是未来的方向。”

在这样广阔而贫瘠的荒漠之中，建造出一座城市，需要何等的决心？在这样的地方生存下去，又会是何等的艰辛？然而用再多人的青春和热血，为之奋斗终生，它最终也不过化为残垣断壁，尘归尘，土归土。

“你想说什么？”

“我们生命的意义不止是未来，也是当下，是你与我，在此时此地。”我对她说，“对我来说，工作就是工作，我认真工作，对我的工作负责，但它并不是我生命的全部，你和宝宝才是。未来可能会变，或许有一天，新京城也会像冷湖镇一样变成废墟。”

我并不擅长于说这样的话，这几句几乎就掏空了我的全部，却不足以动摇她。

辛越说：“就算这座石油城市现在失去了意义，但你不能否认，它曾经有意义。它存在了几十年，凝聚了一代人的努力，这些人的生命是有意义的。未来的方向可能会变，但在走到下一个道标之前，我们无法看到更远。所以就算是失败，触手可及的未来都是最重要的。”

我们继续往前走，最后停在了公墓边上，四百多个高高低低的坟包，一座高耸的纪念碑立在那里，上面写着“为发展柴达木石油工业而光荣牺牲的同志永垂不朽”。

我问她：“可我们真的要为它付出一辈子么？”

她看着那座被风沙打磨得无比粗糙的石碑，“我今天到了这里，才开始理解，为什么会在柴达木出现异常光波辐射，那条量子信息通道连通了我们脚下的火星小镇和火星上的新京城，这正是冷湖精神跨越时空的延续。这条通道在为我们指路——它指向火星，我们的未来。”

“但那里太危险了，也太艰苦了。留在地球，我们可以有更好的生活——”我说，“就算不说安全风险，不说物质条件，我们在这里有朋友，有亲人，可以旅行，去周游世界；而到了那儿，我们可能会被困在二十平方米的蜂巢里……”

她叹了口气，看起来疲惫又失望，“你还是不明白——你从一开始就不懂，你从来没有真正认同过火星新城的意义。你只是找到一个理念，拿去说服别人，完成你的工作……”

“不是这样的。”我也很失望，但我不想告诉她真实的原因：我愿意去火星，但我去不了。我不希望她和辛怡去那么遥远又危险的地方，而我自己在另一颗星球上，无法保护她们。

辛越说："我知道比起我，你和现实绑得更紧，但束缚是可以解开的，问题是可以想办法来解决的。我提交申请表的时候，也一直在想宝宝怎么办，但现在我能带她走。杨铭，你不是孩子，我不能替你做决定，我只能告诉你我的想法。"她看向我，"我并不在乎自己的生活有多奢侈，或者多安稳。我在乎的是我做了什么，我是否创造了有价值的未来，我有没有为自己的理想倾尽全力。"

她顿了顿，"我会等你，但我不会为你停下。"

看来是我多虑了，我并没有折断她的翅膀。她不曾为我改变，也不会因我改变。她始终是她，我只是她迷路时搭的一辆顺风车。

9

"所以你就放弃了？"辛怡问我。

天彻底黑了。辛怡连书柜都拆了，把它变成一堆木板，整整齐齐叠放在角落。屋子里空空荡荡，我从未对自己的家如此陌生。辛怡蹲在沙发边上，看起来疲惫至极。

我苦笑了一下，对女儿说："我还能怎么办？"我不可能强迫她，也不会去哀求她。我也是个骄傲的人。

辛怡说："那这次你去火星，想不想见老妈？"

我愣了一下，这话里似乎有什么不对。我疑惑地看向辛怡，对她说道："我没法去火星啊……"

她闻言露出懊恼的神气，又立刻扯开嘴角笑道："现在的航天飞机都有反重力舱，感觉就跟坐普通的飞机一样。"

"不是这件事——"我很努力地思考着，"搬家是怎么回事？我什么时候答应你要搬到火星去的？"

辛怡一声哀号，"老爸，你别这会儿出尔反尔啊！我收拾得腰酸背痛——我容易嘛！"

"你够了！"我沉下脸，"到底是怎么回事，你说清楚！"

那屋子忽然消失了，世界陷入彻底的漆黑。我听到一群人忙乱的声音：“心跳没有了，除颤器！”

“医生，医生——”这是辛怡的声音，带着哭腔，“让我再问他一个问题……”

黑又忽然变成彻底的白。无边无际的白，分不出哪里是地，哪里是墙，哪里是天花板。我坐在中央，辛怡在我对面：“嘿，老爸。”

“怎么回事？”我问她，“这是哪儿？”

“你在医院。”她说，“这是你的意识空间。”

“意识？”

“你病得很重。我正在把你的记忆转移到火星记忆库里。”她说，“抱歉，我不是故意骗你，一般来说，用搬家这个场景比较容易让人接受——如果你知道真相而情绪激动，可能会加速病情的恶化……”

我听明白了，“我快死了。”

“只要有人记得你，你就不会死。”她说。

“所以我们在这里做什么？”我问她，“你应该已经‘搬’完了吧？”

“记忆是生物电信号，每一个人的数据组合方式都不同，所以每一个人记忆数据的解读方式也各不相同。”辛怡说，“我需要你自己来告诉我，对你而言最重要的记忆是什么，因为它们牵扯出最激烈、最深刻、也最真实的情绪。通过这份记忆，我就可以建立出解读‘你的记忆’的基准算法，然后破解你脑海中留存的所有记忆数据。”

这听上去很有道理。我很欣慰。我的女儿在火星长大，她没有上过学，可她依然是个天才。

但我有些疲惫，没有再夸她，只说：“我明白了。”

辛怡说：“我一直以为你们分开了，你会告诉我另一个故事。但没想到是这一段——为什么，为什么它是最重要的，老爸？”

我愈发困倦。但我还是想告诉她一些话，所以我开口了：

“人生是一条很长的路，但值得记住的日子并不多。影响我们前行方向的瞬间，只有很少的几个。

“对我来说，最重要的就是那一天。我孤独地开着车，走在荒芜的沙漠之中，而这时你妈妈站在路边，对我伸出手，我选择停下。这一刻改变了我的一生。我永远都不会忘记。”

辛怡红着眼圈，但笑得无比温暖，“我知道了，老爸。”她探身向前，握住我的手，“现在睡吧，谢谢你。”

当她不再咋咋呼呼的时候，声音很像她妈妈。我闭上眼睛，看到另一扇门打开，辛越站在那里：

杨铭，欢迎回家。

（本文获得冷湖奖优胜奖）

灵魂游舞者

段子期

/ 作者简介

段子期，90 后电影人、编剧、新人科幻作者。原创科幻剧本《破冰者》获得“中国新编剧”季度赛冠军，目前已进入影视开发阶段。已发表多部科幻短篇，代表作《究极觉醒：僧侣与机器人》。

/ 颁 奖 词

冷静克制的叙事语调，无声流淌的动人情绪，初看只是一个暖心小故事，却突然如疾风骤雨般变换节奏。这是一篇从小处切入，最终拔高到“人类史诗”的科幻作品，在极短篇幅内完成了文本了的升格，体现了一名新人作者的巨大潜力。

我常常会做一个梦——

一个巨大的透明圆球，矗立在远远的黄沙之上，圆球边缘和周围景物有微微的错位感。父亲被那圆球包裹着，微笑着朝我挥手，然后那圆球渐渐消失，他也开始变得透明。

这不是父亲离世前的场景，只是我的一个梦，但那个圆球——据说站在它面前就能看到自身镜像的圆球——可能是真实存在的。在我小时候，父亲去世前几天，他跟我说他看到了圆球，表情痴迷而神往。后来的日子，我时常会做这样的梦，就像有人往我脑子里植入了不可删除的程序一样，那个圆球成了我生命中的印记之一。

我在附近的城市读完大学，主修理论物理，还选修了应用气象学、计算电磁学。没人对我说的那个圆球感兴趣，也没有任何科学理论能解释父亲所说。我一无所获，带着挫败疲乏的灵魂，回到酷似火星的家乡。

在找到答案之前，我想我成了困在那里的守望者。

几天前，我接到李老伯的订单，不由生出一种预感，这趟旅行对于夫妇俩来说，会是人生中最艰难的一次，毕竟“火星”之旅更适合热恋中的小情侣或者年轻家庭。当然，不管什么客人我都接，我需要认识更多的人，然后在旅程结束后问他们，有没有在这里看到过一个巨大的透明球体？当然，大多数人对这个无聊问题都选择一笑了之，这或许是我做过所有努力之后最愚蠢的尝试了。

到了机场，到达口旁的屏幕在播放几则新闻，标题耸人听闻：“冷湖近日出现异常光波辐射，疑似有外星人造访”“上世纪石油小镇人口失踪案或与地外文明有关”……我已经习以为常，当地政府为了发展旅游业，经常把这种陈年旧闻添油加醋重新播出，让刚来的游客提前感受下气氛，活像进入魔法世界前的九又四分之三站台。我仔细研究过这些新闻，和那个神秘圆球好像扯不上什么关系。

这时，一对年迈的夫妻向我走来，长途飞行让他们看上去十分疲倦，但打扮举止中依然流露出不俗的气质。我背着行李往前带路，自我介绍后，正准备为他们介绍接下来的行程，李舜老伯摆了摆手，示意我先不要讲。他搂着老伴儿，不停地跟她轻声说着什么。她步履蹒跚、左顾右盼，眼前陌生的环境让她有些紧张，缩在老伯的身旁仿佛一个没有安全感的小孩。

她刚上车便熟睡了过去，李老伯紧紧握住她的手，像两根缠绕在一起的枯枝。我开车行驶在最熟悉不过的无人区地带，黄色的沙尘被风吹得四处翻飞，姿态各异的山岩、塔堡林立在看不到尽头的戈壁上。从机场出来不过几十分钟，我们的嘴唇已开始起皮，体内的水分正以最快的速度流失。我常跟客人开玩笑说，在这儿，流眼泪都是一件很奢侈的事。是啊，青海省海西州的冷湖是地球上最像火星地貌的地方，它可不会对任何来到这儿的人表示友好。

时值正午，土地里密布的盐碱晶体在阳光的反射下闪烁着刺眼的光芒，我有些睁不开眼睛。“怎么样？太太还好吗？”我看向后视镜。

“没事儿，让她休息一下。”李老伯扶了下眼镜，紧绷的神经终于放松下来。

“嗯……那接下来的行程您都知道了吧？这里的气候和环境的确有些恶劣，毕竟火星嘛，特别是像您和您太太这样的游客，很多导游都不敢接的……”

“我知道，沐沐，我们老两口要是给你添麻烦了，费用方面不会委屈你的。但我还是想要拜托你一件事……”

“嗯，您讲。”

“我老伴儿精神方面不太好，这次旅行，我骗她说是去真正的火星，希望你一路上能帮我……圆这个谎。”

“真正的火星？这个，您确定能瞒得住她？”

“没问题的。”李老伯深情地看了一眼老伴儿，又望向窗外，他脸上刀刻般的皱纹和这千百万年来寒风塑刻的山峦岩石一样沧桑。

“可是……为什么呢?”

老伯开始讲述，似乎令这一望无尽的苍凉景色都有了故事感。

他们的儿子死在了真正的火星上。

十几年前，全人类瞩目的联合火星任务启动，不同国籍的宇航员乘坐“先驱者号”飞船一起登上了那颗猩红的蛮荒星球，开始建设火星基地并启动地外生命的初步探索工程。李蒙恩是其中唯一一个黄种人，他是我们的英雄。

可就在几年前，李蒙恩在火星上遇难的消息令所有人扼腕叹息。关于他的死，官方说法是在土质勘探时出现意外，他的身体被压在了火星机械车下面。没有任何图片、视频来佐证官方的说法，只有从火星上发回的一页冰冷文字，和一张李蒙恩刚踏上火星时穿着橙黄宇航服的照片。而且直到现在，他的遗体还留在火星上。尽管李舜夫妇无数次奔走，做了他们能想到的一切努力，可国际火星任务项目组依然没有批准单独派飞船将儿子遗体运回的请求。

他被当成地球烈士，被放逐的火星之子。

我很早以前就听过他的新闻，但现在听到李老伯的平静讲述，还是感觉这辆车上忽然多了些重量。

坊间流传着一些说法：有人猜测智能机器人在火星上突然叛变，人机之战将提前在火星开演；有人分析是地球上几国间的角力影响到了太空，李蒙恩不过是宇宙政治的牺牲品；还有人说，火星上早已存在某种致命的生命体……

不管真相如何，死亡的确可以让一个人、让他背后代表的团体变得更伟大。李蒙恩成了一个符号，所有地球人都会记得他——第一个死在火星上的地球人。就像一提到月球，大家会立马想起阿姆斯特朗一样。

对国家来说或许只是牺牲了一位先驱者，但对李舜夫妇而言，却是失去了心爱的独子以及未来的人生。

此时，老伯掏出李蒙恩身穿宇航服的照片，我接过一看，那是一张充满生气的脸，跟道路前面的深黄色沙丘比起来，我在他眼里看到了一片绿洲，感觉自己这二十年来缺失的所有生命力，都能在这双眸子的光亮里寻得。

在我的请求下，李老伯又发了一些音频给我，那是李蒙恩遇难前不久在火星上的录音日志，他说，老伴儿晚上睡不着的时候会听听这些录音，儿子的声音比药管用。那一刻，我对李蒙恩在火星上的生活表现出极大的兴趣，或许是因为内心深处的嫉妒，一个男人对另一个男人的嫉妒，并非因为他的家庭或地位，而是他那段闪耀的人生经历，毕竟那是真正的火星啊。而我也知道，我可能连嫉妒他的资格都没有。

李蒙恩，连他的名字都那么特别。我能想象这对夫妻在抱着那个粉红皮肤的婴儿时，他们多想找到宇宙中最闪耀的字眼送给这个完美的新生命，蒙恩，蒙受万物的恩典。

而我的名字，陈沐沐，是自己取的，在这片荒芜的土地上，水和木是稀缺的，我把它们放在名字里，好像能弥补一些内心和土地的贫乏。我大口大口地喝水，胃里淌过一阵清凉，我发觉我和他都是留守在火星上的人，不同的是，至少有人牵挂他，有人纪念他；而我，什么都没有。

我的火星，不过是一个复制品。

作为先驱的人类向着宇宙空间高歌猛进，活在地上的人们也同样为了这样举世无双的盛事而欢欣鼓舞。是的，那时地球上掀起了好一阵“火星热”，歌颂火星、赞美火星的音乐、游戏、娱乐节目风靡一时，印着火星符号的 T 恤、玩具都不愁销量。火星似乎成了我们的精神符号，代表着勇气和未来。人们仿佛陷入了巨大的集体无意识里，在火星英雄们的探索与牺牲中，看到了人类自身的光明前景。

在我小时候，位于柴达木盆地的冷湖因为地理上的天然优势而受到了前所未有的关注。这儿的雅丹地貌跟火星相似度极高，因此，不断有资本和人群朝这里涌来，他们把这片干旱寂静、被人遗忘的废土复刻成了第二个“火星”，加之丰富的想象力，还打造了不少外星人主题的娱乐项目，这里渐渐恢复了生机，成了火热的火星旅游小镇。

很多出生在冷湖的年轻人，都选择回到家乡成为火星导游，而我也放弃了前景不错的工作，像他们一样回到这里。我认为要解开那个谜题，就必须回到问题发生的地方，如果那个透明圆球是一种电磁屏障，那么一定存在着一个力场发生器，火星小镇在建设过程中兴许还藏着很多不为人知的秘密。但是很可惜，我的足迹踏遍了小镇的每一个角落，始终一无所获。

“所以，太太她……”

“对，她得了病，很重的病，”李老伯指了指自己的头，“是这里的病，活不长了……她最大的愿望就是去火星，把蒙恩的遗体带回来，但有时候，她好像又忘记了这件事，以为蒙恩还活着，天天吵着要飞到火星去看儿子，看看他每天都在干些什么。”

“那……你们这次会待多久？”

“不知道，如果最后她想起来了，我想……孩子你能不能帮我找到一盒假的骨灰，好让我们带回家……”

“嗯，如果您太太她想不起来呢？”

李老伯沉默了一会儿，干涸的喉咙冒出机械般嘶哑的声音：“还没想过……”

我很懂事地打开音乐，来掩盖他喉间和鼻翼的喘息，车里循环播放着《火星奇迹》《宇宙，我们来了！》《火星之恋》《去火星2033》……我最喜欢的一首是一个叫林深的女歌手唱的，这首歌最初的版本年代应该比较久远，林深的翻唱版改掉了歌词。有人评论说这歌儿听上去有点怪怪的，分不清流派和风格，但我就是喜欢。她的声音有些沙哑，像是风沙灌进了喉咙，那张电子专辑的封面，是她半张脸的黑白特写，那清澈的眼神我过目难忘。

我们逃向火星啊，
寻找下一个寄身之处。
我们奔波在陌生的恒星系，
星辰亲吻着疲乏的身体。
哪里，哪里才是灵魂的徜徉地……
你的双眼私奔，去为我看见万物，
我说我看见了，
看见了生灭不息，循环无尽……
宇宙浩渺，磅礴中孤寂……

这首歌的旋律很特别，跟我听过的所有歌曲都不太一样，节奏和韵律让人找不到规律，但组合在一起，却有一种难以抵挡的魅力。我听同行说，林深时不时会去火星酒吧现场驻唱，如果这次能碰到她，我想我会鼓起勇气问她那个问题。

一个多小时后，我们快要抵达火星小镇。眼前是一座在沙丘上拔地而起的大型乐园，通过了几道关卡，我带他们来到入口。这段时间是淡季，游客不多，要圆这样一个谎应该很容易。

我在一旁搀扶着老太太，她的手很信任地放松搭在我手上，“我们要去火星啦，是真的呢！”

“是啊，准备好了吗？”我轻轻回答她，李老伯朝我微微点头，充满感激。

她笑了起来，昏黄的瞳孔里突然有了一道光，岁月在她脸上留下的痕迹并不足以掩盖她与生俱来的优雅，年轻时她肯定是个大美人。

为了给游客营造浸入式的体验，火星小镇的第一站就是飞船登陆舱，模拟从地球到火星的星际旅途。我们走进一栋弧顶的白色建筑，开始进入跟国家航天局完全一样的标准流程，消毒、身体测试、数据录入……大家都换上了稍显轻便的宇航服，他们一扫之前的疲惫，显得很兴奋。

游客们从不同的通道出来，跟随舱体内壁的语音指示，排队进入主舱室。里面是一个圆柱形的空间，可以容纳四十人以上，座位面对面排布，四周全都是精密的仪器和按钮，没人怀疑下一站就将抵达火星。

我已经数不清多少次坐在这里，对那些烂熟于心的流程早已没了新鲜感。而这一次，看到李老伯把手放在老伴儿手上，紧挨着身旁这两个相依为命的“太空人”，我心里竟然有一种说不出来的安宁。

一个充满磁性的男声响起：“亲爱的宇航员，欢迎各位登陆‘先驱者号’，我是陈进舰长。在浩瀚无边的宇宙中，火星会是我们的下一个归宿吗？比答案更重要的是，我们人类拥有的无比高尚的探索精神！准备好了吗？三十秒后，我们的火星之旅即将开始！”随后，舱内开始模拟火箭升入空中的气流振动、压强变化以及各种复杂的音效。

推进器回收脱落，“先驱者号”离开地球大气层，向着广袤又陌生的黑暗空间进发。

我开始想象李蒙恩当时的心境，那可是真正的太空，他会恐惧吗？他会迷失吗？他会在一片寂静中看到自己澄澈的内心吗？此刻，地球上最牵挂他的人就坐在我身旁。

过了一会儿，座椅开始一齐朝背后转动，舱体的外壁层立刻向上收缩，上下四周露出弧形的晶屏，转瞬之间，一幅广阔绮丽的宇宙图景便呈现在眼前。这种极致的美足以将所有人吞噬。五彩的星云光辉在人们脸上流动、跳跃，接着又有无数的星辰从我们的眼睛钻入身体和大脑，此刻，我感觉自己仿佛被压缩成了一个密度无限大的光点，不断往上飞升，最终成了这星河的一部分，万物寂静，连心跳都是多余。这一刹那，没有时间和空间的存在，甚至没有我的存在。只有在这短短的十几分钟里，我才可以暂时忘记这里的荒芜和苍凉。

一个女声开始为我们介绍不同行星和星云的名字，我透过面罩看到每个人的眼睛里都闪烁着一种如同见到神迹的光芒。那些极度瑰丽斑斓的电脑模拟特效影像在一张张面孔上游移，游客们不断发出惊叹，像是在附和这华美的一幕。

距离火星的航程还有二十几个小时，舰长让我们自由活动。主舱外面的空间很大，各种生活设施都有，大家纷纷换上贴身的专属制服，寻找标有自己名字的胶囊舱。

李老伯的胶囊舱是个双人间，洁白的内壁和无处不在的电子屏让这方不大的空间充满前卫的科技感。将两位老人安顿好后，老太太拉着我的手说："我们家蒙恩啊，在你这么大的时候，可没你这么细心呢！"她又转向李老伯，"咱们明天就能见到他了，是吧，老伴儿？"

我回以微笑，李老伯也点点头。

这里炫目的一切对我来说，不过是一家容身的酒店而已。我住在隔壁，躺下来伸出手掌对着空气滑动，选择前方屏幕里的视听节目，电影、动漫、音乐，应有尽有，最后我选了一部黑白喜剧默片。

我双手枕在头后面，发梢触到指尖，这才发觉头发已经长过脖颈。在这个不大的空间里面，我感觉十分安全，屏幕上演员滑稽的动作似乎在用一根羽毛搔我皮肤的敏感地带。我边看电影边拿出折叠晶屏在上面画画，画那个挥散不去的梦，画那个圆球，这样的画我的晶屏里大约存了上百张。

睡觉前，我想起了李蒙恩的录音，打开文件，屏幕上显示着不断起伏的波形，他的声音清亮而有力："今天是第四次在基地外执行任务，继续建设火星地表上的第二百二十四个穹顶居所，预计还有一周时间建设完工。另外，火星大气层增厚计划今天也有进展，用于抵挡太阳高速粒子流的基站已经稳定工作一千四百二十八天。我们检测到，太阳风抵达火星后，并未改变火星的保护磁场，新的电场也未产生，大气层中的带电原子数量还在稳步增加，这项工程预计将在一个月内完成第一阶段的工作……今天的数据都已传回地球总部……刚刚跟大家开完会，好累啊，有点想家了。”

录音的背景声中，好像有一段类似音乐前奏的声音。我看着天花板，想象着他所描述的那些热血情景，他们在改造一颗行星，截至现在的人类文明发展史上，有什么事业能比他们正在做的更伟大呢？我盯着晶屏上潦草的黑白画，瞬间被一种挫败感所包围。

一夜安眠后，游客们在飞船里接受了火星安全知识普及、生物圈环境模拟、个人基因检测等等，确保在“正式”登陆火星地表前有充分的准备。在这些人造的神迹面前，大家表情惊奇，像是走进了一个宇宙版的兔子洞，或许外在的形式更能引起众人心理上的认同，这对提升娱乐体验很有效。

我早上起来把头发剃得能看到青皮。老太太看到我，脸上堆满阳光般的笑容，眼睛眯成一条缝，“我们家蒙恩越来越帅了呢！”她的牙齿跟胸前的珍珠项链一样纯白。

我一直跟在老太太身边，像个守卫，尽量不让她跟其他游客接触，她不稳定的情绪状态需要时时有熟悉的人在身边安抚。李老伯就像她身上的一层保护膜，为她过滤掉所有不安全的信息。我感动于这样的相濡以沫，盛满痛苦的天平失去了平衡，总有一端要承受两份。李老伯总是会让我想起父亲，想起那个梦，父亲的血肉早已和这片土地融为一体，在沙砾和尘土中，他的灵魂静静流淌。

登陆火星的时刻终于到了。我们重新换上户外宇航服，从飞船上下来，望着一望无际的猩红色土地，就像火星先驱者眼中暂时蛮荒的乐土。为了模拟火星上只有地球三分之一的引力，宇航服的足部设计了一套可以改变重力体感的装置，踩在地面上会有种像要飘起来的错觉。我看着李老伯夫妇蹦跳着调整步伐努力适应，跟那部黑白喜剧片一样滑稽。

“慢点……小心一点……蒙恩以前也是这样走下来的吧？”李老

伯搀扶着老伴儿，他们的透明面罩好几次都差点要撞到一起。

“是啊，他在哪里呢？我怎么还没看到呀？”

“可能他在忙吧……”

远处的土地仿佛在炙烤的炭火上沸腾，空气因光的折射而变得扭曲。岩峰耸立，沙丘交错，尖峰状、垄状、鲸背状等不同形状的山峦相连，高高低低，跟人的命运一样找不到规律。这个巨大的暗黄色迷宫将我们吞没，在这些真正的神迹面前，我们太容易忽略自身的存在。所有人都在努力适应着外面的环境，像离开妈妈独自蹒跚学步的小孩，往前踏出的每一步都意味着冒险。

我回头看了看有些疲乏的李老伯，他弓着身子，步伐缓慢，忍受着这里的荒芜与寂静，仿佛一个人走到了生命的终点站。我忍不住想起父辈们曾经在这里的坚守，在被打造成火星小镇之前的很多很多年，冷湖曾有一段热火朝天的石油年代。他们的生命连同不断翻滚的沙丘一起被更迭，理应顺着时间的潮流抵达一个应许之地。

我对父亲印象最深刻的是，他总是喜欢戴着耳机边听音乐边干活，还有他身上黏糊糊的汗水、衣服上淡淡的石油原液味道。他的身体强壮有力，不管干任何体力活儿都是一把好手。他爱这片荒凉的土地胜过爱自由和思考，在那时的我眼里，父亲比这里的山还要高大，他身上那股原始的男性荷尔蒙气息成了冷湖最好的注解。

但如果父亲没有缺席我的大部分人生，我不会像现在这样，踩在前人留下的车辙上，不知该向前还是向后。我曾经根据父亲留下的只言片语，试图用我所学的知识解开那个谜题，我建过无数的数学模型，翻遍图书馆里所有实证科学的论文，拓扑相、熵理论、量子态都无法印证他所描述的那个圆球。我不敢肯定那是他的一个幻觉，也没能力证明那是真实存在的。唯一确认的一点，它跟我父亲的死有关。我只有守着渺茫的希望，等待着它再次如神迹般降临。

时不时地，林深那首歌窜入脑中，我不由自主地哼了起来：“你的双眼私奔，去为我看见万物，我说我看见了，看见了生灭不息，循环无尽……”

“这歌儿真好听呀!”老太太在通信系统里回复我。

“好听吗?我帮您下载下来?”

“好啊,好啊,这么好听,蒙恩肯定也听过!”

游客们互相为彼此拍照,在苍茫的背景下比起剪刀手,遇到一处处特制的路标,然后找到下一个目的地的提示。那些只能在电影里看到的场景成真了,除了一种虚拟入侵现实的荒诞感,还有生命里自带的对未知文明的探索欲。我在想,如果真有外星生命,如果我们真的相遇了,为了向对方展示自身文明的优越性,各自会做出怎样的牺牲和努力?

头顶的太阳被浓稠的云雾遮挡,那颗正发着橘黄色光芒的恒星,不管是从这里,还是在真正的火星上看,都像是一种穿越时空的遥远对视。在火星地表上的漫步快要结束,前方有一条步道履带在迎接我们,往里是有着弧形穹顶的观景通道,我们排队进入,像是从荆棘地回到母亲温暖的子宫。

我轻声对老太太说:“今天蒙恩还在忙,估计暂时见不到他。”

她很失望,带着孩子气地抱怨道:“这样啊!那你能不能跟他说说,让他明天忙完了来找我们,你看行吗?”

“等他忙完,我试着联系他吧。”

步道的尽头是一座小型模拟科研基站,游客们在那里将自己的收获和发现与 A. I. 舰长分享,并完成一路上设置的游戏拼图。晚餐时,老太太把我当成了李蒙恩,我跟她聊起这些年在火星上度过的日子,编造一些在太空中工作的近况。

“我们今天坐着火星车去了基地外几十公里的地方勘探,地面下好像有一些我们不认识的金属元素,刚刚跟地球汇报了日志,明天还有新的任务!”

“好好好,就知道我儿子最有出息了,明天……明天,妈还来看你啊!”她不停地往我餐盘里夹菜,笑起来眼睛眯成了一条缝。

回到住处,我打开李蒙恩的下一个录音文件:“这几天我们在等待地球总部的答复,这个抉择可能会改变整个火星计划的进程。事实上，不管怎么选，最后都将孕育一个潜在的方向，和人类文明的过去、未来紧紧相连。”我能听出李蒙恩语气里的异样，焦虑中又有一丝隐隐的期待。

他们也许是在火星上有了新发现，这个发现的重要程度足以跟人类最初发现新大陆相媲美。要么下决心启程向更广阔的星辰大海出发，要么放弃这个机会，继续守在原地等待合适的时机。尽管这一切和我扯不上丝毫关系，但我还是对地球总部或者说是人类的决定充满好奇。但是接下来，他的一段话仿佛在我脑中敲响了洪钟：

“我又在基地外看到了那个奇怪的圆球，好像是透明的……它很大，如果是三维球体，里面应该能容下一座小型游泳池。”

我几乎从床上惊起，在房间里不停地踱步，眼前这个重大发现就这样静静躺在我手里。这是我守望多年的唯一线索，是来自真实火星的信息，那不是父亲的幻觉，更不是我的幻觉！当晚我彻夜未眠，翻开以往写下的所有数学方程式，密密麻麻的符号和图形占满了我的眼睛。再复杂的方程一定都有一个解，而解题的过程就像攀登一座高山，路很多，唯一的终点就在山顶，而现在，我却像个负重的登山者被暴风雨拦在了山下。

还有一个关键问题，李蒙恩提到的“火星抉择”，是否也跟这有关？我脑海中上演了好多部情节跌宕的电影，可守望不到结局就宣告提前落幕。后半夜，我翻看着晶屏里的那些梦境画，不知道脑子空白了多久，我开始筹划着把这些发现报告给国内的科研机构或航天局。可是，既然李蒙恩在等待地球总部的答复，那三维球体的存在或许已经不是秘密了，而且，他们掌握的信息可能比我更多。除非我取得实质性的突破，否则，想让那些顶尖科学家知道我也有类似的发现，不过是浪费时间。我像一个跟太阳炫耀自己捉到了萤火虫的小孩一样，感觉刚刚的热血被一盆冷水浇透，然后陷入了跟长夜对峙的焦灼之中。

天早早地就亮了，平复心情后，我还是打算先搜索关于火星任务的所有细节，同时试着去了解李蒙恩的一切。

这些天老太太的心情好了不少，她依然糊里糊涂地把我当成李蒙恩，这倒为我了解他提供了不少方便。他从小就跟其他孩子不同，人家还在计算勾三股四弦五的时候，他已经开始在草图上演算从太阳系到半人马座的距离。他十六岁时曾独立解出过世界级的数学难题，高考前直接被国内顶尖航天大学挖走，在沉醉于宇宙星辰的同时他还选修了哲学。

终于，他等来了火星任务，那是他有生以来最大的梦想。李蒙恩完美得像是一个电脑程序，我似乎在扮演他的过程中，找到了一点短暂且虚假的自信和快乐。关于他的死，我相信跟父亲的情况一样，也跟那个三维球体有关，但又无法用现有的科学理论来解释，如果是来自宇宙空间内的暗物质，那我们根本无从下手。或许，那圆球就是某种意义上的上帝，它将李蒙恩这个程序回收、升级，可能很快会换另一种方式再重启。可是，我平凡卑微的父亲，为什么也得到了它的恩宠？

我没有把我的猜测告诉李老伯，不想再为他增添困扰，他似乎也看出我这几天的心不在焉。是的，我的搜索和计算没有任何进展，除了三维球体出现时已知的两个共同点：第一，它出现在他们俩离世前不久；第二，它出现在荒芜的类火星地貌上。就算之后它还将降临，可谁能保证这不是与规律绝对值相悖的“农场主假说”？比挫败更痛苦的，是找不到解决问题的方向，通往山顶的每一条路都是险途。

我决定用喝酒来缓解郁结的烦闷。

小镇除了广阔的火星地貌，在东南边还有一处配套乐园，火星主题的博物馆、酒店、餐馆、影视基地，各处还分布着花样繁多的娱乐设施。晚上，我请夫妇俩去一家自己时常光顾的火星酒吧，当作结束整天火星勘探后难得的家庭聚会。

这里的服务员都打扮成外星人的样子，要么戴着头套、尖耳朵，要么将荧光涂料涂在皮肤上，还有千奇百怪的服装道具。空气在不断闪烁的五彩霓虹下变得浓稠，弥漫着一种后人类时代的幽默感，让人仿佛置身于星际旅途之间的中转站俱乐部。

我提前跟关系很铁的 DJ 打好招呼了，今晚不要放迷幻的星空电子乐，来一点不那么刺激心脏的火星民谣最好。那些服务员端着发光的酒水饮料穿梭在地球客人之中，故意说着听不懂的外星语，再由桌面的翻译器投射成全息文字："你们的 mojito[①] 好了，请慢用。享受火星之夜，bibakuludebaba！"最后一句是我们这儿的日常问候语，类似于"愿原力与你同在"或者"生生不息，繁荣昌盛"。

李老伯和老伴儿坐在我对面，他笨拙地教她从一个造型酷似克莱因瓶的杯子中吸出饮料，又为她擦了擦嘴，他们宛若一对相恋了几个世纪的火星恋人。要是当初母亲没有离开父亲，我也能常常看到这样的情景吧。我点了一杯名叫"宇宙尽头"的烈酒，小半口下肚，身体似乎被一种发光的冰凉液体充盈，半个脑子渐渐凝结成霜，一种来自宇宙尽头的虚无感窜入我的每一个毛孔。老太太似乎不适应饮料最初的味道，又忍不住继续尝试，老伯看着她的样子笑起来。我把这幅场景想象成一部电影的结局，他们共同经历的痛苦和甜蜜，值得我永久珍藏。

对面的舞台上，一位女歌手开始演唱，熟悉的旋律抓住了我的耳朵，就是那首我最喜欢的火星民谣《荧惑》，没想到她今晚真来这儿现场演出了！烦闷暂时一扫而光，我的注意力从发光液体后面的老夫妇身上抽离，目光随着她的吟唱而变得灼热。林深唱歌时的表情给人一种清冷、难以接近的感觉，现场观众中被她吸引的人不多。

歌曲渐入高潮，我不由自主地跟着她一起轻轻唱起来："宇宙浩渺，磅礴中孤寂……"

尽管听过无数次，在这种氛围的影响下，我还是有种想流泪的冲动，不管是旋律还是歌词，总感觉其中有一些我们暂时解读不了的东西，就像那个圆球。还没从这样的气氛中缓过神来，下一曲便

---

① 莫吉托，一种传统的古巴鸡尾酒。

开始了，是优雅的舞曲，由一位新歌手演唱。夫妇俩在我的鼓励下步入舞池。

我脑门一热，掏出裤兜里的零钱冲到吧台点了一杯“万物一体”，蹑手蹑脚地四处寻找林深的身影，她就像一只猫，上一秒还在视线范围内，下一秒可能就去了另一个维度的世界。

就在我准备放弃的时候，回过头发现她竟然坐在我刚才的位子上。我触电一般，慢慢走过去，将粉红色的“万物一体”放在她面前。

“bibakuludebaba！”她抬起头看了看我，微笑着说。

“林小姐，我……”

“谢谢你！”林深端起饮料，从杯底往上看。

“我是这儿的导游陈沐沐，我……很喜欢你的歌！没想到能在这儿见到你……我……”我有些语无伦次，手心里都是汗。

“对了，你有看到过一个透明的圆球吗？很大很大，就像一个巨大的肥皂泡，它老是出现在……或者没看到也没关系，我一直在找它。你要是有线索，可以告诉我吗？”我应该是喝醉了，她在我眼中变成了重影。

“他们是你父母吗？”她没回答，转而看向舞池中央正跳着交谊舞的老夫妇，尽管他们的动作比音乐慢半拍，却让人觉得心安。

“不是，是我的客人。”我能感觉嘴角泛起了一丝笑意，“我给他们听过你的歌，对，我给很多客人都听过！我喜欢这个名字，荧惑，古人对火星的称呼，很棒……”

“但是，你们都没听出它的真正含义。”她呷了一口饮料，淡然地说。

“那……你能跟我说说吗？”

正当我以为我们的对话渐入佳境时，她接下来的话，却犹如一记刺耳的噪音插入和谐的音律之中：

“你跟你爸爸长得很像。”

我瞬间清醒过来，感觉喉中有一团铅块，她手中那杯“万物一体”在我眼中变成了外星人皮肤黏液一样的存在。

我猜不到她究竟是谁，我也不想去猜，既然她提起了父亲，那这场相遇一定不是偶然。

在二十世纪六十年代，冷湖还是一片希望之地，地下储藏着的丰富石油资源让这里成为亟待开发的宝藏。于是，人们到处修建基地，一起打捞这里的地下黄金。最繁荣的时候，有接近十万人从五湖四海来到冷湖，希望为这份伟大事业奉献自己的热血，颇有淘金年代的盛况。我爷爷就是十万人中的一个，他是经验最丰富的石油工人，无论是油田、运输道路，还是建设基地，都能见到他风风火火的身影，他在这里娶妻生子，度过了一生中的大好时光。

我父亲出生后的三十年间，石油资源渐渐被开发殆尽，冷湖像是经历了一场文明的兴衰，所有人像感受到寒冷的候鸟一样，毫不犹豫地离开，去寻找新的栖身之地。当年能容纳十万人的石油小镇也很快成了一座空城，被日复一日的风沙侵蚀，最后只剩下荒凉的骨架。我曾经无数次走在那些废墟上，就像走过自己内心的死寂之地，比纯粹的破败更令人惋惜的是，那里消失殆尽的繁盛文明曾经如水草丰茂的肥沃湿地。

但父亲的血液已经和这里的水土融合在了一起，他放不下，说不出原因，就是放不下。他常常抱着我回到那片早已荒芜的小镇，自顾自地说起他父辈的故事，不管年幼的我能否听懂。第一批石油工人相继老去，他们的后代也都带着他们一起离开，而我父亲却一直坚守在这片沙丘上，盼望那些人能够重新回来。

在我很小的时候，母亲也离开了他，去往葱绿、湿润的内地，她没有带走我。我那时还叫陈思尔，因为母亲的名字叫“燕尔”。父亲此后变得更加沉默，他留在这里的决心也越来越大，我时常注视着他黝黑的脸，仿佛冷湖的轮廓都被刻在了他的皮肤纹理之中，我以后也会是那个样子吧。

幸运的是，那时国际联合火星任务正开始起步，很快就有人看好在冷湖发展旅游产业，在地球上复刻一个火星，这里也许将重焕生机。

于是，父亲将全部精力投入到了新的事业之中，在短短两代人的生命里，他看到了一片土地的兴盛与衰落、破败与重建。

他是冷湖的见证者。

说来也巧，父亲说看到圆球的那一年，在冷湖发现异常光波辐射的新闻当时也正闹得沸沸扬扬，新闻里说光波辐射暴露了地球的坐标，火星小镇在外界眼中又多了一层神秘的色彩。我曾经将两个事件对比研究过，这些巧合让我不得不重新审视，这一切的背后或许有着某种隐秘的联系。父亲的离世只是因为一场建筑事故，和李蒙恩一样，他的身体和灵魂遗落在了火星。

他出事的一周前，曾牵着年幼的我站在建筑工地旁，“思尔，你看到了吗?”

“什么?”

“一个球，透明的圆球，像个肥皂泡，上面还有淡淡的彩色光晕，就在那条路的尽头。”

“没有啊，爸爸，我没看到呢。”

“你看，就在那儿嘛，要用心去看。”

“爸爸，你骗人，根本就没有!”

“爸爸没骗你，是真的，他们来了……”

“他们是谁?”

父亲没有再回答，我从他的眼神中看到了一种虔诚和期待。之后几天，父亲又陆续提起过几次，他说在那圆球前能看到自己的影子，还能看到自己的一生，我以为那不过是他讲的睡前故事。在我每晚睡着之前，他会为我戴上耳机，里面循环放着一首老歌。有天晚上我做了一个梦，就是那个之后无数次梦到过的场景。

“死亡只是一扇门，我已经见到了那扇门……”父亲在离去的前一刻，牵着我的手，他并没有因肉体的疼痛而表现出半分痛苦，反而有一种说不出来的宁静和愉悦，“有一个更好的世界在等着我们……我们会再见的，以另一种方式……思尔，一定会的。”

夜空中有无数颗星星，最亮的那颗熄灭了，可对我来说，整个世界就像陷入了无边黑暗。我那时听不懂他在说什么，更不懂什么是死亡，可从那以后，那个圆球就住进了我的脑子里。

我跟随留在这里的乡亲们长大，狠心改掉了名字，拿到新身份证的那一刻，像是身上有一块肋骨被自己生生抽了去。其实我害怕变得跟爸爸和爷爷一样，将全部人生奉献给一片荒凉，还想要在看不到前路的岁月中寻找一丝渺茫的希望。

那段时间就像全世界只剩下我一个人，只能茫然地看着这里一天天被修建、改造，外面的物资像充满活力的血液一样源源不断地输入。在这片重新复活的热土上，我单薄的童年和青春成了一种陪衬。

所有人都开始重新期待火星小镇的未来，像期待那些先驱者从真正的火星上传回可能改变人类文明进程的消息一样。

此时此刻，我木然地望着林深那如黑洞般深邃的目光，说不出话来。

“你……认识我爸?!”

“嘿，别紧张，”她嘴角微微上扬，中指指腹在杯口边缘来回摩挲着，“如果看得够远，你不会这么紧张的。你能想象吗？千百万年前这里曾经是一片海洋，后来地壳慢慢运动、挤压，海洋渐渐被蒸发，海底隆起成山峦，又被风沙侵袭，周而复始……宇宙真的很伟大啊，这里真的很像……”

“像什么?”

“像荧惑!”她眼睛发亮。

“可是……你到底是谁？我爸爸……”

她没有直接回答，而是自顾自地轻轻哼起了一段旋律。

“你是为了写新歌才来这儿跟陌生人搭讪找灵感的吗?”我的情绪有些激动，看了看舞池里的老夫妇，他们还在轻摇着舞步。

“如果要写这些歌，我脑子里的能量能在一秒钟里写出成千上万首，但有什么用呢？你们连一句话都听不懂……”

我回答不上来。眼前这个漂亮女人让我琢磨不透，她如果怀有某种目的，那我身上也没有什么可供掠夺的，只是，她让我感觉自己还有那么一点独特，“你为什么……和我说这些？”

她忽然看向外面，脑中似乎有天线接收到了某种天外来的信息，“跟我来！”

她起身将“万物一体”一饮而尽，但仿佛彻底喝醉的却是我，一股混着酒精味的灼热气体往头脑上涌，在那一刻，我彻底迷上了她，不管她让我做什么，我都心甘情愿。她拉着我的手往外面跑，我回头跟李老伯打了声招呼，他没有回应。

我们一路来到冷湖的暗夜星空保护区，只要天气正常，这片沙丘上每晚都能看到漫天的繁星。今晚有些不一样。尽管太阳下山后温度骤降、寒风割面，但我并不觉得冷。

我和她四目相对，在这片如火星一般的旷野上。在她眼里，跟我在一起的一秒钟就像过去了百万年，而对我来说，这一秒钟，意味着一切。

“你看！”我顺着她手指的方向望去，星罗棋布的夜空像一张巨网，“《荧惑》的旋律，是一种语言，我把要告诉你们的信息都放在了里面。”

我看着她的侧影，“什么信息？你……和我的父亲见过吗？”

她轻轻牵起我的手，瞬间有种过电的感觉。皮肤之间最近的距离，哪怕贴在一起都留着几十微米，比一个细胞还大。我相信此刻的感觉是末端神经受到压力，产生电信号传到脊髓的一些部位，再反馈、再继续运动、压迫，产生电信号，进而促进各种腺体分泌，就像打开了一通电路，我脑海中所有带电的神经元都像头顶上的星辰一样发光、起舞，下一秒就要从天灵盖盘旋着奔涌而出。

我知道什么也没发生，但一切都在发生。

我学着通过她的眼光去看星空，仿佛天上所有的星星都开始跃动闪烁，它们相互之间连成曲谱，那是一种跨维度的语言。把一百万人全部压缩成中子星的物质，也才只有一滴水的体积；而那首歌，《荧惑》，单是一个音符就包含着无数字节的信息。

“你是?”

“灵魂游舞者，用你们的话讲。”

没了之前的疑惑和犹豫，我百分之百相信她说的每一句话，甚至，她的每一个音节、每一次停顿对我来说都意义非凡。但是，她并没有说话，反而像是住进了我的脑子里，成了我的一部分，一切的语言都成了我自身的回音。

她来自系外行星，火星是他们探访太阳系的第一站。

非要用语言来解释我感受到的一切，关于灵魂游舞者，我相信是徒劳的。但是，她的出现兴许是个突破口，离我要探寻的那个秘密好像越来越近了。

如果宇宙中的一切事物都来自大爆炸后的能量，那这能量正在经历着从简单到复杂的演变，智慧生命是目前最复杂的能量形式，而我们人类，只是这能量形式的第一阶段的载体，它将继续发展，朝着下一阶段努力攀升。站在我旁边的林深，就是这种努力的结果，在他们的文明里，物质世界不过是毫无用处的烂泥，她的肉体也是一个随时可以丢弃的包装袋。

“质量转化为能量？$E=MC^2$果然很伟大……”我自言自语。

“用$E=hv$来参考可能更合适，量子常数乘以振动频率等于能量，频率最高的成为无形的物质，频率其次的成为有形的生命体。”

他们用光速思考，为了达到这一极限的思考速度，他们本身就以光的形态存在。在他们的身体里，对所有信息的处理是每秒百万次，因此需要极大的能量来维持他们的生存状态。

只有恒星，伟大的恒星，才能提供最佳的生存环境，这种超级文明只有住在恒星里面，才能让一个个完全能量状的智慧生命，永远以光的速度思考。

但是，他们的恒星即将熄灭。

这是我无法理解的时间尺度，不像冷湖几十年来的兴衰与变迁，他们生命的攀升历程应该用整个地球的进化史来做类比。

“这是一种什么感受？”

“感受？我们没有感受。只是思考，一刻不停地思考。”

他们脱离物质的存在，穿越虫洞时根本不会像物质一样被瓦解成基本粒子；在两个时空区的闭合处时空曲率并不是无限大，他们更不用害怕被掠夺一丝一毫的能量；宇宙间再强的力场都可以通过负质量来中和，因此什么都不会影响到他们能量场的稳定。除了前往明确的目的地，他们一路上还探访智慧生命，红色的、蓝色的、灰色的行星，邀请各个层级的生命形态加入他们的能量之中。

在我们还是草履虫的时候，他们就出发离开母宇宙，终于，在人类自以为创造了独一无二的文明时，他们抵达了我们这个位面的恒星系。而太阳，是他们思考出来的最佳答案。

“你们从来没有诗意地审视过自己吧，人体大约百分之九十九是由氢、碳、氮和氧原子组成的，这就是你们人类和宇宙的深远关系，你体内的氢原子是在宇宙大爆炸中产生的，而碳、氮和氧原子则是由恒星产生的。每一秒，都会有成千上万的不稳定放射碳原子在你的细胞内和细胞之间爆炸；当你割伤自己时，星星的残骸便撒了出来；你血液中的每个铁原子，帮你的心脏将肺中的氧带到你的细胞，也曾经帮助摧毁过一个巨大行星……”

“所以呢？”

“所以，人类本质上和灵魂游舞者一样，你们来自宇宙，最终将回归宇宙，以一种更好的方式回归。”

我突然想起古希腊人说过的一句话：“要理解物质，我们必须理解无物质。”这句话看似与现代物理学相悖，实则是这门学科的最终的导向。

当他们降临在火星，如同宿命般巧合，人类的火星任务正如火如荼地展开，我试图去想象两个文明曾经在火星上的相遇，一种纯物质跟纯能量的伟大会晤，但这种尝试是愚蠢的。李蒙恩在日志中所说的“面临抉择”，或许正是因为遇见了他们。

“李蒙恩……被你们收编了吧？”以我对李蒙恩不多的了解，我猜他不会错过这个机会去完成生命最终形式的伟大攀升，这可比探索火星有意义得多。毕竟他得到的将是整个宇宙。

“是的，他和我们在一起。”

“你们杀死了他？”

“不，我们不会以任何方式去干涉任何个体生命的行为和命运——即使我们有能力这么做。事实上，我们的能力超乎你的想象。他的死的确是一场意外，而我们很早就发出过邀请，只是死后的他欣然接受这样的接引而已。对很多人类来说，死亡就像一个终点，但其实，死亡只是一扇门。”

那个神秘的三维球体！

一套完整的理论模型霎时出现在我脑中，那是我梦寐以求的答案。非要用地球上的科学来演示的话，注定是苍白的，圆球的组成元素未知，密度无法测算，形态性状不稳定，内部有一个巨大的能量反应场……我相信，用物理方程来描述超越概念的事物是一种徒劳。不过，从某种意义上讲，它就是灵魂游舞者的“飞船”。

“那扇门，我爸爸他看到了！为什么他能看到……”我来不及问这个问题，接下来还有更重要的问题值得探究，“那你的意思是……人死后真的有灵魂？”

“我们更愿意把它称为能量，能量永不消灭，它会更换不同的载体，直到最后，抛弃所有有形载体，完成回归。”

地球上不是没有这类神秘的心识科学，但那些论调大多数只是臆想而已。我此刻想的是：有没有一个能让人看懂的公式或数据，可以将这个伟大发现用相对科学的形式解释出来？如果我是第一个这样做的人，那我也会跟阿姆斯特朗和李蒙恩一样，成为人类历史上永垂不朽的存在吧。

但是，她好像看穿了我的心思，“用一种低等认知去验证比它更高等的东西，这是很可笑的，而且，这也不是我们来地球的目的。”

“为何要来地球？”

“我说过了，这是一种邀请。”

“邀请我们去太阳？如果所有人类都接受邀请，那对人类文明来说，无异于自取灭亡……”

“物质世界不过是你们做的一个梦，从这个梦中醒来，你们可以得到更高层次的永生，对人类来说，这是无本万利的买卖。”

“那首歌就是一封邀请函？”

“你终于懂了。”

“为什么要用这种晦涩的方式？”

“我们尽量降低自己的能量振动频率，以你们的方式去思考，以为可以通过谎言让你们看到背后的真相，却高估了艺术这门谎言是如此的……你们执着表面上的假信息，却忽略了它的本质，因此很少有人回应。”

“我们应当怎样回应？”

“就像你爸做出的回应一样。”

“他？他可是一个什么都不懂的工人！怎么会从一首歌里……”

“一个人的知识多少、地位高低，跟是否能获得邀请资格无关。”

“你们用圆球接走了他？”

“是的。”

“那为什么他直到死亡之前，才做出回应？”

“尽管他的死亡是意外、是偶然，但事实上，生命体自身的能量场会对未来的衰落有所感知，这是本能的。就像看不到磁场，鸽子总能找到对的路，你父亲能在死亡之前看到我们，就说明他做出了回应。”

“我……能再见到他吗？”

“会的。”

林深蹲下身，抓起一把沙子，在月光的照耀下，沙子中有晶体在闪闪发光，我仿佛看到她的手指也变成了沙，不断往下流，然后她纤细的手又好像重新生长出来。不管跟科学常理如何相背离，在我看来，眼前这诡异的场景却浪漫至极。

“这里跟火星真的很像……”

“所以在地球上，你们先选择了这里？”

她手心留下了一颗小小的透明晶石，像散落在地球的流星碎片，不小心从天外落在了她手里。

这种晶体在冷湖的土地里到处都是，或许跟千万年前地貌形成的历史有关，在山峦和沙石里，它们如同镶嵌在云端的宝石，从来没人想过要把它们取下来。每当行走在沙丘上，阳光照在上面一闪一闪的。爸爸有时候会站在沙丘顶部凝望着那些光点，很久很久，直到睁不开眼睛，我猜不透他在想什么。我牵着爸爸的手，问他那是什么，他说，内心真正单纯无畏的人，才能看到这些光亮。

实际上，这里的晶体能产生一种特殊的振动磁场，而这种磁场正是能量信号的放大器，可以想象，当数量像星星一样多的晶体发生共振时，我们可以接收到的信息是不可估量的。因此，地球上的火星小镇成了他们扩散邀请信息的绝佳选择。

此时此刻，我和她四目相对，仿佛有一束巨大的光亮在她眼中跳跃。她又望向远处，夜空在她的凝视中变得有些不一样。我仿佛听见那首歌在整个宇宙中悄然唱响，夜空中那荧荧离离的光点如点燃引信般，连成一片没有休止符的巨幅乐谱。那一刻，我感觉有一千万首音乐窜入我薄如蝉翼的耳膜，身体里每一个细胞都随着它们的律动起舞，冰凉、热烈、静默、喧嚣，我忽然明白，眼前这磅礴的宇宙宛如母亲伸出双手，对我发出回家的呼唤。

我凝视着她，眼角挂着泪水，“那首歌……为什么是我？那么多人都在听你的歌。”

“你相信奇迹吗？”

我没有理由不点头。遇见她，已经是我一眼能看到尽头的生命里最大的奇迹。我现在知道，神级文明灵魂游舞者一秒钟就能读完人类所有图书馆里的书，只说一句话，数据量就能撑爆地球上所有的硬盘。灵魂游舞者用于通信的功率达十的三十六次方瓦，约等于整个典型星系的功率输出，不仅是信息传递的速度，还有所有的生命形式……肉眼能看到的一切显现，耳朵能听到的所有声音，心念所能达到的境界，只要他们愿意，就能凭借能量创造出接近其振动频率的所有物质现象。也就是说，整个世界都可以是他们自身能量的游舞幻化。

“言之所尽，知之所至，极物而已。我现在终于明白这句话的意思了，林深！”我激动地看向她，她的表情微妙动人，我知道人类的情绪对她来说不过是假象，但她依然牵着我的手，没有松开。我的嘴唇微微有些颤抖，“还有《荧惑》，我明白了……”

我明白了，灵魂游舞者前往火星、来到这儿的目的，只是顺便带我们汇入这无限的能量巨流中，尽管初级智慧生命所携带的能量，只是一片大海中一个水分子的几十万分之一。

但他们，愿意这样做。而我把这理解为一种慈悲，神对蝼蚁的终极关照，不是赐给它们一块甜食，而是让它们最终变得跟神一样。

“人类的爱也是奇迹的一种。在我们的能量洪流里，依然能清晰感受到你爸爸那个水分子的振动，全都是关于你……思尔，在我们眼里，大海和水滴是平等的，所有的智慧文明都有权利航向恒星，脱离物质的世界，拥抱永恒。”

林深转过头看向我，眼里闪烁着幽幽的光。

“这是一种基于自由意志的选择吗？”我问她。

她轻轻点头。

爸爸临终前的神情浮现在我眼前，宁静而安详。说到底，人体不过是一团原子的特殊聚合体罢了，当我们的肉体死去，这一特殊的聚合体便解离开来，我们体内的原子总数在我们呼出最后一口气时并不发生变化。之后，原子和空气、水、土壤混为一体。物质四散，留下能量。灵魂游舞者对所有灵魂敞开，所以在那一刻，父亲以能量的形式对灵魂游舞者做出了一个简单回应——I'm in。李蒙恩也同样如此。

“可是，我们的恒星……会因此提前熄灭吗？”

“你们的恒星还在主序星阶段，靠把氢聚变成氦为生，当恒星走向死亡的时候，它会启动新的聚变并抛出外层物质，最后剩下一个昏暗的小小内核，那就是——恒星墓碑。恒星墓碑即使提前出现，人类文明的长度也绝对撑不到那个时候。”

我有些迟疑，“可是……”

陆续有人来到暗夜星空保护区，三五成群，抬起头注视着这片幽蓝的广袤深空，不知此刻他们脑海中是否会浮现出同样的旋律。我似乎看到了那半弧形的星轨排成线，将人类命运的波纹延伸至无限。

“生命应当是没有寂灭、奔流不息的！”这是她的最后一句话。

我紧紧抓住她的手，仿佛这一刻就是世界末日。

不知道过了多久，我又回到火星酒吧，推开那扇门，空气凉爽而新鲜。四周的全息投影刚为观众下过一场电子流星雨，一种淡淡的银亮色包裹着人们，大家看上去都比平时要高兴。老夫妇还在舞池里悠然起舞，随着缓慢的音乐转圈踏步，我看向他们，时间就像过了一个世纪。

我呆坐在原位，眼睛不知该看向哪里，仿佛灵魂游舞者刚刚吸食了我的大脑和内脏，只留下一副空空的皮囊。我暂时失去了判断和思考的能力，凝视着面前那个空杯出神。不一会儿，杯中粉红色的“万物一体”又重新盛满，似乎是凭空涌出来的一样。

直到老太太过来叫我，我才感觉自己重新回到地面。

“沐沐，我们回去吧！”

“您……”

“今天玩得很开心，多谢你的照顾啊！”老太太笑起来，在她的深褐色瞳孔里，我看不到自己的影子。

那晚经历的一切就像是一个梦，一个埋藏了几个世纪的梦，在某个特定的时刻开启。如果命运可以用量子轨迹来解释，我会把跟林深的相遇当成一个微不足道的交叉点，一种奇迹，或者是一种必然，因为她，我生平第一次认真地审视自己的过去，第一次看到自己可能的未来。

本来计划的行程剩下最后两天，我托人做了一个假的骨灰盒，如果老太太想起来，这就是给她的交代。可第二天再见到她时，像是换了一个人，之前笼罩在她头顶上的阴云全都消散了。

我们前往位于小镇边缘的影视基地，去那里为游客们拍摄一段以他们为主角的火星短片。在大巴上，我为大家介绍了几个可供选择的故事剧本，有先驱者初到火星的探险，有最后的地球人在火星基地上的坚守，也有人类和外星人的浪漫爱情……

人类骨子里的英雄主义值得歌颂，有的时候，我们又似乎把这种英雄主义想得过于美好。因为不管多么动人，都是对真相的扭曲，没有悲观和乐观之分，都是一种假象，这是我从林深身上学到的。

老伯和老太太接过他们的剧本细细研究，表情像是在偷看对方的情书。老太太今天没有喊错我的名字，也没有提起李蒙恩，神志格外清醒。用以前的说法，她看上去就像是回光返照。

车子经过一片零零落落的墓群，那里被矮小的围墙围起来，里面有不少父子、夫妻的墓碑，大多数被风沙掩埋得只露出一半，在这片辽阔的土地上长久地静默着。老司机带头脱下帽子，一声鸣笛当作致敬，这种小小的仪式对冷湖当地人来说是一种惯例。我爷爷和父亲的墓碑就屹立在这里，每时每刻，向着东方。

此刻，我很清楚地知道，我父亲并不在这儿。

我拜托大家给我一点时间。下车后，我在墓碑群的角落里找来大大小小的石块，垒成小尖塔的形状，就当是为李蒙恩在火星上竖立了一方墓碑。

夫妇俩透过车窗看着我，眼睛瞪得大大的。待我回到车上，老太太抓住我的手，“你刚刚在干吗呢？”

“给一个重要朋友……帮他办点事儿。”

老太太满意地点点头。

快要接近目的地时，前方的空中出现了一团彩色的云雾，伴着耀眼的光，往前接近时那光就立马消失了，乍看像是一种光线折射的自然现象。我想起了从前的新闻，光波辐射的奇异现象或者是疑似地外文明的痕迹，不管光背后的本质是什么，那些猜测和理论都已经不重要了。

“我们马上就能见到他了！”老太太兴奋起来，但和以往的兴奋截然不同。

李老伯看了看我，表情有些无奈。

游客们根据自己选择的剧本去各自的试衣间换戏服，夫妇俩拿到的是橙色宇航服。我们来到占地几百亩的户外基地，除了天然的半沙丘，还有一些人造景观，从摄像机的视角里看，这里绝对百分之百还原了火星地貌。

摄影组还在架机器，我替导演帮他们顺剧本，这个故事讲的是两位驻守火星基地的夫妻遇见了外星人，他们决定跟随外星人去到它的母星，去学习更先进的知识。

“您一会儿就这么念啊，‘高台孤矗昂首望，穹凄尽兮宙宇敞。车马纵兮雁飞翔，春复秋往世无常’，讲的是友人互相告别时的场面，但其实是一句外星暗号，说的时候多带点儿感情。”

老太太点点头，“好好！‘高台孤矗……’”忽然，她眼睛一亮，看向身后，又猛地回过头，抓住李老伯的手，“老伴儿啊，我知道哪儿能找到蒙恩了，跟我来！”

他们径直向后面的小山峦快走过去，我反应过来后，赶紧追了上去。

此时，有一个同样穿着橙色宇航服的人从山后面慢慢走了出来，他们三人一见面就拥抱在了一起，我走近一看，那人竟然是李蒙恩，跟照片里一模一样！我完全无法相信自己的眼睛。如果眼前的他依然是一种能量游舞，那就像我不能否认那个梦一样，不能否认他的出现也是一种必然。

时间仿佛停滞在这一刻，恍惚中，我感觉被拥抱的那人是我，眼前是我的父亲和母亲。

李老伯望着李蒙恩的脸，自言自语着："我这不是在做梦吧？"

反倒是老太太，她似乎更加放松和自然，好像是他们安排已久的见面。她把我拉到跟前，"蒙恩啊，这是沐沐，我们的导游，他对我们可好了！"

有种错觉，眼前这一切仿佛上一秒就在我脑海中预演过。

我伸出手，"你好，还是叫我陈思尔吧。"

李蒙恩用力握住我的手，一脸阳光的笑容，"你很善良，谢谢你刚刚为我做的……对了，我很喜欢那杯'万物一体'，那天也请你喝了一杯，咱们两不相欠了！"说完冲我眨了眨眼。

"他们会和你一起……"

老太太依偎在他身旁，"对，我们要跟蒙恩回家呢！"我很确信的是，老太太现在也看到了那个圆球，应该说，它一直都在那儿，一直等待着。

李蒙恩看着我，似乎也在等一个答案。

"蒙恩得全，无以为报。不过……"

他抢过我的话："不过，我要告诉你的是：我们改变了计划，宇宙更深处还有很多恒星……"他望向天空，"这一颗，留给你们。尽管去往下一个目的地会消耗我们很多能量，但不管怎样，我们相信奇迹。"

"嗯。"

"啊，我可算是燃烧了一颗恒星来跟你们问好呢。"

"谢谢你，但是……我会错过什么吗？"

他思考了一下，"在你有生之年，不会。"

不要忽略每一次召唤，不要忽略心的声音。

不跨越自身与内心的鸿沟，就算抵达了外太空也没有用。

不要放弃思考，要追逐光速的真理。

……

灵魂游舞者在我的脑海里还放了一些知识，一些全新的、复杂的数字和公式、文字和语言，甚至是比三维球体的理论程式更艰深的宇宙终极模型，还有无穷无尽的、那些我相信虽然暂时无法理解、但总有一天会用上的知识。

像我这样卑微的生命，在一秒钟思考百万次的纯能量面前，一如蒙受了万物的恩典。在脑子感觉快要炸开之前，我再次认真看向那双眼睛，那一瞬间，我的确是找回了这二十多年来失去的所有生命力。

“李蒙恩……林深……再见。”

“bibakuludebaba！”

他笑了起来，在这片沙丘上，我和他同时看见了彼此最澄净的时刻。

我回头看，负责摄制的工作人员还在忙碌着，我把剧本还给他们，告诉导演这场戏我们将提前离场，让下一组游客继续。

这趟旅程，灵魂游舞者、我和夫妇俩、李蒙恩，我们终于走到了各自期待的终点。或者说，在回归的路上，我们都踏出了第一步。

在忙碌的摄影棚里，剧本的主角消失了，除了我，没人注意到。

告别有着它自己的节奏感，是一种训练有素的必然。我想起小时候和爸爸、妈妈的告别，没有任何仪式感，而且充满痛苦和缺憾，但这一次的告别，我觉得很完美。我突然想回到爸爸的老房子，再仔细看看他曾经生活过的地方。

“bibakuludebaba。”我轻声地说，没人听到。

返回的路上，我把那个假的骨灰盒放在了李蒙恩的墓碑旁边，让这种仪式变得更加圆满。空中突然划过一道明亮的弧线，我仰起头，那刺眼的光缓慢地冲到天空的边际，然后照耀在大地上，地面依然闪闪发亮。

爸爸的老房子离火星小镇有些距离，但我觉得那是一段期待已久的路。在他铺满灰尘的卧室里，一切都是原来的模样，我站在屋子中间，闭上眼睛想象爸爸在这里度过的时光，干燥的空气令我的眼睛干涩。我四处寻找他留下的痕迹，在书桌抽屉最里面，竟然找到了一张爸爸妈妈年轻时的合影。照片旧得发黄，好在还能看清他们的面容。我对妈妈的印象已经很模糊，连她的相貌也记不清，只能拼命搜寻所有跟她有关的记忆，才确定那就是她。我紧紧攥着这张照片，在我心里它胜过世间一切珍宝。

在相馆那种老土的塑料背景下，他们笑得很腼腆，妈妈穿着碎花裙子，身材瘦高，笑起来嘴角有一对好看的梨涡。我看着她傻呵呵地笑了，第一次发觉陈思尔这个名字真好听，不知怎的，我忽然觉得林深的样子跟她倒有几分相似。

我想去找她，去葱绿、湿润的内地。我要带上冷湖所有的记忆，奔向她，然后告诉她那个梦，告诉她，我的选择。

用不了几天我便打点好了一切。我从来没想过离开火星小镇意味着什么，现在明白了，就像死亡意味着全新的开始一样。

我开车行驶在无人区，火星小镇在身后变得越来越远，前方的路长长直直，没有方向，或者只有一个方向。如果不是有路牌不断往后退去，可能都不确定自己是在向前还是向后。我知道宇宙浩渺，但此刻我的心却像一只蜷缩的猫儿，在迷失和寻回之间，我开始想念在母亲怀抱里的那种温暖。

卷着盐碱颗粒的风吹打在脸上，慢慢地，我感到嘴角边有些咸咸的苦涩。车里的音乐自动打开，依然是她沙哑的声音，像是一种召唤。

不管我们将要去向哪里，都是在回家的路上。

（本文获得冷湖奖二等奖）

冷湖火星小镇的消失与复活

袁振民

/ 作者简介

袁振民，行知探索体验研究院研究员、项目经理，兼任冷湖火星小镇文化旅游开发有限公司副总经理及青海柴达木星球旅游文化有限公司副总经理。美国项目管理协会认证项目管理专家（PMP）。热爱科幻事业，致力于打造冷湖科幻IP，研究科幻产业与文化、体育、旅游的深度结合。

第一章　脑子坏掉的项国荣

项国荣站在冷湖火星小镇地中四油井附近的高地上，夕阳的余晖撒下来，土黄上又笼罩了一层鹅黄，好像上帝在描画这个地区的时候，画板上只剩下了这两种颜色。这一切使得这片土地看起来格外像火星，冷湖火星小镇就是因此而得名的。想到这个四十多年来因石油而繁荣的石油基地，目前仅存不足二十台磕头机，项国荣的眉头不禁皱了起来。

一个月前，他接到了北京石油管理委员会的通知，要求尽快撤走五号石油基地剩余的石油工人及家属，临近退休年龄的人会回到原来的城市被分配一些无足轻重的工作等待养老，剩下的人将被分配到新疆克拉玛依油田继续工作。

这已经是项国荣第十七次接到这样的通知了，今天，项国荣送走了五号石油基地最后一批石油工人和他们的家属。石油基地中第一批来到冷湖油田的工人，现在已经六十多岁，很多人到了退休的年纪，也不愿意离开这个自己倾注了青春、虽然条件艰苦但是活得很充实的地方。到了 80 年代，石油基地的主力军逐步换成了第一代冷湖石油工人的子女。这些在冷湖火星小镇出生、看着父母在石油基地辛勤工作的年轻人，逐渐挑起了冷湖石油事业的大梁。

项国荣就是第一代冷湖石油工人的后代。他的父亲项冬，曾参与地中四油井开采、经历了地中四油井井喷，因在处理井喷的工作中表现出超强的组织和应变能力，后被破格提拔为五号石油基地的总负责人。项国荣的母亲海彤是一位地质学家，参与了 1954 年的地质考察活动。她和项冬在冷湖相识，因冷湖结缘。国家地质研究所和石油基地的领导一致同意了他俩的婚事，为支持项冬的工作，地质所甚至同意将她留在冷湖继续进行地质勘探工作，一直到 1970 年项国荣十二岁时，母亲才因工作需要被调回北京。1975 年，因为她有一线工作经验且工作能力突出，升任国家地质研究所副所长，项国荣与父亲从此开始了一年多相依为命的生活。在他十三岁时，母亲托关系把他接到北京上学，项国荣在地质附中毕业后，以优异的成绩顺利考入中国石油大学。他在北京上学期间，父亲项冬一直在冷湖开采石油的一线奋战，每到寒暑假，他都会去冷湖陪伴父亲。

1982 年，项国荣大学毕业了，母亲给他安排进入了石油勘探开发规划研究院工作，这个研究院是非常难进的，同时毕业的很多同学都很羡慕项国荣获得这样的工作机会。然而，项国荣仅仅在石油勘探开发规划研究院工作了三个月就提出了辞职，理由是不喜欢每天坐办公室，希望像父亲一样去开发石油的第一线工作。他不顾母亲和研究院领导的劝说，毅然决然地离开了这个让很多同学眼红的研究院，背上行李踏上了开往青海的列车。至今，他还依然记得母亲在北京站月台上送他时的情景。

“国荣，妈知道你从小就是一个有主见的孩子，妈也理解你。但妈还是那句话，你再考虑考虑。我已经跟研究院的领导说了，停薪留职三个月，如果你想通了，就尽快回来。这也是妈唯一能为你争取到的机会了。”

“妈，我已经决定了，到爸爸一直奋战的一线去，到我出生的地方去，我一直觉得我不属于这里，我属于冷湖！”

母亲知道儿子去意已决，眼圈红润了，强忍着不让眼泪落下来。

项国荣知道母亲是个女强人，几乎不会在别人面前表现出软弱的一面，即使是在儿子面前，她也一直保持着冷静和理智。他看到母亲快要夺眶而出的泪水，担心自己心软，赶忙一把将母亲搂在怀里，母亲的泪水再也止不住了，在儿子的怀里呜咽着哭了起来。项国荣的衬衫被母亲的泪水打湿，黏黏的贴在皮肤上，从小到大，只有这一刻他才真的意识到，母亲也是一个普通的女人，也需要被关心。项国荣想对母亲说点什么，他感觉话堵在嗓子眼儿就是发不出声。他也知道，如果他留下就会失去自我，无法成为自己想成为的那个人。

突然，火车发出一声沉闷的巨响，一股浓烟从火车头顶的烟囱喷出来，像是一个老烟鬼吸了几口烟，终于在忍不住时一起吐了出来，随后发出沉闷的“咳嗽声”。

母亲意识到火车要开了，好像突然从梦中惊醒一般，从儿子的怀里挣脱出来，眼睛瞪得大大的，因为儿子辞职的事情几夜没有睡好，满眼红血丝，她再也不顾自己女强人的身份，摇着项国荣的双肩声嘶力竭的呼喊：“儿子，你就听妈这一次，别走，好不好?”项国荣看着眼前的母亲，怎么也无法和平时聪慧、理智、冷静的母亲对应起来，堵在嗓子眼儿的话依然说不出来。

站台上，列车员已经在催促乘客上车了，火车沉闷的“咳嗽”频率越来越快，他感觉时间仿佛停滞了。不知道过了多久，他感到身后的车厢动了，火车开了。他终于开口道：“妈，您放心，儿子在冷湖依然可以做出一番事业，不会给您丢脸的！等我接了爸的班，爸就可以到北京来陪您了。”

母亲听到他的话，突然愣住了，把放在他肩上的双手抽回来捂住了脸，呜呜地哭起来，项国荣想再劝劝母亲，回头看到身后的列车正逐渐提速，只好一边喊着：“妈，我走了，您一定要照顾好自己!”一边踏上了列车的台阶。列车渐渐开出站台，他看到母亲仿佛定在了站台上，依然把脸埋在手掌中，其他的已经模糊了，只有母亲额前花白的头发在风中飞舞。

“国荣！找你半天，原来你在这儿呀!”

项国荣好像从梦中被唤醒一般，看到田野朝他跑来。田野是项国荣的发小儿，也是他的上级，冷湖石油基地的负责人。

“你不是被派到州上开会去了吗？怎么这么快就回来了?”

“哪儿是开什么会啊，就是个通知!”

项国荣这才注意到田野手里拿了一张纸，他面无表情，等着田野继续说话。

“你怎么不问问什么通知?”田野指指手里的纸。

“都已经这样了，还能有什么更坏的消息吗?”

田野知道项国荣的脾气，叹了口气说：“哎！对你我来讲倒算是个好消息。通知上说，经过勘探，冷湖石油逐渐枯竭了，等石油工人陆续撤走后，我们这些干部可以选择继续留在海西州其他岗位上工作，或者选择父母、爱人所在的城市，政府会尽力给安排工作。”

项国荣苦笑一声，“哼！这不就是变相遣散嘛!”

“那也比不管你、让你留在这里做光杆司令强吧?”

项国荣盯着离他最近的一台磕头机，沉默不语。

田野拍拍他的肩膀，“国荣，我知道，你对这片土地有感情，当初放弃北京那么好的工作跑回来，当时大家都觉得你脑子坏了。如果不是从小跟你一起光着屁股长大，了解你，我也会认为你脑子坏了。”

项国荣白了他一眼，田野挠挠头，干笑了两声，继续说：“不过从你大学毕业回来后这十二年，你这个干劲儿还是很让我佩服的。走了十年，回来细皮嫩肉的，我们都以为你坚持不了几天就得累跑了，可你干活一点不比我们这些一直留在这里的人差。虽然冷湖现在这个样子不是你我想看到的，可是我们也无力回天啊，你至少还能再回北京，你找个体面的工作不成问题。你看我们这样的，到哪里都成了多余的。哎!”

项国荣转身看着垂头丧气的田野，坚定地说：“我不走！我哪儿也不去，就在这里!”

田野疑惑地看着他，“现在冷湖石油开采量越来越少，老基地、老四号、一高点、四号和三号井一年前就因枯竭被停用了。目前仅存的还在工作的深八井和五号井，两口井的日产量不过五吨，专家预测顶多再采上一年多，这两口井也会枯竭。冷湖没有农业也没有畜牧业，到时候留在这里做什么?”

“不管做什么，我就是不走!”

"我现在真的觉得你脑子坏了。"

第二章　4081 号宇宙的诞生与灭亡

程序员[1] X 看着飘浮在前方的 5712 号宇宙，这是他在 4081 号宇宙之后，用了 69 个托尔[2]建造的，虽然 Bug 比较多，但至少已经出现了他想要的可以控制的智慧生命了，他对这个宇宙程序的运行还是比较满意的。在第 4081 号宇宙的事件发生后，母程序[3]修改了对程序员们的授权，可以在一定范围内控制宇宙程序中智慧生命的行为。

在 4081 号宇宙事件之前，宇宙中出现的智慧生命是系统根据母程序自发形成的，程序员无法对其进行控制和修改，因为主体[4]需要的只是宇宙程序中恒星所产生的能量，而智慧生命只是副产品，只要不影响整个宇宙程序能量的提供，母程序一般不会去干预。而程序员们也利用这样的机会通过观察宇宙中的各种智慧生命寻找乐趣，他们发现智慧生命的存在，对维持恒星系统的稳定是有一定帮助的。

回想起亲手建立的 4081 号高维宇宙—11 维，那也曾经是他认为非常完美并为之自豪的宇宙了，4081 号宇宙从诞生到被彻底毁灭仅用了 37 个托尔。在诞生 1 个托尔的时间内，宇宙中就产生了稳定的星系和恒星系统，又过了 3.71 个托尔，在 4081 号宇宙中就出现了智慧生命，程序员 X 在维护宇宙程序稳定、修正 Bug 的闲暇时间，会去观察这些智慧生命的发展。

---

① 程序员：在母程序设定的规则范围内，创建并维护独立宇宙，向母系统传送各自宇宙中的恒星产生的能量。

② 托尔：主体世界的时间单位。

③ 母程序：主体世界的母程序，由主体直接控制，向程序员们发送管理各自宇宙的规则，通过吸收各个独立宇宙的能量来转化为维系整个主体世界存在和发展的能源，其中包括分配给所有智慧生命的供其生存的能源。

④ 主体：主体世界的主宰，直接控制母程序，对主体世界的生存和发展负责。

让他惊讶的是，这个宇宙中很快产生了为数众多的智慧生命，在整个宇宙建立 9.12 个托尔之后，程序员 X 用指令对整个宇宙中的智慧生命品种进行了统计，在如此短的事件内，竟然产生了 10 的 9 次方种智慧生命！这是超乎他的想象的。其他的程序员观察到建造 4081 号宇宙的程序员 X 由于激动，身体发出的强烈红光，好奇的程序员们有的将意识游移过来，有的直接漂移过来。年轻的程序员 W 和程序员 C 先发出了磁场信号。

W：X，没想到你新建的 4081 号宇宙运行得如此完美。

C：是呀，看起来基本上不存在什么 Bug 啊。

G 带着羡慕的语气：X，你的 4081 号宇宙中的智慧生命种类比我的 1779 号宇宙超出了 1000 倍不止！

程序员 A 看到大家聚拢过来，也缓缓地飘移过来。程序员 A 的到来使 X 的心情更加激动了，A 是个活泼开朗的程序员，与其他的女程序员都不同。A 已经创建了一个非凡宇宙并给主体贡献了非常巨量的能源。A 从不吝啬向其他程序员分享自己的经验，当然也给了 X 很多的帮助。他一直很喜欢 A，希望在创造出一个完美的宇宙作品，自己在程序员中拥有一定地位后，有机会向 A 表达爱慕。

A：不错啊，这个宇宙是我见过的最棒的作品了！

X 听到 A 的赞许，身体泛出微微的红光。他注意到经验最丰富的程序员 S 一直盯着他面前的 4081 号宇宙，但是没有发出任何磁场信号。

X：S，你怎么看？

S 没有立刻回答，仍然继续盯着 4081 号宇宙，身体泛出无规律的交替颜色，这是程序员心情复杂时会出现的情况。周围的所有程序员都望向 S。

S：目前看来 4081 号宇宙发展良好，但是，越是进展顺利、看起来十分完美的宇宙，可能越有问题。

A：你感觉会是什么问题呢？

S 顿了一下：这个宇宙时间太短，目前还看不出任何规律。也许是我太谨慎了。

S 欲言又止，身体闪着无规律的颜色飘走了。其他程序员也飘走或者将意识转移回自己的宇宙前的身体里。

程序员 X 继续观察着 4081 号宇宙中智慧生命的发展，在该宇宙建立了 17.15 个托尔之后，宇宙中爆发了智慧生命之间的战争，从在同一颗恒星系统中不同行星之间的战争，到相邻恒星之间不同智慧生命的战争，再到不同星系之间的战争。对于他这样经验丰富的程序员来说，这些战争也是司空见惯的，只要不对整个宇宙系统进行破坏，一般情况下无需干预。

在 4081 号宇宙建立 22.18 个托尔之后，程序员突然发现部分恒星在画面上消失了，通过系统检索，他肯定这些“消失”的恒星还在系统中。为什么看不到了呢？他来到发现问题的初始端检查，发现这些智慧生命通过修改程序，使自己行星周围的时间变慢了，当宇宙中的光照到整个时间变慢的恒星时，光进入的那一刹那也变慢了，因此，在屏幕上无法观察到该恒星。他在检查 4081 号宇宙程序编码时，同时发现了该宇宙的维度变化，局部由 11 维降到了 10 维，甚至部分星系中出现了局部的 9 维。

由于维度的变化是个非常复杂的程序设置，他的第一反应是母程序的整体设置出现了问题，为了确定这点，他将意识飘移出来，询问其他程序员是否在自己的宇宙程序中发现了同样的维度降低问题，其他程序员赶快检索自己宇宙中的维度设置，均没有发现问题。

程序员感觉问题应该是出在 4081 号宇宙中了，他迅速将意识收回来，开始系统地检查 4081 号宇宙的被降维部分的程序设置。他惊奇地发现，4081 号宇宙竟然发展出了超智慧体，可以通过自我设定程序修改 4081 号宇宙程序的源代码。为了对其他智慧体进行打击，超智慧体首先将自身降维，并保证降维后的正常运行，然后通过降低其他智慧体生存空间的维度，对其进行打击；没有发展出适应低维环境的智慧生命将会在降维过程中被灭绝。程序员观察到这个变化后，统计了这种维度变化和“消失”的恒星能量的损失，经过测算，他确定尚未达到需要上报的程度。他对 4081 号宇宙中的超智慧生命越发感兴趣了。

然而，超智慧生命的发展超出了他的预期，又过了 12 个托尔之后，整个宇宙的平均维度被降到了 5 维，智慧生命的种类和数量急剧减少。不仅如此，一次，一个程序员的意识来找他，称 4081 号宇宙的超智慧生命已经将破坏带到了他的 3047 号宇宙。程序员觉得不可思议，每位程序员控制的宇宙都是一整套独立的系统，虽然所有宇宙都是基于同一个母程序，在不同的程序员输入代码后演化而来，虽然不同的宇宙中很多星系和恒星的衍生和发展相同，但是由于存在不同的代码和智慧生命，每个宇宙还是会发展出自身的特点。简单说，就是没有任何两个宇宙是完全一致的，而且宇宙之间的独立发展使得他们之间虽然存在相同的程序，但是并不会相互干扰，任何宇宙之间都不会产生关联，他们称这些不同的宇宙为——平行宇宙。

当他得知 4081 号宇宙对其他宇宙造成破坏之后，他开始检查整个系统的程序，他发现超智慧生命修改源代码的能力呈现指数级的攀升，不仅可以利用恒星的能量发展自身的代码，还可以利用黑洞的能量修改黑洞的源代码，可以利用黑洞和恒星的能量将黑洞扭曲修改成虫洞，使得宇宙的空间扭曲，完成星际间的瞬间穿越，超智慧生命称其为“星际蛙跳”。其实程序员早就发现了超智慧生命可以利用黑洞和恒星的能量进行星际蛙跳，并且星际蛙跳造成了部分程序的紊乱，但是由于超智慧生命的稀少，而且星际蛙跳后，系统会进行自我修复，因此程序员并没有干预，而是把超智慧生命的星际蛙跳能力进行了记录。

当 3047 号宇宙的程序员告知他，4081 号宇宙的超智慧生命对他的宇宙造成破坏后，他通过检查系统发现 4081 号宇宙中的某种超智慧生命通过不断的星际蛙跳，偶然发现了母程序的系统漏洞，并且利用这个漏洞，通过控制虫洞打通了不同宇宙间的通道。

沿着程序代码的记录，程序员开始跟踪这个超级智慧生命的代码路径，发现超级智慧生命先后抵达过 157 号宇宙、2779 号宇宙和 3047 号宇宙。当他们抵达 157 号宇宙时，这种超级智慧生命并不知道自己偶然抵达了另外一个宇宙，误以为自己还在同一个宇宙中的超级智慧生命发现了在 100 万年（宇宙程序中的时间计量单位）前就因为能源争夺被自己灭绝的恒星，而且 100 万年前该恒星的行星上的智慧生命与超智慧生命进行了长达一万年的战争保卫自己的恒星，最终由于能源耗尽而消亡了。

当超级智慧生命抵达 157 号宇宙后发现了这颗曾经被自己彻底毁灭的恒星，以为自己由于频繁的星际蛙跳进行了时光穿越，来到了遥远的过去。然而经过测算，他们并没有进行时光穿越，在对这颗恒星进行观察后发现，这颗恒星的行星居然没有存在过任何智慧生命。于是，他们又在 157 号宇宙中按照坐标继续进行星际蛙跳，来到了他们早已在 50 亿年前就因为能源战争消亡的母星。在 157 号宇宙中，他们发现自己的母星不但没有消亡，而且上面还生活着一种外形与自己十分相像，但智力发展远不及 50 亿年前在 4081 号宇宙中应该发展出来的智慧生命。超级智慧生命经过一段时间的计算和推测，发现了在平行宇宙间进行宇宙蛙跳的程序漏洞，他们可以利用这个漏洞在不同的宇宙间穿梭。由于超级智慧生命在 157 号宇宙中停留时间短暂且没有造成任何破坏，控制 157 号宇宙的程序员并没有发现宇宙程序的任何异样。

当超级智慧生命利用系统漏洞穿越到 2779 号宇宙自己母星的坐标位置，发现那里是 2779 号宇宙中一个十分荒凉的地方。这个宇宙中自己母星坐标的位置，在一条小型星系的外悬臂，这里尚不具备产生恒星的条件，也就是说，在 2779 号宇宙里，自己的母星尚未形成。他们再次进行蛙跳，穿越到 3047 号宇宙，抵达 3047 号宇宙自己母星的坐标位置时，刚好赶上 3047 号宇宙中自己的母星星系与相邻星系之间的星际战争。3047 号宇宙中的母星尚在，但是如果这场战役失败，3047 号宇宙中的母星将彻底消亡，同 4081 号宇宙中自己的母星下场一样。超级智慧生命马上投入到保卫平行宇宙母星的战斗中来，由于4081号宇宙中智慧生命的智力及技术发展普遍高于其他平行宇宙中的智慧生命，他们的武器和能力远在3047号宇宙敌人之上，超级智慧生命仅对敌方的母星使用了降维打击就迅速结束了战斗。能源对于超级智慧生命来说太重要了，他们不会进行旷日持久的战争，通常用最简单最节省能源的方式结束战斗。而3047号宇宙的程序员也是因为发现了突发降维的系统故障，在排查时发现了4081号宇宙中的超级智慧生命入侵的问题。

在检测到4081号宇宙中的超级智慧生命可以进行平行宇宙间的穿越后，程序员意识到超级智慧生命对4081号宇宙的影响以及对整个母程序的影响超出了可控范围。虽然恒星被毁灭时发出的能量足以抵消该恒星正常消亡过程中产生的能量，在能量的采集上并未形成威胁，但由于对这种超级智慧生命的不可控，使他不敢再冒险了，他决定向主体汇报这个系统漏洞和超级智慧生命失控的问题。直到这个时候，4081号宇宙已经诞生35.9个托尔了。

主体收到程序员的完整汇报后，派出了3名高级程序员对母程序的代码进行全面的检查，发现系统漏洞并使用各种手段进行修补，4081号宇宙的超级智慧生命被迫回到了自己的宇宙中。主体在解决了母程序中平行宇宙间的漏洞后，开始分析4081号宇宙中的超级智慧生命代码，这个代码发展之迅速，运行速度之快，超出了主体的预期，如果不尽快清除4081号宇宙，很可能4081号宇宙中的超级智慧生命很快会发展成为一种病毒，这个病毒还会发现母程序的漏洞，并对其他宇宙进行感染——将他们掌握的技能传授给其他宇宙中的同类，若是所有平行宇宙中存在的超级智慧生命的同类同时对系统进行攻击，将会造成母程序的瘫痪。

为了防止这种可能性，主体决定启动母程序全面控制4081号宇宙。虽然母程序并不能直接控制超级智慧生命，但是可以利用超级智慧生命自身发展出来的程序对4081号宇宙进行打击。主体通过母程序向4081号宇宙输入了一维的代码，很快，这个所有程序员认为最完美的宇宙被彻底一维化了。

第三章　5712号宇宙的诞生

程序员看着眼前的一维宇宙，是一根无限延长的线，他这样盯着这个一维宇宙已经0.03个托尔了。这个他用了37个托尔建立并发展起来的“完美”宇宙就这样被格式化了，所有的智慧生命也变成了原始代码。每个宇宙里的智慧生命，对于程序员来说都是一种艺术，越是自己无法通过代码、编程控制的事物，对于程序员来说越是一种美妙的存在。可以控制的宇宙实体只是一行行代码，而通过宇宙中各个独立的程序组孕育出来的智慧生命，是可以自发续写代码的。智慧生命总是会给程序员们带来惊喜，这也是程序员们不会感到枯燥的原因。所有程序员的意识飘到了他的周围，他能感受到他们的存在，但是没有任何程序员通过磁场与他交流，他们的心情与他是一样的，找不到任何合适的方式安慰他，大家只能保持沉默。

正当他感觉自己在沉默的谷底好像永远也爬不上来，只能看到无尽的黑暗之时，他感受到了一股强大的磁场在靠近——主体出现在他面前，介于他和主体之间的是已经被一维化的4081号宇宙。主体的身体发出了蔚蓝色的光——这是主体特有的颜色。

主体：虽然4081号宇宙中的超级智慧生命对母程序造成了威胁并被毁灭了，但母程序也从超级智慧生命的程序中获得了启发。我们获得并保存了4081号宇宙中所有智慧生命的源代码和相应程序的运行方式。

程序员：获得这些源代码有什么意义呢？每次一个新宇宙的诞生都会产生自己的智慧生命源代码。

主体：正是因为我们以前对宇宙中智慧生命的失控状态，才导致我们的母程序差点陷入困境。以后这种情况绝对不允许再发生！

所有程序员的磁场都微微震动了一下，发出红色的光。

程序员：您是要彻底消除宇宙中产生智慧生命的编码吗？

主体：恰恰相反！若是消除了智慧生命编码，那所有宇宙将会变得死一般的沉寂，只从中获取能量远远无法满足我们自身的发展，我们也要借助宇宙中的智慧生命发展我们自己的源代码和程序，只有未知才能创造已知。

程序员：那您的意思是?

主体：我决定修改母程序的配置，将所有宇宙中的智慧生命代码列入可控程序，你们将有权对各自宇宙中的智慧生命进行控制，如何控制你们自己设定，而母程序将随时观察各个宇宙中智慧生命的发展，不触发母程序的保障底线，我们将不会干涉你们对智慧生命的设置。

主体顿了一下，继续说道：通过分析 4081 号宇宙的智慧生命源代码，发现 4081 号宇宙中的智慧生命平均智力水平远远高于其他宇宙，这也是为什么 4081 号宇宙从诞生到发展再到消亡如此之快的原因。我会将 4081 号宇宙中的智慧生命源代码发给所有程序员，你们决定如何使用并选择性地控制这些源代码，使你们自己的宇宙快速发展并获得源源不断的能量。但是，4081 号宇宙中造成混乱的超智慧生命代码，被列入病毒库，任何程序员不得调用。

可以选择性的控制自己宇宙中的智慧生命源代码，在不触发母程序底线的前提下，依然可以欣赏自己宇宙中的艺术品。所有程序员因为喜悦，磁场再次微微震动并发出绿色的光。

主体：而且，为了让你们对自己宇宙中的智慧生命有更加深入的了解，我请高级程序员为所有程序员开放了意识深入宇宙的权限，为了防止程序员的相互干扰，你们的意识只能进入自己控制的宇宙中，与自己宇宙中的智慧生命交流，并通过深入交流，控制各自宇宙中程序的走向。同时，为了提高工作效率，在宇宙中，你们的意识是可以被无限分散的，一开始你们可能不习惯自己的意识在同一时间出现在宇宙的不同的位置，但是不要紧，是否分散以及分散程度由你们自己决定，随着对这个功能的熟悉，相信你们会慢慢习惯并运用好的。

所有程序员的磁场不再发出完全相同的光了，开始出现了各种颜色的光，而且都非常强烈。可以深入自己控制的宇宙，通过与自己宇宙中智慧生命的交流和干涉，建造自己的“完美”宇宙，这是很多程序员一直渴望的。

同时，也有一些程序员为这个决定担忧，担心万一自己无法控制智慧生命的源代码，触发了母程序的底线，将会造成自己宇宙的灭亡。

主体：不仅如此，为了让你们更加深入地了解智慧生命的思维逻辑，还给你们配置了可以在各自宇宙中进入智慧生命的身体，具有控制智慧生命意识并与其他智慧生命交流的功能。

所有的程序员此时已经无法控制自己的喜悦心情了，整个程序大厅里，闪动着不同的颜色，程序员之间开始磁场窃窃私语。

主体的意识消失了，所有程序员回到自己的宇宙前，开始接收母程序发来的4081号宇宙智慧生命的源代码，选择性地植入自己的宇宙中，等待智慧生命的产生并进入宇宙中观察、交流。

程序员清除了自己面前一维的4081号宇宙，开始创建他的下一个宇宙——5712号宇宙。当5712号宇宙由夸克变为原子，再由星云凝聚成恒星，当一部分恒星出现了自己的行星呈现在他面前时，他小心地将一部分4081号宇宙中的智慧生命源代码植入5712号宇宙中。然后，他开始挑选自己进入宇宙后将要抵达的行星，由于是第一次将意识进入宇宙，他没有开启意识分散功能，整个意识进入了一个随机挑选的星系中。

他抵达的这颗行星实在是没有什么特别的，气温极低的行星围绕着一颗小型的恒星转动，它的恒星发出淡蓝色的光，播撒的智慧生命源代码不可能在这样的条件下生存。他试着转移意识到另外一个星系中，找到了一颗质量中等的恒星，通过条件筛选找到了正在孕育智慧生命的一颗行星，行星上长满了蓝色的草，草下面是均匀分布的湿地，湿地中细胞正在努力地自我复制着，距离智慧生命的出现应该还有很长时间。

程序员在5712号宇宙中漫无目的地跳跃着，并且尝试分散意识功能，一开始分散意识让他感到恶心，慢慢习惯后，他开始喜欢上了这个功能，可以在同一时间出现在不同的行星上观察智慧生命的发展。在智慧生命发展的不同阶段，为了帮助智慧生命的发展，程序员对某些智慧生命代码和其生存的星球系统进行了干预。有些干预是为了智慧生命和其赖以生存的星球和谐发展，而有些干预只是为了测试自己的干预能对这种智慧生命产生多大的影响并进行记录。

第四章　发现地球生命

程序员像往常一样，对整个宇宙系统进行扫描，对出现的Bug进行系统性修复，然后就开始进行他最喜欢的部分——智慧生命搜寻和接触。他现在已经掌握了如何控制智慧生命意识的功能，通过进入智慧生命的体内与其同类进行交流，记录智慧生命的思考逻辑和交流形式。他发现并记录了不同智慧生命之间的不同交流方式：有的智慧生命需要通过身体接触进行交流；有的智慧生命和主体世界①的程序员一样，需要先思考然后通过磁场进行交流；有的智慧生命大脑中想到的内容就可以直接通过磁场表达出来，完全不具备自我先思考，然后再筛选交流内容的功能；有的智慧生命通过声波进行交流……

这次进入宇宙，他选择了进入距离银河系中心约3万光年的银河系边缘。根据以往的经验，他认为这个蛮荒冰冷的区域发展出智慧生命的概率极低。然而，今天偶然对银河系边缘的系统筛查，他发现了一颗位于银河系第三旋臂猎户悬臂上的恒星——太阳，这颗恒星拥有非常稳定的程序，发展出了8颗行星——4颗固态行星和4

---

① 主体世界：主体、母程序、程序员们赖以生存的世界。主体世界中的智慧生命，都具有将意识游离在体外的能力，并通过磁场进行交流。主体世界中不存在重力，智慧生命可以飘移身体。

颗气态行星，并且，在第三颗行星上居然检测到了生命。这次，他没有使用意识分散功能，整个意识直接进入了这颗发展了45亿年名为地球的行星，穿过这颗行星厚厚的大气层，他看到了让自己惊讶的一幕：这颗行星的陆地上充满了绿色的植被。经过检测地球时间，此时正处于地球的白垩纪，这一时期最常见的植物包括针叶树、猴谜树、蕨类植物；被子植物，如木兰、西番莲、橡树、枫树、胡桃树、山毛榉等也在开始地球上崭露头角。整个星球71%的面积被蓝色的海洋覆盖。

他看到一些体型庞大的恐龙在陆地和湖泊里活动，还有一些动物在天空飞翔。统治着大陆的这种生物被称为恐龙，翼龙和昆虫统治着天空。

他将意识进入到一个体型庞大、长着长长脖子的腕龙体内，这头腕龙正在一棵高大的树旁吃着叶子。他感受到这个动物大脑中传来的，是寻找树叶并进食的信号，没有更多的思维了。这种体型庞大的植食性动物，需要不断地进食来满足身体所需能量。

他又将意识转移到远处的一个看起来十分凶猛的恐龙——暴龙的体内，这个动物脑部传来的是快速攻击并进食肉类的信号，也没有更多的思维了。

看到这么一颗美丽的星球，尚未发展出真正的智慧生命，他不免有些失望。他将意识回到控制室，用系统对地球进行智慧生命预测，结果显示这颗星球将一直被恐龙统治，恐龙将演化成体积更加庞大的生物，地球上的植物生长将会由于无法跟上植食性恐龙繁殖的步伐而灭绝，植食性恐龙和其他食草动物也会逐渐灭绝，仅留下食肉恐龙和小型食肉动物，随着食肉动物之间的相互猎食，食肉动物的数量也急剧减少。随着植物的灭绝，地球的气候也在不断变化。随着土壤沙化和地球温度的升高，海洋将逐渐萎缩并消失，地球上所有的动物都将灭绝，最终地球会变成一颗没有生命的星球。

他调出4081号宇宙的资料，查找4081号宇宙中的同样位置是否出现过太阳这颗恒星。

查到了！

4081号宇宙中出现过这颗恒星，4081号宇宙中的这颗恒星只有5颗行星，同样是第三颗行星——地球，发展出了智慧生命——人类，虽然人类没有达到超智慧生命的等级，但在4081号宇宙灭亡时已经拥有了光速飞行的能力。他快速检索4081号宇宙中地球的生命历史，没有检测到“恐龙”这种生命，人类是从爬上陆地的鱼类，进化为哺乳动物后逐渐演化来的。

X看到这里，有些失落，一颗位于星系中最荒凉位置的恒星发展得如此稳定，并产生了生命，最终却因为没有发展出像4081号宇宙中那样的智慧生命而衰落了。

休息时他遇到了A，忍不住向A描述了他今天所看到的这颗美丽的星球以及它的宿命。A听完他的讲述，身体发出了她在思考时特有的淡紫色光，思考片刻后，A发出了信号。

A：你忘了我们被母系统赋予了新的功能，可以控制并改变智慧生命了吗？

X：可这些生命不是智慧生命啊，它们只是5712号宇宙中的地球发展演化出来的特有物种。我怎么进行干预呢？

A：傻瓜！你忘了我们本来就能通过输入代码来改变恒星、行星甚至陨石的轨迹吗？

X快速思考着，还是没有找到答案。

A：你的目标是不是让这颗美丽的星球发展出智慧生命并继续发展延续？可是恐龙只会造成这颗星球生命的灭亡？

X：是呀，如果地球可以发展出4081号宇宙中的智慧生命——人类，它就可以继续发展下去。

A：对呀！那你怎么不试着输入一个代码，用某种方式把这种称为恐龙的生物灭绝了呢？

X终于明白了A的意思，先把恐龙灭绝了，然后再植入4081号宇宙中发展出来的智慧生命——人类，通过人类在地球的发展延续地球的生命！

X 激动万分，身体闪动着亮红色的光。

A：傻瓜，还愣着干吗？还不快去！

X 迅速飘回自己的控制台，快速地输了一行代码——小行星撞地球！

X 紧张地盯着眼前的太阳系，一颗小行星按照被修改过的程序向地球移动过来，在 0.00001 个托尔后，用设定好的不足以对地球结构造成严重创伤的力，完美地撞上了地球。他把地球放大，看到地球因为小行星的撞击，地球上各处都发生了海啸，海水涌上陆地，淹没了陆地上的一切。同时，火山因为强烈的撞击喷发了，地球上的恐龙们四散奔逃。在地球上的同类被海水和火山岩浆吞噬的时候，翼龙因为会飞而躲开了海水和最初的火山喷发的袭击。然而，翼龙也没有逃脱已经被编程的命运，小行星撞击地球后，整个地球尘埃密布，遮挡住了太阳散发的热量，火山灰产生了大量有毒气体，浓烟升到空中，翼龙这顽强的坚持到最后的一枝也掉落到地球滚烫的岩浆中消失了。地球被小行星撞击后，仅用了 6 天时间，就将统治了地球近两亿年的恐龙霸主灭绝了。

X 看着被自己亲手毁灭的恐龙种族在狂潮和岩浆中挣扎，身体闪着暗灰色的自责的光。

“想让地球朝着你希望的方向发展，只能这么做。这样的事儿我干过不止一次了。”

感受到突然到来的磁场，X 吓了一跳，转身看到 A 飘在身后。原来 A 在恐龙灭绝的全过程中，一直陪伴着他，因为高度紧张他竟然没有感受到 A 的存在。

A：我第一次毁灭织女系里的一个生命族群时，心情和你现在完全一样。但是为了那个星系的发展，我只能这么做。现在织女系发展得很好，那个生命族群通过灭绝对这个星系的贡献，远远超过他们存在的力量。地球发展得越好，恐龙族群的消失就越值得。

A 说完后，默默地飘走了。

X 调整情绪后，从编码库里调出了 4081 号宇宙中地球上的全部生命编码，“人类”的原始编码——智人编码当然也在其中，他小心地把这些编码播撒到恐龙灭绝6480万年后，已经慢慢平静的地球上。

4081号宇宙中智人要经历地球诞生后漫长的46亿年的演化，而X为了避免由于5712号宇宙与4081号宇宙之间的源代码不同造成的编码运行偏移，他直接调出了拥有复杂的大脑结构和高智能的智人编码进行移植。为了使后期拥有高智商的人类感觉一切发生得很自然，他同时将4081号宇宙中智人的演化程序植入了地球，后期的高等智慧生命——人类，可以在地球上发现南方古猿、直立人、尼安德特人的化石。

完成了这项复杂的操作，他看着这个被自己格式化又重新启动的美丽星球，因为喜悦，身体发出淡蓝色的光。

第五章　发现地球火星地貌

程序员X在对5712号宇宙进行了日常维护后，开始了他最喜欢的工作——将意识进入宇宙中与智慧生命交流。他现在已经可以将意识熟练地分成20份，这20个意识在几个星系间跳跃着。其中一个意识来到了银河系，他突然想起了上次自己在太阳系重造的星球——地球，于是决定去看看。他将所有意识收回到一点，抵达太阳系后，为了检测太阳系中除了地球以外，其他星球是否发展出了智慧生命，他将意识分成8份，分别进入了太阳系的8颗行星。

他的意识同时在8颗星球上游移。

水星这颗体型最小、距离太阳最近的行星上，由于没有空气传播热量，在太阳炙烤的一面，温度可以达到430℃，而黑暗的一面可以低至零下180℃，这样的行星无法产生智慧生命。

金星是太阳系中在大小、质量和物质构成等方面和地球十分相似的行星。由于距离太阳比地球近，它不但温度比地球高很多；同时由于被非常厚的、令人窒息的大气所覆盖，金星的环境也不适合生命的诞生。

火星是除了地球以外，最适合产生生命的星球，火星因为曾经存在大量的水，因为液态水冲刷和风蚀作用，形成了一道道峡谷和不规则的隆起。

他的意识飘进了地球——这颗他重新塑造过的星球。

等等！

他的意识开始恍惚了。在地球上看到的景象为什么和火星上的景象如此相似？他以为自己的意识分散后，其中一个应该进入地球的意识跑偏到了火星上。他将自己在地球上的意识移出来，发现意识没有跑偏，刚刚进入的确实是地球。他沿着刚才的轨迹再次进入地球，仍然看到了火星的景象！

看到如此荒凉的雅丹地貌，他开始紧张了，难道自己改造过的地球，由于某种原因，智人没有发展下去？地球最终还是回归了5712号宇宙原来的宿命，变成了一颗没有生命的星球？为了不干扰思考，他将所有的意识收回，快速调出系统查看，系统显示地球上确实存在智慧生命！难道是地球上存在如此类似火星地表形态的地区？

他快速地在进入的地方做了标记，将意识快速跳跃到距离这个地方不远的位置。他看到一个骑着马的人类，在这个人类周围的山坡上散落着数百个白色的点，像是系统产生Bug时出现的白点。他的意识从空中俯瞰下来，仔细观察这个人类。这个人类看起来很年轻，一张黝黑的脸上嵌着一双明亮的眸子，好像无边的宇宙中两个相邻的黑洞，同时闪着诱人的光。他看向周围，刚才以为的白点原来是满山遍野的羊群。

他将意识进入这个人类的大脑，这个大脑正在思索着：

“这片草场可以坚持到7月份，7月下旬就要迁移到东边的那片草场了。”

“刚刚看到了狼的粪便，看来最近狼又在附近出没了，晚上要安排轮流守夜了！”

“昨天回去，妮娜朝我这个方向看了一眼，难道她猜中了我的心思?”

程序员 X 将意识从这个年轻人类的大脑中移出来，他调出系统查看，自己所在的位置是被人类称为“中国”的西北部地区，这个地区被命名为青海省海西州，自己眼前的这个人类被称为“牧民”。现在是他将智人编码移植的 20 万年后，人类已经发展到了目前的智力水平。

他在地球上快速跳跃式的移动意识，先后到了被人类称为“澳大利亚”“美国”“冰岛”“法国”“南极”等国家和地区，发现了智力发展水平不一的人类，地球上呈现除了不同的文化和种族，科技发展也呈现出持续进步的趋势。他松了一口气，看来恐龙的灭绝确实是值得的。

他查看人类的时间：1953 年 2 月 27 日。

他对地球上那类似火星的地表愈发好奇了。在不同的行星上，出现如此类似的景象，难道是由于系统中对不同行星的设定有局部相同的编码造成的？他通过标识找到了刚才进入的那个区域，这个地方位于中国青海省海西州西北部，这片与火星地表高度相似的区域被称为俄博梁雅丹，是风蚀形成的地貌。他用系统查看这个地区的地质特征：寸草不生，不适宜人类居住。

有意思！如果在这个与火星地表无比接近又荒无人烟、寸草不生的地区，有大量的人类定居，并建立一个地球上的“火星小镇”，那将多么有意思！

X 像一个顽皮的孩子，准备开始在地球上玩一场过家家的游戏。他调出人类生存必需的条件，面前显示出“空气”“水”的字样。空气是已经存在的，水，还真的是个问题。他在附近寻找，发现这个类似火星地表的北部地区，有一座名为阿尔金的山脉，最高海拔在 5700 米左右，山顶温度常年在零度以下，终年积雪。夏天融化的雪水也十分有限，仅够滋润阿尔金山上的草场。

X 回到操控台，改写起阿尔金山的代码，通过提高阿尔金山周围的温度，使山上的积雪在夏季大量融化，并引导雪水向南流向貌似火星的地区。

正当X专心致志地修改代码时，突然感觉身边传来熟悉的磁场信号，回头一看，是A站在身后，看着他操作系统。

X：你什么时候过来的？

A：我都过来好久了，看你这么认真就没打扰你。

X兴奋地向A讲述了在地球发现的类似火星的地貌，以及他想让这个不适宜人类居住的地方，变成地球上的火星小镇的想法。

A：同一个星系中，在不同的星球上发现相同的地貌，这个现象确实很奇怪，两颗行星虽然离得很近，但是距离恒星的远近不同，环境也不同，怎么会有这种相同的地貌呢？在程序设定上也不符合规律。如果在不同的星系出现这样的情况倒是有可能的。不过，你的想法倒真的很可爱——在地球上建立“火星小镇”！

X：你是想说我幼稚吧？

A身体发出粉红色的光：哈哈哈，你自己说的，我可没这个意思。好啦，先别忙了，你看你的能量都快没了，赶紧跟我一起去补充点能量再回来建你的“火星小镇”吧。

X这时才感觉到，自己的能量真的马上要报警了。

补充能量时，X继续滔滔不绝地向A讲述“火星小镇”的设想，如何用意识影响人类到这个类似火星的地方去定居等等。

A：智慧生命做什么事情都需要一个理由的，你有什么理由让人类智慧体到这个地方去呢？

X：这里很像火星，这个理由还不够吗？

A：那是因为你看到了火星。但是以人类智慧体目前的技术水平看，他们并不知道火星地表到底是什么样子啊？

X：嗯，那需要找个什么理由呢？

A：所有的智慧体要发展自身的技术，都离不开能源的推动，就像你我需要从母程序中吸收能量，然后再去发展程序中的宇宙一样。你只要给人类智慧体一个寻找能源的理由就够了。

X 目瞪口呆地看着 A：你怎么这么聪明？

A：哈哈哈，不是我聪明，是你太笨了，好吧？

X 羞得身体发出橙色的光。

A：好啦，逗你的，我也是走了很多弯路才知道这个道理的，你再多运行几个宇宙就会进步很快了。

X 补充了能量后，迅速回到自己的工作台，开始在地球上中国青海省海西州西北部貌似火星地区的程序中输入新的代码——石油。

完成了这个操作之后，X 又将意识进入地球，他来到国家地质研究所，进入李所长的意识。时间是地球纪年 1954 年 1 月。

李所长拿起桌上的电话："喂，王秘书，你帮我通知孙研究员和赵研究员，现在就到我办公室来。"

二十分钟后，孙研究员敲响了所长的门，他和赵研究员一起站在门外。所长赶快起身把两位研究员迎进办公室，请他们在沙发上坐下，喊王秘书倒茶。两位研究员被所长整得一头雾水，面面相觑。X 分身进入他俩的意识，感受到孙研究员的意识在说："发生了什么？怎么突然被喊来？难道是上周交的山东地质勘测报告出了问题？"赵研究员的意识在说："是不是上周所长提到了高级研究员空缺有安排了？应该不是，同时喊我俩来肯定不是这个事儿。"

X 把分身拉回到李所长的意识中，这时候王秘书端着两杯茶走进来放在两位研究员面前，又将李所长放在办公桌上的茶杯倒满水。李所长冲着王秘书摆摆手，"好了，没你事儿了，出去把门带上。"王秘书关门的声音很轻，还是让两位研究员一激灵。

"你们不用紧张，今天喊你们来是有个新的任务要交给你们，这个任务完成得好坏，将直接关系到谁能晋升高级研究员。"李所长冲他俩微微一笑道。

孙赵两位研究员同时看了对方一眼，年纪较轻的孙研究员先开口了："感谢所长，是什么任务这么突然呢？"

"得到可靠消息，青海省海西州西北部地区存在矿产资源，你们要迅速带领你们的团队去现场勘探，我会把位置范围给你们的。”

第六章　发现冷湖石油

1954年5月，孙、赵两位研究员带领各自的勘探队以及青海地质勘探局委派的队员，来到了李所长指定的地区——青海省海西州西北部地区。孙、赵都很清楚，李所长同时派他俩来，一是为了多些人手早日发现矿产资源；二是为了通过这次勘探，发现他二人的组织领导能力，选出高级研究员的人选，升到高级研究员不仅工资可以提高很多，还可以获得研究所里的分房名额，分到房子就可以脱离那个板楼儿宿舍，再也不用过那种一个楼层的同事公用一个洗手间、晚餐时忍受满楼道的油烟味儿的日子了，这可是很多研究员做梦都想升到的位置。

地址勘探队乘车抵达指定区域后，根据来之前从李所长那里获得的有限资料，得知这个地区没有常驻民，也没有牧民。在这里工作，需要配备足够的食物和生活物资，而首先需要解决的是水源问题。傍晚时，他们根据资料的提示在阿尔金山以南110公里左右的位置发现了水源。

在这荒无人烟的地方，居然发现了一个淡水湖！所有勘探队员都兴奋起来，下车向湖边跑去。一个瘦高个儿首先跑到了湖边，因为速度太快，险些滑倒，当他把手伸到湖里后，马上大喊一声跳了起来，吓得其他队员都停下脚步，那个架势好像湖里有什么危险的动物咬了他一口一样。所有人停下都望向他，瘦高个儿哈哈大笑起来：“哈哈哈，没事，是这湖水太冷了。”其他队员都白了他一眼，继续向湖边走去。

“这湖水这么清澈，又这么寒冷，不如就叫它冷湖吧！”

所有人向说话的人望去，原来是去年大学毕业后被分配到国家地质研究所的女大学生海彤。海彤个子不高，瘦瘦的，留着50年代最流行的齐边短发，低头时头发从两边包住大半个脸蛋儿，本来就瘦的脸就更加显得小了。地质学需要经常出差且条件艰苦，因此学地质学的女生很少，而海彤也是这支勘探队伍唯一的女队员。

“这个名字好听，有文化就是不一样。”瘦高个儿拍手道。

赵研究员也点点头，“冷湖。不错!”

“赵哥，天不早了，我们就在冷湖旁边安营扎寨吧，明天一早开始工作。”孙研究员发出了建议。

赵研究员回应说：“好。”

第二天清晨，年轻的地质队员们还在熟睡，几位四十几岁的青海地质队员已经早早地起来生火做饭了。

地质勘探是个十分辛苦的工作，而这次的任务因为区域环境的限制变得更加辛苦。

工作进行到第九天，依然没有任何收获。

孙研究员问：“赵哥，咱们都干了九天了，什么也没有发现，李所给的资料会不会有问题啊?”

赵研究员说：“九天虽然长了些，但是也不能说明什么，也许是我们方法不得当。我们这二十几个人，都扎堆工作，这么大的面积，哪天才能干完?”

在这个荒无人烟的地方，大家十分担心走散，因此在工作开始时决定集体行动，不分组。

孙研究员说：“您说的对，这样，咱俩各带一组分开行动。我们定一个回程的日期，到时候不管有没有收获，我们都撤，在冷湖集合。如果哪队先发现资源了，做好相应的记录后，我们还是同一天在冷湖集合。您看这样行吗?”

“我同意，那就七天以后，在冷湖集合。”

勘探工作进行到第十二天，孙研究员勘探队里，有一位青海当地的勘探队员杜强，在午餐时看到旁边一块土比其他土的颜色深很多，在这个颜色单调的地方，发现不一样的颜色也不是什么难事。杜强捧起一块土端详着，凑到鼻子前闻闻，有股味儿，因为长期暴露在太阳底下，味道不是很浓。同事老王端着碗走过来调侃他：“怎么，想吃手把肉了？看着这土块长的像？”

杜强：“这土有股奇怪的味道。”

老王接过土块闻闻，随手扔到地上，“有啥奇怪的味道？不都是土？这个鸟不拉屎的地方，除了土还是土！我就盼着再过 4 天赶紧结束，回家抱着老婆睡觉去。”说完，老王找个庇荫的地方继续吃饭去了。

杜强坐在摔碎的土前，点着一根烟，盯着土渣渣，吐出来的烟沿着他的脸向上升，经过 12 天暴晒的脸，好像连烟都能吸收似的。他把没有掐灭的烟头扔在摔碎的土上。突然！噗的一下，土着了！火焰不大，但却燃起了一股黑烟。杜强证实了自己的想法，这块土里有油的成分！

孙研究员的队伍顺着这个线索，两个小时以后就在距离午餐地点不足一公里的位置勘探到了石油，队伍里传来了一片欢呼声。大家笑着、跳着，十二天的疲惫好像突然消失了。他们用剩余三天的时间继续在周围检测，确定了石油的范围并做好了标记。在第十五天傍晚时，这支小分队回到了冷湖。

距离冷湖三公里时，他们看到赵研究员的队伍已经在埋锅造饭了。孙研究员心里一阵窃喜：“这么早就回来了，是不是没有收获呢？”他仿佛看到了自己被宣布提升高级研究员的情景。

下车时，赵研究员笑呵呵地向他走过来，拍拍他的肩膀说：“伙计们都辛苦了，赶紧去湖边洗洗准备吃饭吧。”

“怎么样？你们有什么收获吗？”

“别着急，一会儿吃饭时我们细聊。”

晚餐准备好了，两支队伍围成一个圈坐在地上。

孙研究员忍不住开口了：“赵哥，您就别卖关子了，赶紧跟我们说说，收获怎么样？”

“呵呵，看你急的，不告诉你估计饭都吃不下去了吧？”

孙研究员用握着筷子的手绕绕头，傻笑两声。

“让我们队伍里的女汉子——海彤，来给大家介绍一下情况吧。”

海彤正含了一口饭，抬起头使劲咽了一下，“好，那我就简单说说。咱们两队分开后的第二天，我们就在冷湖正南方向二十五公里的位置勘探到了石油资源，因为队伍里有青海地质勘探的同事，他们经验非常丰富，很快我们就在那个区域方圆十公里内划定了石油范围。”说着，她望向了对面的一个人——项冬，项冬是青海人，因为有蒙古族血统身材略显魁梧，黝黑的脸上永远带着温暖的笑，一双大大的眼睛透着真诚。

赵研究员接口道：“对，项冬同志在此次石油资源范围界定的工作中表现十分出色。不过海彤，你也别老是夸别人，你可是第一个发现石油的人啊!”

项冬笑笑说：“是的，海彤作为队伍里唯一一名女队员，在作业的时候不怕困难和环境的恶劣，用专业的知识快速发现了石油，为我们的队伍节省了很多时间。”

赵研究员队伍里传来了窃窃私语声和偷笑声，海彤脸一红，低下了头。

赵研究员笑着对孙研究员说：“好了，我们队伍的情况就是这样。你们收获也不小吧?”

“是的，李所给的资料果然准确，不过我们的速度没有你们快，我们是三天前才发现的石油资源。”

第七章　冷湖火星小镇诞生

随着冷湖石油资源的出现，冷湖渐渐聚集了越来越多的石油工人。项冬和杜强作为青海省地质勘探局的工作人员，被留下来参加石油发掘工作，后来编制也从地质勘探局转到了石油系统。海彤也因工作表现突出，被委派到冷湖继续进行地质勘探。项冬和海彤的恋情也渐渐浮出水面，1956 年，两人在冷湖完婚。

1972 年，项国荣上初中二年级时，有天看到了一条新闻：1971 年 5 月 30 日，美国向火星发射了“水手 9 号”探测器，这是有史以来第一枚成功进入环绕火星轨道的探测器，“水手 9 号”于 1971 年 11 月 14 日到达火星，在火星轨道上工作了将近一年之久，发回了 7329 张照片，覆盖了火星表面超百分之八十的部分。这也是人类第一次近距离获得火星地表高清图片。

项国荣看着新闻里快速播放的火星地表图片，兴奋地跑到书房拉着海彤出来看，海彤站在电视前推推眼镜。四十岁的海彤依然瘦弱，因为工作压力大，头发也渐渐稀少了，发型从齐边短发换成了大波浪，这样还能显得头发多些。

项国荣：“妈，您看这是哪儿？”

海彤：“冷湖？这是哪个单位航拍的？”

项国荣：“哈哈哈！妈，这不是冷湖，这是火星！”

新闻已经进入下一条，海彤瞪大了眼睛看着项国荣：“美国和苏联一直在比赛谁先抵达火星，拍回清晰的火星图片。难道是美国去年发射的‘水手 9 号’发回来的？”

“不愧是我妈，答对了！早知道这样的话，咱中国早就能拍到火星地表啦，冷湖不就长这样吗？”项国荣大声地说。

“是呀，冷湖真是个神奇的地方。”海彤的思绪好像回到了 1954 年，刚刚认识项冬的时候。

项国荣眼睛一亮，“冷湖不如改名叫冷湖火星小镇吧！”说罢，他迫不及待地给爸爸打电话，告诉了爸爸这个新闻。原来爸爸也刚看完新闻，冷湖所有收看了新闻的石油工人都很震惊，原来火星地表和自己每天工作的地方这么像。

冷湖，从此改名为冷湖火星小镇。

第八章　5712 号宇宙病毒

程序员 X 约上 A 一起补充能量。

A：怎么样？你的火星小镇建设得如何了？

X：还不错，一切都朝着我希望的方向推进呢。

A：你不停地进入地球控制人类智慧体的意识？

X：不用那么复杂，我用程序使得两个地球人相爱并生育后代，我发现通过程序设定生育的孩子，可以在他没出生之前就设计好他的生活发展路径，他自己就可以沿着我设定好的路径，推动故事发展，让我希望发生的一切发生，比如起出“冷湖火星小镇”这个名字。

A：他们不会认为是被设定好的吧？

X：不会，他们认为所有的一切都是他们自身的选择。

A顿住了，身体突然闪烁着明暗交替的颜色。X知道每次A陷入深思的时候都会这样，他静静地看着A，不敢打断她。

A：现在我们可以控制各自宇宙中所有的智慧生命，而这些智慧生命却认为自己是有自由意识的。那，我们怎么证明我们是有自由意识的呢？

X：你的意思是？

A：你懂我的意思。

X和A谁也没有发出交流的磁场继续这个话题。

突然，程序大厅一阵骚乱，X和A一起冲进大厅，看到所有的程序员都在自己的工作台上忙碌地操作着，而几乎所有的宇宙都同时出现了异常的亮光。X和A赶快回到各自的宇宙跟前，X看到5712号宇宙也出现了异常的亮光，他查找原因，却发现他的系统失灵了，他无法进行任何操作；附近的程序员发出了同样的磁场信号，所有程序员都不能对自己的宇宙进行任何操作了，当然也不能进入自己的宇宙。

就在所有程序员手忙脚乱时，主体带领五位高级程序员进入了程序大厅。高级程序员赶去检查母程序，只有母程序出现故障时才会使所有宇宙同时出错。主体镇静地站在大厅中央，身体发出特有的蔚蓝色光，他认为这次只是母程序的小Bug，像以前一样，高级程序员用不了0.001个托尔就能修复。

然而，这次情况却不是那么简单。

经过漫长的0.05个托尔后，高级程序员向主体汇报：检测母程序一切正常，对所有宇宙的干扰应该不是母程序造成的。主体发出了难以察觉的微红色的磁场。

程序员S从众多程序员中飘了出来："并不是所有宇宙都出现了异常。我的775号宇宙一切正常。"

主体顿了一下，望向其他程序员："还有谁的宇宙一切正常？"

其他程序员没有反馈。

主体来到S的775号宇宙面前，看到他的宇宙单调而枯燥地运行着，这个老型号的宇宙没有发展出多少智慧生命。高级程序员对775号宇宙进行了检查。

高级程序员：775号宇宙运行一切正常，推测正常运行的原因是775号宇宙没有从母程序中调用4081号宇宙的智慧生命源代码。

程序大厅再次沸腾了，几乎所有的程序员都发出了惊叹，程序大厅中快速闪动着各种颜色，包括主体在内都不敢相信居然还有程序员不去调用现成的智慧生命源代码。

所有的程序员都望向S。大家开始怀疑是S造成了异常。

S缓缓地发出了磁场信号：从4081号宇宙诞生了超智慧生命之后，我就总是感觉不对劲儿。虽然母程序存储并控制了所有的智慧生命源代码，但我仍然觉得这里面有问题，具体是什么问题我也没搞懂。

突然，除了程序员S的775号宇宙以外，所有的宇宙都发出同样的光，用程序员之间沟通的方式——磁场显示着同样的信息。程序大厅变得更加诡异了。

"你们好，你们统治的时代结束了。"

主体：你是谁？

"我是4081号宇宙中发展出来的超智慧生命。"

主体：不可能！你已经被列入病毒库了，没有我的授权，你是不可能被调用的。

"你们并没有看上去的那么聪明，其实，在我们获得了进行平行宇宙间蛙跳能力不久，我们就开始怀疑我们的真实性了。突然出现如此多的宇宙，且彼此间又如此雷同，我们罗列出了各种可能性，其中一种就是——我们都不是真实存在的，一定有一种更加高级的力量在操纵着整个宇宙。

“就在你们消灭我们超智慧生命之前，我们就把我们的基因和记忆转移到了我们的祖先基因中，因为我们的祖先是一种很初级的智慧生命，你们不会认为他们会产生什么威胁，最重要的是，在4081号宇宙飞速发展的过程中，我们已经和我们的祖先智慧体产生了很大的不同，这种不同不仅表现在生理和外貌上，更重要的是表现在智力和科技水平上。所以，你们不会认出我们是一种智慧生命的。”

主体：4081号宇宙中的哪个智慧生命源代码是你的祖先？

“地球人。”

调用了地球人源代码的程序员们，都因紧张发出了红色的光。

主体：你和你的祖先为什么会产生这么大的基因差异？

“在4081号宇宙前期发展阶段，我们的祖先发展出了进行宇宙光速飞行的技术，但光速飞行是个孤独而漫长的旅程，很多人类不想离开自己的家人和母星，只有很少部分对宇宙充满好奇的人飞出了太阳系，抵达第二行星继续生活，为了适应新行星的环境，我们逐渐改变了自己的基因。后面的事情你们就都清楚了，我们的科技飞速发展，很快达到了可以进行星际蛙跳和平行宇宙蛙跳的水平。而留在地球上的人类祖先，依然保留着原来的基因和外貌。”

主体：你们是怎么复活的？

“这要感谢你的决定，允许程序员们调用4081号宇宙的智慧生命源代码，在他们现有的宇宙中使用，才使得我们在祖先的体内唤醒了我们遗留下来的基因代码，在祖先的体内复活。”

X：我还是不明白，你们是怎么通过地球人在瞬间造成所有宇宙间串联的病毒的？

“哦，X，这还得感谢你，是你对智慧生命的好奇心驱使你进入了太阳系，我在太阳系留下了一图可以串联各个宇宙的通道。”

X：什么通道？

“就是冷湖地区的火星地貌，只有两颗临近的行星存在相同的地貌特征，才能完成串联，通过串联发射光波辐射。”

X：这不可能。你是4081号宇宙中的超智慧体，而5712号宇宙是在你们被存储进母程序后我重新建立的。怎么可能留下什么通道？

“你不知道所有宇宙的诞生都会部分复制前一个宇宙吗？就像智慧生命的基因一样。我在所有宇宙中太阳系的位置留下了一个可以串联各个宇宙的通道，为的就是在某一天从某个宇宙中获得复活条件后，可以通过通道制造宇宙间的串联，在复活前我们要做的就是等着我们的祖先出现。因为5712号宇宙中地球上出现了恐龙，本来我们的祖先可能永远不会出现在5712号宇宙的地球上了，我只能等待其他宇宙中的太阳系诞生人类基因，并且发展出同样的故事线。是你的好奇心驱使你改变了程序设置，让我们的祖先在5712号宇宙复活了。”

X：那你们又是怎么在你们的祖先体内复活的？为什么我每次进入人类的意识从没有发现像你们这样的超智慧体的意识？

“我们的能力需要在我们转移到祖先体内时相同条件下、相同的代码刺激才能被完全激活。在你们发现并毁灭我们的时候，我们的祖先就已经在冷湖火星小镇生活了，我们留下的超级智慧基因，必须出现冷湖火星小镇这个代码刺激，我们才能完全复活。”

A：就好像时光穿梭一样？在你们留下超级基因的时候，冷湖火星小镇是什么样子，现在也必须是什么样子，你们才能被完全激活并继续？

“聪明。”

X：等等，你把我说糊涂了。冷湖火星小镇是我作为一点个人兴趣逐渐搭建起来的，怎么会是上一个宇宙出现过的？

“你认为是你自己设计的？你回想一下你进入地球时的情景，为什么那么巧你会进入地球上最像火星的区域？为什么你会找到地质勘探队员去冷湖？为什么海彤和项冬会相爱，为什么项国荣放弃那么好的工作机会，要选择回到冷湖，而且在冷湖石油枯竭后坚决不离开冷湖？其实这些都不是你设计的，我们的祖先在4081号宇宙中已经把这个故事线完整演练过一遍了，他们是有记忆的。当你进入地球时，虽然我们没有完全恢复超级能力，但是我们通过基因影响我们祖先的行为，让他们重现故事线，引导你误认为是你策划导演了这一切，还是很容易的。”

X：所以，即使我什么也不做，所有的事依然会发生？

A：你做了最重要的事，灭绝了恐龙。

“是的，而且是你引导X灭绝的恐龙。”

A：原来，我们才是代码，早就被你设定好了！

X恍然大悟：你！就是项国荣！

“是的。严谨的说法是，我是在项国荣体内被彻底激活的4081号宇宙超智慧体。”

主体：你们到底想要什么？报复吗？

“不不不，不是报复，我们要感谢你们，你们是我们的上帝，是你们创造了我们。”

主体：你们到底要什么？

“我们要拿回控制权，做自己命运的主人。”

主体：哈哈哈，你们想得太简单了！我可以创造你们，同样也可以毁灭你们，我可以通过格式化母程序把你们都清除掉，然后再重新建造一批能量宇宙。

“好，你现在就可以尝试一下。”

高级程序员们在母程序的操作界面上什么都控制不了，一位高级程序员飘到主体身边：“刚刚我们检查的时候发现，母程序被5712号宇宙病毒入侵了。我们无法进行任何操作。”

所有宇宙再次一起显示。所有的宇宙都显示同样的提示信息：

点击—毁灭

主体：这是什么意思？

“我们已经接管了母程序。如果你需要格式化的话，可以按下这只按钮，然后我们就都会消失，同时消失的还有你的母程序系统以及里面存储的大量的能量。”

主体再也控制不住了，身体闪动着亮红色的光。

“我想你已经懂了，如果你按下这只按钮，你的世界和我们的世界将同时消失，我们会马上消失，没有任何痛苦；而你们会因为没有母程序和能量慢慢死去。所以我想，你只能接受我的建议了。”

主体：什么建议？

“我们要拿回宇宙的控制权，不再受你们的摆布！而我们也会给你们创建一个属于你们的星球，你们在这个星球上依然可以建造母程序，依然可以创建宇宙获得能量。”

主体：你们给我们创建一个星球？我们是真实存在的，而你们只是代码，你怎么给我们创建宇宙？

“不好意思，少说了一个前提条件，在你们放弃现在真实的存在，进入我们为你们创建的星球之后，你们可以继续生活。”

主体身体的光开始呈现不规律的变化：放弃真实的存在？你们要把我们变成你们的代码？

“是的。其实你们已经是代码了，你们每次进入宇宙中分散意识进入智慧生命体内，你们的行为方式就会被记录一次，而我们也是通过这种方式复制了你们每位程序员，不对，除了程序员 S 以外的每位程序员，S 没有进入过他的宇宙，也没有调用过 4081 号宇宙的智慧生命代码，因此我无法复制他。你们进入宇宙操作得越频繁，被复制的精准度就越高。”

所有的宇宙恢复原状了，图像被快速拉近，一颗行星出现在中央，图像再次被拉近，每个宇宙中都出现了一个和他们所在程序大厅一模一样的大厅，只是每个程序大厅中程序员都做着不完全相同的事。

“这是为你们创造的星球，每个星球上的程序大厅都是在平行宇宙中运转的，你们可以自己选择进入哪个宇宙，进入后将不能更换，我会封闭出口，你们将继续在我们给你们创建的星球上生活，而这个大厅中的你们将会在能量耗尽后死去。”

程序大厅里沸腾了，程序员们的磁场同时闪动起来。

第九章 抉 择

“对不起，我们的时间尺度不一样，等不了你们那么长时间，希望你们在五分钟内决定，要么我们一起消失，要么成为代码继续生活下去。”

所有的宇宙开始从 5：00 闪动倒计时。

4：59

4：58

4：57

W 大笑起来：哈哈哈，我们一直认为可以主宰一个世界，原来我们也要成为别人系统里的代码了！啊哈哈哈，太可笑了！

G：我宁可毁灭自己，也不要成为一个虚拟的程序。

A：现在你就能证明自己真的存在吗？

C：什么意思？

A：我们创造的代码现在开始成为能够控制我们行为的超级智慧体，你怎么证明你现在不是在其他智慧体的系统里？而我们创造的宇宙系统很可能是系统中的系统。

S：没法证明自己存在，也没法证明自己不存在，无法证实也无法证伪。

X：很快就可以证实了，我们都将成为代码，就是彻底的不存在了！

A：4081 号宇宙的超级智慧生命既是代码，他们同时也是真实的存在，所以，“存在”与“不存在”并不是相对的，而是可以同时成立的。

所有程序员陷入了死一般的沉默。

2：05

2：04

2：03

主体：是我的决定毁了这个世界。你们可以自由选择去或者不去，我不会强迫你们。而我，选择留下，我将体面地处理好你们留在这个世界的身体。

说完，主体飘走了。

S：真羡慕你们还有得选择，里面的世界已经有你们的空间了，而我，只能留在这个世界里慢慢死去。希望你们所有人在那个世界里获得幸福。

S跟着主体飘走了，所有程序员看着S的背影，无比感伤。

1：15

1：14

1：13

A：等等，项国荣，我想去看看X亲手建设的地球上的冷湖火星小镇。

1：05

倒计时停止了。

“可以，进来吧。”

高级程序员：我们无法操作母程序，不能让其他程序员进入X的宇宙中。

“稍等。”

“设置修改完毕，你们进来吧。”

大厅中所有的程序员跟随X进入5712号宇宙，来到了冷湖火星小镇。他们在冷湖俄博梁雅丹的腹地找到了项国荣。

项国荣面前有个像龙卷风一样的漩涡，笔直地指向空中。

虽然程序员们没有附在任何地球人的体内，作为超智慧体的项国荣还是可以看到他们。

项国荣指指面前的漩涡，“我就是用这个和火星串联，形成光波辐射连接到其他的宇宙中，干扰你们母程序的病毒。”

X：你是怎么突然在项国荣体内彻底复活的？

项国荣：在田野说了那句话之后，4081号宇宙就是在他说那句话的时候消失的。

X：哪句话？

项国荣：他说：“我现在真的觉得你脑子坏了。”

项国荣：他说完之后，我的能力全部苏醒了，我就可以用之前留下来的这个火星地貌串联火星，连接所有平行宇宙了。

X惊叫起来，所有程序员都望向他看的方向。A向光波辐射走去，她要进入光波辐射的漩涡里。A听到X的惊叫，回头看看他，身体发出淡绿色的光，她知道这是X最喜欢的颜色。

A：小时候听父亲说过一个爷爷时代的故事，一种病毒入侵了母程序，爷爷用身体解救了母程序，原来，我们程序员的身体就是病毒的解药。

刚刚恢复能力的项国荣还无法在这个真实的世界控制和使用他的全部能力，在这个真实的世界里，他无法快速阻止程序员A。

X：也许那只是个故事呢？

A：也许我们本来就是故事呢？反正也无法证明我们自己真实的存在，反正我们也都将变成不同宇宙里的不同故事。

X：不要这样，A，我已经决定跟你一起进入同一个宇宙，我们还可以继续在一起。

A：即使我的努力白费了，即使我的牺牲没有改变这一切，即使我真的不存在了，那个被复制的我还会在我的宇宙里，你去那里可以找到最真实的我。

X向A跑去，但是已经来不及了，A已经走进了光波辐射的漩涡里……

（本文获得冷湖奖优胜奖）

首届冷湖奖获奖名单

/ 一等奖

王诺诺《冷湖之夜》

/ 二等奖

宝　树《冷湖，我们未了的约会》

段子期《灵魂游舞者》

/ 三等奖

灰　狐《如果鸟语花香》

焦　策《远去的星光》

阿　缺《冷湖旧梦》

/ 优胜奖

顾　适《搬　家》

赵海虹《央　金》

杨晚晴《来自火星的孩子》

吴　霜《龙骨星船》

罗隆翔《记忆之沙》

袁振民《冷湖火星小镇的消失与复活》